TRÊS
IRMÃS

HEATHER MORRIS

TRÊS IRMÃS

Tradução
Petê Rissatti

 Planeta

Copyright © Heather Morris, 2021
Copyright © Editora Planeta do Brasil, 2022
Copyright da tradução © Petê Rissatti
Todos os direitos reservados.
Título original: *Three Sisters*
Originalmente publicado em inglês como *Three Sisters* pela Zaffre, um selo da Bonnier Books, Londres

Preparação: Débora Dutra
Revisão: Marina Castro e Bárbara Parente
Diagramação: Beatriz Borges
Capa: Nick Stearn
Adaptação de capa: Beatriz Borges
Imagem de capa: © ImageBROKER/Alamy Stock Photo (Auschwitz); Shutterstock.com

Dados Internacionais de Catalogação na Publicação (CIP)
Angélica Ilacqua CRB-8/7057

Morris, Heather
  Três irmãs / Heather Morris; tradução de Petê Rissatti. – São Paulo: Planeta do Brasil, 2022.
  352 p.

  ISBN: 978-65-5535-639-7
  Título original: Three Sisters

  1. Literatura inglesa 2. Holocausto judeu (1939-1945) – Ficção 3. Guerra Mundial, 1939-1945 – Ficção I. Título II. Rissatti, Petê

  22-0933   CDD 823

Índice para catálogo sistemático:
1. Literatura inglesa

Ao escolher este livro, você está apoiando o manejo responsável das florestas do mundo

2022
Todos os direitos desta edição reservados à
EDITORA PLANETA DO BRASIL LTDA.
Rua Bela Cintra, 986, 4º andar – Consolação
São Paulo – SP – 01415-002
www.planetadelivros.com.br
faleconosco@editoraplaneta.com.br

Cibi, *z"l* – Magda – Livia
Obrigada por sua força e pela esperança a que vocês se agarraram durante os momentos mais sombrios da história – para criar uma vida em uma nova terra com famílias amorosas, inspirando a todos nós.

Mischka, *z"l* – Yitzko, *z"l* – Ziggy, *z"l*
Vocês têm suas histórias de sobrevivência. Vocês têm suas histórias de coragem, esperança, amor e perda de entes queridos. Vocês tiveram o amor de três mulheres incríveis e das famílias que criaram.

Karol (Kari), Joseph (Yossi) – Chaya, Judith (Ditti) – Oded (Odie), Dorit
Vocês cresceram ouvindo as histórias de seus pais. São mais ricos por sua resistência, resiliência, coragem e compromisso de compartilhar seu passado, por isso nenhum de nós jamais ESQUECERÁ.

Randy, Ronit, Pam, Yossi, Joseph,
Yeshai, Amiad, Hagit – Noa, Anat – Ayala, Amir, Ariela – Daniel,
Ruth, Boaz – Lee-Or, Nogah, Pnina, Galil, Edan, Eli, Hagar, Dean,
Manor, Alon, Yasmin, Shira, Tamar – Carmel, Albie – Maayan – Doron,
Ofir, Maor – Raphael, Ilan – Romi
E GERAÇÕES QUE VIRÃO

Nota: *z"l* foi adicionado a alguns nomes para homenagear e lembrar aqueles que já faleceram. Significa *zichrono livracha* – que sua memória seja abençoada.

PARTE I
A promessa

— O senhor está bem, pai?

Magda está preocupada, percebendo a careta no rosto dele quando a cabeça do homem solavanca para trás. Ela passa os dedos pela bochecha dele com barba por fazer.

— Sim, minha querida. Estou ótimo. Tenho minhas filhas comigo, o que mais um pai poderia querer?

— O senhor disse que queria falar com a gente? — Cibi, sempre impaciente, chega ao ponto desse pequeno "encontro".

Menachem Meller fita os olhos de suas lindas filhas. Elas não se importam com o mundo, inocentes das duras realidades da vida fora de seu belo chalé. Realidades duras que Menachem viveu e ainda vive. A bala que não o matou durante a Grande Guerra permanece alojada em seu pescoço e agora, doze anos depois, ameaça terminar o feito.

Cibi, a esquentada, Cibi, a durona... Menachem acaricia o cabelo dela. No dia em que nasceu, ela anunciou que era melhor o mundo tomar cuidado – ela havia chegado, e ai de quem se metesse em seu caminho. Seus olhos verdes costumam assumir um tom amarelo ardente quando seu temperamento a domina.

E Magda, a linda e gentil Magda, como conseguiu fazer cinco anos tão rápido? Ele teme que a doce natureza da menina a deixe vulnerável a ser magoada e usada pelos outros. Seus grandes olhos azuis encaram-no, e ele sente seu amor e a compreensão dela sobre a saúde precária do pai. Ele vê nela uma maturidade além de sua idade, uma compaixão que herdou da mãe e da avó, e um desejo imenso de cuidar dos outros.

Livi para de se contorcer enquanto Menachem brinca com seu cabelo macio e encaracolado. Ele já a descreveu para a mãe das meninas como a louquinha, aquela que ele teme que correrá com os lobos e se quebrará como uma muda de planta se for encurralada. Seus olhos azuis penetrantes e seu corpo pequeno o lembram de um cervo, fácil de assustar e pronto para fugir.

Amanhã ele fará a cirurgia para remover a bala errante de seu pescoço. Por que ela não podia simplesmente ficar onde estava? Ele orou incessantemente por mais tempo com suas filhas. Ele precisa orientá-las até a idade adulta, comparecer a seus casamentos, pegar os netos no colo. A cirurgia é arriscada e, se ele não sobreviver, pode ser o último dia que passa com elas. Se for esse o caso, por mais terrível que seja contemplar este dia glorioso de sol, o que ele precisa pedir a suas garotas deve ser dito agora.

— Bem, pai, o que o senhor quer nos dizer? — insiste Cibi.

PRÓLOGO

**Vranov nad Topl'ou, Eslováquia
Junho de 1929**

As três irmãs, Cibi, Magda e Livi, sentam-se em um círculo estreito com o pai no pequeno quintal de casa. O arbusto de oleandro que sua mãe tanto se esforçou para trazer de volta à vida pende desconsolado em um canto do pequeno jardim.

Livi, a caçula, com três anos, põe-se de pé em um salto: ficar parada não é de sua natureza.

— Livi, por favor, pode se sentar? — diz Cibi a ela. Aos sete anos, é a mais velha das irmãs, e é sua responsabilidade castigá-las quando se comportam mal. — Você sabe que papai quer falar conosco.

— Não — pronuncia Livi, e começa a pular entre as figuras sentadas, dando um tapinha na cabeça em cada uma enquanto passa. Magda, a irmã do meio, de cinco anos, usa um galho seco do oleandro para desenhar figuras imaginárias na terra. É uma tarde quente e ensolarada de verão. A porta dos fundos está aberta, convidativa no calor, enquanto exala o cheiro doce de pão recém-assado para o jardim. Duas janelas, uma voltada para a cozinha, a outra para o pequeno quarto que a família divide, já viram dias melhores. Lascas de tinta cobrem o chão: o inverno afetou o chalé. O portão do jardim recebe uma rajada de vento e bate. A trava está quebrada, mais uma coisa para o pai consertar.

— Venha aqui, gatinha. Vai se sentar no meu colo? — O pai acena para Livi.

Receber ordens de uma irmã mais velha é uma coisa, mas ser indagada, e de um jeito tão doce, por seu pai é outra completamente diferente. Livi cai em seu colo, um braço agitado batendo contra a lateral da cabeça dele. Ela não sabe a dor que sua ação causou.

— Cibi, Magda, vocês sabem o que é uma promessa? — pergunta ele bem devagar. Ele precisa que elas levem isso a sério.

Magda balança a cabeça:

— Não!

— Acho que sim — diz Cibi. — É quando duas pessoas guardam um segredo, não é?

Menachem sorri. Cibi sempre arrisca, é o que ele mais ama nela.

— Quase isso, minha querida, mas uma promessa pode envolver mais de duas pessoas. Quero que essa seja compartilhada entre vocês três. Livi não vai entender, então preciso que vocês continuem falando com ela sobre isso até que entenda.

— *Eu* não entendo, pai — interrompe Magda. — O senhor está ficando confuso.

— É muito simples, Magda. — Menachem sorri. Não há nada que lhe dê tanto prazer quanto conversar com as filhas. Algo aperta em seu peito, ele deve se lembrar deste momento, deste dia ensolarado, dos olhos arregalados das três filhas. — Quero que façam uma promessa a mim e uma à outra de que sempre cuidarão de suas irmãs. Que vocês sempre estarão lá uma para a outra, não importa o que aconteça. Que não permitirão que nada as afaste uma da outra. Vocês estão entendendo?

Magda e Cibi fazem que sim com a cabeça, e Cibi pergunta, de repente, muito séria:

— Sim, pai, mas por que alguém ia querer nos afastar uma da outra?

— Não estou dizendo que alguém vai fazer isso, só quero que me prometam que, se alguém tentar separá-las, vocês se lembrarão do que falamos aqui hoje e farão tudo o que estiver ao alcance de vocês para não deixar isso acontecer. Juntas, vocês três são mais fortes, nunca se esqueçam disso. — A voz de Menachem falha, e ele pigarreia.

Cibi e Magda trocam um olhar. Livi olha de uma irmã para a outra e para o pai, sabendo que algo solene foi combinado, mas sem saber o que significa.

— Prometo, pai — diz Magda.

— Cibi? — pergunta Menachem.

— Também prometo, pai. Prometo cuidar de minhas irmãs. Não deixarei ninguém machucá-las, o senhor sabe disso.

— Sim, sei disso, minha querida Cibi. Esta promessa se tornará um pacto entre vocês três e mais ninguém. Você contará a Livi sobre este pacto quando ela tiver idade suficiente para entender?

Cibi agarra o rosto de Livi entre as mãos, virando sua cabeça para olhar em seus olhos.

— Livi, diga "prometo". Diga "eu prometo".

Livi analisa a irmã. Cibi está fazendo que sim com a cabeça, encorajando-a a dizer as palavras.

— Eu "plometo" — declara Livi.

— Agora diga isso ao papai, diga "eu prometo, papai" — instrui Cibi.

Livi vira-se para o pai, seus olhos dançando, a risada na garganta ameaçando explodir, o calor do sorriso dele derretendo o coraçãozinho dela.

— Eu plometo, papai. Livi plomete.

Puxando as meninas para junto do peito, ele olha por cima da cabeça de Cibi e sorri para a outra garota de sua vida, a mãe de suas filhas, que está parada à porta da casa, com lágrimas brilhando no rosto.

Ele tem muito a perder. Ele tem que sobreviver.

1

**Vranov nad Topl'ou
Março de 1942**

— Por favor, diga que ela vai ficar bem, estou muito preocupada com ela — diz Chaya, aborrecida, enquanto o médico examina sua filha de dezessete anos.
Magda está lutando contra a febre há dias.
— Sim, sra. Meller, Magda ficará bem — tranquiliza-a o dr. Kisely.
O minúsculo quarto contém duas camas: uma em que Chaya dorme com sua filha mais nova, Livi, e a outra que Magda divide com a irmã mais velha, Cibi, quando ela está em casa. Um grande armário ocupa uma parede, atulhado com os humildes pertences pessoais das quatro mulheres da casa. E, ocupando um lugar de destaque, o borrifador de vidro lapidado para perfumes com fita e borla verde-esmeralda; ao lado dele, uma fotografia granulada. Um homem bonito está sentado em uma cadeira simples, uma criança pequena em um joelho e uma menina mais velha no outro. Outra garota, ainda mais velha, está à esquerda. À direita está a mãe das meninas, com a mão apoiada no ombro do marido. Mãe e filhas usam vestidos rendados brancos e juntos eles formam uma família perfeita, ou, pelo menos, costumavam formar.
Quando Menachem Meller morreu na mesa de cirurgia, com a bala finalmente removida, embora uma perda de sangue tenha sido grande demais para ele sobreviver, Chaya ficou viúva, e as meninas, órfãs. Yitzchak, pai de Chaya e avô das irmãs, mudou-se para o pequeno chalé a fim de oferecer a ajuda que pudesse, embora o irmão de Chaya, Ivan, morasse na casa em frente à deles.
Chaya não está sozinha, apesar de se sentir assim.
As pesadas cortinas do quarto estão fechadas, negando a Magda, trêmula e febril, o brilhante sol primaveril que agora espreita por cima do varão da cortina.

— Podemos conversar na outra sala? — O dr. Kisely toma o braço de Chaya.

Livi, de pernas cruzadas na outra cama, observa Chaya colocar outra toalha molhada na testa de Magda.

— Fica com sua irmã? — pergunta a mãe, e Livi concorda com a cabeça.

Quando os adultos saem do quarto, Livi vai até a cama da irmã e se deita ao lado dela, limpando o suor do rosto de Magda com uma flanela seca.

— Você vai ficar bem, Magda. Não vou deixar que nada aconteça com você.

Magda força um pequeno sorriso.

— Essa fala é minha. Sou sua irmã mais velha, eu cuido de *você*.

— Então, melhore.

Chaya e o dr. Kisely caminham alguns passos do quarto até a sala principal na pequena casa. A porta da frente abre diretamente para esta aconchegante sala de estar, com uma pequena cozinha nos fundos.

O avô das meninas, Yitzchak, está lavando as mãos na pia. Uma trilha de aparas de madeira o seguiu desde o quintal, e mais lascas estão no feltro azul desbotado que cobre o chão. Assustado, ele se vira, jogando água no chão.

— O que está acontecendo? — pergunta ele.

— Yitzchak, estou feliz que esteja aqui, venha e sente-se conosco.

Chaya rapidamente se vira para o jovem médico com medo nos olhos. O dr. Kisely sorri e a guia até uma cadeira da cozinha, puxando outra da mesinha para Yitzchak se sentar.

— Ela está muito doente? — pergunta Yitzchak.

— Ela vai ficar bem. É uma febre, nada do que uma jovem saudável não possa se recuperar no tempo dela.

— Então, do que se trata *isso*?

Chaya faz sinal com uma mão entre o médico e ela mesma.

O dr. Kisely encontra outra cadeira e se senta.

— Não quero que se assuste com o que estou prestes a lhe contar.

Chaya apenas acena com a cabeça, agora desesperada para que ele diga o que precisa dizer. Desde que a guerra estourou, os anos a mudaram: sua testa, antes lisa, está enrugada, e ela está tão magra que seus vestidos caem como roupa molhada.

— O que é isso, homem? — questiona Yitzchak. A responsabilidade assumida com a filha e as netas o envelheceu além da idade, e ele não tem tempo para intrigas.

— Preciso internar Magda no hospital...

— Quê? Você acabou de dizer que ela vai melhorar! — explode Chaya. Ela se levanta, agarrando a mesa para se apoiar.

O dr. Kisely levanta a mão para silenciá-la.

— Não é porque ela está doente. Há outro motivo pelo qual quero internar Magda e, se você me ouvir, vou explicar.

— Do que o senhor está falando? — Yitzchak diz. — Desembucha.

— Sra. Meller, Yitzchak, tenho ouvido rumores, terríveis rumores, conversas de jovens judeus, meninas e meninos, sendo levados da Eslováquia para trabalhar para os alemães. Se Magda estiver no hospital, estará segura, e prometo que não deixarei que nada aconteça com ela.

Chaya desaba de volta na cadeira, com as mãos cobrindo o rosto. É muito pior do que febre.

Yitzchak distraidamente dá um tapinha nas costas dela, mas agora está concentrado, com a intenção de ouvir tudo o que o médico tem a dizer.

— O que mais? — pergunta ele, encontrando os olhos do médico, pedindo-lhe para ser franco.

— Como eu disse, boatos e mexericos, nada disso é bom para os judeus. Se eles vierem pegar seus filhos, será o começo do fim. E *trabalhar* para os nazistas? Não temos ideia do que isso significa.

— O que podemos fazer? — pergunta Yitzchak. — Já perdemos tudo, nosso direito de trabalhar, de alimentar nossas famílias... O que mais podem tirar de nós?

— Se o que tenho ouvido tiver alguma base em fatos, eles querem suas filhas.

Chaya endireita-se. Seu rosto está vermelho, mas ela não está chorando.

— E Livi? Quem protegerá Livi?

— Acredito que prefiram jovens com dezesseis anos de idade ou mais. Livi tem quatorze anos, não é?

— Ela tem quinze.

— Ainda é um bebê. — O dr. Kisely sorri. — Acho que Livi vai ficar bem.

— E quanto tempo Magda ficará no hospital? — pergunta Chaya. Ela se vira para o pai. — Ela não vai querer ir, não vai querer deixar Livi. Não se lembra, pai, de quando Cibi foi embora? Ela fez Magda prometer que cuidaria da irmãzinha.

Yitzchak dá um tapinha nas mãos de Chaya.

— Se quisermos salvá-la, ela precisa ir, quer queira, quer não.

— Acho que alguns dias, talvez uma semana, é tudo de que precisamos. Se os rumores forem verdadeiros, vai acontecer em breve, e depois a trarei para casa. E Cibi? Onde ela está?

— Você a conhece, está fora com o *Hachshara*.

Chaya não sabe o que pensar do *Hachshara*, um programa de treinamento para ensinar aos jovens, como Cibi, as habilidades necessárias para levar uma nova vida na Palestina, longe da Eslováquia e da guerra que assola a Europa.

— Ainda está aprendendo a cultivar o solo? — brinca o médico, mas nem Chaya nem Yitzchak sorriem.

— Se ela for emigrar, é isso que vai encontrar quando chegar lá, muita terra fértil esperando para ser plantada — disse Yitzchak.

Mas Chaya permanece em silêncio, perdida em pensamentos. Uma filha no hospital, outra jovem o suficiente para escapar das garras dos nazistas. E a terceira, Cibi, a mais velha, agora faz parte de um movimento jovem sionista inspirado pela missão de criar uma pátria judaica, seja lá quando for.

Já ficou clara para todos eles a verdade de que precisam de uma terra prometida agora, e, quanto antes, melhor. Mas Chaya supõe que, por ora, pelo menos, suas três filhas estão seguras.

2

**Área de floresta fora de Vranov nad Topl'ou
Março de 1942**

Cibi se abaixa quando um pedaço de pão passa voando ao lado de sua cabeça. Ela faz uma careta para o jovem que o atirou, mas seus olhos cintilantes contam uma história diferente.

Cibi não hesitou quando recebeu o chamado, respondendo ansiosamente ao desejo de criar uma vida nova em uma nova terra. Em uma clareira no meio do bosque, longe de olhares curiosos, foram construídas cabanas de dormir, uma sala comum e uma cozinha. Lá, vinte adolescentes de cada vez aprendem a ser autossuficientes, vivendo e trabalhando juntos em uma pequena comunidade, preparando-se para uma nova vida na Terra Prometida.

O responsável por essa chance é o tio de um dos meninos que também está em treinamento. Embora tivesse se convertido do judaísmo ao cristianismo, Josef guardava simpatia pela situação dos judeus na Eslováquia, apesar de sua mudança de credo. Rico, havia adquirido um terreno na floresta nos arredores da cidade, um espaço seguro para meninos e meninas se reunirem e treinarem. Josef tem apenas uma regra: às sextas-feiras de manhã todos tinham que voltar para casa antes do *Shabbat*, regressando apenas no domingo.

Na cozinha, Josef suspira enquanto observa Yosi jogar uma casca de pão em Cibi. Os preparativos para a viagem já foram feitos para esse grupo – partirão em duas semanas. Seu campo de treinamento está funcionando: oito grupos já haviam partido para a Palestina – e aqui ainda estão assim, fazendo bagunça.

— Se o calor da Palestina não nos matar, sua comida vai, Cibi Meller! — o menino que implica com Cibi grita para ela. — Talvez você deva só *cultivar* os alimentos mesmo.

Cibi vai até o jovem e passa o braço em volta do pescoço dele.

— Você fica jogando coisas em mim e não vai viver para chegar à Palestina — ela diz para ele, apertando só um pouquinho.

— Tudo bem, pessoal — Josef anuncia. — Terminem de comer e vão para fora. O treino começa em cinco minutos. — Ele faz uma pausa. — Cibi, você precisa ficar mais tempo na cozinha trabalhando suas habilidades para fazer pães?

Soltando o pescoço de Yosi, Cibi fica em posição de sentido.

— Não, senhor, não consigo vê-los progredindo, não importa quanto tempo eu passe na cozinha.

Enquanto ela fala, vinte cadeiras raspam no chão de madeira da sala de jantar improvisada; meninos e meninas judeus correm para terminar a refeição, ansiosos para estar do lado de fora e começar a treinar de novo.

Formando fileiras desordenadas, ficam em posição de sentido quando seu professor, Josef, aproxima-se, radiante. Está orgulhoso de seus bravos recrutas, tão dispostos a embarcar em uma jornada perigosa, deixando para trás a família e o país, enquanto a guerra e a ocupação nazista se alastram ao redor. Mais velho, mais sábio, ele previu o futuro dos judeus na Eslováquia e invocou o *Hachshara*, acreditando que era a única chance que tinham se eles sobrevivessem ao que estava por vir.

— Bom dia — Josef diz.

— Bom dia, senhor — responde o coro dos treinandos.

— Naquele dia, o Senhor fez uma aliança com Abraão... — ele instiga em tom de pergunta, buscando o conhecimento do versículo do primeiro livro da Bíblia.

— À tua semente tenho dado esta terra, desde o rio do Egito até o grande rio Eufrates — responde o grupo.

— E o Senhor disse a Abraão...

— Sai-te da tua terra, da tua parentela e da casa de teu pai, para a terra que eu te mostrarei — eles terminam a frase.

A solenidade do momento é rompida pelo barulho de um caminhão se esforçando para chegar à clareira. Depois de parar ao lado deles, um fazendeiro local sai do veículo.

— Yosi, Hannah, Cibi — chama Josef —, vocês serão os primeiros a ter aulas de direção hoje. E, Cibi, não me importa que tipo de cozinheira você seja, precisa aprender a dirigir um caminhão. Agarre-o com o mesmo entusiasmo com que atacou o pescoço de Yosi antes e passará a treinar outros em breve.

Preciso que todos vocês se destaquem em uma coisa para que possam ajudar aqui no treinamento. Entendido?

— Sim, senhor.

— Agora, os demais podem ir para o galpão. Há muitas máquinas agrícolas lá dentro que vocês aprenderão a usar e manter.

Cibi, Hannah e Yosi reúnem-se ao lado do caminhão, diante da porta do motorista.

— Tudo bem, Cibi, você primeiro. Tente não quebrar o caminhão antes que Hannah e eu possamos tentar — diz Yosi, brincando. Cibi avança sobre Yosi e, mais uma vez, um braço passa ao redor do pescoço dele.

— Vou dirigir pelas ruas da Palestina antes que você encontre a primeira marcha — rosna Cibi em seu ouvido.

— Tudo bem, fiquem separados, vocês dois. Cibi, suba no banco, vou entrar do outro lado — diz o fazendeiro.

Enquanto Cibi sobe no caminhão, Yosi a empurra por trás. Com metade do corpo dentro, metade fora da cabine, Cibi pensa no que deve fazer. Decide que ajudará Yosi da mesma maneira quando for a vez dele.

Yosi e Hannah caem na gargalhada enquanto Cibi, atrás do volante do caminhão, liga o motor e entra chacoalhando na estrada. Da janela do motorista um braço se estende, um dedo médio levantado.

3

**Vranov nad Topl'ou
Março de 1942**

— Livi, pare de olhar pela janela — implora Chaya. — Magda estará em casa quando estiver bem o suficiente para deixar o hospital. — Ela não tem certeza se fez a coisa certa ao mandar Magda embora. Como sempre, desejava que Menachem ainda estivesse vivo. Ela sabe que não é racional, mas sente que a guerra, os alemães, a capitulação de seu país aos nazistas — nada disso teria acontecido se ele estivesse vivo.

— Mas, mamãe, a senhora disse que ela não estava tão doente, então por que ainda está no hospital? Já se passaram dias. — Livi está choramingando, e Chaya gostaria que a filha encontrasse uma pergunta diferente para sua mãe. Ela já ouviu e respondeu a isso muitas vezes.

— Você sabe a resposta, Livi. O dr. Kisely achou que alguns dias de descanso, sem você sufocá-la, a ajudariam a melhorar mais rápido. — Chaya permite-se um pequeno sorriso.

— Não a sufoco! — ralha Livi.

Agora amuada, ela se afasta da janela, deixando a cortina cair para bloquear um mundo que está se tornando cada vez mais confuso e ameaçador. Sua mãe está cada vez mais relutante em deixá-la sair de casa, até mesmo para ir às compras, ou permitir que veja os amigos, argumentando com Livi que os olhos da Guarda de Hlinka estão por toda parte, ansiosos para prender jovens judias como ela.

— Me sinto como uma prisioneira aqui! Quando Cibi vai voltar para casa? Livi inveja a liberdade de Cibi, seus planos de partir para a Terra Prometida.

— Ela estará em casa em dois dias. Fique longe da janela.

A batida forte na porta da frente faz com que Yitzchak corra para fora da cozinha, onde estava esculpindo uma estrela de Davi em um pedaço de madeira. Enquanto ele caminha em direção à porta, Chaya levanta a mão.

— Não, pai, eu atendo.

Dois jovens da Guarda de Hlinka estão do lado de fora quando Chaya abre a porta. Ela estremece. A polícia estadual e, mais crucialmente, os soldados de infantaria de Adolf Hitler estão diante dela em seus ameaçadores uniformes pretos. Eles não a protegerão, nem a nenhum judeu na Eslováquia.

— Ora, olá, Visik, como vai? E sua mãe, como está Irene?

Chaya recusa-se a mostrar a eles seu medo. Ela sabe por que estão ali.

— Está bem, obrigado...

O outro guarda dá um passo à frente. Ele é mais alto, obviamente zangado e muito mais ameaçador que o rapazinho.

— Não estamos aqui para trocar gentilezas. A senhora é a sra. Meller?

— Você sabe que sou. — O coração de Chaya está batendo na garganta. O que posso fazer para ajudar, rapazes?

— Não nos chame de rapazes. — O guarda mais velho quase cospe as palavras. — Somos guardas de Hlinka patrióticos em missão oficial.

Chaya sabe que isso é besteira. Não há nada de patriótico neles. Treinados pela SS, esses homens se voltaram contra seu próprio povo.

— Sinto muito, não quis desrespeitar. Como posso ajudá-los?

Chaya permanece calma, esperando que eles não consigam ver o tremor em suas mãos.

— A senhora tem filhas?

— Você sabe que sim.

— Elas estão aqui?

— Você quer dizer agora?

— Sra. Meller, por favor, diga-nos se elas estão morando com a senhora, *agora*.

— Livi, minha caçula, mora aqui no momento.

— Onde estão as outras? — O segundo guarda dá mais um passo.

— Magda está no hospital. Está muito doente e não sei quando voltará para casa, e Cibi... Bem, Visik, você sabe o que Cibi está fazendo e por que ela não está aqui.

— Por favor, sra. Meller, por favor, pare de dizer meu nome, a senhora não me conhece — pede Visik, constrangido pelas tentativas de conversa na frente do colega.

— Livi, então, deve se apresentar na sinagoga às cinco horas da sexta-feira — enquanto fala, o segundo guarda está espiando além de Chaya, para dentro da casa. — Ela pode trazer uma bolsa com ela. De lá, será levada para trabalhar para os alemães. Deve ir sozinha, ninguém deve acompanhá-la. Entendeu a ordem que lhe dei?

— Acabei de falar! — Chaya fica apavorada de repente, seus olhos ardem. — Vocês não podem levar Livi, ela só tem quinze anos. — Chaya estende a mão para Visik, implorando. — Ela é apenas uma criança.

Os dois homens recuam, sem saber do que Chaya é capaz. O segundo guarda põe a mão sobre a arma no coldre. Yitzchak dá um passo à frente e puxa Chaya para longe.

— A senhora já recebeu nossas ordens... O nome de sua filha estará na lista de meninas a serem transportadas.

Visik inclina-se e sibila:

— Será pior para ela se não aparecer.

Ele estufa o peito, precisando recuperar a autoridade, e ergue o queixo, rindo de um jeito triunfante enquanto se pavoneia ao voltar para a rua.

Chaya olha para Livi, agora envolvida pelos braços do avô. O rosto dolorido de Yitzchak não consegue esconder a raiva e a culpa que sente por não ser capaz de proteger a neta mais nova.

— Está tudo bem, vovô. Mamãe, eu posso ir trabalhar para os alemães. Tenho certeza de que não será por muito tempo. É apenas trabalho... Quão difícil isso pode ser?

A sala escurece de repente. A luz do sol que havia entrado pela janela antes está agora coberta por nuvens escuras, podendo ser vista espreitando através das cortinas fechadas; um estrondo de trovão sacode a casa e, em um momento, uma chuva forte começa a cair no telhado.

Chaya olha para Livi, sua pequena guerreira, seus olhos azuis e cachos balançantes desmentindo sua determinação. Livi sustenta o olhar da mãe, mas é Chaya quem se vira, segurando a frente do vestido com as mãos; um sinal – seu sinal – de que ela está desmoronando por dentro. A dor física no peito é o reconhecimento de sua impotência.

Não há palavras. Enquanto Chaya caminha para seu quarto, estende a mão e toca o braço de Livi, seus olhos baixos. Livi e Yitzchak ouvem a porta do quarto se fechando.

— Eu devo?...

— Não, Livi, deixe-a em paz. Ela vai sair quando estiver pronta.

4

Vranov nad Topl'ou
Março de 1942

— O que está fazendo, Livi? Por favor, tire essas velas da janela.

Limpando as mãos enfarinhadas no avental, Chaya avança sobre Livi. Por que ela insiste em ficar na janela? Já se passaram dois dias desde que a Guarda de Hlinka informou que ela deveria entregar a filha mais nova. Elas têm apenas esta noite juntas sob o mesmo teto. Fechando os olhos, Chaya se pune. Por que teve que repreendê-la? Por que passou os últimos dias quase em silêncio, absorta e taciturna, quando deveria ter passado essas horas preciosas conversando com Livi, amando Livi?

— Não, mamãe, preciso deixá-las na janela. Estou iluminando o caminho de casa para Cibi.

— Mas você sabe que não podemos...

— Não me importo! O que eles podem fazer? Me levar embora? Amanhã eles já vão fazer isso! Se esta será minha última noite na minha casa por um tempo, quero velas na janela.

Durante essa conversa, Cibi se aproximou da casa, sem ser vista pela mãe e pela irmã. Ela surge pela porta da frente agora, chamando:

— Gatinha, onde você está?

Livi grita de alegria e voa para os braços de Cibi. Chaya luta e não consegue conter as lágrimas.

— Ouvi os passos gentis da minha neta mais velha entrando em casa? — diz Yitzchak, com seu carinho e humor característicos.

Chaya e Yitzchak juntam-se a Cibi e Livi em um abraço apertado.

— Mamãe, senti o cheiro da sua comida lá do final da rua. Venho comendo minha própria comida há tempo demais... Estou morrendo de fome.

— E, ainda assim, aí está você, viva — brinca Yitzchak.

Chaya deixa Livi contar à irmã sobre o confinamento de Magda no hospital, assegurando-a de que o dr. Kisely os informou de que ela ficará bem. Quando Livi termina, Chaya balança a cabeça para Yitzchak.

— Livi — diz ele —, venha me ajudar a trazer um pouco de lenha do quintal para a lareira. Vai ser uma noite fria e queremos manter a cozinha aquecida.

— Preciso mesmo? Cibi acabou de chegar em casa e quero ouvir tudo sobre suas aventuras — resmunga Livi.

— Vai ter muito tempo para isso. Agora, vamos, ajude este velho aqui.

Quando Yitzchak e Livi fecham a porta da cozinha atrás deles, Cibi se vira para a mãe.

— Tudo bem, o que está acontecendo?

— Venha comigo — Chaya diz, levando-a para o quarto e fechando a porta.

— A senhora está me assustando, mãe. Por favor.

Ela respira fundo.

— Sua irmã vai trabalhar para os alemães. Os Hlinka vieram atrás dela. — Chaya não consegue olhar para Cibi, mas se força. — Ela foi convocada para a sinagoga amanhã. Não sei para onde a levarão, mas esperamos que não seja por muito tempo e que… que… — Chaya se senta pesadamente na cama, mas Cibi continua de pé, olhando para o espaço que sua mãe acabara de ocupar.

— Mas eles não podem. É só uma criança… O que ela pode fazer pelos alemães? — diz Cibi, mais para si mesma do que para a mãe. — O tio Ivan não pode nos ajudar?

Chaya está soluçando entre as mãos.

— Ninguém pode nos ajudar, Cibi. Eu… não consegui impedi-los. Não consegui…

Cibi senta-se ao lado da mãe e tira as mãos do rosto dela.

— Mãe, fiz uma promessa de cuidar das minhas irmãs. Não lembra?

* * *

Em torno de uma mesa à luz de velas, a família Meller compartilha uma refeição, cada qual se perguntando quando fará isso novamente. Orações são feitas por Magda, por seu falecido pai e pela falecida esposa de Yitzchak, avó das meninas. Tentam aproveitar a presença mútua como sempre fizeram, mas o que está por vir paira sobre a mesa.

Com os pratos vazios, Chaya pega a mão de Livi. Cibi estende uma das mãos para Yitzchak, ao lado dela, e a outra para sua mãe. Livi pega a mão do avô, o tempo todo olhando para Cibi do outro lado da mesa. O círculo familiar se mantém firme. Cibi detém o olhar de Livi. Chaya não olha para cima enquanto as lágrimas caem descaradamente em seu rosto. Só quando Chaya não consegue mais conter os soluços é que as meninas olham para a mãe. Yitzchak liberta-se do círculo para abraçá-la.

— Vou limpar tudo — diz Livi baixinho, levantando-se da mesa.

Enquanto ela retira um prato, Cibi o pega da mão dela.

— Deixe isso, gatinha, eu faço. Por que você não vai se preparar para dormir?

Sem objeções de Chaya ou Yitzchak, Livi sai silenciosamente da cozinha. Cibi põe o prato de volta na mesa.

— Vou com ela — sussurra. — Ela é um bebê e não pode ir sozinha.

— O que está dizendo? — O rosto de Yitzchak enruga-se em confusão.

— Amanhã vou com Livi. Cuidarei dela e depois a trarei de volta para vocês. Nada de mau acontecerá com ela enquanto eu respirar.

— Eles só têm o nome *dela*, talvez não deixem você ir — soluça Chaya.

— Não vão conseguir me impedir, mamãe, a senhora sabe disso. O que Cibi quer, Cibi consegue. Cuide de Magda até voltarmos.

Cibi levanta o queixo. A decisão foi tomada. A luz das velas captura o vermelho em seus cabelos, o brilho em seus grandes olhos verdes.

— Não podemos pedir que você faça isso — diz Yitzchak, baixinho, olhando para a porta do quarto.

— Não precisa, estou dizendo que vou. Agora, teremos que fazer duas malas.

Chaya se levanta da cadeira para abraçar a primogênita, sussurrando em meio a seus cabelos grossos:

— Obrigada, obrigada.

— Perdi alguma coisa? — Livi para à porta do quarto, relutante em entrar no cômodo, a tensão no ar é palpável. Yitzchak vai até ela e gentilmente a conduz de volta para a mesa e para a cadeira.

— Gatinha, adivinhe, vou com você amanhã! — Cibi pisca para a irmã. — Não achou que eu deixaria você se divertir sozinha, não é?

— Como assim? Eles não têm o seu nome, só o meu.

Livi parece tão confusa quanto Yitzchak parecia apenas alguns momentos antes. A bravura de Livi a está abandonando: ela se esforça para dizer as palavras, funga enquanto luta para controlar as lágrimas.

— Deixe que com isso eu me preocupo, tudo bem? Tudo que você precisa saber é que estamos juntas nisso de agora em diante. Quem mais vai brigar com você quando se comportar mal?

Livi olha para a mãe e o avô.

— Vocês falaram para ela ir comigo?

— Não, não, gatinha, ninguém me pediu para fazer isso. Eu quero. Insisto. Lembra-se de nossa promessa ao papai, de que ficaríamos para sempre juntas? Magda está doente e não podemos fazer nada a respeito, mas você e eu cumpriremos a promessa e voltaremos para casa antes que percebamos.

— Mamãe?

Chaya segura o rosto de Livi com as mãos.

— Sua irmã vai com você, Livi. Está entendendo? Não precisa fazer isso sozinha.

— Se ao menos Menachem estivesse aqui, saberia o que fazer, como proteger as filhas — diz Yitzchak, com voz lacrimosa.

Chaya, Cibi e Livi olham para o velho quando ele começa a chorar. É óbvio que ele se sente culpado, impotente para proteger as garotas.

As três mulheres envolvem-no em um abraço.

— Vovô, o senhor é o único pai de que me lembro... Me protegeu por toda a minha vida e sei que zelará por mim e Cibi, mesmo quando não estivermos todos juntos. Não chore, por favor, precisamos que o senhor esteja aqui para cuidar da mamãe e de Magda — implora Livi.

— Não há nada que Menachem pudesse ter feito, se ainda estivesse conosco, que o senhor não tenha feito, pai — acrescenta Chaya. — O senhor nos protegeu e nos manteve seguras desde que ele morreu, tem que acreditar nisso.

Pela primeira vez, Cibi não tem nada a dizer. Ela enxuga as lágrimas do rosto de Yitzchak, seu gesto dizendo as palavras que não consegue encontrar.

Livi quebra a tensão, olhando de um membro de sua família para o outro, depois de volta para a mesa da cozinha.

— Devo limpar a mesa?

Yitzchak imediatamente começa a empilhar os pratos.

— Deixe que eu faço isso. Vocês, meninas, descansem um pouco.

* * *

Cibi entra no quarto, mas não faz menção de se despir.

— Você está bem? — Chaya pergunta de sua cama. Livi está enrolada ao lado da mãe.

— Tem espaço aí para mim? Gostaria de dormir com vocês esta noite.

Chaya puxa o cobertor para o lado enquanto Cibi se troca, e então as três mulheres se aproximam para sua última noite juntas. Cibi olha para a cama vazia de Magda e só consegue imaginar como a irmã ficará furiosa quando descobrir que foi deixada para trás. Pensa na promessa feita ao pai de que ficariam juntas, mas que escolha elas têm?

Depois que suas filhas adormecem, Chaya se senta, abraçando-se para se proteger do frio do quarto. As pesadas cortinas não foram fechadas esta noite, e o luar derrama fragmentos de luz nos rostos das duas meninas.

* * *

Pequenas pilhas de roupas: vestidos, suéteres, meias grossas e roupas íntimas estão amontoados nas camas. Chaya pega uma peça de roupa após a outra, examinando-a, lembrando-se de quando foi feita ou comprada e, em seguida, colocando-a em uma das duas pequenas malas. Elas tomam o cuidado de levar apenas a segunda melhor peça – Chaya insiste que suas roupas boas permaneçam penduradas no armário para quando retornarem. Mesmo assim, ela se preocupa com as roupas que as filhas preferem. Cibi sempre veste saias e blusas de uma única cor – suas escolhas de moda são uma fonte de muitos acessos de raiva de Magda, forçada a usar as roupas de segunda mão de Cibi quando tudo pelo que ela anseia são vestidos bonitos e florais com lenços combinando. Livi também prefere vestidos, mas mais do ponto de vista prático: duas peças de roupa demoram mais para vestir do que uma só – que perda de tempo. Três vestidos estão prontos para Livi, com uma variedade de lenços para manter os cabelos rebeldes das filhas longe dos olhos.

Yitzchak entra no quarto fazendo malabarismos com pequenas latas de sardinha e com um bolo debaixo do braço, o bolo que Chaya fez para comemorar o *Shabbat* mais tarde naquele dia, um jantar de *Shabbat* a que nem Cibi nem Livi comparecerão. Afastando as roupas, ele coloca a comida na cama.

— Vovô, o senhor levaria Livi lá para fora? Tenho certeza de que ela adoraria dar um passeio com o senhor. Mamãe e eu podemos terminar aqui — diz Cibi.

— Não posso ajudar? — pergunta Livi.

— Nós cuidamos disso, gatinha. Você vai com o vovô.

Livi está lutando com a tristeza de sua mãe e não discute.

— Não ponham nada desse bolo para mim na mala... Vocês sabem que não é o meu favorito. A senhora e o vovô sabem — diz Livi.

Cibi está arrasada por deixar o *Hachshara* sem dizer a eles para onde está indo. Vão esperá-la de volta ao acampamento no domingo. Ela pensa em Yosi, seus olhos sorridentes... Por quanto tempo ficará fora? A Palestina terá que esperar por enquanto, mas, um dia, ela partirá com as irmãs e até mesmo com a mãe e o avô.

— Mamãe, precisamos só de algumas coisas, não de tudo isso! E precisamos de roupas mais pesadas, suéteres para o caso de fazer frio à noite, um casaco cada uma. Por favor, coloque esses vestidos de volta.

Chaya flagra-se sorrindo apesar do sofrimento.

— Você é inteligente, minha Cibi. Sei que encontrará uma maneira de proteger sua irmã. — Ela suspira, depois se lembra de algo que queria dizer a Cibi: — Por favor, faça o que lhe for dito quando estiver fora. Você se safou discutindo conosco durante toda a sua vida, mas acredito que agora não é o momento de falar o que pensa.

— Não sei o que a senhora está tentando dizer — responde Cibi, buscando conter uma risadinha.

— Acho que sabe exatamente o que estou dizendo. Pense antes de falar, é tudo o que estou pedindo.

— Vai ficar feliz se eu disser que vou dar o meu melhor?

— Vou. Agora, vamos terminar de arrumar essas malas. Precisamos esconder um pouco de comida.

— Vamos ser alimentadas, sem dúvida! — exclama Cibi. — Também precisaremos de livros. Vou escolher uns dois.

Ela caminha até a sala de estar para examinar os livros nas prateleiras.

— Me traga um pouco de chá de tília para colocar na mala. Vocês vão poder beber frio se não tiver água quente — pede Chaya. — Se porventura você ou Livi se sentirem mal, esse chá é milagroso.

Agora, sozinha no quarto, Chaya novamente pega peças individuais de roupa, enterrando o rosto em cada uma, inalando o cheiro muito familiar de suas meninas. Ela diz a si mesma que precisa ser forte: suas meninas são corajosas e farão tudo o que os alemães lhes pedirem e depois voltarão para casa. Magda vai entender por que teve que ser mandada embora. A guerra terminará e a vida voltará ao normal. Talvez até o Hanukkah.

5

**Hospital de Humenné
Março de 1942**

— Quero ver o dr. Kisely — Magda, quase fora da cama, exige da enfermeira que está cuidando de uma senhora idosa a duas camas de distância.

As duas filas de doze camas de metal da enfermaria estão totalmente ocupadas. Os ruídos de ronco, tosse, choro e gemidos tornam o sono, por qualquer período razoável, impossível. Magda descobriu o que significa ter uma tela com estrutura de madeira e tecido em volta da cama: algo desagradável está para acontecer a um paciente. Na mesinha de cabeceira, há uma foto da família dela.

Uma pequena escrivaninha fica na frente da sala, onde a enfermeira responsável agora está sentada, cuidando de seu setor, dando instruções.

— Volte para a cama, Magda. O dr. Kisely fará suas rondas em breve, e então você o verá.

— Não quero voltar para a cama, quero ir para casa. Estou me sentindo bem.

— Faça o que estou mandando ou direi ao dr. Kisely que está se comportando mal.

Com toda a petulância conhecida dos adolescentes através das eras, Magda põe os pés de volta na cama e se senta com as pernas cruzadas em cima dos cobertores, suspirando pesadamente. Entediada e mais do que um pouco confusa sobre o motivo de ainda estar ali – sua febre cedeu no dia anterior –, ela está ansiosa para voltar para a casa de sua mãe, avó e Livi. Chaya não a visitou nenhuma vez, aumentando a sensação geral de desconforto: algo está errado, mas o quê? Mais uma vez, ela gostaria que a mãe a tivesse deixado se juntar a Cibi no *Hachshara*, mas, como a sempre obediente filha do meio, a ajuda de Magda em casa era inestimável.

Ela ainda está perdida em seus pensamentos quando o dr. Kisely entra na enfermaria e se aproxima do primeiro paciente.

— Dr. Kisely! — exclama Magda.

A enfermeira corre até Magda, mandando que ela se cale e espere sua vez.

O dr. Kisely observa a conversa e diz algumas palavras ao paciente antes de caminhar até Magda.

— Bom dia, Magda. Como está se sentindo hoje?

— Estou bem, doutor. Não há absolutamente nada de errado comigo e quero ir para casa agora. Minha mãe e meu avô precisam de mim.

O dr. Kisely desenrola o estetoscópio do pescoço e ausculta o peito de Magda. As mulheres nas camas ao lado esforçam-se para ver o que ele está fazendo, para ouvir o que ele diz. Todo mundo está muito entediado por estar no hospital.

— Sinto muito, Magda, mas você continua com uma pequena infecção no peito. Ainda não está pronta para ir para casa.

— Mas eu *me sinto* bem — insiste Magda.

— Vai ouvir o médico? — repreende a enfermeira.

O dr. Kisely empoleira-se na cama de Magda e acena para que ela se incline.

— Magda, preciso que você me escute — sussurra ele. — Seria melhor para você e para sua família que você ficasse aqui mais alguns dias. Não queria ter de dizer desse jeito, mas vejo que não tenho escolha.

Os olhos azuis de Magda arregalam-se de medo. Para o dr. Kisely, ela parecia muito mais jovem do que seus dezessete anos: em sua camisola fina e cabelo trançado, poderia ter treze ou quatorze anos. Ela faz que sim com a cabeça uma vez, para que o médico continue; ela está certa, tem algo muito estranho acontecendo.

— Não quero assustar você, mas é a verdade. — O médico suspira e olha para o estetoscópio em suas mãos antes de encontrar os olhos de Magda mais uma vez. — Os Hlinka estão prendendo jovens judias e levando-as para trabalhar para os alemães. Quero mantê-la com sua família, se puder, e se você estiver no hospital, estará segura. Você está me entendendo?

Os olhos de Magda alternam entre o médico e a enfermeira. Ela vê preocupação e sinceridade no rosto deles. Ela mesma ouviu falar que os alemães precisavam que jovens trabalhassem para eles, mas nunca imaginou que "jovens" pudessem incluir ela e suas irmãs. Seu coração começa a disparar. Suas irmãs! Cibi ainda está segura na floresta? E Livi?

— Minhas irmãs! — suspira ela, agora tomada por um medo tão forte que sua voz mal é ouvida.

— Tudo bem, Magda. Cibi não está em casa, e Livi é muito jovem. Você só precisa ficar quieta até que os guardas encontrem jovens o suficiente para mandar embora, e depois disso você vai para casa. Preciso que seja forte por mais um tempo. Deixe a equipe do hospital cuidar de você. Lembre-se de que sua mãe e seu avô deram permissão, então, por favor, não os decepcione, Magda.

A enfermeira pega a mão de Magda e sorri para ela, tranquilizando-a, mas Magda não fica tranquila. Ela fez uma promessa ao pai, um pacto com as irmãs, e agora cada uma delas está em um local diferente, sem saber como as outras estão.

Magda pode apenas menear a cabeça em consentimento para ficar no hospital. Ela se deita na cama estreita e olha para o teto, com lágrimas de raiva e frustração – e medo – brotando dos olhos.

6

Vranov nad Topl'ou
Março de 1942

— Não olhe para trás, por favor, Livi. Eu imploro, não olhe para trás — pede Cibi à irmã.

As meninas saem do caminho da frente da casa e vão para a rua. Na porta, a mãe soluça nos braços do avô. Livi *olhou* para trás enquanto fechava o portão da frente. Seu gemido de dor ao testemunhar a angústia da mãe pareceu uma pancada no coração de Cibi, mas ela precisava ser forte por Livi, por sua mãe.

Cibi empertiga-se e, passando sua pequena mala de uma mão para a outra, agarra Livi pela cintura, e as duas irmãs se distanciam, marchando.

— Continue andando, isso, continue andando comigo, você está indo bem, Livi. Estaremos de volta antes que você perceba.

É uma bela tarde de primavera. O ar está fresco e claro, o céu de um azul cerúleo profundo. Os cachos castanho-escuros de Livi brilham ao sol, enquanto as ondas dos cabelos de Cibi balançam e se assentam, balançam e se assentam conforme ela caminha. Elas estão cientes dos vizinhos se demorando nos jardins da frente, observando, enquanto as irmãs e as outras meninas judias se dirigem para a sinagoga. Instintivamente, talvez por teimosia, Livi e Cibi olham apenas para a frente.

Cibi não tem certeza se suas palavras de conforto estão surtindo algum efeito em Livi. Sua irmã se inclina para ela, tremendo um pouco. Aonde estão indo? O que será esperado delas? Mas a questão que atormenta Cibi mais do que qualquer outra diz respeito a Livi: ela poderá ficar com a irmã?

Quinze anos e pequena para sua idade, como Livi se viraria sozinha?

— Magda deveria estar aqui conosco — afirma Livi, interrompendo seus pensamentos. — Não prometemos ficar sempre juntas?

— Magda está bem, isso é o que importa agora. Você e eu temos uma à outra... Faremos o trabalho, voltaremos para casa e ficaremos juntas.

— E nossa promessa, Cibi, de nunca nos separarmos?!

— Não há nada que possamos fazer sobre isso agora. — Cibi não quis que suas palavras soassem tão estridentes. Livi começa a chorar.

— Prometa-me, Cibi — diz Livi, entre soluços. — Prometa que voltaremos para casa e ficaremos de novo com Magda, mamãe e vovô.

— Minha querida gatinha, prometo a você que um dia, em breve, voltaremos por esta rua e iremos para casa. Só não sei quando, mas vou protegê-la até meu último suspiro, que demorará muito para chegar. Acredita em mim, Livi?

— Claro que acredito. — As lágrimas de Livi diminuíram por um momento. Ela aperta o braço de Cibi. — Você é Cibi. Nada impede Cibi de conseguir o que quer. — As irmãs trocam um sorriso lacrimoso.

Cibi se apercebeu das outras meninas, carregando pequenas malas iguais às delas, caminhando na mesma direção. Ela observa as mães chorando arrastadas de volta para dentro de casa por pais atormentados. Estão passando por um pesadelo. Algumas das meninas estão sozinhas, outras com irmãs ou primas, mas ninguém atravessa a rua para caminhar com as amigas. Por algum motivo, sabem que essa jornada deve ser feita sozinha.

— Livi, sabe por que não há meninos aqui? — pergunta Cibi.

— Talvez já tenham levado os meninos.

— Teríamos ouvido se tivessem.

— Então, por que apenas garotas, Cibi? Do que servem as meninas para o trabalho pesado?

Cibi força uma risada, qualquer coisa para aliviar a tensão.

— Talvez alguém tenha percebido que podemos fazer qualquer coisa que os meninos podem fazer.

As ordens recebidas foram claras: apresentar-se à sinagoga às cinco horas da tarde do dia do *Shabbat*. Elas são saudadas pela imagem de guardas de Hlinka parados de cada lado das portas do bloco educacional próximo ao templo. O local abriga uma grande sala de aula onde as meninas, desde a infância, receberam instrução religiosa. Cibi, como sempre, está maravilhada com a sinagoga, o prédio alto onde ela e sua família oraram e foram consoladas por amigos após a morte de seu pai e de sua avó. Sempre um lugar de proteção e segurança entre seu povo, hoje o prédio não oferece esse conforto. Os nazistas arruinaram tudo. Os guardas de Hlinka arruinaram tudo.

As meninas são conduzidas para dentro da sala de aula enquanto os poucos pais que optaram por ignorar a ordem de ficar longe receberam gritos, foram agredidos com cassetetes e mandados de volta para casa.

— Fique aqui — Cibi pede para Livi, soltando a irmã e largando a mala. Correndo para fora, Cibi segura uma jovem que está agarrada à mãe, recusando-se a se separar. Um guarda bate nas costas da mulher, sem parar, mas ela não solta a filha. Uma pequena multidão assiste ao espetáculo brutal em um silêncio horrorizado.

— Estou com você, venha comigo.

A coragem de Cibi é mais óbvia do que seu medo neste momento.

A menina solta a mão da mãe quando Cibi a puxa para longe. Chorando, gritando, a menina estende novamente a mão para a mãe, que agora está sendo arrastada pelos guardas.

— Estou com ela, vou cuidar dela, sra. Goldstein — grita Cibi, enquanto conduz a menina, Ruth, para dentro.

Mais e mais garotas entram na sala, seu medo estampado em rostos cheios de lágrimas. A sala está cheia de tristeza e desespero.

— Ruthinha, Ruthinha! Por aqui! — uma voz chama.

Cibi olha em volta para ver Evie, sua jovem vizinha, acenando para Ruthinha Goldstein.

— É sua prima, não é? — pergunta Cibi, e Ruthinha concorda.

— Vou ficar bem agora — diz ela a Cibi, com um sorriso lacrimoso. — Ela é da minha família.

Cibi volta para onde deixou Livi.

— Temos que encontrar um espaço perto da parede se quisermos ficar confortáveis — Cibi diz a ela, levando Livi para longe do centro da sala.

As irmãs ficam de pé, esperando instruções, observando enquanto mais e mais meninas são conduzidas para a sala. Apesar do ar fresco da manhã, o quarto está abafado e barulhento, com as garotas gritando umas para as outras e soluçando. Outrora uma sala cheia de memórias de infância felizes, agora é um espaço hostil.

À medida que a luz do dia diminui, duas pequenas lâmpadas no teto são acesas para emitir um brilho amarelo opaco sobre a sala.

De repente, e sem aviso, a porta se fecha e o medo das meninas se intensifica.

— Estou com medo, Cibi! Quero ir para casa! — Livi choraminga.

— Eu sei, eu também, mas não podemos. Vamos nos sentar um pouco. — Agora, com as costas contra a parede, Cibi coloca a mala de Livi entre as pernas da irmã antes de fazer o mesmo com a dela. — Você deve cuidar da sua mala a todo custo, entendeu? Não a perca de vista.

— O que vai acontecer com a gente? — pergunta Livi.

— Acho que vamos ter que passar a noite aqui, então devemos ficar confortáveis. — Cibi coloca o braço em volta dos ombros de Livi, puxando sua cabeça para o peito, segurando-a com força. — Você está com fome, Livi, minha gatinha?

Livi está chorando de novo, balançando a cabeça.

— Feche os olhos e tente dormir um pouco.

— Não consigo dormir.

De algum lugar bem no fundo, Cibi se lembra da canção de ninar tcheca que ela cantou há muito tempo para a bebê Livi. Suavemente, começa a cantar.

Meu pequeno anjo	*Hajej můj andílku*
Deite-se, meu anjinho, deite-se e durma,	*Hajej můj andílku hajej a spi,*
Mamãe está embalando seu bebê.	*matička kolíbá děťátko svý.*
Deite-se, durma bem, pequenina,	*Hajej dadej, nynej, malej,*
Mamãe está embalando seu bebê.	*Matička kolíbá děťátko svý.*
Deite-se, meu anjinho, deite-se e durma,	*Hajej můj andílku hajej a spi,*
Mamãe está embalando seu bebê.	*matička kolíbá děťátko svý.*
Deite-se, durma bem, pequenina,	*Hajej dadej, nynej, malej,*
Mamãe está embalando seu bebê.	*Matička kolíbá děťátko svý.*

* * *

Cibi abraça Livi com força. Dali a alguns minutos, ela ouve sua respiração lenta. Cibi transfere todo o amor que sente por sua irmã mais nova para a criança adormecida.

— Não vou deixar que ninguém te machuque — sussurra ela em seus cachos cheirosos.

Recostando-se à parede, Cibi observa enquanto outras garotas lutam por espaço para se sentar, negociando as costas para se acomodar, um lugar perto da parede. Algumas abrem as malas e tiram pequenas latas, pedaços de pão, queijo. Elas oferecem comida às que estão ao redor. Cibi pensa no *Hachshara* e imagina o que todos estão fazendo no acampamento. No domingo, vão perguntar onde ela está, por que não voltou. Ela tenta não pensar na mãe e no avô sentando-se para jantar em casa. Será que vão conseguir comer? Cibi se pergunta se Magda está melhor. Ela gostaria que a irmã estivesse ali, mas talvez ela esteja melhor no hospital.

Consolada com esse pensamento, Cibi fecha os olhos e se lembra dos dias mais felizes.

— *Vamos tratar de suas acomodações para dormir amanhã, quando soubermos quantas de vocês estarão dispostas a ficar e fazer o treinamento para se tornarem parte do* Hachshara. *Enquanto isso, encontrem um lugar e tentem dormir um pouco. Prometo que todas vão ter camas, colchões, cobertores e travesseiros amanhã.*

— *Onde estão os meninos?* — pergunta uma das garotas em voz alta. Cibi nota seu sorriso atrevido, seus olhos brilhantes.

— *Em outra parte do acampamento. E, antes que saia para procurar, é muito longe daqui.*

— *Sou Cibi, qual é o seu nome?* — pergunta Cibi à garota atrevida. Estão deitadas lado a lado nas tábuas do piso de madeira, puxando os casacos ao redor do corpo para se protegerem do vento que sopra pelas grandes aberturas nas paredes.

— *Aliza. Prazer em conhecê-la, Cibi. De onde você é?*

— *Vranov. E você?*

— *Bardejov, mas não por muito mais tempo. Não vejo a hora de ir para a Palestina.*

— *Entendo o que quer dizer. Não consigo acreditar que estou aqui* — afirma Cibi, rindo com nervosismo.

— *Você acha que vamos treinar com os garotos?* — pergunta Aliza a ninguém em particular.

— *Esse é o único motivo pelo qual você está aqui, para conhecer garotos?* — A jovem deitada ao lado delas se senta.

— *Não, eu quero ir para a Palestina* — Aliza diz a ela.

— *Bem, estou aqui apenas pelos meninos* — grita uma voz do fundo da sala.

— *Levante a mão quem está aqui porque quer ir para a Palestina* — Cibi enuncia para que toda a sala a ouça.

Todas as meninas na sala se sentam e todas levantam a mão.

— *Agora levantem a mão todas que estão aqui porque querem conhecer garotos* — *Cibi demanda.*

Todas as meninas trocam olhares, dão mais risadas e, mais uma vez, todas levantam a mão.

Em vez de dormir, conforme as instruções, as meninas conversam e brincam, trocando nomes, cidades de origem, ambições.

Cibi sente um intenso orgulho por sua decisão de estar ali entre aquelas estranhas, unidas em seu propósito. Seu sacrifício para deixar a família e seguir seu sonho de se tornar uma pioneira em uma terra nova e prometida valerá a pena. Ela trabalhará muito para chegar à Palestina e depois mandará buscar as irmãs, a mãe e o avô. Naquele pequeno quarto, sem roupa de cama, mas repleto de um senso de aventura, a camaradagem entre as mulheres é a base do desejo fervoroso de Cibi de começar o Hachshara *o mais breve possível.*

Ela é uma das meninas que terá uma cama na noite seguinte.

Aliza se levanta.

— Por que achamos que os meninos estão aqui? — *grita ela.*

Em uníssono, as garotas gritam de volta:

— Para ir para a Palestina E ENCONTRAR MENINAS.

* * *

Cibi acorda sobressaltada.

— Quero minha mãe! Quero minha mãe!

O lamento lamurioso de uma garota ecoa na sala.

Livi se mexe, gemendo baixinho em seu sono. Cibi sussurra palavras suaves, e Livi se acalma mais uma vez.

Enquanto o sol de início da primavera entra sorrateiramente pelas janelas altas, as meninas acordam, se levantam e se espreguiçam. Novamente elas se perguntam: *Aonde estamos indo? O que pedirão para fazermos?* Não há respostas, e logo a sala fica em silêncio, as meninas voltando ao chão para esperar. Algumas comem as porções que trouxeram nas malas. Pelo menos, o quarto parece menos sombrio à luz do sol e mais reminiscente dos velhos tempos.

— Acorde, Livi. É hora de acordar. — Cibi gentilmente cutuca a irmã, cuja cabeça adormecida repousa em seu colo.

Sentando-se, Livi parece atordoada, olhando ao redor da sala, confusão em seus olhos.

— Quer comer alguma coisa, Livi? — encoraja Cibi.

— Não estou com fome — diz Livi, olhando para as meninas, algumas chorando.

— Você tem que comer alguma coisa. Não sabemos quanto tempo ficaremos aqui.

Cibi abre a mala, procurando a comida escondida embaixo das roupas. Ela pega o bolo que a mãe havia feito para o jantar de *Shabbat*. Desembrulhando-o do pano de prato dolorosamente familiar, Cibi inala o aroma da comida de sua mãe. Ela parte um pequeno pedaço e o entrega para Livi.

— Não quero, você sabe que odeio esse bolo — reclama Livi, afastando a mão de Cibi.

— Mesmo assim, precisamos comê-lo. Não vai durar muito, e temos que guardar as latas. Não significa nada para você o fato de mamãe ter feito isso com as próprias mãos? — Cibi sorri e oferece o bolo para a irmã mais uma vez.

A contragosto, Livi o pega e começa a mordiscar, revirando os olhos a cada pedaço, fingindo se engasgar enquanto engole. Cibi força sua própria fatia goela abaixo – sua boca está seca, e o bolo tem gosto de cinzas.

— Estou com sede, preciso de algo para tirar esse gosto da boca.

Livi está começando a choramingar, e Cibi de repente se sente exausta. Gostaria de choramingar também.

— Você vai ter que esperar. Tenho certeza de que receberemos alguma coisa em breve.

Elas não ouvem a porta se abrir, mas ficam de pé quando uma voz explode:

— Levantem-se, é hora de ir! — O guarda de Hlinka bate com o cassetete na palma da mão.

Fechando a mala, Cibi se levanta rapidamente, agarrando a mala de Livi enquanto a irmã se ergue.

— Segure sua mala, Livi — ela lembra a irmã. — Não pode deixar ninguém tirá-la de você, entendeu?

Livi acena com a cabeça, os olhos nas portas da frente da sala, por onde mais guardas estão entrando naquele espaço. As meninas são agrupadas em duas filas e conduzidas para fora. Elas estreitam os olhos sob o sol forte de um belo dia.

Cibi empurra Livi à frente dela, segurando a parte de trás de seu casaco. Elas não podem se perder, aconteça o que acontecer. Um lado da rua está cheio de guardas de Hlinka, e do outro estão as famílias das meninas, chamando desesperadamente suas filhas, netas e sobrinhas. Eles ignoraram o toque de recolher para estar lá: os judeus não podem mais andar onde quiserem na hora que escolherem. Correm o risco de espancamentos e prisão, mas, para muitos, o castigo valerá a pena para ver suas meninas queridas. Cibi sabe que sua mãe e seu avô não estarão no meio da multidão. Nunca saíam de casa no *Shabbat*.

Os Hlinka começam a marchar com as meninas rua abaixo, longe da sinagoga e da dor.

— Aonde estamos indo? — questionou Livi em um sussurro.

— Este é o caminho para a estação — diz Cibi, apontando para a frente. — Talvez devamos pegar um trem.

À medida que os gritos lamentosos das famílias diminuem, novas vozes – vozes raivosas e cheias de ódio – as saúdam enquanto fazem sua passagem pela cidade. Ex-amigos e vizinhos estão jogando frutas podres e pão velho na cabeça delas, gritando de alegria porque os judeus finalmente estão indo embora. Cibi e Livi ficam perplexas com as provocações, a bile sendo expelida das gargantas e das bocas rosnando. O que aconteceu com essa gente? São as mesmas pessoas que sua avó atendeu durante o parto, as mesmas que faziam compras na loja de sua mãe ou procuravam seu sábio conselho.

Elas passam pela sra. Vargova, a mulher do sapateiro. Cibi levava seus sapatos para consertar quando precisavam de novas solas ou costuras. Quase sempre a sra. Vargova não permitia que seu marido cobrasse pelo trabalho, lembrando-o de que as meninas haviam perdido o pai depois que ele foi ferido lutando por seu país. Agora, ela faz parte dessa multidão ruidosa, com o cabelo fora do coque arrumado, solto e desordenado sobre os ombros, enquanto diz a Cibi, Livi e a todas as outras meninas que as odeia, que deseja que morram.

Cibi puxa Livi para perto. Ela não consegue evitar que a irmã veja ou ouça o que está acontecendo, mas isso é tudo o que ela tem a oferecer: um corpo quente e um abraço carinhoso. Cibi levanta o queixo, ao contrário das meninas que as cercam e que estão chorando e lamentando. Essa multidão odiosa não vai tirar lágrimas dela.

— Oi, Cibi, não achei que você tivesse sido escolhida para partir hoje.

Visik, seu "amigo" de infância que se tornou um traidor de Hlinka, está caminhando na direção delas. Foi simplesmente a promessa de um uniforme preto aprumado que transformou Visik em um monstro. Cibi o ignora.

— Qual é o seu problema? — questiona ele. Seus olhos opacos examinam-na de cima a baixo. — Por que não está chorando como todos os outros judeus fracos?

Ele caminha com elas, como se estivessem dando um agradável passeio ao sol. Cibi puxa Livi para mais perto e, ao mesmo tempo, dá um passo para o lado a fim de ficar ombro a ombro com Visik, virando-se para encontrar seus olhos.

— Você nunca terá o privilégio de me ver chorar, Visik. E, se algum dia eu pensar em chorar, vou apenas me lembrar da sua cara feia e, em vez disso, vou rir. E, quanto aos fracos, não sou a idiota que precisa se esconder atrás do uniforme de um brutamontes — Cibi fala em tom de deboche.

Um guarda mais velho se junta a Visik.

— Coloque-as de volta na fila — ordena ele.

— E, depois, leve esse garotinho de volta para a mamãe dele — solta Cibi atrás do guarda, enquanto ela e Livi voltam para a multidão de garotas.

— Cibi. O que está fazendo? — Os olhos de Livi estão arregalados de medo.

— Nadica de nada, Livi. Foi muito bom.

A estação ferroviária surge no horizonte: Cibi estava certa. Ela se lembra da viagem agradável que fizeram no ano anterior a Humenné para visitar parentes. Agora, elas são empurradas pela estação até a plataforma, os guardas gritando e apressando-as para o trem que as espera. Elas se misturam, colocam as malas na cabeça e encontram lugares. Ninguém está chorando mais; em vez disso, elas ficam quietas, cada jovem contemplando a família que deixou para trás e o futuro incognoscível que se estende à sua frente.

Devagar, o trem se afasta da estação. Livi encosta a cabeça no ombro de Cibi. Elas olham pela janela para o dia claro de primavera, os campos familiares passando lentamente. Várias vezes o trem para sem nenhuma indicação de onde estão: campos à esquerda e à direita, e as impressionantes montanhas Tatra a distância, ainda cobertas de neve, dando adeus a seus cidadãos.

O maquinista caminha pelos corredores, canecas vazias penduradas nos dedos da mão esquerda, enquanto na direita segura uma jarra de água. Quando entrega uma caneca para Cibi e outra para Livi e as enche até a metade, ele murmura um "Sinto muito", abrindo para elas um sorriso triste. Cibi encara-o, mas Livi diz "Obrigada", bebendo a água em um único gole e devolvendo a caneca.

O trem finalmente para em uma estação com placas informando que chegaram a Poprad. As portas dos vagões são abertas de uma vez. Os guardas de Hlinka entram em cada vagão e gritam:

— Fora! Fora!

Na plataforma, novos guardas de Hlinka empunham longos chicotes pretos, estalando-os no rosto das garotas quando elas desembarcam do trem.

— Não vão bater na gente, vão, Cibi? Não fizemos nada de errado, né? — sussurra Livi.

— Claro que não — Cibi lhe diz, esperando que a voz não traia seu medo.

A poucos metros de onde estavam, esperando o próximo conjunto de instruções, uma garota se aproxima de um dos guardas e abre a boca para dizer algo quando ele levanta o chicote e a golpeia no braço. Várias meninas reagem, gritando com o guarda, arrastando a menina ferida para longe. Cibi agarra Livi enquanto mais guardas inundam a plataforma, ordenando centenas de garotas em longas filas, prontas para começar a marchar mais uma vez.

Não estão caminhando há muito tempo quando são paradas em frente a uma enorme cerca de arame e aço, do outro lado da qual Cibi avista uma série de edifícios imponentes e escuros.

Quando as meninas entram no que é obviamente um complexo militar, notam as insígnias do exército nos veículos, os barracões se alinhando em ambos os lados da estrada solitária que percorre toda a extensão da área cercada. Cibi e Livi juntam-se a um grupo de meninas que estão sendo conduzidas a um barracão de dois andares. Uma vez lá dentro, a porta é fechada atrás delas. Devagar, as meninas caem no chão, reivindicando um espaço para se sentar, deitar ou se enrolar em desespero.

— Acha que eles nos darão algo para comer? — questiona Livi.

— Acho que não podemos esperar nada mais do que o que recebemos na noite passada — responde Cibi.

— Mas aquilo não foi nada.

— Sim, nada. Vamos esperar um pouco mais antes de comer a nossa reserva.

Soluçando e sussurrando, vozes ressoam nesta sala e na sala acima. Mas não há nada a ser feito. Cibi e Livi deitam-se e usam os suéteres como travesseiros, os casacos como cobertores e acabam por adormecer, cansadas demais para sentir fome, medo ou saudade.

* * *

Na manhã seguinte, quando ainda não há nenhuma palavra dos guardas, as meninas estão caladas. Cibi acredita que ficar sozinhas naquela sala para imaginar o pior faz parte do plano dos Hlinka. Mulheres apavoradas e famintas serão muito mais fáceis de controlar.

Livi pega sua mala e sobe nela para espiar o pátio pela janela, mais além.

— O que você consegue ver? — pergunta Cibi, enquanto outras se juntam ao redor.

Ficando na ponta dos pés, Livi aperta os olhos através do vidro escuro. Soltando o peitoril da janela com uma das mãos, ela tenta limpar a poeira com a manga. Perdendo o equilíbrio, seu braço bate no vidro antes que ela caia no chão, soltando uma chuva de cacos de vidro.

Cibi rapidamente a puxa para longe da cena, enquanto as outras garotas também vão para o fundo do espaço, sem querer se associar com a janela quebrada.

— Você está bem? Está machucada? — Cibi tira fragmentos de vidro do cabelo de Livi e de seu casaco.

— Estou bem — responde Livi, rapidamente.

— Bem, me deixe ver como você está.

Cibi começa a examinar o rosto de Livi em busca de fragmentos perdidos e então pega as mãos da irmã. Há um corte longo e ensanguentado no meio da palma de sua mão direita. O sangue pinga no chão. Cibi levanta a saia, agarrando a anágua de linho branco por baixo. Curvando-se, afunda os dentes no tecido, fazendo um pequeno rasgo e, em seguida, começa a puxar longas tiras de pano com as quais envolve a ferida de Livi. Quase imediatamente, o sangue começa a escorrer pelo pano branco.

Em estado de choque, Livi observa a irmã enfaixar sua mão ferida. Ela não sente dor.

A porta se abre e três guardas entram. Sem dizer uma palavra, cada um agarra duas meninas pelos braços e as arrasta para fora.

Todas na sala assistem com horror, as garotas grudadas umas nas outras enquanto a porta é mais uma vez fechada.

Uma hora ou mais se passa antes que a porta seja aberta de novo e as meninas sejam mandadas para fora. Aquelas que pegam suas malas são despojadas delas ao cruzar a soleira. Cibi ouve um guarda dizendo a uma garota que sua mala estará lá quando ela voltar. Elas nunca mais as verão.

As meninas são conduzidas para outro prédio, um grande espaço com uma cozinha nos fundos. Fazem fila e se veem diante das seis garotas que foram levadas antes e que agora lhes entregam um pequeno prato de estanho, uma pequena pilha de repolho cozido demais e um pedaço de pão do tamanho de um punho. Talvez esta já tenha sido uma sala de jantar, mas não há mesas e cadeiras, então as garotas se sentam no chão, forçando a comida sem gosto em estômagos vazios.

No retorno ao barracão, baldes d'água, esfregões e escovas aguardam as meninas. Elas são instruídas a esfregar a sala até que brilhe. Revezam-se lavando e limpando o chão, cada qual trabalhando até que todas tenham esfregado pelo menos uma vez, vigiadas pelos guardas.

Passam o resto do dia sentadas, de pé, chorando. No final da tarde, são levadas de volta para a sala de jantar e alimentadas com um pequeno pedaço de batata e uma fatia de pão para cada uma.

De volta ao barracão, uma das garotas lembra que é *Pesach*, a Páscoa judaica. Mas como elas podem participar dos devidos rituais ali? A garota aponta para uma adolescente loira que está sentada sozinha.

— O pai dela é nosso rabino. Ela deve saber a ordem das orações, os rituais.

Todos os olhos se voltam para a menina, que balança a cabeça e abre a mala para retirar o *Hagadá*. Logo, todas estão reunidas em torno dela em oração. Uma grande tristeza se instala sobre elas.

* * *

Na manhã seguinte, mais uma vez sem café da manhã, as meninas são levadas para fora do complexo e de volta à estação de trem. Mais uma vez, os guardas de Hlinka com chicotes marcam sua jornada.

O trem está esperando na plataforma, o motor funcionando e pronto para partir. Mas as meninas são obrigadas a passar pela fileira de vagões de passageiros, em direção aos vagões de gado na parte de trás da composição.

— Subam a bordo! — os guardas gritam sem parar. Mas as meninas não se movem. Cibi sente-se como um animal pego pelos faróis de um carro. Claro, elas não conseguem imaginar que devem entrar em um compartimento destinado a transportar gado.

— Cibi, o que está acontecendo? — Livi chora.

— Não sei, mas... mas esses vagões são para *animais*.

Mas os guardas de Hlinka estão sérios. Os chicotes são estendidos e usados para conduzir as meninas até os vagões, apesar de estarem muito acima do chão. Os xingamentos, gritos e golpes continuam, todas as tentativas de decoro abandonadas, e as meninas lutam para subir a bordo, estendendo a mão para ajudar aquelas que estão na plataforma.

Cibi empurra Livi nos braços de uma garota que a coloca no vagão. O fedor de esterco de vaca se mistura com o cheiro muito real de seu medo.

As meninas estão amontoadas lá dentro, com espaço apenas para ficarem de pé. Os ferrolhos das portas pesadas são fechados, e a única claridade vem dos fragmentos de luz do sol que atravessam as ripas de madeira das paredes.

Praticamente todo mundo está chorando agora, as que estão mais próximas das paredes gritam, batendo os punhos nas ripas, exigindo sua liberdade.

Cibi e Livi entraram em um pesadelo acordadas. Não há trégua da proximidade de outros corpos, do lamento, da sede terrível e da fome torturante.

O trem faz muitas paradas, às vezes por um momento, às vezes por períodos mais longos, mas a porta permanece fechada. Cibi rasga mais e mais tiras de sua anágua para trocar as bandagens de Livi, até que só resta o cós de sua saia.

Finalmente, as portas se abrem. O sol escondeu-se abaixo do horizonte, mas mesmo essa meia-luz as faz estreitar os olhos. O coração de Cibi quase para quando vê os uniformes dos nazistas. É a SS. Ela só os tinha visto no jornal do avô, mas as jaquetas cinza-escuras, a suástica na faixa vermelha brilhante nas mangas… Inconfundível. Eles se alinham na plataforma, de frente para os vagões, segurando seus rifles em uma das mãos e as guias de grandes cães latindo na outra.

As meninas começam a descer, e os cachorros avançam para tentar mordê-las e rosnar para elas. Duas garotas são mordidas no momento em que desembarcam.

— Mais rápido, mais rápido — gritam os alemães, atingindo com a coronha dos rifles aquelas que consideram lentas demais.

Cibi e Livi movem-se rapidamente, saltando do vagão e ficando ao lado do trem. Chegaram ao que obviamente é outro complexo. Há holofotes iluminando prédios, ruas inteiras além dos portões. Elas olham para a placa acima da cerca de arame e leem: ARBEIT MACHT FREI. Cibi sabe alemão o suficiente para decifrar o significado. *O trabalho liberta.*

Mas, então, Cibi e Livi ficam paralisadas pelos homens de cabeça raspada e bochechas fundas que agora invadem o trem. Com camisas e calças listradas de azul e branco, movem-se como ratos fugindo de um navio que está afundando enquanto sobem nos vagões e começam a jogar as malas das meninas na plataforma.

Cibi e Livi observam um homem pegar uma lata de sardinha vazia, Livi quase vomitando enquanto ele passa o dedo por dentro, chupando antes de levar a lata aos lábios para drenar o resto do óleo. Ele olha para cima e percebe que as irmãs o observam, mas continua lambendo a lata, imperturbável.

A fila de garotas começa a se mover em direção aos portões.

— Livi, me escute — sussurra Cibi com urgência. — Vamos comer pedras, pregos e tudo em que pudermos colocar as mãos, mas devemos sobreviver neste lugar. Você está me entendendo?

Sem palavras, traumatizada, Livi pode apenas acenar com a cabeça seu "sim".

PARTE II
Os portões do inferno

7

Auschwitz
Abril de 1942

— Continue andando, Livi. Fique na fila — murmura Cibi para a irmã.

Assim que passam pelos portões, as meninas são conduzidas por uma rua arborizada, a primeira onda de folhas da primavera balançando com a brisa fresca. O calor emana da forte iluminação que vem do alto, e Cibi, ironicamente, lembra-se de uma noite quente de verão. Elas passam por um prédio de concreto cinza, encontrando os olhares vazios de rapazes e moças que as encaram, inexpressivos, das janelas. Cibi estremece – eles poderiam ser os meninos da *Yeshiva*, jovens de cabeça raspada que estudam o *Torá*. Mas ela não pode se permitir pensar em casa, em seus amigos. Deve ficar alerta. Barracões de tijolos vermelhos alinham-se em ambos os lados de várias das ruas pelas quais as meninas passam. Árvores altas e lindas flores em belos canteiros de jardim adornam os terrenos na frente de cada edifício, dando a ilusão de um lar acolhedor.

Finalmente, as meninas são conduzidas a um prédio de tijolos vermelhos de dois andares, onde se defrontam com as outras ocupantes. Veem-se em um recinto espaçoso, com pé-direito alto, mas, por mais amplo que seja, ainda é apertado para as centenas de habitantes lá dentro. *Pelo menos mil*, pensa Cibi. A palha solta no chão lembra um estábulo ou celeiro, algum lugar onde os animais dormiriam – não meninas. O cheiro de estrume dá a impressão de que o lugar é para o gado.

— Eles nos colocaram com os meninos — sussurra Cibi, incrédula. Mas ela pode ver que há meninas ali também... As irmãs vão acabar como elas? Olhos arregalados e magricelas? Com os olhos vazios e desesperados?

Os meninos estão uniformizados — Cibi acha que é o uniforme de soldados russos: calças cáqui gastas e camisas de botão, uma estrela vermelha de bordas amarelas com o martelo e a foice. Cibi acha que estão olhando para as meninas com pena, provavelmente porque sabem muito bem o que as espera. Ou talvez simplesmente não queiram compartilhar esse espaço confinado com elas.

— Acho que são meninas, Cibi. — Livi não consegue tirar os olhos das figuras emaciadas que ainda estão olhando para elas em silêncio.

— Bem-vindas a Auschwitz. — Um garoto dá um passo à frente. — Vocês estão na Polônia agora, caso não tenham lhes contado. Aqui é onde vivemos. — Ele estende a mão para mostrar ao redor do quarto amplo, os sacos de palha espalhados pelo chão.

Será possível que se acomodem para dormir nessas coisas?, pensa Cibi.

— O que acontece agora? — uma voz assustada questiona.

— Você dorme com as pulgas — outra responde.

— Mas nós não comemos — grita a primeira, assustada, cansada.

— Vocês estão atrasadas. Vão comer amanhã. Mas já alerto, vocês terão as cabeças raspadas como nós... Eles raspam *todo* o seu cabelo... E colocarão um uniforme como este em vocês. E daí vocês vão trabalhar. Nunca resistam. Se o fizerem, poderão ser punidas, e nós também.

A figura abaixa a voz para um sussurro. Cibi nota os olhos dele: olhos bonitos no rosto de um menino magro. Livi está certa, esses meninos são meninas.

— Os SS estão em toda parte — diz ela de um jeito conspiratório —, mas são as *kapos* que cuidam de nós, devemos ter cautela. Às vezes, elas são piores que os SS. São prisioneiras como nós, mas nunca confiem nelas. Já escolheram seu lado.

Prisioneiras. A palavra assusta Cibi. Elas estão em uma prisão e lá permanecerão até que os alemães decidam que elas podem partir. Na tentativa de esconder seu medo, Cibi entra em ação, reivindicando um colchão grumoso no meio do espaço escuro.

— Vamos.

Ela pega a mão de Livi e gentilmente a puxa para a "cama". Deitam-se totalmente vestidas e de casaco, a palha estalando embaixo do corpo, espetando através do tecido áspero para raspar mãos e cabeça. Cibi gostaria que tivessem ficado com as malas – talvez elas as recuperassem no dia seguinte.

Uma a uma, as meninas encontram camas e se acomodam, mas não há sacos suficientes para todas, e duas, três, quatro meninas precisam se espremer como sardinhas.

Livi está chorando, baixinho a princípio, mas depois soluça. Cibi envolve a irmã nos braços e enxuga suas lágrimas com a manga da camisa.

— Está tudo bem, Livi. Você está com fome, nós duas estamos com fome. Amanhã vamos comer, será dia e nos sentiremos melhor. Por favor, pare de chorar, estou bem aqui do seu lado.

Mas as lágrimas de Livi são contagiosas, e logo o quarto está cheio de fungadas e soluços ofegantes.

Meninas tropeçam, cambaleando umas sobre as outras enquanto vão até a porta. Vozes clamam para que parem, voltem.

— Vocês vão nos meter em problemas! — grita uma voz, muito obviamente a de uma garota agora.

— Voltem para a cama. É pior lá fora do que aqui! — grita outra.

Os soluços de Livi diminuem devagar e o quarto fica em silêncio, até surgir um grito de "Alguma coisa me mordeu!" e alguém responder:

— É só uma pulga. Você vai se acostumar.

* * *

Ainda está escuro quando as meninas são acordadas às quatro da manhã pelas *kapos*, gritando para elas se mexerem.

Está muito frio. Cibi e Livi dormiram agitadas, e agora estão geladas, com fome e sede. Esfregando o sono dos olhos, elas seguem as prisioneiras que aprenderam o passo a passo do ritual matinal, enfileirando-se para usar o banheiro improvisado em grandes cochos com torneiras pingando e fossas abertas.

Cibi e Livi abraçam-se quando começam a sair da sala, mas Cibi solta um grito e tropeça, caindo de joelhos.

— Cibi, Cibi, o que foi? — pergunta Livi.

Cibi arranca os sapatos e as meias para revelar pés fervilhando com pulgas saltitantes. Cibi segura com uma das mãos as meias que acaba de tirar e olha, paralisada, para os pés. Em volta delas, as meninas escalam os sacos de palha para sair.

— Cibi, você está me assustando. Precisamos seguir em frente! — Livi chora, sacudindo o braço da irmã.

Cibi olha para as meias e as joga longe.

— Está tudo bem, está tudo bem. Só precisamos lavar os pés. Eu ajudo. Vamos.

Mas Cibi afasta-se de Livi. Esse problema é dela, e ela deve ser forte por sua irmã.

Uma jovem de cabeça raspada abre caminho no meio da multidão e agarra as meias descartadas de Cibi.

— Ela vai precisar delas — diz a Livi. — Tirei todas as pulgas.

Livi fica chocada com o tom da garota: robótica, totalmente desprovida de emoção. Mas é um ato de bondade, mesmo assim.

Livi pega as meias com um meneio de cabeça e mostra para Cibi.

— As pulgas sumiram. Por favor, calce as meias de novo.

Cibi não diz nada, mas não resiste enquanto Livi calça as meias e afivela os sapatos em seus pés.

Cibi e Livi juntam-se às outras, caminhando para fora do prédio. Na área externa, são separadas das veteranas e marcham para outro prédio. À luz do dia, as ruas e os edifícios não parecem tão convidativos. Oficiais da SS agora se alinham nas calçadas, rifles às costas, revólveres no coldre pendurado nos quadris. Prisioneiras saem de prédios como aquele em que Cibi e Livi acabaram de passar a noite. Elas passam por um grupo de homens arrastando os pés ao lado delas – uma olhada aqui e ali, mas ninguém faz contato visual.

Por fim, as meninas são mandadas para uma sala sem janelas, onde são instruídas a se despir. Cibi está grata no momento por elas não terem sido avisadas do que está por vir, grata por Livi ter sido poupada, mesmo por algumas horas, da realidade por trás dos olhares vazios das prisioneiras sem cabelos.

Quando algumas resistem, os guardas, homens e mulheres, nem pensam duas vezes para esbofeteá-las. Cibi, Livi e todas as outras garotas tentam esconder a nudez com as mãos e os braços. O som da risada dos homens enche seus ouvidos enquanto eles gritam obscenidades para as garotas nuas.

— Suas joias... Não se esqueçam daqueles lindos diamantes que vocês têm nas orelhas, meninas. Queremos tudo — grita a *kapo*, gargalhando. Ela é uma mulher alta de cabelos pretos curtos e encaracolados e um único incisivo faltando.

Cibi leva a mão a uma orelha e depois à outra. Os pequenos brincos de ouro com suas minúsculas pedras vermelhas foram colocados em seus lóbulos no dia em que nasceu pela avó, que acabara de fazer seu parto. Pela primeira vez seriam retirados. Cibi esforça-se para encontrar as tarraxas que os prendem. Ela observa com horror crescente como a *kapo* arranca os brincos aleatoriamente das orelhas das meninas. O sangue jorra dos lobos partidos enquanto o choro histérico enche a sala. Ela espera que Livi, onde quer que esteja neste lugar infernal, tenha conseguido tirar os dela. Enquanto puxa os brincos, percebe que a *kapo* está parada na sua frente, a mão estendida para pegar as preciosas lembranças do amor de uma avó. Ela pensa brevemente em Magda e, graças a Deus, sua irmã está a muitos quilômetros de distância.

Uma a uma, as meninas são chamadas ao centro do local para serem inspecionadas pelos *Schutzstaffel*, guardas da SS, que continuam a olhar para os jovens corpos femininos que desfilam diante deles. Cibi lembra-se de seu avô dizendo a ela repetidamente: *O humor vai salvá-la. Ria e, se não conseguir rir, coloque um sorriso no rosto.*

Erguendo a cabeça para seus examinadores, ela abre um sorriso corajoso. Cibi sente a vibração de várias pedrinhas de gelo na barriga. Quando é chamada, ela avança lentamente para ficar na frente de um homem vestido com calça listrada e camisa. É o barbeiro. Ele corta pedaços de seu cabelo castanho, e ela observa as ondas caindo no monte crescente a seus pés. Ele liga uma máquina de barbear tosca e a passa na cabeça dela, reduzindo sua outrora orgulhosa cabeleira a uma cobertura rala. Ainda não terminou. Para a vergonha de Cibi, ele se ajoelha. Abrindo as pernas dela, o homem direciona a máquina para sua virilha, de onde remove os pelos púbicos. Ela tenta não pensar na pequena Livi sofrendo a mesma humilhação. Sem fitar os olhos dela, ele meneia a cabeça para ela seguir em frente.

Então, são levadas para outro bloco.

— Na sauna, todas vocês — grita outra *kapo*.

Esse cômodo dispõe de grandes tanques de ferro cheios de água suja. Pedaços de cabelo solto flutuam na superfície de todos eles. Cibi sobe no mais próximo. Não é como nenhuma sauna de que ela já ouviu falar. O pensamento de Cibi começa a se afastar desse lugar, de volta para sua casa, para Magda, seu avô e tudo o que ela ama. Se puder mantê-los na mente, talvez aqui não seja tão ruim.

— A água está mais suja do que nós — fala uma garota, saindo da banheira. — E mais fria.

A água gelada tira Cibi de seu transe. Seu corpo está entorpecido pelo frio, tão entorpecido quanto sua cabeça e seu coração.

Após sair pingando água, Cibi pega as roupas que lhe são entregues. Vestida com o mesmo uniforme de prisioneiro de guerra russo usado pelas internas mais velhas, Cibi acha o tecido ríspido da camisa cáqui irritante para sua pele sensível. As calças combinando ameaçam cair a cada passo.

As roupas ásperas grudam no corpo úmido e não aquecem. A *kapo* coloca um pedaço de papel em suas mãos. Ela lê os dígitos rabiscados nele: 4560.

De volta à fila com as outras prisioneiras lavadas e raspadas, Cibi não resiste quando é chamada à frente. Outro homem com roupas de listras azuis e brancas está sentado a uma mesa na frente da sala em que seu cabelo acabou de ser tosquiado. Ele estende a mão para pegar o pedaço de papel e diz a ela para se sentar.

Os números que aparecem em letras pretas ressaltadas contra o branco sujo são gravados na pele de seu braço.

A dor é intensa, chocante, mas Cibi não demonstra reação. Não vai mostrar sua agonia a esse homem.

Do lado de fora mais uma vez, Cibi se junta a centenas de garotas que, como ela, procuram desesperadamente um rosto familiar. Mas ninguém mais parece familiar. Com roupas idênticas e cabeças raspadas, não há mais nada para distingui-las.

E, então, Cibi ouve seu nome. Fica parada enquanto Livi corre até ela, abraçando-a antes de se afastar e olhar para a irmã mais velha. Ela passa a mão na cabeça nua de Cibi.

— O que fizeram com você? Cibi, você está sem cabelo.

Olhando para a cabeça nua da irmã, Cibi não responde. Livi está segurando o braço e se encolhe, lágrimas de dor riscando as bochechas rosadas. A dor da tatuagem de Cibi é igualmente intensa – ela consegue sentir o sangue escorrendo para as dobras do cotovelo e imagina se vai sofrer com uma infecção. Colocando o braço em volta dos ombros de Livi, ela conduz a irmã de volta ao prédio com os colchões infestados de pulgas. Só quando as irmãs se aninham é que elas olham para os braços.

— Seu número é apenas um na frente do meu — diz Livi. Ela limpa o sangue seco para que Cibi veja o número tatuado em sua carne: 4559.

Depois de todas as meninas de Vranov terem voltado para o quarto, sua *kapo* entra, acompanhada por quatro homens emaciados se esforçando para carregar dois caldeirões, uma caixa de pequenas canecas de metal e outra contendo pão.

— Formem duas filas e venham buscar comida. Vocês não fizeram nada hoje, então terão apenas meia xícara de sopa e um pedaço de pão. Qualquer uma que empurrar ou reclamar não receberá nada — ruge a *kapo*.

Levando as canecas e o pão de volta ao colchão, as meninas comparam o conteúdo da "sopa".

— Tenho um pedaço de batata — diz Cibi. — Você quer?

Livi mexe o líquido ralo e marrom, balançando a cabeça. Cibi tira a batata de sua caneca e dá uma pequena mordida. E joga o resto na caneca de Livi. Elas passam o tempo que resta antes que as luzes se apaguem tirando pulgas do pescoço e das orelhas uma da outra. As veteranas retornam depois de escurecer. No caminho para a cama, elas sorriem para as novas garotas e balançam a cabeça em solidariedade.

* * *

Outra chamada para despertar às quatro da manhã. *Raus! Raus!* é gritado para dentro do quarto, acompanhado pelo martelar de um cassetete nas paredes. Depois de uma ida ao banheiro para lavar o máximo de pulgas e percevejos possível, Cibi e Livi recebem seu primeiro café da manhã em Auschwitz: uma ração de pão do tamanho da palma de suas mãos e um gole de um líquido morno que disseram ser café, mas que não tem nenhuma semelhança com qualquer café que tenham provado antes.

— Sopa e pão para o jantar, café e pão para o café da manhã — murmura Livi, engolindo a bebida a contragosto.

— Lembre-se do que eu disse quando chegamos... Comeremos pedras e pregos, seja lá o que for que recebermos — responde Cibi.

— Devíamos ter guardado o chá de tília — Livi compartilha com Cibi, como se tivessem tido escolha, como se devessem ter pedido aos guardas que esperassem um momento até que retirassem as preciosas folhinhas das malas antes de deixá-las para trás no vagão de gado.

Lá fora, uma rajada de neve tenta cobrir a estrada onde as garotas aguardam em fileiras de cinco. Livi e Cibi estremecem, batendo os dentes.

Cibi pega a mão de Livi na tentativa de confortá-la. Ela sente o toque macio do tecido e cuidadosamente separa os dedos de Livi.

— Como você conseguiu isso, Livi? — sussurra ela.

— Conseguiu o quê? — Livi está segurando uma bolsinha contendo uma moeda sagrada que a mãe costurara nos coletes das duas garotas na noite de sua partida.

— De onde veio isso? — pergunta Livi, alheia ao fato de que está em suas mãos.

— Me diga você. Como conseguiu guardá-la?

— Não sei. — Livi não tira os olhos da moeda. — Eu não sabia que estava comigo.

— Me escuta. — A voz de Cibi é áspera, e Livi se assusta. — Quando começarmos a andar, você terá que se desfazer disso. Apenas deixe para trás. Não podemos ser apanhadas com isso.

— Mas é da mamãe! Ela nos deu para nos manter seguras. O rabino a abençoou.

— Essa moeda não nos manterá seguras, apenas nos colocará em apuros. Vai fazer o que estou mandando? — insiste Cibi. Livi abaixa a cabeça e a meneia. — Agora, segure minha mão e, assim que eu soltar, você vai largá-la.

Por duas horas as meninas ficam na fila, enquanto os números são chamados. Cibi percebe que os números são aqueles gravados nos braços inchados. Ela puxa a manga para memorizar o dela e instrui Livi a fazer o mesmo. Essa é a identidade delas agora.

Finalmente, seus números são chamados. Depois de serem alocadas para seus destacamentos de trabalho, Cibi e Livi saem pelos portões marchando, passando pela estação, em direção à cidade de Oświęcim.

* * *

Fora do acampamento, campos vazios as cercam; a distância, ondas de fumaça saem de pequenas casas de fazenda e cavalos invisíveis relincham sua presença. Os SS andam de um lado para o outro nas fileiras, aqueles com cachorros atiçam os animais para latir e morder as garotas.

Cibi desacelera até que as meninas atrás delas as alcancem. Olhando ao redor para ter certeza de que nenhum dos guardas está por perto, Cibi gentilmente solta a mão de Livi. Ela ouve o baque suave quando a bolsinha atinge a terra lamacenta no chão. Cibi pega a mão de Livi mais uma vez, apertando-a suavemente, para comunicar a mensagem de que tinham feito a coisa certa.

As meninas entram em uma rua de casas sem telhado, algumas sem paredes. Montes de entulho revestem a estrada vazia. As veteranas movem-se em direção às ruínas de tijolos, outras escalam os telhados e começam a jogar tijolos e telhas. As que estão no chão agitam-se e se abaixam para evitar os projéteis que caem, nem sempre conseguindo.

— Vocês duas!

Cibi olha em volta para ver sua *kapo* olhando para ela e a irmã.

— Venham aqui! — ela instrui, e as meninas correm em sua direção.

— Estão vendo isso? — Ela está apontando para um carrinho de quatro rodas a cem metros de distância. Há duas garotas amarradas à frente da carroça em um arnês, arrastando-a. *Como se fossem cavalos*, pensa Livi. — Elas lhes mostrarão o que fazer.

As meninas se apressam para ficar cara a cara mais uma vez com os olhos vazios das prisioneiras que estão aqui há muito mais tempo que elas.

— Vocês ficam atrás — diz uma garota.

Livi e Cibi vão para a parte de trás da carroça e aguardam mais instruções.

As garotas da frente começam a puxar a carroça em direção a uma casa recém-demolida, onde os tijolos estão empilhados em longas fileiras perto de suas fundações. Algumas meninas estão a postos, esperando. Livi e Cibi começam a empurrar.

Quando chegam aos escombros, as meninas começam a colocar os tijolos na carroça.

— Não fiquem aí paradas, ajudem!

Empurrando Livi para se mexer, Cibi começa a jogar os tijolos na carroça, no momento em que a *kapo* caminha até elas.

Livi joga um tijolo, que bate em outro, lascando um canto.

— Quebre mais um e vai sofrer as consequências — ameaça a *kapo*.

Cibi pensa em Magda e sente uma onda de alívio percorrer sua coluna. Ela foi poupada desta tortura. Cibi gostaria que Livi não estivesse aqui – ela aparenta ser muito mais jovem do que todas as outras garotas. Ela é corajosa, mas ainda é tão pequena. Como vai lidar com este trabalho?

8

Vranov nad Topl'ou
Abril de 1942

Chaya está sentada perto da janela, na mesma posição que Livi ocupava poucos dias antes.

— Vamos ouvi-la quando chegar em casa, Chaya. Por favor, fique longe da janela.

Yitzchak pousa a mão gentilmente no ombro da filha e sente os músculos rígidos ficarem tensos sob a pele.

Chaya não fecha a cortina, não perderá a chegada de Magda.

— Pai — diz ela, os olhos fixos na rua. — Não sei como contaremos a ela sobre as meninas.

Yitzchak suspira. Ele tem se preocupado com isso também.

— Vou fazer um chá de tília — ele responde, e Chaya concorda.

Chaya encosta o rosto contra a janela, e suas lágrimas escorrem pelo vidro enquanto ela murmura orações, agarrando-se à sua fé, precisando acreditar que essas palavras poderosas chegarão a Cibi e Livi, não importa a que distância estejam; que, de alguma forma, as filhas vão ouvi-las e saber que ela anseia por seu retorno seguro.

Virando-se para receber a xícara de porcelana fumegante de Yitzchak, Chaya perde o momento em que o dr. Kisely estaciona do lado de fora da casa. Magda deixa o carro antes mesmo de ele parar totalmente, correndo pela trilha.

Quando Magda irrompe pela porta, Yitzchak rapidamente pega a caneca de Chaya antes que ela a deixe cair. Ele se afasta para permitir que mãe e filha se trombem em um abraço.

O dr. Kisely aparece na porta, colocando a pequena bolsa contendo os pertences de Magda no chão. Yitzchak e o médico se cumprimentam com um aperto de mãos. Não há nada a dizer enquanto o dr. Kisely olha ao redor da sala, sentindo que Cibi e Livi não estão mais lá.

— E Magda? — Yitzchak finalmente questiona. — Está recuperada?

— Está saudável e bem.

A boca do médico contorce-se em um meio sorriso que não chega aos olhos.

— Chaya — inicia Yitzchak, voltando-se para a filha e a neta, ainda unidas. — É hora de dizer a Magda.

Magda se solta do abraço da mãe.

— Dizer o quê? E onde estão Cibi e Livi?

— Venha e sente-se, minha querida — pede Chaya com a voz cheia de lágrimas.

— Não quero me sentar. — Magda olha para o avô. — O senhor sabe onde elas estão?

Como Yitzchak não responde, o dr. Kisely pigarreia.

— Preciso ir embora agora, mas se você não se sentir bem ou se a febre retornar, volto imediatamente.

Yitzchak estende a mão para o dr. Kisely mais uma vez e agradece. Ele observa o médico caminhar até o carro antes de fechar a porta da frente e se virar para encontrar os olhos temerosos de Chaya e Magda.

— Por favor, sente-se, Magda. Vai ser mais fácil.

As mulheres acomodam-se no sofá, e Yitzchak se posiciona na única outra cadeira confortável da sala. Magda aperta a mão da mãe com força, e Chaya abraça a dor.

— Suas irmãs foram trabalhar para os alemães, Magda. Não sabemos onde estão, mas não estavam sozinhas; muitas de nossas meninas foram levadas naquele dia.

— Levadas para trabalhar para os alemães? — Magda fica horrorizada. O dr. Kisely não havia dito para ela que suas irmãs estavam seguras? Ele não prometeu a ela que Livi era muito jovem e que Cibi estava fora? — Não acredito — ela fala.

— Queria que não fosse verdade — diz o avô.

— Mas isso foi quando?

— Dois dias atrás. Todas partiram faz dois dias.

— No *Shabbat*? — Magda está processando lentamente o fato de que suas irmãs não estão em casa, que Cibi não está no *Hachshara* e que Livi não está no jardim.

Yitzchak acena com a cabeça.

— Por que fariam isso? Por que trabalhariam para os alemães?

— Não tiveram escolha, minha querida. Os guardas de Hlinka tinham o nome de Livi em uma lista, e Cibi foi junto para cuidar dela.

— Por quanto tempo?

— Não sabemos — suspira Yitzchak. — Espero que não por muito tempo. Fala-se que vão trabalhar em fazendas alemãs. Elas podem ficar lá durante todo o verão.

Magda se vira para a mãe.

— Mamãe, por que você as deixou ir?

Então, Chaya começa a chorar, enterrando o rosto nas mãos. Magda passa o braço pelos ombros dela, puxando-a para mais perto.

— Sua mãe não conseguiu impedir que levassem as meninas, Magda. Ninguém poderia detê-los. — A voz de Yitzchak falha, e ele tira o grande lenço do bolso para enxugar as lágrimas.

De repente, Magda solta a mãe e se levanta.

— Precisamos descobrir onde as meninas estão para que eu possa me juntar a elas — declara Magda.

Chaya se engasga.

— Prometemos a suas irmãs que a manteríamos segura. Aqui em casa.

Magda olha para a mãe, o desafio iluminando seus olhos, um rosnado nos lábios.

— Também fizemos nossa promessa, não lembra, mamãe? — Ela se vira para Yitzchak. — Vocês esqueceram nosso pacto de ficarmos juntas?

— Ficarem onde? — questiona Yitzchak. — Não temos ideia de onde elas estão.

— Tio Ivan pode nos ajudar. Ele ainda está aqui em Vranov, não é? — Magda está corada, em choque, mas determinada.

Chaya meneia a cabeça devagar, assentindo.

— Claro que está.

— Quero ver meu tio *agora* — insiste Magda. — Ele conhece pessoas. Tem contatos. Pode nos ajudar. — *Talvez tenha ouvido algo útil*, pensa ela.

A garota está olhando para a porta dos fundos, que leva à casa do outro lado da rua, onde seu tio e sua tia moram com os três filhos pequenos.

— Falamos com Ivan, e ele prometeu que fará tudo o que puder para nos manter seguros e em nossa casa. Isso é tudo o que ele consegue fazer — diz Yitzchak com firmeza. Ele passa o lenço no rosto mais uma vez.

Devagar, com relutância, atordoada com a terrível notícia, Magda desaba de volta no sofá, e Chaya a envolve em seus braços, tentando ser a mãe de que toda criança desesperada precisa.

9

Auschwitz
Primavera de 1942

A *kapo* pega o tijolo quebrado e o balança na cara de Livi antes de empurrá-lo em suas mãos e instruí-la a colocá-lo cuidadosamente de volta no carrinho. Cibi está olhando para o sangue da ferida de Livi manchando o tijolo ao colocá-lo no chão. Quando a *kapo* se afasta, Livi tenta enrolar a mão ensanguentada na camisa.

O corte na palma da mão de Livi não cicatrizava, e Cibi tenta rasgar uma tira do tecido grosso da camisa do uniforme, mas é muito resistente.

— Use a mão esquerda. Eu cubro você.

Cibi protege Livi da visão de sua supervisora enquanto trabalham.

Quando o carrinho está cheio de pilhas organizadas de tijolos, a *kapo* dá um aceno de cabeça para as duas garotas encarregadas das irmãs.

— Voltem, vocês duas — as garotas ordenam para elas de novo. — Empurrem.

Elas conseguem ouvir as garotas na frente se esforçando em seus arreios. Cibi e Livi empurram a parte de trás do carrinho, mas ele não se move.

— Empurrem, vagabundas preguiçosas. Com mais força!

Cibi encosta o ombro na carroça e indica para que Livi faça o mesmo. Por fim, a carroça começa a se movimentar para a frente.

Elas avançam devagar, pois o solo está coberto de tijolos e telhas quebradas, pedaços de madeira, restos estilhaçados do que antes eram casas de pessoas.

As meninas logo começam a suar com o esforço, apesar do ar frio e do vento forte. Cibi não se lembra de ter trabalhado tanto, nem mesmo no *Hachshara*. Ela lança um olhar de soslaio para Livi: com apenas uma mão boa à disposição, sua irmã está se esforçando. A carroça segue por uma estrada esburacada, passando por campos, alguns dos quais com novos brotos de batatas surgindo no solo congelado. Elas chegam a um campo vazio, onde vários homens aguardam sua carga. Pilhas de tijolos já foram entregues e amontoadas. Um homem diz às meninas onde posicionar a carroça. Ele e outro homem as ajudam a descarregar e, juntos, acrescentam os tijolos às pilhas existentes.

Com o carrinho vazio, a viagem de volta é mais rápida. Elas repetem todo o exercício mais uma vez antes de antes de sua *kapo* ordenar que façam uma pausa. Sentada, com as costas apoiadas na carroça, Cibi examina a mão de Livi.

— Alguém deveria dar uma olhada nisso, Livi. Quando voltarmos, vou perguntar se tem uma clínica ou uma enfermeira — sussurra Cibi.

— Precisarei também de uma camisa limpa — diz Livi, com tremor na voz. — Esta aqui está coberta de sangue.

— Podemos lavar sua camisa. Venha, vamos voltar ao trabalho.

— Mas não nos falaram para voltar. Não podemos descansar um pouco mais?

— Poderíamos, mas quero impressionar a *kapo*, tirá-la do nosso pé. Vamos lá, você consegue.

No final do dia, as meninas tinham feito quatro viagens com a carroça. Cibi estremece ao relembrar as cenas do início do dia, quando várias meninas em seu grupo foram atingidas por tijolos e telhas lançados a esmo das ruínas. Elas também são cautelosas com tapas e socos aleatórios que sua *kapo* distribui gratuitamente para qualquer uma que, em sua opinião, esteja fazendo corpo mole. Exaustas, elas se arrastam de volta ao seu bloco e às escassas rações que as aguardam.

Depois de terem engolido o pão e a sopa, Cibi se aproxima de sua *kapo*, arrastando Livi atrás dela. Ela levanta a mão ferida de Livi.

— *Kapo*, tem algum lugar onde possamos conseguir primeiros socorros para minha irmã? Ela cortou a mão durante a viagem até aqui e ainda está sangrando. Precisa ser enfaixada se tiver que continuar trabalhando.

A mulher alta olha para a mão que está sendo estendida para ela.

— O hospital fica no próximo bloco. Talvez cuidem de você, talvez não — diz ela a Livi, sorrindo com malícia, enquanto aponta rua abaixo em direção aos portões do complexo.

À medida que Cibi e Livi dão os primeiros passos, a *kapo* grita:

— Vá sozinha. Não precisa que sua irmã mais velha segure sua mão.
— Ela ri da própria piada. — E não me chame de *kapo*. Meu nome é Ingrid.
— Ela sorri para revelar que falta um dente, e Cibi de repente se sente mal.

Ela dá um empurrão suave em Livi.

— Você vai ficar bem. Vou guardar um espaço para dormirmos.

Agora, o complexo está iluminado novamente. O sol se pôs, e as meninas completaram seu primeiro dia inteiro de trabalho em Auschwitz.

Cibi acomoda-se contra uma parede para esperar a irmã. Mais tarde, enquanto está tentando alisar o colchão irregular, Livi irrompe pela porta chamando seu nome.

Há pelo menos mil garotas na sala, algumas dormindo, outras ainda acordadas ou conversando baixinho em pequenos grupos. Cibi levanta-se e acena até que Livi a avista e começa a caminhar em zigue-zague pelos colchões em sua direção.

Cibi nota as marcas de lágrimas no rosto de Livi – carne rosada aparecendo em meio à poeira de tijolo que cobre seus traços finos e delicados.

— O que foi? Você está bem? — pergunta Cibi, enquanto Livi cai em seus braços. Ela abaixa a irmã no colchão e agarra sua mão enfaixada. Parece que foi tratada, pelo menos.

— O que há de errado?

Livi continua a soluçar até que finalmente consegue pronunciar uma frase:

— Por que não me contou? — questionou ela.

— Contar o quê? O que aconteceu?

— Fui ao hospital.

— Aconteceu alguma coisa?

— Eu vi. — Livi parou de chorar. Os olhos dela estão arregalados de medo.

— Viu o quê? — pergunta Cibi, de repente sentindo muito frio.

— Havia um espelho na sala. Por que não me contou o que fizeram comigo?

Cibi pega o rosto de Livi nas mãos e o aproxima do seu. Pela primeira vez em dias, ela sorri.

— É isso? Você viu seu reflexo no espelho?

— Meu cabelo... — começa Livi, passando os dedos pelo couro cabeludo, afastando-os com desgosto. — Eles cortaram meus cachos.

Livi está olhando além de Cibi, para o quarto, para as centenas de outras cabeças tosadas. Seus olhos estão vidrados, desfocados. Por um momento, Cibi se pergunta se deveria dar um tapa na irmã e tirá-la do estado de choque. Por fim, Livi volta os grandes olhos azuis para a irmã.

— Eles estavam cortando meu cabelo? — sussurra ela. As mãos correm mais uma vez pela cabeça. Lágrimas enchem seus olhos.

— Mas, Livi, o que achou que estavam fazendo com aquela máquina?

— Eu... nem quis pensar nisso. Enquanto acontecia, imaginei que fosse mamãe mexendo no meu cabelo. Você sabe como ela gosta de prender meus cachos. — Livi fica em silêncio enquanto a verdade desponta. Ela estremece.

Cibi agora entende: algumas coisas são terríveis demais para serem aceitas. Talvez seja uma coisa boa – quem sabe o que elas ainda terão de suportar? Talvez seja uma habilidade que ela também terá de aprender a cultivar.

— Sou seu espelho, Livi. — Cibi acena com a mão pelo quarto. — Todas nós somos o seu espelho de agora em diante.

Livi meneia a cabeça e fecha os olhos.

— Vamos dormir, tudo bem? — Cibi não tem mais nada a oferecer à irmã, a não ser o esquecimento do sono.

— Mas as pulgas... — Os olhos de Livi se abrem de uma vez.

— Como nós, elas também estão com fome. Só temos que aprender a ignorá-las.

— Mas ontem você...

— Ontem foi há muito tempo.

* * *

No dia seguinte, de volta ao local da demolição e antes de começarem o trabalho, Ingrid pergunta se alguma das meninas sabe ler e escrever. Quando ninguém responde – é óbvio para Cibi agora que a invisibilidade é uma forma de escapar da cruel atenção da mulher –, a *kapo* fica furiosa. Ela repete a pergunta, cada vez mais alto. Não vai desistir. Ciente dos guardas da SS andando por perto, Cibi relembra sua decisão de tentar impressionar essas pessoas na esperança de que ela e Livi pudessem, talvez apenas um pouco, ganhar alguns favores. Se ela se apresentar, talvez as irmãs não precisem trabalhar no local de demolição.

— Sei ler e escrever — diz Cibi.

— Quem disse isso? — pergunta Ingrid.

Cibi corajosamente dá um passo para fora da fila, seus olhos fixos em frente. Ingrid não é polonesa como as outras *kapos*, ela é alemã. Cibi imagina se ela era uma prisioneira criminosa ou política – os poucos motivos pelos quais um cidadão alemão se encontraria na Polônia, em Auschwitz. Cibi está grata por ela e Livi poderem entender e até falar um pouco de alemão.

Ingrid empurra uma prancheta e um lápis para Cibi.

— Anote o nome e o número de todas e seja rápida.

Pegando a prancheta, Cibi se aproxima das garotas da primeira fila e começa a escrever os nomes. As meninas levantam as mangas para revelar os números tatuados no braço, e Cibi também os copia na folha de papel. Ela corre para cima e para baixo nas fileiras de garotas e, quando termina, devolve a prancheta para Ingrid.

— Estão todos corretos? — pergunta Ingrid.
— Estão, Ingrid.
— Veremos.

A *kapo* vira uma página. Percorrendo a lista com o dedo, ela chama:
— Prisioneira 1742, qual é o seu nome?

A garota cujo braço tinha o número 1742 grita seu nome. Está correto. Ingrid recita mais números, recebe mais respostas.

Com Cibi ainda de pé ao lado dela, Ingrid acena para um dos guardas da SS. Ele caminha até elas, seu bastão batendo na perna durante o trajeto. Ingrid apresenta a lista para ele.

— Como você aprendeu a escrever tão bem? — o homem pergunta a Cibi.

Com uma bravata mais adequada para a vida no *Hachshara*, ela encontra os olhos do guarda.

— Não cresci na floresta; fui para a escola — responde ela.

Olhando para Ingrid, ela vê a *kapo* se virar para esconder o sorriso que pode colocá-la em tantos problemas quanto Cibi.

O guarda pigarreia.

— Dê a ela o trabalho de manter seus registros — diz ele à *kapo* antes de partir.

— Bem, bem — afirma Ingrid, colocando a mão no ombro de Cibi. — Você é limpa *e* precisa. Mas sua boca vai lhe causar problemas se não tomar cuidado. Você é mais útil para mim viva do que morta, então chega de zombar dos guardas. Está me entendendo?

Cibi concorda com a cabeça. Ela não gosta de ser tocada por Ingrid, mas, de novo, não era isso o que ela queria? Conquistar o favor daqueles que podem prejudicá-las?

— Todo dia você vai registrar as novas prisioneiras e riscar aquelas que estão ausentes. Está claro?

— Sim, Ingrid. Posso fazer isso. Ficaria feliz em fazer isso — diz Cibi.

— Agora, vamos trabalhar, todas vocês! — esbraveja Ingrid. E, quando Cibi se afasta para se juntar a Livi e às outras em seu grupo, ela acrescenta:
— Você continua com seu trabalho na carroça.

Livi aproxima-se da irmã mais velha, tremendo de frio, apavorada com o que a interação de Cibi com a *kapo* e o guarda da SS poderia significar para elas.

— Quem é ela? — Ingrid pergunta. Claro que não reconhece Livi da noite anterior.

— Minha irmã mais nova. — Cibi pega a mão enfaixada de Livi.

— Você parece estar com frio — diz Ingrid para Livi.

Livi faz que sim com a cabeça, os dentes batendo. Não há como negar que Livi parece mais jovem do que qualquer outra garota no local de demolição. Ela mal chega ao ombro de Cibi e, embora ainda não esteja tão emaciada quanto as outras garotas, seu uniforme de prisioneira está pendurado no corpo esguio. Cibi não consegue deixar de vislumbrar algo suavizado nos olhos de Ingrid.

No dia seguinte, quando Cibi e Livi se enfileiram no pátio antes de partirem para o canteiro de obras, Ingrid joga um casaco pesado sobre os ombros de Livi.

— Você tem mais ou menos o tamanho da minha irmã — conta ela. — Quantos anos você tem, onze, doze?

— Quinze — sussurra Livi, apavorada demais para fitar os olhos de Ingrid.

Ingrid vira-se de repente e começa a conduzir as meninas para fora de Auschwitz.

As outras garotas ficam com inveja do casaco de Livi, resmungando baixinho, e Cibi teme que a atenção de Ingrid as tenha marcado. Haveria repercussões para esse favoritismo da parte de uma *kapo* alemã?

Quando chegam ao local da demolição, Cibi verifica os nomes das meninas e entrega a prancheta para Ingrid antes de começar a carregar mais uma vez a carroça com os tijolos. E mais uma vez elas empurram a carroça carregada para o campo, onde agradecem aos prisioneiros de guerra russos que as ajudam a descarregar. Nada é dito sobre o casaco de Livi. *É claro que, em qualquer caso, Livi trabalha tão duro quanto as outras, apesar de sua lesão*, pensa Cibi.

* * *

À medida que a primavera floresce, a floresta além do campo fica exuberante com folhas verdes. As safras foram plantadas na orla da mata pelas prisioneiras, na esperança de que uma boa colheita lhes proporcionasse mais sustento.

Apesar da mudança do tempo, a estrada continua a ser uma pista de obstáculos, com profundos buracos de lama um dia e, no outro, um caminho de pedras e pedregulhos onde a lama secou.

Em um dia muito chuvoso, as rodas dianteiras da carroça mergulham em uma cratera e atolam. As meninas empilham pedras embaixo das rodas para facilitar a saída do buraco. Livi está atrás empurrando, enquanto Cibi e as outras garotas puxam pela frente. Quando as rodas lentamente começam a girar, Livi percebe algo saindo da lama espessa. É uma faquinha. Com seu cabo de madeira, ela se encaixa perfeitamente na palma da mão. Grata pelos bolsos em suas calças do exército russo, ela esconde a faca e continua empurrando.

Mais tarde, no escuro, na cama, ela tira seu achado para mostrar a Cibi.

— Vale milhões para nós aqui — diz ela à irmã, ansiosa. — Podemos cortar nossa comida, racioná-la.

— Sabe o que eles farão se descobrirem isso com você? — sibila Cibi.

— Não ligo — Livi rebate. — *Eu* a achei, então é minha. Você não me deixou ficar com a moeda, mas vou ficar com a faca.

Livi enfia o objeto de volta no bolso. *Vai ser útil, Cibi engolirá suas palavras um dia.*

* * *

Certa manhã, passada uma semana, Livi não acorda quando o guarda da SS passa seu cassetete pelas paredes do quarto. Cibi a cutuca, toca a testa da irmã.

Livi está quente, corada e suando.

— Livi, por favor, você precisa se levantar — implora Cibi.

— Não consigo — Livi resmunga, sem abrir os olhos. — Minha cabeça dói. Minhas pernas. Dói em todo lugar.

A garota na cama ao lado se inclina e toca a cabeça de Livi, depois enfia a mão sob a camisa da garota.

— Ela está toda quente. Acho que está com tifo — fala baixinho a Cibi.

— Quê? Como? — O pânico toma conta de Cibi.

— Provavelmente, picada de pulga, talvez um rato. Difícil saber.

— Mas o que posso fazer?

— Veja se deixam que você a leve ao hospital. É o único lugar onde ela vai sobreviver. Olhe para ela... Não há nada dela, e ela está doente. Não vai conseguir trabalhar assim.

— Você fica com ela enquanto encontro Ingrid e pergunto se posso levá-la ao hospital?

A garota faz que sim com a cabeça.

Ingrid franze a testa e até parece um pouco preocupada. Acena seu consentimento, e Cibi corre de volta para Livi, colocando-a de pé e apoiando-a enquanto cruzam a sala. Ela se lembra, bem a tempo, de enfiar a faca de Livi no próprio bolso antes de sair do bloco.

As meninas estão fazendo fila do lado de fora, e Cibi abre caminho, tropeçando enquanto carrega a irmã semiconsciente. Ela pensa no pai e se pergunta o que ele acharia de seu papel de irmã mais velha responsável naquele momento. É culpa dela o fato de Livi estar com tifo?

Cibi entrega a irmã a uma enfermeira severa que a instrui a sair imediatamente, apesar de seus protestos. Ela não tem escolha. Quando se une ao grupo, Ingrid conta que Cibi vai se juntar às meninas nos telhados: seu trabalho agora será jogar tijolos e telhas para as trabalhadoras que estão no chão.

Durante três dias, Cibi vai trabalhar sem notícias de Livi. Mas pelo menos a irmã está no hospital, sem suar e sofrer sozinha em uma cama feita de palha. Cibi mergulha no novo trabalho e espera os intervalos regulares que essa pesada atividade requer. Sua única refeição é o almoço, quando o carrinho chega com cinco caldeirões de sopa e cinco serventes. Cibi ouviu as histórias malucas do que vai nessas "sopas" e depois viu com os próprios olhos: uma escova de dentes, uma pulseira de madeira, elásticos, flutuando entre cebolas e sardinhas. O grupo dá uma risada rara no dia em que uma garota tira um pente de sua tigela de sopa e anuncia em voz alta:

— Tenho um pente! Se ao menos tivesse um pouco de cabelo.

No terceiro dia de confinamento de Livi, Cibi desce do telhado e observa a quantidade de meninas que esperam ser chamadas para a sopa. Ela percebeu algo estranho nessa rotina da hora do almoço: a maioria das garotas está olhando na direção da servente rechonchuda com duas longas tranças castanhas. O cabelo dela por si só é estranho, pois, para Cibi, ela parece ter pelo menos setenta anos. Cibi deixa o telhado para trás e se junta às meninas que esperam pela comida. Agora, ela também olha para a cozinheira de tranças. Quando Cibi chama a atenção da mulher, dá um sorriso para ela. A cozinheira não retribui o gesto – Deus sabe que ninguém sorriu uma única vez desde que chegaram aqui –, mas faz sinal para que Cibi avance. A concha é mergulhada profundamente na panela, despejando não apenas um líquido ralo e insípido em sua tigela, mas também um grande pedaço de carne. A mulher acena com a cabeça para Cibi e volta os olhos para as garotas famintas, a fim de escolher quem ela vai agraciar com sua generosidade.

Cibi senta-se sozinha e engole sua sopa, até que o pedaço de carne seja revelado no fundo da tigela. Olhando em volta para garantir que ninguém está observando, ela o pega com os dedos, lambendo-o até secar antes de enfiá-lo no bolso, ao lado da pequena faca de Livi. Ela encontrará uma maneira de ir ao hospital ao retornar e compartilhar o alimento com a irmã.

Mas, quando Cibi entra no bloco, mais tarde naquela noite, encontra Livi esperando por ela lá dentro. Livi está quase melhor e um pouco da cor voltou às bochechas. Cibi leva um dedo aos lábios e enfia a mão no bolso. Ela abre a mão para revelar o pedaço de carne. Os olhos de Livi arregalam-se. Com a faca, ela corta a carne em fatias finas. É um banquete de origem desconhecida, mas as meninas não ligam.

* * *

Nos três meses seguintes, o número de prisioneiras aumenta drasticamente. Elas chegam de trem às centenas, enchendo todos os prédios em Auschwitz e substituindo aquelas que morreram, seja por doença, seja nas mãos da SS. Cibi e Livi ouvem rumores de uma sala de assassinatos, um abrigo subterrâneo a algumas ruas de distância onde homens, mulheres e crianças entram com vida e são carregados para fora mortos. As meninas viram prisioneiros puxando carroças carregadas de corpos. É terrível demais para Cibi processar essa informação, então decide, em vez disso, acreditar que morreram de doença.

A mão de Livi se cura à medida que as irmãs ficam mais fracas. Como todo mundo, elas agora vivem um dia de cada vez, sentindo um vislumbre de satisfação ao fechar os olhos à noite: elas sobreviveram a mais um dia do destacamento de demolição. Mais de uma vez elas viram o que acontece se um guarda da SS se sentir particularmente vingativo. Um tijolo lascado, uma pilha tombada – e uma bala disparada. No final de um dia longo e difícil, elas tiveram que ajudar a carregar meninas mortas de volta a Auschwitz.

Mas a faca continua a perfurar a miséria delas com momentos de alegria. Cibi usa-a para cortar o pão em pequenas porções: algumas para consumir imediatamente, o restante para guardar, dando a possibilidade de racionar comida. Não é muito, mas dá às irmãs um segredo e, com ele, um mínimo controle sobre suas vidas caóticas. Livi mantém a faca com ela o tempo todo: escondida em suas calças durante o dia e embaixo do colchão à noite.

Os meninos da Eslováquia começaram a chegar algumas semanas depois de Cibi e Livi, mas não ficaram em Auschwitz. No entanto, as irmãs sabiam onde estavam. Os tijolos que as meninas continuam a deixar no campo estão sendo usados para construir novos blocos habitacionais e, do outro lado da rua, foram erguidos enormes compartimentos de madeira. É dentro dessas estruturas que os homens eslovacos agora estão alojados. Fica óbvio para todos que um novo acampamento está sendo construído.

Cibi pode se comunicar com os prisioneiros de guerra russos porque conhece o russino, dialeto ucraniano falado no leste da Eslováquia. Mas as conversas sussurradas que ela compartilha com os homens não revelam nada de novo sobre a situação deles. Livi, ainda a adolescente tímida e inocente, nunca participa dessas interações. Cibi está feliz: este lugar não tirou tudo da irmã mais nova.

E então, um dia, os homens têm algumas respostas para Cibi. Esses novos prédios de tijolos serão moradias para mulheres. Um acampamento só para mulheres.

Birkenau.

10

Auschwitz-Birkenau
Verão de 1942

Em junho, as irmãs seguem seus dias em silêncio. A exaustão opressora do trabalho manual e a escassez de alimentos as exauriram. Cibi observa a chegada do verão com uma aceitação cansada de que podem permanecer neste lugar, neste lugar terrível, por anos – ou até que morram, como aconteceu com tantas outras. Todas as noites ela se pergunta como sobreviveram a mais um dia. Até mesmo a ideia de sua família começa a parecer um sonho meio nebuloso que ela teve há muito tempo. Cibi tenta imaginar o que Magda está fazendo, se está segura, se os guardas de Hlinka ainda estão procurando pela irmã. Ela fica de olho em Livi, que está mais magra a cada dia, frequentemente muda, não raro se movendo de um lugar para outro em um transe atordoado. Mas Livi também trabalha muito, ela é corajosa, querida pelas outras prisionciras, e Cibi tem orgulho dela.

Não há diferença no tratamento: apesar do calor intenso, o abuso diário de seus corpos e mentes continua; mas, à medida que agosto se aproxima, anuncia-se a promessa de dias mais frescos. Cibi e Livi suportaram doenças, lesões, fome e "seleção".

Antes inofensiva, essa palavra passou a simbolizar seu maior medo. Enfileiradas diante da SS, as garotas devem parecer saudáveis e em forma, não mostrar nenhum sinal de fraqueza, nenhum tremor nas mãos ou no rosto. Aquelas que falham nesse exame são "selecionadas" – e nunca mais são vistas.

O calor tem sido tão opressor que as doenças se espalham por toda parte, e a pouca comida que elas têm muitas vezes estraga. Mas, hoje, uma pequena brisa espalha folhas secas no chão ao redor delas enquanto se alinham do lado de fora de seu bloco, olhando silenciosamente rua abaixo para todos os outros blocos e milhares de outras mulheres e meninas. O silêncio é palpável enquanto aguardam a lista de contagem. Mas, ao avistar os caminhões posicionados no final da estrada, Cibi observa que hoje algo está diferente.

Uma oficial da SS alemã patrulha a rua, parando para falar com os guardas de cada bloco.

— Algumas de vocês vão se mudar para outro local hoje. — A oficial está ao lado de Ingrid, gritando instruções no rosto delas. — Peguem as informações do seu trabalho e sigam sua *kapo*. Aquelas que não conseguirem andar poderão usar os caminhões.

Cibi caminha rapidamente em direção a Ingrid assim que a oficial passa para o próximo bloco. Até agora ela e a *kapo* compartilham um tipo estranho de amizade. Cresceu devagar, mas com segurança. Há algo em Livi que derreteu um recôndito do coração daquela mulher. Cibi nunca faz indagações – receber os pequenos gestos de misericórdia de Ingrid lhe bastam.

— O que ela quis dizer com "outro local"? — Cibi fica subitamente sem fôlego; o medo se abateu sobre seu cansaço e seu entorpecimento. A vida é ruim, mas elas entendem as regras aqui, em Auschwitz. Terão que começar tudo de novo, com guardas diferentes, rotinas diferentes, novas torturas?

— Vocês vão morar em Birkenau. Façam o que lhes disserem e *não* entrem no caminhão, aconteça o que acontecer. Vocês têm que andar, entenderam? Rita será sua nova *kapo*. — Ingrid olha ao redor, observando a posição dos guardas da SS. Ela abaixa a voz. — Pedi a ela para cuidar de você e... e de Livi. — Ingrid vira as costas para Cibi e vai embora. Cibi sabe que não vai conseguir mais nada da *kapo*, e o risco é muito grande para as duas.

Cibi observa Livi olhar ansiosamente para os caminhões, mas ela puxa com força o braço da irmã, e elas saem juntas pelos portões de cabeça erguida. Cibi ergue os olhos para as palavras que leu ao deixar e adentrar o complexo todos os dias durante os últimos cinco meses: ARBEIT MACHT FREI. Que lixo, nenhuma delas será libertada. São prisioneiras, tratadas como animais, sua vida não vale nada. Essa "liberdade" significa apenas morte.

Mais uma vez, elas percorrem a estrada para o canteiro de obras.

— Acho que estamos prestes a nos reencontrar com nossos tijolos — diz Cibi a Livi, passando o braço pelos ombros da irmã.

— Os edifícios que os russos estão construindo? Mas eles não estão acabados.

— Alguns estão. Acha que eles se importam se estiverem construídos pela metade? Para gente como nós? — Cibi morde a língua. Seria tão fácil atacar seus captores, revelar que ela perdeu as esperanças, mas precisa continuar forte por Livi. — O lugar para onde estamos indo talvez seja melhor, gatinha. — Cibi dá um beijo na bochecha da irmã, mas Livi continua cambaleando na estrada.

O sol bate nas meninas, a trilha empoeirada e seca joga terra no rosto delas. Lá adiante, uma garota desmaia. Um oficial da SS avança na marcha, tira a pistola do coldre e atira na cabeça dela.

Cibi e Livi não diminuem o passo ao desviar do corpo da garota. Elas aprenderam a ficar indiferentes, nunca registrar choque ou medo, raiva ou horror. Para sobreviver, é preciso permanecer invisível. Chamar atenção para si, por mais insignificante que seja o detalhe, é tudo o que se precisa para uma morte instantânea.

— Ela deveria ter entrado no caminhão — sussurra Livi.

— Não faria diferença se ela estivesse no caminhão ou na estrada — diz Cibi. Livi parece confusa. — Você viu algum caminhão passando? Olhe em volta, estamos quase lá e ninguém passou por aqui. Aquelas meninas não estão indo para Birkenau.

Livi não responde. Agora ela entende.

Caminham em silêncio. À frente, as meninas estão saindo da estrada e entrando no novo campo, onde blocos de tijolo concluídos ficam lado a lado com os que ainda estão em construção. Existem três "ruas", cada qual contendo uma fila de cinco blocos. Uma cerca de arame rodeia o complexo e torres de vigia de madeira foram erguidas para espreitar as novas residentes. Guardas da SS armados assistem de cima, rifles apontados para as garotas. *Mais um disparate*, pensa Cibi com ar cansado. *O que mil infelizes famintas podem fazer a esses homens, mesmo?*

Elas aguardam instruções em uma ampla clareira.

— Antes de entrar em suas novas casas, vocês precisam ter seus números tatuados de novo. Muitos deles estão desbotados — grita uma guarda da SS para elas.

Livi olha o número em seu braço. Cibi faz o mesmo. À sua volta, as meninas olham para o braço esquerdo.

— Ainda consigo ver meu número — diz Livi.

— Posso ver a maior parte do meu — Cibi responde.

— Entrem na fila — grita a guarda.

As meninas misturam-se em algo semelhante a uma linha.

— Livi, é Gita? Ali na frente? — Cibi aponta um dedo. — Gita, Gita — grita ela.

Uma garota se vira sorrindo ao ver Cibi e Livi. É sua amiga de escola.

— Não sabia que vocês estavam aqui — sussurra Gita. — Há quanto tempo?

— Meses — responde Cibi. — E você?

— Também. Gostaria que tivéssemos nos encontrado no trem de Vranov... Parece que estou aqui a minha vida inteira — suspira Gita. — Estou trabalhando na lavanderia.

— Hum, estamos entregando tijolos. — Cibi aponta para os novos blocos.

— Você pode nos agradecer pela nova acomodação de luxo — diz Livi com brilho nos olhos.

— Sério? — Gita parece chocada. — Parece tão árduo.

— Lamento que você esteja aqui, Gita. — Livi está de cabeça baixa, o brilho se foi. — Lamento por estarmos todas aqui.

— Quietas! — grita um guarda.

Gita se vira para ficar de frente, e elas continuam avançando.

Livi e Cibi observam Gita se aproximar da mesa e do tatuador, que por fim atualizará os números em cada braço de cada garota na fila. Gita parece assustada, relutante em estender o braço. A respiração de Cibi fica presa na garganta. *Por favor, Gita*, deseja ela à amiga. *Apenas deixe que ele faça a tatuagem.* Elas observam o tatuador pegar delicadamente a mão de Gita; ele diz algo para ela, e Gita parece relaxar um pouco.

Quando chega a vez de Cibi, o tatuador ainda está observando Gita se afastar. Ele é um homem gentil e, quando termina, sussurra:

— Sinto muito.

As irmãs, com os braços mais uma vez pingando sangue, entram no Bloco 21. As tábuas do assoalho de madeira e os colchões de palha de sua primeira "casa" ficaram para trás. O piso aqui é de concreto cinza sólido. A grande sala sem ar é forrada com fileiras de beliches de ripas de madeira. Não há cobertores nem colchões, apenas palha solta que as meninas terão de juntar e usar para forrar seus beliches se quiserem dormir.

Cibi pensa no inverno, daqui a alguns meses, e estremece. Duas salas estão vazias de cada lado das portas da frente.

— Mas onde ficam os banheiros? — pergunta Livi.

— Devem estar lá fora, Livi. Talvez não os tenhamos visto, mas não vamos nos preocupar agora.

Quando mais garotas são mandadas para a sala, Cibi e Livi encontram um beliche e logo mais duas garotas se juntam a elas. Esses beliches são para quatro pessoas, pelo menos. Elas apenas começaram a se apresentar quando se assustam com o som de um cassetete batendo na porta, repetidamente.

As meninas ficam em silêncio quando uma figura esguia entra na sala. Suas roupas trazem o emblema de um triângulo preto, identificando-a como uma prisioneira criminosa. O número 620 está costurado em sua camisa. Ela tem cabelos louros na altura dos ombros e nariz arredondado. Cibi acha que ela é quase bonita.

Mas suas feições se contorcem com prazer sádico quando ela abre os braços para apontar os beliches, o piso de concreto, as paredes de tijolos.

— Bem-vindas à sua nova casa, senhoras. Sou Rita, sua nova *kapo*. Se vocês estão se perguntando sobre os banheiros... — ela faz uma pausa para efeito — esqueçam. — Ela está rindo agora, olhando para o rosto das garotas; nenhuma delas é corajosa o suficiente para fazer contato visual. — Se precisarem se aliviar, terão que caminhar até o fim do acampamento e fazer perto da cerca, sob os olhos dos SS nas torres de vigia. — Seu horrível sorriso fica mais largo. — Se saírem depois de escurecer, vão levar um tiro.

Rita caminha lentamente pelo quarto, zombando das garotas amontoadas. Cibi assusta-se com o óbvio deleite de Rita com o medo, a fraqueza delas.

— Amanhã vocês receberão novas instruções para seu trabalho. Sugiro que passem o dia conhecendo sua nova casa. — Ela se vira e sai do quarto.

Cibi está surpresa por essa nova *kapo* ser amiga de Ingrid e não tem muita esperança de que cuidará delas. Ela está prestes a contar a Livi o que está pensando quando Gita entra na sala e se aproxima de seu beliche.

— Magda não está aqui? — pergunta ela, olhando ao redor do quarto.

— Não, Gita. Felizmente, ela está segura em casa com minha mãe. Estava no hospital quando saímos — afirma Cibi.

— Ela está bem?

— Foi só uma febre, ela está bem. E suas irmãs, estão aqui? — pergunta Livi.

— Não, só quiseram uma de nós. A Franny tem duas crianças pequenas e, felizmente, a Rachel e a Goldie eram muito pequenas.

As três garotas abraçam-se antes de Gita voltar para seu beliche. Livi fica olhando para ela. Embora esteja feliz que as irmãs de Gita não estejam ali no campo, também lamenta que Gita esteja sozinha. Ela pega a mão de Cibi.

— Eu sou uma pessoa ruim por estar feliz que esteja aqui comigo, Cibi?

Cibi também está olhando para Gita.

— Sei exatamente como está se sentindo, Livi — ela diz, apertando os dedos da irmã.

* * *

Na contagem da manhã seguinte, Rita coloca as meninas em seus grupos. Algumas têm a sorte de ser enviadas para a lavanderia, a sala de costura, a sala de triagem ou as salas de correspondência; mas, como a base dessas atividades ainda é em Auschwitz, serão obrigadas a fazer uma jornada de quase três quilômetros por dia, ida e volta, ao campo principal.

Rita anda para cima e para baixo nas filas de prisioneiras restantes, de vez em quando segurando um braço para ler um número. Ela se aproxima de Cibi, que estende o braço antes que Rita possa tocá-la. Os olhos de Rita passam do número para o rosto de Cibi e depois para Livi, que está parada ao lado dela.

— Ela é sua irmã? — pergunta a Cibi.

— Sim, Rita.

Ela se inclina para sussurrar no ouvido de Cibi.

— Ingrid me pediu para cuidar de vocês duas. Não há muito que eu possa fazer, mas ela é uma amiga e não há muitas amigas por perto. Vocês vão trabalhar na sala de triagem, que eles chamam de *Kanada*. Uma *kapo* esperará por vocês.

Rita tem olhos azuis, assim como os de Magda, pensa Cibi. Talvez seja um sinal de que ela não é tão má quanto parecia ser. Rita aperta o pulso de Cibi com força e ela não se mexe.

— Não faça com que eu me arrependa de ter feito este favor a uma amiga — sibila ela. — Agora, entre na fila. Vocês vão voltar para Auschwitz.

Cibi pega a mão de Livi e rapidamente elas se juntam aos seus grupos para começar a caminhada de volta ao antigo campo.

Chegando a Auschwitz, Cibi e Livi vão para o *Kanada*, o prédio que sabem ser a sala de triagem, onde, com lenços brancos amarrados na cabeça, vasculharão os pertences dos recém-chegados, assim como antes suas malas foram reviradas, para os nazistas pegarem tudo que considerassem de valor.

11

Auschwitz-Birkenau
Outono de 1942

Todas as manhãs e todas as noites, enquanto as irmãs caminham para Auschwitz e depois voltam para Birkenau, aumenta o medo de Cibi dos meses de inverno que se aproximam. As irmãs olham com tristeza para a floresta além de Birkenau, notando a mudança de estação: as folhas verdes ficam vermelhas, depois amarelas, e começam a cair. Elas relembram os momentos maravilhosos que passaram com o avô em Vranov. Após a morte de Menachem, Yitzchak assumiu a responsabilidade de educar as irmãs sobre as alegrias da floresta. Elas sabiam identificar o modo como as samambaias se aninhavam na base das árvores, quais espécies de fungos eram seguras para comer e como evitar os cogumelos mais atraentes, mas mortais, que se espalhavam pelo chão da floresta a cada outono.

— Aposto que encontraríamos cogumelos lá — diz Livi regularmente, melancólica. — Você não se lembra, Cibi? Você, eu e Magda, com nossas cestas cheias de frutos silvestres e maçãs?

Cibi raramente responde porque é uma fantasia, e fantasias são perigosas neste lugar. Mas, mais do que isso, ela não quer trazer pensamentos sobre Magda para o campo. A imagem da irmã em casa com a mãe é a única que lhe oferece um verdadeiro consolo.

Quando a neve começa a cair, as irmãs pegam um cobertor e dois casacos das salas de triagem, mas ainda ficam com frio.

O *Kanada* é uma terra de fartura. O trabalho das irmãs é examinar os itens confiscados dos novos prisioneiros em busca de esconderijos secretos de comida, dinheiro, joias – qualquer coisa de valor. Vigiadas pelos SS, as meninas apalpam as costuras das calças, as bainhas das saias, as golas dos casacos.

Quando algo é descoberto, elas desfazem os pontos e recuperam segredos. Cibi descobriu um rubi; Livi, um diamante. A tentação é uma realidade para todas as meninas nas salas de triagem, mas Cibi não arriscará a vida dela e de Livi por uma joia, não importa quanto tal tesouro possa comprar. Mas algumas garotas, sim, especialmente agora no inverno, quando o desespero por comida, roupas extras, alguma gentileza se instala.

Em seguida, elas agrupam peças de vestuário semelhantes: camisas, casacos, calças e roupas íntimas. Os quartos são aquecidos, e o trabalho é menos cansativo que no canteiro de obras, pelo que as irmãs são gratas.

Retornando a Birkenau à noite, Cibi ocasionalmente avista uma garota enterrando seus artigos roubados na terra dura sob a neve. A garota, então, esperará uma oportunidade de contrabandear as joias – ou o que quer que ela tenha enterrado – e entregá-las aos supostos prisioneiros homens *privilegiados*, que, por sua vez, negociarão com oficiais da SS em troca de comida.

Ocasionalmente, Cibi cutuca Livi para calçar um par extra de meias ou enrolar um lenço em volta do pescoço: itens pequenos e insignificantes que apresentam pouco risco, mas fazem toda a diferença para as condições implacáveis de sua vida. Às vezes, quando pode, Cibi leva itens extras para uma das outras garotas, na volta ao bloco.

Algumas delas trocam roupas íntimas por uma ração de pão, mas nem Cibi nem Livi conseguem "vender" o que contrabandeiam. Vez ou outra, elas encontram comida entre os pertences – um pedaço de pão amanhecido, um bolo meio estragado –, e mesmo isso elas entregam de boa vontade, exceto algumas vezes, quando, perto da inanição, a fome acaba superando o medo de serem capturadas e elas enfiam a massa dura como pedra, com semanas de idade, na boca.

— Livi, Livi, olhe isso — sussurra Cibi para a irmã, que está juntando meias, adicionando-as à pilha à sua frente.

Sob a pilha de casacos que está separando, a palma da mão de Cibi está aberta.

— O que é isso?

— É um franco, um franco francês. Não é a coisa mais linda que já viu?

Livi olha mais uma vez para a moeda e para os olhos brilhantes de Cibi. Sua irmã não parecia tão esperançosa havia muito tempo.

— É lindo, Cibi, de verdade, mas o que se pode fazer com isso?

Cibi parece acordar de repente, fechando os dedos em torno da moeda. Ela atravessa a sala em direção a Rita e a entrega. Então, Cibi retorna ao seu posto e continua vasculhando os casacos. Por alguns momentos, ela se viu caminhando pelas ruas de Paris, observando o brilho do Sena ao luar, admirando os casais que passeavam de braços dados, sorrindo para ela enquanto andavam.

Naquela noite, Livi fica atrás das outras meninas enquanto voltam para Birkenau. Cibi não falou uma palavra com ela ou com mais ninguém desde que largou a moeda. A neve está caindo enquanto a claridade diminui, e as luzes nas torres de vigia ainda estão a um quilômetro de distância. Rachel, outra de sua turma, chega perto de Cibi, chamando sua atenção para Livi, que fica cada vez mais atrás do grupo. Cibi sorri para Rachel, grata por ela e muitas das outras terem assumido os deveres de irmã mais velha para com a caçula de seu grupo, com Livi.

Inicialmente um pouco zangada por Livi não tentar acompanhá-las, Cibi a repreende para se apressar:

— O que foi? Por que está tão lenta? — pergunta Cibi quando finalmente Livi a alcança.

Lágrimas escorrem pelo rosto de Livi enquanto ela aponta para os pés.

— Meus pés estão congelados. Acho que não consigo mais andar.

— Os pés de todas estão congelados. Apenas tente acompanhar meu ritmo.

Livi coloca a mão no ombro de Cibi e levanta o pé esquerdo para mostrar que está faltando a sola do sapato. Sua pele macia está em carne viva e ensanguentada.

— Quando você a perdeu? — Cibi, agora preocupada, olha o pé de Livi.

— Depois que saímos dos portões em Auschwitz.

— Coloque seu braço em volta da minha cintura e pule, está bem?

Abrigadas pelo resto do grupo, as irmãs voltam aos portões de Birkenau. Quando estão prestes a cruzar a soleira, espionam a fila regular de guardas da SS à procura daquelas que consideram fracas demais para trabalhar.

Cibi remove o braço de Livi de sua cintura.

— Você precisa atravessar os portões sozinha agora, Livi — diz Cibi a ela. — Mantenha a cabeça erguida, ignore o frio e apenas continue andando. Aja como se quisesse estar aqui.

Logo à frente das irmãs há duas meninas cujos ombros estão descaídos. Elas bem que podem estar sonambulando, movendo-se tão devagar. Livi tenta não olhar quando os guardas as puxam de lado. Ela sabe instintivamente que haverá duas vagas no *Kanada* amanhã, duas vagas que serão disputadas. Então, não pretende criar uma terceira.

De volta ao bloco, Cibi ajuda Livi a subir em seu beliche. Ela gentilmente limpa o sangue e a areia e massageia o pé da irmã para ele voltar à vida. Cibi sopra ar quente nos dedos do pé e muito lentamente eles ficam rosados.

— Antes de passarmos a noite trancadas, precisamos mostrar seu sapato a Rita. Ela pode nos ajudar — disse Cibi a Livi.

As irmãs vão para a frente do bloco, onde sua *kapo* fica parada observando as garotas enquanto elas voltam de suas várias turmas de trabalho.

— Apressem-se ou vão fazer uma visitinha à câmara de gás pela manhã! — grita Rita.

— Do que ela está falando? — Livi sussurra. — O que é uma câmara de gás?

— Livi, acho que não devemos falar sobre isso agora — diz Cibi.

— Por que não? O que é?

— Livi, por favor. Vamos apenas arrumar seus sapatos, está bem?

Mas Livi não dará mais um passo.

— Cibi, por favor, não me trate como criança! Me diga o que é.

Cibi suspira, mas a irmã está certa. Como alguém pode ser uma criança genuína neste lugar? Ela fita os olhos arregalados de Livi.

— Para onde você acha que eles levam aquelas que falham nas seleções? Fale, o que acha que acontece com elas?

— Elas morrem?

— Sim, elas morrem. Na câmara de gás. Mas não é para você se preocupar. Não vou deixar que nada aconteça conosco, não enquanto eu ainda respirar.

— É por isso que tem fumaça e aquele cheiro? Eles as queimam depois?

— Sinto muito, Livi.

— E, de alguma forma, *de algum jeito,* Cibi, você vai impedir que eles nos envenenem com gás e nos queimem? — Livi pergunta, sua voz ficando mais alta. — Me diga exatamente como vai fazer isso.

— Ainda não sei. Mas eu nos mantive vivas até agora, não é? Então, vamos, vamos conseguir sapatos novos.

Livi segue atrás da irmã, um novo pavor em seu coração agora. Ela se pergunta se a asfixia com vapores venenosos é dolorosa.

— Está faltando uma sola inteira no sapato de Livi, Rita — Cibi diz à *kapo*, mostrando a ela o sapato. — Por favor, ela pode ir buscar um novo par?

Rita olha para o sapato e para Livi parada diante dela, os olhos desviados.

— Você sabe aonde ir? — questiona ela.

— Ao depósito na frente do campo? — pergunta Cibi.

— Depressa, vou fechar tudo logo. Não vão querer ser pegas do lado de fora.

Cibi e Livi correm até o pequeno prédio onde uma estranha variedade de sapatos e roupas extras está alojada. Lá dentro, encontram uma *kapo* que nunca viram antes, e Cibi entrega a ela o sapato sem sola de Livi.

— Uso tamanho 37 — Livi eleva a voz.

A mulher aponta para um banco onde apenas três pares de sapatos definham.

Livi aproxima-se para inspecioná-los.

— Mas não consigo usar isso — diz ela. — São pequenos demais!

Livi está exausta, seu pé lateja e, por um momento, ela se esquece de onde está.

— Uso tamanho 37 — repete ela com petulância.

Nenhuma das garotas está esperando a resposta que se segue. A *kapo* avança em direção às meninas, com os olhos em Livi, e dá dois tapas fortes em seu rosto. Livi cambaleia até a parede.

— Lamento não poder fornecer o tamanho correto de seu sapato, senhora. Talvez queira voltar outro dia — escarnece a *kapo*.

Cibi agarra um par de sapatos com uma das mãos, o braço de Livi com a outra e a arrasta para fora do prédio. Uma vez do lado de fora, ela para e ergue os sapatos.

— Levante a perna, Livi — sussurra ela.

As bochechas de Livi estão vermelhas. Ela não responde.

— Por favor, Livi, vamos tentar colocar isto.

Livi está olhando para a boca de Cibi.

— O que há de errado com você? — questiona Cibi.

— Não consigo te ouvir! Não consigo te ouvir! — Livi chora, balançando a cabeça, tentando se livrar do zumbido nos ouvidos.

Cibi fica de joelhos, tentando colocar os pés de Livi nos sapatos, mas são pelo menos dois tamanhos menores. Ela está grata por Livi não poder ouvi-la enquanto implora silenciosamente à mãe por orientação. Os sapatos não servem, e Livi certamente morrerá se tiver que andar descalça até Auschwitz e depois voltar de lá. Acima do vento, acima do latido dos cães e dos rosnados da SS, Cibi ouve a resposta da mãe. *Calce os pés da sua irmã.*

Então, ela tenta novamente. Livi, com os pés dormentes de frio, não consegue sentir os dedos quando são esmagados nos sapatos pequenos demais.

Mas a parte superior é feita de lona e acaba cedendo após algumas viagens de ida e vinda de Auschwitz, ao menos o suficiente para deixar os sapatos um pouco mais confortáveis. Eles têm solas de madeira com sulcos que ficam cheios de neve nas longas caminhadas. As meninas brincam que Livi está ficando mais alta. Livi responde que agora é a irmã mais velha. Ela tira a neve das solas e volta ao tamanho normal. Esse ritual duas vezes ao dia oferece um pequeno oásis de diversão para as irmãs.

* * *

Apesar das reservas iniciais de Cibi, ela e Livi ficam mais ousadas nas salas de triagem, contrabandeando roupas extras para seu bloco, mantendo apenas o suficiente para terem um pouco mais de calor nesses meses frios e distribuindo o restante. Cibi esconde joias e dinheiro nos bolsos, vai ao fosso do banheiro e os deixa cair ali: prefere que desapareçam para sempre a que caiam nas mãos dos nazistas. Elas só são revistadas no final do dia, quando saem do *Kanada*.

No entanto, o tempo está implacável, fornecendo motivação suficiente para cancelar qualquer lealdade existente entre as mulheres, e muitas vezes Cibi e Livi voltam aos seus beliches para descobrir que suas roupas sumiram. Não há confrontos: todas estão desesperadas.

As recém-chegadas continuam a criar tensão: as lutas eclodem e as antigas fidelidades se desmantelam. As novas meninas precisam de roupas para sobreviver, e as veteranas não compartilham. Os SS aumentam as seleções durante a contagem, destacando as fracas e enfermas para o extermínio. Para Cibi e Livi, parece que acontece todos os dias, à medida que mais e mais meninas desapareçam.

O Natal anuncia um novo surto de tifo, atingindo com força o bloco de Cibi, e ela é infectada. Em poucos dias está delirando de febre, mas toda menina sabe que se ela ficar no bloco quando as trabalhadoras saírem pela manhã, não estará lá quando retornarem.

Nas duas semanas seguintes, Cibi é meio carregada na ida e na volta de Auschwitz. À noite, Rita fecha os olhos para Cibi tremendo e suando embaixo de uma pilha de roupas doadas, enquanto a febre destrói seu corpo emaciado. Livi segura a mão da irmã a noite toda, enquanto Cibi se debate no beliche. A sede de Cibi mal é saciada com os goles de água que as meninas trazem. Às vezes, ela vê o rosto de Magda pairando sobre o seu, desejando que ela melhore. Em outras ocasiões, é Magda quem a alimenta com migalhas de biscoitos quebrados que as meninas "libertaram" das salas de triagem.

Com esforço enorme, ela reúne suas energias cada vez que passam pelos portões de Auschwitz ou Birkenau, e Livi a exorta, assim como Cibi havia feito, a passar sem ajuda pelos olhos vigilantes dos SS. O mau tempo também costuma favorecê-la, já que os guardas da SS não desejam ficar na neve.

A recuperação de Cibi é lenta, mas constante. Ela mantém a miragem delirante de Magda na mente, e isso ajuda, mas ela não faz menção de seus sonhos a Livi. Se Magda está em sua cabeça, em seu coração, é o suficiente.

No dia de Natal, as meninas têm folga, mas um Natal cristão não significa nada para elas. Todas perderam o Hanukkah, tiveram que trabalhar longas horas quando deveriam estar acendendo as velas da menorá nas janelas de casa, recitando as orações com seus familiares. Mas, para os guardas alemães, os SS e as *kapos*, o Natal é um dia para festejar e beber, não para exterminar.

Festa cristã ou não, as meninas ficam felizes em receber como presente de Natal uma sopa quente com macarrão, verduras e carne. É uma festa absoluta e, para Cibi, é também a primeira refeição em que consegue comer sozinha. Ela espera que a comida lhe dê forças para se levantar na manhã seguinte e voltar ao trabalho sem ajuda.

Naquela noite, enquanto as irmãs se enroscam com outras duas companheiras de beliche, Cibi sussurra um "boa-noite" para Livi.

— É só isso que vai dizer? — pergunta uma Livi perplexa.

— O que mais há a dizer? — Cibi fecha os olhos.

— Nossas orações, Cibi. Nossas orações noturnas. Mesmo quando você estava delirando, ainda orava antes de dormir.

— Não haverá mais oração, irmãzinha. Não tem ninguém nos ouvindo.

Livi abraça Cibi e fecha os olhos. Mas, por mais exausta que esteja, não consegue dormir. Ela pensa em sua mãe e no que diria se soubesse que Cibi havia abandonado sua fé. Elas não perderam uma única noite de agradecimento por sua família, seus amigos, a comida que comeram e as casas que as abrigaram. Ela pensou em Magda. Cibi tinha certeza de que Magda estava em segurança em casa, mas e se estivesse errada? E se Magda estivesse em outro campo, exatamente como aquele, mas sem o conforto de uma irmã?

* * *

No dia seguinte, Cibi e Livi, junto com o restante do destacamento de lenços brancos, sentem-se revigoradas quando marcham em direção a Auschwitz. É incrível o que comida extra e uma boa noite de sono fazem pelo moral delas.

— Sabe o que a Rita acabou de me perguntar? — questiona Livi. As meninas estão nas salas de triagem. Cibi acaba de voltar de uma ida ao banheiro.

— Não consigo imaginar. O que Rita perguntou a você? — Cibi começa a vasculhar os suéteres, as saias e as calças.

— Perguntou se eu sabia datilografar.

— E o que você respondeu? — Cibi deixa as roupas de lado e fita os olhos de Livi.

— Bem, disse que "não", claro.

— Vá e encontre-a agora, Livi. Diga a ela que eu sei datilografar. — Há uma nova urgência na voz de Cibi.

— Não posso, Cibi. Você sabe que só falo com ela quando me pergunta alguma coisa.

— Ora, Livi, francamente! Fique aqui.

Cibi atravessa a sala em direção a Rita, que circula pelo escritório, parando de vez em quando para conversar com as meninas, provavelmente fazendo-lhes a mesma pergunta.

— Rita, Livi disse que você perguntou se ela sabia datilografar, e ela disse que não.

— Isso mesmo, estou procurando…

— Eu sei datilografar — fala rapidamente Cibi. — Aprendi na escola. Posso usar os dez dedos e… e sou boa em aritmética. — Ela está tremendo, insegura do que acabou de fazer.

— Venha comigo — determina Rita com brusquidão e leva Cibi até o escritório na frente da sala de triagem.

Um oficial da SS está sentado atrás da maior de duas mesas que ocupam a pequena sala. Na mesa menor há uma máquina de escrever, uma pilha de papel em branco, uma bandeja e alguns lápis. Rita apresenta Cibi ao oficial, dizendo-lhe que ela é a nova escriturária e que vai datilografar o registro diário de roupas que as meninas separarem.

O oficial, Armbruster, cumprimenta Cibi com um aceno de cabeça. Ele é um homem magro, mais ou menos na casa dos cinquenta anos; seus cabelos grisalhos e as rugas ao redor dos olhos lhe dão um ar de sabedoria. Poderia ser seu avô. Rita senta-se à mesa menor e mostra uma lista datilografada. Ela entrega a Cibi vários pedaços de papel manuscritos que contêm os detalhes das roupas compiladas e prontas para o transporte. Ela explica como Cibi vai criar um registro diário relacionando as roupas masculinas, femininas e infantis. Deve enviar uma cópia com os transportes diários, manter uma cópia e criar um registro mensal. Erros não serão tolerados.

Quando Rita sai da sala, Cibi coloca uma folha de papel na máquina de escrever e gira o rolo. Com uma confiança que ainda não havia sentido, Cibi começa a datilografar "Roupas masculinas", usando apenas dois dedos.

— É assim que você datilografa? — pergunta Armbruster.

Cibi olha para o oficial alemão.

— Não. Aprendi a digitar com os dez dedos, mas posso fazer isso mais rápido com dois — responde ela.

— Dê-me a página quando terminar, vou verificá-la antes de sair. — Ele se virou.

Cibi lentamente compila uma lista de roupas usando os novos dados dos pedaços de papel. Quando termina, ela puxa a folha da máquina de um jeito dramático e a leva para Armbruster.

De volta à sua mesa, ela começa a lista de roupas femininas. Ainda está trabalhando quando o oficial aparece ao seu lado.

— Você cometeu alguns erros e corrigi sua ortografia, então terá que fazer de novo — enuncia ele, sem o tom familiar de ameaça na voz. — E não tenha pressa para acertar. Não é uma corrida.

*　*　*

Mil novecentos e quarenta e três é um novo ano, e não é diferente de 1942. Livi trabalha no *Kanada* e Cibi é funcionária do oficial da SS Armbruster, então, pelo menos, elas continuam juntas na turma do lenço branco. Cibi ainda não está orando, mas todas as noites sussurra "Mamãe, Magda, vovô", e os imagina em casa, seguros no chalé em Vranov. A cada noite ela puxa Livi para perto de si. E assim elas conseguem prosseguir.

12

Vranov nad Topl'ou
Março de 1943

— Está na hora, Magda. Pegue seu casaco e vá — Chaya está sussurrando, com cuidado para não acordar Yitzchak de seu cochilo na poltrona.

Magda continua encolhida no sofá, onde muda o foco entre a lareira apagada e seu avô adormecido.

— Magda, levante-se! Você precisa ir! Eles vão chegar aqui em breve — repete Chaya, mas com mais urgência.

— Por que, mãe? Qual é o problema? Me pegarão mais cedo ou mais tarde, e talvez assim eu possa me juntar a Cibi e Livi — responde Magda, sem se mexer do sofá.

Chaya tira o casaco de Magda do cabide perto da porta e o joga no colo da garota.

— Magda Meller, vista isso e vá para a casa da sra. Trac. Falei com ela há pouco, e ela está à sua espera.

Levantando-se, mas sem se mexer para vestir o casaco, Magda olha mais uma vez para o avô. Ela pode dizer que ele está acordado, ciente daquele diálogo. Ela se pergunta se ele vai se envolver. De que lado estará? Mas ele não se mexe.

— Já faz quase um ano, mãe. Não podemos continuar vivendo assim. Olhe ao redor, temos tão pouco para vender... Quando é que vamos desistir? Quando não houver cadeiras para nos sentarmos? Ou camas para dormirmos? Tudo isso por um pedaço de pão!

— Eles levaram duas de minhas filhas, e não vou deixar que levem você. Ainda tenho algumas joias para vender, mas, agora, preciso que você saia de casa. É só por uma noite.

— Desta vez, eu vou — diz Magda, finalmente, vestindo o casaco. — Mas a senhora pode perguntar ao tio Ivan se ele tem mais novidades?

— Pergunto. Agora, vá embora.

Magda beija a mãe na bochecha antes de beijar o avô de leve na testa.

— Eu sei que o senhor está acordado — sussurra ela.

Abrindo os olhos, ele sorri, seus olhos fixos nos de Magda. O que parte seu coração.

— Boa menina, você deve sempre fazer o que sua mãe pede. Agora, vá embora.

Levantando-se e espreguiçando-se, Yitzchak se junta a Chaya na janela enquanto Magda abre a porta, verificando à esquerda e à direita se há guardas de Hlinka antes de cambalear pelo caminho de entrada até pisar na rua e depois correr para a casa em frente.

Quando a porta da vizinha se fecha atrás de Magda, Chaya abaixa a cortina.

— Vou buscar algo para comermos — diz ela.

— Não estou com fome, coma você — alega Yitzchak. — Vou tomar um chá de tília, se ainda tivermos.

* * *

A sra. Trac vem cuidando de Magda. Ela sabe que a Guarda de Hlinka logo virá à procura de quaisquer meninas e meninos judeus que restaram. Eles vêm no *Shabbat*, quando sabem que todas as famílias judias estão em casa. Os próprios filhos dela, agora adultos e que vivem em Bratislava, estão protegidos por sua fé católica romana. Como eles castigaram a mãe quando souberam que ela estava escondendo Magda em casa; sua religião não a protegerá se ela for pega encobrindo uma judia.

— Depressa, querida, eles podem bater à minha porta a qualquer momento. Coloquei um pouco de pão e queijo lá em cima para você.

— Obrigada, sra. Trac, não precisava fazer isso, mas obrigada. Não sei como poderemos recompensá-la por assumir tantos riscos por minha família.

— Você pode me retribuir permanecendo viva e punindo aqueles que a perseguem. Agora é hora de se esconder.

Parando apenas por tempo suficiente para dar um abraço caloroso em sua vizinha, Magda corre para a cadeira no corredor estreito, acima da qual fica um pequeno alçapão. Ela o abre e sobe no pequeno espaço acima. Depois disso, puxa-se para dentro da cavidade do teto.

A luz vinda do corredor ilumina um prato de pão e queijo. Por experiência própria, Magda sabe que, assim que o alçapão estiver de volta no lugar, ela estará na escuridão total. Rapidamente nota os cobertores e travesseiros próximos, onde ficará deitada esperando até ouvir a batida familiar de baixo, dizendo a ela para descer na manhã seguinte. Ela ouve o som da cadeira raspando o chão de madeira enquanto a sra. Trac a arrasta de volta para a cozinha. Ela espera que isso não tenha deixado nenhuma marca reveladora que leve direto ao seu esconderijo.

Pouco depois, Magda ouve uma batida forte na porta da frente e uma voz dizendo à sra. Trac para "abrir".

O rangido da porta da frente enuncia a Magda que a sra. Trac agora está cara a cara com algum guarda de Hlinka.

— Há mais alguém na casa, sra. Trac? — pergunta um guarda.

— Laszlo, você sabe que meu filho e minha filha agora moram em Bratislava com suas famílias. Por que estariam aqui?

— Precisamos perguntar, a senhora sabe disso. Se importa se entrarmos e dermos uma olhada?

— E se eu me importasse, isso os impediria? — retruca uma desafiadora sra. Trac.

— Afaste-se para que possamos entrar — outro guarda exige, claramente impaciente com o ir e vir.

— Fechem a porta. Estão deixando o frio entrar — diz a sra. Trac.

Magda escuta os passos se afastarem da porta da frente e se dirigirem à cozinha. Ela prende a respiração ao ouvi-los passar logo abaixo do espaço do teto em que está se escondendo. Eles podem detectar alguma marca de riscos da cadeira?

— Espero que não estejam esperando que eu faça um chá para vocês — afirma a sra. Trac.

— Estamos bem, não precisamos de nada — responde Laszlo.

— A senhora sabe alguma coisa da garota Meller que mora do outro lado da rua? — pergunta o outro guarda.

— Já me bastam meus filhos com que me preocupar, quanto mais os de outra pessoa — responde bruscamente a sra. Trac.

— Estamos apenas perguntando se a viu recentemente. Ela tem sido vista na cidade de vez em quando, mas nunca está em casa quando batemos lá. O que pode nos contar sobre ela?

— Bem, é uma garota muito bonita. Está interessado em convidá-la para sair?

— Por favor, sra. Trac. — A voz de Laszlo novamente. — Não atrapalhe nossa investigação. A senhora deve nos avisar se a vir. Temos perguntas urgentes a fazer para ela.

— Por quê? O que aquela garota pode saber que vocês não sabem?

— Procure-nos se a vir. É tudo que estamos pedindo.

— Estou olhando em volta agora e não a vejo. E vocês?

— Agradecemos por seu tempo. Nós nos veremos outra hora.

Magda ouve passos se afastando, então a porta da frente se fecha. Ela pega o pão e se deita em um cobertor, cobrindo-se com o outro. Fica feliz que a sra. Trac ainda pode comprar combustível para seu fogão a lenha – ela sente o calor através do teto. O cheiro de fumaça de madeira também é reconfortante.

* * *

O ruído da cadeira nas tábuas do assoalho abaixo acorda Magda na manhã seguinte. Ela ouve o *toque, toque, toque* do cabo de vassoura no alçapão.

Magda está endurecida por causa da noite no espaço confinado e desce devagar. Fechando o alçapão, ela se dirige ao banheiro e, em seguida, se junta à sra. Trac, que está bebendo uma xícara de chá na cozinha.

— Obrigada pelo pão e queijo. Comi o pão, mas a senhora se importa se eu levar o queijo para meu avô? Ele sente falta.

— Faça isso. Posso te dar mais um pouco, se quiser.

— Não, não! É mais que suficiente. — Magda inclina a cabeça para a xícara que a sra. Trac está levando aos lábios. — Chá de tília?

— Gostaria de uma xícara, minha querida? Tenho muito, graças à sua mãe.

— Não, obrigada. Ainda temos um pouco, e é melhor eu ir para casa. Minha mãe e meu avô ficarão preocupados. — Magda toca o ombro da mulher. — Obrigada, sra. Trac. Não sei como... — As palavras ficam presas na garganta.

— Não me agradeça, menina. Apenas mande lembranças à sua mãe e ao seu avô e vejo você na próxima sexta-feira. Tudo bem?

— Mando. Mas vamos ver como estará o tempo. Posso entrar na floresta, agora que está esquentando.

Magda inclina-se e beija a sra. Trac na bochecha.

— Alguma notícia de suas irmãs?

Magda balança a cabeça. Ela não tem palavras para expressar sua preocupação desesperada pelas irmãs.

* * *

Preocupada agora com o novo pensamento sobre suas irmãs desaparecidas, Magda não responde imediatamente às perguntas da mãe sobre a noite que passou do outro lado da rua e a visita dos guardas.

— Magda, por favor, volte à Terra — implora a mãe.

— Vovô! — Magda fala, emergindo de seu transe. — Onde está o vovô? Tenho uma coisa para ele.

— Estou aqui, Magda. O que é isso? — Yitzchak entra na sala de estar, vindo do quintal, e estende a mão para o presente que Magda está oferecendo a ele.

— É da sra. Trac — anuncia ela.

Yitzchak olha para o pequeno bloco amarelo de queijo.

— Ela não precisava... — Yitzchak diz, em uma voz abafada.

— Bem, não posso devolver.

Yitzchak encontra os olhos de sua neta e de sua filha. A dor está gravada em cada linha, em cada ruga de seu rosto. Deveria haver cinco pessoas naquela sala com quem compartilhar o presente inesperado.

Chaya estende a mão e acaricia o braço do pai.

— Venham, sentem-se. Vamos dividir o queijo — ele solicita. — Chaya, pode nos fazer um pouco de chá? Acho que tem um pouco de pão *chalá* que sobrou de ontem. Faremos um banquete. Daremos graças por nossa boa sorte.

Yitzchak toma a iniciativa. Chaya passa o braço pelo de Magda, precisando sentir a sólida realidade da filha.

— O tio Ivan está vindo? — sussurra Magda.

— Sim, ele logo chegará, mas não sei o que você acha que ele vai nos dizer.

O queijo e o pão acabaram e o restante do chá está sendo servido quando eles se assustam com uma leve batida na porta dos fundos.

— É só o tio Ivan — diz Magda, dando um pulo para abrir a porta. Ele imediatamente a pega nos braços.

— Você está segura, sobreviveu a mais uma sexta-feira — sussurra ele no ouvido dela.

Juntando-se a Chaya e Yitzchak à mesa, todos os olhos se voltam para Magda. Era ela, afinal, quem o importunava por notícias.

Sentindo o peso do olhar deles, Magda desvia o olhar.

— Não tenho notícias de suas irmãs, Magda — diz Ivan. — Apenas boatos.

Um silêncio ansioso preenche a pequena sala. Ivan pigarreia.

— É difícil saber de muita coisa. Mas ouvi um negócio sobre o destino de suas irmãs... Acho que Cibi e Livi foram levadas para a Polônia.

— Polônia? — Explode Chaya. — Os alemães as levaram para a *Polônia*? Para quê?

— Você esqueceu, irmã. Os alemães ocuparam a Polônia.

Há uma nova luz nos olhos de Magda. Yitzchak estende o braço por cima da mesa e pega a mão dela, balançando a cabeça quando ela abre a boca.

— O senhor sabe em que lugar na Polônia, tio?

— Não, Magda. E seu lugar é aqui, com sua mãe. Todos nós ficaremos aqui enquanto pudermos.

— E Clive, seu amigo no escritório do conselho... Ele sempre foi um grande amigo de nossa família, meu filho. Você o tem visto? — pergunta Yitzchak.

— De vez em quando, pai. Ele fez tudo o que pôde para nos proteger. Toda semana coloca nosso nome no fim da lista de judeus que moram em Vranov, mas agora... — suspira Ivan. — Agora, existem apenas alguns nomes na frente dos nossos. É uma questão de tempo.

— Tem mais coisa, Ivan, posso ouvir em sua voz — insiste Yitzchak. — Conte-nos tudo.

O velho pousa as mãos espalmadas sobre a mesa e se endireita.

Ivan demora para responder, olhando de Chaya para Magda e, finalmente, de volta para Yitzchak.

— Ouvi dizer que estão começando a arrebanhar as crianças mais novas agora, assim como seus pais, avós, tias, tios... Todos.

Chaya solta um gemido baixo.

— O que eles querem de nós? — pergunta ela.

— Não sei, simplesmente não sei. — Ivan levanta-se e começa a andar pela pequena sala. — Pode chegar um momento em que vocês três precisarão se esconder no *Shabbat*. Tanto na casa da sra. Trac quanto na floresta.

Chaya pega a mão de Ivan quando ele começa outro circuito na sala.

— É isso que você está planejando fazer com Helena e as crianças? Vai para a floresta todas as sextas-feiras à noite?

O desespero de Chaya aumenta com cada palavra que sai da boca de Ivan.

— Irmã, farei o que for preciso para proteger minha família, e isso inclui vocês três. — Ivan sorri para Chaya, mas é uma expressão vazia. Seus olhos estão tão cheios de medo quanto os dela. — Como estão de comida? Precisam de dinheiro?

— Ainda tenho algumas joias de nossa mãe, mas não quero vendê-las. — Os olhos de Chaya se enchem de lágrimas. — É tudo o que me resta dela.

Agora é a vez de Ivan perder a paciência.

— Não seja boba, Chaya! Você acha que ela gostaria que você se agarrasse a bugigangas com sua família morrendo de fome? Prometa que vai vender se precisar.

Chaya abaixa a cabeça.

— Ela fará isso — Yitzchak diz.

— Magda, você ainda vai à cidade fazer trocas? — Ivan pergunta, indo em direção à porta dos fundos.

— Sim, tio, mas apenas uma vez por semana.

— Vou lhe dar os nomes de algumas pessoas que vão pagar um preço mais justo pelas joias. Elas não são judias, mas são simpáticas à nossa situação.

Ivan abre a porta e Magda, Chaya e Yitzchak se levantam da mesa.

— Venham jantar hoje à noite — pede ele, antes de sair. — Os meninos ficam perguntando por vocês, e Helena adoraria um mexerico entre mulheres.

Ele oferece a Chaya um sorriso conciliador, que ela retribui.

— Vamos sim, obrigado, Ivan. Por favor, diga a Helena que adoraríamos compartilhar uma refeição com todos vocês — diz Yitzchak.

13

Auschwitz-Birkenau
Primavera de 1943

— Acorde, Cibi. Acorde. — Livi cutuca a irmã.

Está escuro no quarto e todas as outras estão dormindo.

— O que é? Me deixe em paz — murmura Cibi.

— Você estava cantando enquanto dormia — sussurra Livi.

— Estava? — Cibi suspira e abre os olhos. Filetes de luz passam pelas rachaduras da argamassa, e Cibi consegue distinguir os contornos do rosto de Livi, e o medo e a preocupação nos olhos da irmã.

— Foi apenas um sonho — diz Cibi, puxando Livi para perto. — O vovô Emile esteve aqui. Pegou nossas mãos e nos levou para fora do campo.

— Aqui? Em Birkenau? — Livi fica horrorizada. Não consegue entender o que isso representa. É muito estranho.

— Ele nos levou para a sauna. O vovô Yitzchak estava esperando por nós, tocando "Hatikvah" na frigideira da mamãe. Foi tão estranho, Livi. A frigideira tinha cordas presas a ela, como um violino.

— Tem certeza de que não está ficando doida?

Cibi consegue ouvir o sorriso na voz de Livi, mas também a preocupação. Elas viram garotas enlouquecerem completamente, o que lhes garantiu a morte.

— Fique quieta, Livi. Ainda não terminei. Você se lembra de como sempre nos juntávamos a ele quando cantava "Hatikvah"? Bem, nós também fizemos isso no sonho. Nossos avós nos disseram que cuidariam de nós.

— Você acredita que eles podem cuidar de nós, Cibi? — pergunta Livi.

— Acredito que tudo seja possível. Olhe para nós, Livi. Estamos aqui há quase um ano e ainda estamos vivas.

— É tudo graças a você. Eu não teria sobrevivido sozinha.

— Você é mais forte do que pensa, irmãzinha. Agora, volte a dormir.

No dia seguinte, depois de voltarem da longa e fria caminhada de Auschwitz, Rita as segue até o beliche carregando uma trouxa de roupas nos braços. Ela entrega a Cibi dois vestidos azuis – traje típico da dona de casa alemã – junto com um par de aventais azul-escuros e novos lenços brancos de cabeça.

— No domingo de manhã, usem esses vestidos — Rita ordena a elas.

— Por quê? — Cibi pergunta.

— Apenas façam isso. E os coloquem embaixo do colchão para protegê-los das mãos-leves.

Enquanto Rita se afasta, Cibi e Livi examinam as roupas. Sem dizer uma palavra, Cibi espia em volta para ver se alguém está olhando. Várias meninas testemunharam a permuta com Rita. Cibi empurra cuidadosamente a roupa para debaixo do colchão.

No domingo de manhã, depois da contagem e do café da manhã, Rita aparece ao lado do beliche.

— Vamos, vocês precisam se trocar. Agora! — ordena ela. E Cibi pega as roupas escondidas.

Cibi e Livi rapidamente tiram seus vestidos esfarrapados e sujos e os substituem por roupas novas.

Quando Cibi começa a passar o avental pela cabeça, Rita se aproxima.

— Deixe-me ajudá-la. Tem que estar perfeita.

A *kapo* alisa com cuidado o avental antes de enrolar as fitas em volta da cintura de Cibi, dobrando bem as pregas. Quando fica satisfeita, ela faz o mesmo por Livi. Rita recua para admirar seu trabalho.

— É importante que vocês estejam bonitas. Agora, amarrem os lenços.

As outras meninas na sala assistem àquela pantomima em silêncio.

Rita retorna para a frente do bloco antes de chamar todas para se alinharem do lado de fora.

As meninas do Bloco 21 juntam-se a todas as outras meninas do campo feminino no pátio. A neve parou de cair, e o sol agora brilha em um dia de inverno digno de cartão-postal. Um carro grande, preto e brilhante se aproxima do bloco, e vários oficiais da SS, vestindo uniformes impecáveis e reluzindo com medalhas, saem do veículo. A oficial alemã sênior, que raramente é vista no campo, agora se adianta para cumprimentá-los.

Milhares de mulheres ficam em fileiras organizadas assistindo ao desenrolar dessa cena.

Os oficiais falam em voz baixa com a oficial feminina e, em seguida, com as *kapos* do campo em seu encalço, eles começam a andar de um lado para o outro pelas filas de mulheres. À medida que se posicionam diante de cada prisioneira, um ou outro oficial aponta para a esquerda ou para a direita. As *kapos* indicam imediatamente que cada prisioneira deve se mover para a esquerda ou direita de uma grande área na extremidade do pátio.

— É uma seleção! — sussurra Cibi. — Lembre-se, Livi, fique ereta e aperte suas bochechas para deixá-las um pouco coradas.

Parece que as irmãs estiveram em posição de sentido por horas quando finalmente os nazistas chegam ao Bloco 21. É impossível dizer qual instrução – esquerda ou direita – significa morte certa, pois elas veem meninas fortes, relativamente saudáveis, sendo enviadas nas duas direções.

Cibi observa enquanto os homens se aproximam. Eles vão alcançá-la antes de Livi. Sem dizer nada, Cibi troca de lugar com a irmã.

Ao longo da fila, a amiga delas, Lenke, está estendendo as mãos para o oficial inspecionar. Elas estão vermelhas e inchadas de frio.

— Mandaram Lenke para a esquerda — sussurra Livi. — Isso é bom? Talvez devêssemos estender as mãos também.

Cibi olha para as próprias mãos. Uma bandagem suja cobre uma ferida em seu dedo indicador. Ela a arranca, deixando-a cair na neve, e, em seguida, fica de pé sobre ela.

— Deixe suas mãos ao lado do corpo. Alinhe-se. Pareça forte e saudável — sibila Cibi.

Quando os homens se aproximam, Cibi fica tonta. Ela luta para controlar a respiração. Inspira e expira. Inspira e expira. Era isso? Era este o momento em que seus destinos seriam decididos?

Os oficiais param na frente de Livi, e Cibi não pode culpar a irmã pela maneira como joga os ombros para trás e levanta a cabeça. Os homens dispensam a ela um olhar superficial antes de mandá-la para a direita.

Agora Cibi espera. *Vou viver*, ela pensa. *Preciso viver*. O rosto de Magda surge por um instante diante de seus olhos, e depois o de seu pai. As irmãs se reunirão um dia, ela jura, e manterão sua promessa não apenas para sobreviver, mas para prosperar. Um oficial para na frente de Cibi. Ela engole em seco. Ele se demora, olhando-a de cima a baixo. Enquanto se afasta, já se virando para verificar a próxima garota na fila, ele move a mão para a direita.

Quando Cibi e Livi se reúnem com as outras garotas no canto direito do pátio, elas ainda não sabem qual destino as espera. Devem ser poupadas ou estão se dirigindo para a câmara de gás?

— Por que você trocou de lugar comigo? — pergunta Livi.

Cibi fica olhando para os pés em silêncio.

— Cibi! Diga-me por que queria que eu fosse inspecionada primeiro — insiste Livi.

— Tive que tomar uma decisão. Isso é tudo — responde Cibi. — Não me peça para explicar.

— Você tem que me dizer. — Livi aponta para o pátio, para o campo além, para o mundo. — Estamos juntas nisso. Você precisa me dizer em que estava pensando.

Após uma longa pausa, Cibi encontra os olhos de Livi.

— Se você fosse enviada para a esquerda, eu a teria seguido. É isso. Não importa para onde me mandassem, eu a seguiria.

Os olhos de Cibi brilham com lágrimas.

— Até para a morte? É isso que está dizendo? — Livi ofega, os olhos arregalados e ferozes.

— Sim. — Cibi acena com a cabeça e as lágrimas escorrem de seus olhos. — Mas acredito que estamos seguras. Acredito que fomos salvas.

— E se você fosse mandada para a esquerda, o que eu deveria fazer? Diga-me, Cibi, o que eu deveria fazer?

— Antes de ir para a esquerda, eu teria me assegurado de que você estivesse fora do meu campo de visão, para que não me visse e não pudesse me seguir.

— Como pôde? Você tomou essa decisão sozinha! E eu, como você acha que eu conseguiria continuar vivendo se você estivesse morta? — O rosto de Livi fica afogueado de raiva.

— Sinto muito, Livi. Por favor. Insisto, você é mais forte do que pensa. Se eu morrer, você deve continuar vivendo. Alguém precisa estar por perto para ajudar Magda. Para ajudar a mamãe e o vovô.

Várias das meninas em seu grupo ouvem a conversa entre as irmãs. Muitas estão chorando. Livi afasta-se de Cibi, incapaz de aceitar a ideia de que a irmã sacrificaria a própria vida apenas para que ela não tivesse que morrer sozinha.

Uma das garotas passa o braço em volta do ombro de Livi, abraçando-a com força.

— Não tenho uma irmã para cuidar de mim, para tomar essa decisão por mim. Ela acredita que está fazendo o melhor por você. E está.

Livi olha para Cibi, que está olhando fixamente para a frente.

O vento se intensificou e a neve caiu pesadamente mais uma vez. Ainda há vários blocos a serem inspecionados, mas os oficiais nazistas estão fartos. Falam com a oficial alemã antes de entrar no carro e partir.

As meninas continuam paradas na neve, observando enquanto milhares de mulheres à esquerda do pátio marcham até os portões do campo feminino, onde recebem ordens de tirar os sapatos. Os sapatos formam uma montanha. As mulheres são conduzidas, descalças, pelo caminho que leva à câmara de gás.

Cibi estava certa, mas isso não lhe dá nenhuma satisfação. Elas foram salvas. Por Rita.

Finalmente, a oficial alemã se aproxima do grupo de Cibi e Livi. Ela diz que todas devem ir para a sauna, seguindo o caminho que passa pelo campo dos homens do outro lado da estrada que divide o campo de Birkenau.

As garotas marcham pela neve enquanto os prisioneiros homens as olham. Nem parecem percebê-las como mulheres.

Chegando aos banheiros, as meninas são orientadas a se despir. Mais uma vez, elas suportam a humilhação de ter cabeça, axilas e virilhas raspadas por prisioneiros. Cibi encara Livi. Ela é um esqueleto envolto em pele transparente. Cibi passa as mãos na caixa torácica, contando cada osso. Se ela é o espelho de Livi, então certamente Livi é o dela.

O primeiro pensamento de Cibi ao entrar na sauna é que elas estão prestes a ser asfixiadas por gás. Mas, em vez de gás, jatos de vapor saem das aberturas no teto. Inicialmente o calor é delicioso – já faz muito tempo que nenhuma das irmãs sentia qualquer calor verdadeiro, mas logo se torna sufocante, insuportável. As meninas estão desmaiando perto delas. Cibi e Livi se abraçam, tossindo, lutando para respirar. *Eu estava errada*, pensa Cibi. *Esta é apenas outra maneira de nos matar.*

Finalmente, as aberturas são desligadas. O vapor se dissipa quando as portas são abertas; ao redor, dezenas de garotas inconscientes se espalham no chão de concreto molhado. Aquelas que ainda estão de pé são obrigadas a arrastá-las para fora da sauna. Cibi e Livi pegam uma garota pelas mãos e, tão delicadamente quanto podem, puxam-na para além dali. Na parte de fora, o ar frio as revive imediatamente; aquelas que ainda estão dentro da sala são ajudadas por jatos de água gelada que agora jorram das aberturas.

Elas são conduzidas para outro espaço, e Cibi agradece ao ver os montes de roupas dispostos sobre a mesa.

A princípio encantada com a visão de roupas íntimas, sapatos e meias, Cibi não consegue entender o sentido por trás dos vestidos que agora estão sendo distribuídos. Parecem vestidos de coquetel, roupas que servem apenas para festas.

— Está falando sério? — Cibi pergunta à *kapo* no comando. — Como é que vou usar isto? — Ela está segurando um vestido feito de um tecido fino e transparente, com decote baixo e mangas três quartos.

— Isso é o que nos foi enviado. Vocês é quem sabem. Esses vestidos ou nada.

Cibi se vira para Livi, que está rindo dela, e ergue o vestido.

— Alguém vai ao baile comigo? Onde está meu príncipe? — brinca Cibi, cobrindo-se com a peça de roupa. Ela se curva para as outras garotas. O alívio de manter a vida por mais um dia liberou algo, o impulso de ser uma adolescente boba, o desejo de rir.

O vestido de Livi é feito de um material semelhante em verde, mas as mangas são curtas, então ela também ganhou um cardigã.

— Posso usar um cardigã também? — Cibi pergunta à *kapo*. — Não acho que este vestido me manterá bem aquecida.

A mulher puxa as mangas de Cibi.

— Você já tem mangas. E, de qualquer forma, você não gostaria de cobrir um vestido tão elegante.

* * *

Depois de uma noite sem dormir, deitadas no chão úmido da sauna, as meninas são levadas de volta ao campo feminino, onde uma delegação de oficiais da SS as espera.

— Sou o comandante Rudolf Hoess. Digam-me agora: se tem alguém aqui que não quer trabalhar ou não sabe trabalhar, dê um passo à frente e será morta de imediato. Posso dizer isso livremente agora… Todas vocês sabem o que acontece aqui se não trabalharem ou se ficarem doentes. — Hoess faz uma pausa para causar efeito, um sorriso tenso em seus lábios finos. — Vocês me ouviram bem. Não há mais segredos entre nós. A escolha é de vocês.

Essa delegação, como a anterior, parte em um carro preto reluzente. Uma nova oficial da SS dá um passo à frente.

— Sou a oficial Grese, da SS. Agora sou a encarregada de vocês e de todo este campo. Vocês chegaram aqui por meio de seleção. Haverá muito mais prisioneiras se juntando a nós nas próximas semanas. Ordenei que as meninas com números de quatro dígitos fossem ignoradas durante as seleções. Se vocês trabalharem duro e permanecerem saudáveis, continuarão vivas.

Com um sobressalto, Cibi entende o que ela quer dizer. À medida que o campo crescia, cresciam também os números, e agora muitas meninas carregam cinco dígitos no braço. As meninas que chegaram na mesma época que ela e Livi têm números de apenas quatro dígitos no braço. São quase todas eslovacas e contam-se às centenas. Elas estão lá há mais tempo do que todas as outras prisioneiras. Cibi imagina por que deveriam ser poupadas, pensando que talvez seja por estarem em Auschwitz há quase tanto tempo quanto os oficiais, as *kapos* e os guardas e, portanto, estarem bem treinadas e familiarizadas com as regras do campo.

Livi e Cibi estão isentas das seleções: uma fresta de esperança. Agora só precisam sobreviver ao resto.

As meninas são obrigadas a se espremer em apenas três blocos – os vinte e um restantes serão atribuídos às recém-chegadas. Elas não precisam ser informadas de que o último bloco do campo, o Bloco 25, ou o "Barracão da Morte", tem um propósito especial: aquelas que estão muito doentes para trabalhar são alojadas ali, e todas as manhãs suas habitantes são enviadas para a câmara de gás.

Caminhando para seu novo bloco, Cibi e Livi encontram Cilka, a jovem eslovaca que tem um quarto próprio no Bloco 25, onde supervisiona as mulheres que estão condenadas à morte.

— Sabe por que ela está ali, não é, Livi? — Cibi questiona.

Livi faz que não com a cabeça. Ela não consegue imaginar como ou por que Cilka está lá, vivendo entre mulheres fadadas à morte iminente.

— Dizem que o comandante a visita para fazer sexo — sussurra Cibi.

— Para sexo? — Livi interpela. — Ela faz sexo com *ele*? — A jovem fica horrorizada; prefere morrer a dormir com um nazista. — Como ela pode fazer isso, Cibi? Por quê?

— Como nós, ela escolheu sobreviver, então nunca a julgue, Livi. Você acha que ela quer estar no Bloco 25? Ou que ela flertou com o comandante? Todas escolhemos permanecer vivas como pudermos. — Cibi tem convicção dessa ideia e precisa que Livi entenda. — Se ela recusasse, estaria morta — acrescenta.

— Mas não posso fazer isso, Cibi. Simplesmente não consigo. — Livi abaixa a cabeça.

— Então, agradeça por não estar no lugar dela. Deve ser necessário um certo tipo de coragem para acordar todas as manhãs e simplesmente seguir em frente.

Em seu novo bloco, as irmãs ficam maravilhadas ao encontrar cobertores limpos e quentes.

* * *

Na manhã seguinte, como se a noite anterior nunca tivesse acontecido, elas voltam a trabalhar em Auschwitz, no *Kanada*, nas salas de triagem. Sua primeira tarefa é escolher roupas adequadas, o que as deixa aliviadas por finalmente trocar os curiosos vestidos de coquetel pelas vestes de lã tosca de prisioneiras.

Mas, mais uma vez, as irmãs são prejudicadas pelos calçados. Não há botas disponíveis, e as queimaduras de frio continuam a arruinar os pés das meninas. Enquanto o inverno se intensifica ao redor delas, é a vez de Cibi sofrer. Em alguns dias mais frios, ela precisa da ajuda de suas amigas para ir e voltar de Auschwitz.

Finalmente, quando mal consegue colocar um pé na frente do outro, não há nada a fazer a não ser pedir ajuda ao seu chefe, o oficial da SS Armbruster. Ela reúne coragem e faz seu apelo, e o oficial recebe suas palavras com um aceno da cabeça grisalha.

Cibi já percebeu que ele não é como os outros oficiais, preferindo o silêncio do escritório ao pavoneamento de seus pares. Se ele não gostar do que ela está dizendo, é mais provável que a mande parar de choramingar e voltar ao trabalho em vez de ordenar sua morte.

Mas Armbruster pede a ela para se sentar e tirar os sapatos. Quando Cibi tira as meias com cuidado, a pele da sola dos pés se desprega, grudando nas meias. Há também um cheiro forte de decomposição que preenche a sala e faz Cibi recuar. *É assim que cheira a morte*, pensa ela. *A morte está apenas esperando que o resto de mim a alcance.*

Armbruster olha para os pés dela, mas não diz nada. Ele sai da sala e volta com uma bacia de água morna. Enquanto Cibi mergulha os pés doloridos na água, Armbruster sai novamente da sala, desta vez voltando com unguento, meias limpas, sapatos resistentes e uma caixa contendo várias pequenas latas. Os recipientes estão cheios de folhas de chá, alguns com ervas e especiarias adicionadas, outros com minúsculas flores secas. Ele enche a pequena chaleira e a coloca no fogão a lenha.

Armbruster pede a Cibi que selecione o chá que ela gostaria de beber.

— O senhor tem flores de tília? — pergunta ela rapidamente, seu coração de repente disparado.

— Acho que não. Não sei que chá é esse. Estes foram enviados por minha mulher, que sabe que gosto de uma xícara de chá antes de ir para a cama.

Cibi desatarraxa a tampa de várias latinhas, inalando profundamente o perfume das folhas. Ela escolhe o aroma mais pungente e devolve a lata a Armbruster. Sem dizer uma palavra, ele prepara uma caneca de chá quente, forte e picante para sua funcionária.

Nos dias seguintes, Armbruster fornece bacias de água morna para Cibi, e ela toma um chá diferente a cada dia enquanto seus pés ficam de molho.

Mas, enquanto as feridas de uma irmã cicatrizam, a outra começa a sofrer. Livi passa a reclamar de dor de estômago. Ela está ainda mais pálida do que o normal, e Cibi teme que a irmã tenha contraído tifo novamente.

Cibi começa a se apressar em seu trabalho no escritório para ajudar Livi com a triagem. Como os trilhos do trem foram estendidos, ligando os campos, agora os vagões de prisioneiros também chegam a Birkenau, trazendo-os às centenas, dia e noite. As meninas têm muito trabalho nas salas de triagem. Cibi ouve rumores sobre uma limpeza nos guetos na Polônia – idosos e muitos jovens executados, rapazes e moças transportados para Auschwitz. Ela ouve Armbruster discutindo com um colega sobre o grande número de residentes sendo removidos da cidade de Łódź. Ela não sabe onde fica a cidade de Łódź e diz a si mesma que não importa – o que importa é separar o mais rápido possível os bens preciosos que eles trazem.

Elas mantêm a mente e os pensamentos no trabalho.

Na sala de triagem, Cibi esvazia uma mala sobre a mesa. Ela remexe nas roupas, separa a calcinha das saias. Um sopro rançoso a atinge em cheio no rosto. Ela continua a vascular até encontrar a fonte do fedor acre. Envolvida em uma peça de algodão está uma cebola, seus sucos permeando as roupas que a cercam.

— Livi, venha aqui — ela chama a irmã.

Livi olha para ela curvada sobre a mesa onde está separando meias. Cibi pode ver que seu estômago está doendo de novo. Livi balança a cabeça, desconfiada da *kapo*. Mas a mulher está ocupada entregando mais malas na sala.

Lentamente, Cibi vai até Livi, a cebola segurada firmemente atrás das costas.

— Tenho algo para você. Quero que você coma. Fará com que se sinta melhor — diz ela, estendendo a cebola para Livi.

Os olhos de Livi se arregalam, seu nariz se enruga.

— Não vou comer cebola crua — anuncia ela.

— Livi, por favor. Não se lembra do que o vovô costumava dizer? *Uma cebola é o melhor remédio do mundo.* — Cibi puxa a pequena faca da calça de Livi e começa a cortar a cebola em quatro na mão.

— Por favor, não me obrigue! — geme Livi, apertando o nariz entre os dedos.

— Coma, isso é bom. Tampe o nariz. Agora, abra a boca.

— Não!

— Coma! — insiste Cibi.

Livi abre a boca e Cibi empurra os quartos de cebola crua entre os dentes até a irmã engolir, um por um. Lágrimas correm pelo rosto de Livi enquanto ela mastiga e, finalmente, engole.

— Quero que coma tudo. — Cibi está sorrindo com o que ela espera parecer um incentivo, e Livi, rindo e chorando, come a cebola inteira, mordida por mordida.

Na manhã seguinte, Livi acorda se sentindo muito melhor. O sol brilha, e o inverno está dando lugar à primavera. As árvores da floresta estão repletas de brotos.

Mais tarde, Cibi coloca uma folha de papel na máquina de escrever e digita a data. *Vinte e nove de março de 1943.* De repente, suas mãos começam a tremer. A cabeça pende para o peito quando percebe que faz quase um ano que ela e Livi deixaram sua casa. Um ano desde que ela viu a mãe, o avô e Magda pela última vez. Por um momento, imagina as três irmãs naquela tarde, muito tempo antes, quando fizeram a promessa de nunca se separarem.

Os traços do rosto de Magda estão claros para Cibi. Ela fecha os olhos, desesperada para se agarrar à imagem da irmã amada, deita a cabeça na mesa e recorda...

14

Vranov nad Topl'ou
1939

— *Depressa, Magda! Cibi e Livi estão prontas para ir!* — *Yitzchak chama.*
— *Estou indo! Só quero colocar um cardigã; está muito frio lá fora* — *grita Magda de volta.*
— *Não está, não. Você é que é friorenta! Mesmo quando está calor lá fora. Venha, se não nos apressarmos, outra pessoa vai buscar as flores* — *grita Cibi.*
Magda está fechando os botões do casaco grosso quando sai de casa. Cibi e Livi usam túnica com blusa de manga curta. Yitzchak veste o paletó, a camisa e a gravata que ele só usa quando vai para a rua. Ele segura um lençol de algodão dobrado nos braços.
— *Estamos todos prontos?* — *pergunta ele.*
Como as meninas foram forçadas a abandonar os estudos meses antes, Livi, de doze anos, não pode mais participar de jogos e esportes com suas amigas da escola. Ela fica inquieta em casa, o dia todo, todos os dias. Livi adora ter alguém que a leve para passear, alguém que compartilhe de sua paixão por vagar pela floresta, aprender os nomes da flora e da fauna, colher cogumelos. Cibi também compartilha do amor de sua irmã pelo ar livre, mas Magda é diferente, preferindo ficar em casa com Chaya para ajudá-la a preparar as refeições e cuidar das tarefas domésticas. Quando pode, Yitzchak arrasta Magda: é importante para ele que todas as meninas tenham compreensão e respeito pelo meio ambiente.
— *Vamos, meninas!* — *Yitzchak lidera o caminho pela frente de sua casa.*
A expedição de hoje é apenas até o final da rua, até a igreja católica – um grande mosaico acima das largas portas de madeira mostra uma imagem de Cristo, uma das mãos levantada para abençoar a todos que passam – e a residência do padre. À medida que se aproximam, os sinos da igreja tocam. As meninas

cresceram com seu ritmo de carrilhão. É um som reconfortante e tranquilizador, pois convida os devotos a celebrar batizados e casamentos, e a lamentar a perda de entes queridos.

Quando os sinos tocavam, as meninas corriam até o fim da estrada para admirar as noivas vestidas de branco e sonhar com o momento em que seriam elas a se tornar esposas.

Hoje, os sinos avisam que é meio-dia. Eles se reúnem ao pé da escada e olham fixamente para as portas; o padre aparecerá assim que o último sino soar.

— Vamos, se apressem! — murmura Livi, pulando para cima e para baixo no local; ela tem um trabalho importante a fazer.

Com um floreio, ambas as portas se abrem e o padre sai. Vestindo calça preta, camisa preta e com seu colarinho clerical, ele levanta a mão, dando as boas-vindas a Yitzchak e às meninas. Seu rosto abre-se em um largo sorriso, e ele desce a escada para cumprimentá-los.

— Shalom, Yitzchak — diz o padre, segurando a mão do velho. — Como está você, meu amigo? Sua querida esposa Rachel ainda está muito presente em minhas orações.

— Eu estou bem, padre, mesmo agora, durante estes tempos difíceis — responde Yitzchak.

— Podemos ir agora, vovô? É a minha vez de subir na árvore e sacudir os galhos — implora Livi.

— Paciência, Livi. Lembre-se de suas maneiras. Primeiro diga olá ao padre — bronqueia Yitzchak.

— Sinto muito, padre. Como vai o senhor?

— Estou muito bem, jovem Livi. E você?

— Estou bem. Sabe, é a minha vez de subir na árvore...

— Eu sei. E partiremos muito em breve. — O padre vira-se para Magda, que está tremendo. — Você está doente? — pergunta a ela.

— Ela está bem, padre — afirma Cibi. — Ela só sente frio. Estamos todas bem.

— Bem, então vamos encontrar aquela árvore que vocês procuram. Qual é mesmo, Livi? O grande carvalho nos fundos? — provoca ele.

— Não, padre! É a tília. Precisamos buscar flores na tília — rebate uma Livi exasperada.

— Claro. Então, para a tília. Sigam-me.

Mas as meninas correm na frente, e o padre e Yitzchak caminham lentamente atrás, sabendo que as jovens pupilas vão esperar nos portões da casa do padre. Ele vai abri-lo e soltar as meninas no quintal, no centro do qual fica a grande tília.

Ele finge se atrapalhar com as chaves, prolongando a empolgação das garotas, mas finalmente o portão é aberto e elas entram. O homem velho e o homem santo observam as irmãs gritarem e correrem atrás umas das outras no gramado bem cuidado. Elas têm doze, quatorze e dezesseis anos de idade, mas podiam muito bem ser crianças.

A árvore mágica domina o jardim. É refúgio em um dia de verão, um lugar tranquilo em qualquer período do ano, sua presença calmante garantida para amenizar os piores estados de ânimo. O mais antigo dos paroquianos de Vranov não se lembra de uma época em que a árvore não estivesse lá. Facilmente, uma planta centenária. A árvore, reta e muito alta, assoma acima da cidade, o ponto mais alto em quilômetros.

As meninas dançam em volta da árvore, instigando o início de outono das flores. Elas estão lá para sacudir as flores restantes de seus galhos.

— Tem sido um bom verão — observa Yitzchak, notando o prolífico crescimento de flores: delicadas pétalas amarelo-claras aninhadas entre as folhas verde-esmeralda.

— Sim, é verdade — diz o padre. — Deve haver o suficiente para manter a vizinhança com chá por muitos meses.

— Vamos, vovô! — Livi grita. — Espalhe o lençol. Quero começar a escalar.

Yitzchak e o padre desdobram o lençol e o abrem no chão.

Cibi estende a mão e agarra um galho, sacudindo-o suavemente. Um véu de flores desaba.

— Não, Cibi! Deixe-me subir aí. Você sabe que é a minha vez de sacudir os galhos primeiro — Livi grita para a irmã.

Cibi ri.

— Desculpe, não pude evitar.

— Deem-me a mão, então. Me ajudem. — Livi ergue os braços para agarrar o galho mais baixo e suas irmãs a levantam. Ela sobe sem parar. Então: — Lá vou eu — grita ela, e de modo lento e ritmado começa a pular em um galho grosso, segurando-se nos outros de cima para se equilibrar. Cibi e Magda rodopiam abaixo, enquanto milhares de delicadas flores flutuam, pousando no lençol branco.

Livi se move ao redor da árvore, sacudindo e saltando. Ela está com flores no cabelo, cobrindo suas roupas. Ela grita de alegria.

— Vou mais alto — anuncia.

— Livia Meller! — ordena o avô. — Não suba mais.

— Mas, vovô, eu consigo. Não se preocupe. E há tantas flores aqui em cima.

— É hora de descer, minha querida. Olhe para o lençol. Temos mais que o suficiente para o que precisamos. Você deve aprender a sempre dividir com os outros.

Com um último salto forte, Livi relutantemente começa a descer até voltar ao chão. O lençol está, de fato, densamente carregado com as flores frescas que, uma vez secas, fornecerão o chá – o elixir, como sua mãe o chama –, não apenas para aquecer seus corpos, mas também para afastar, e até curar, quaisquer doenças que possam acometê-los nos próximos meses de inverno.

Cada uma das meninas segura uma ponta do lençol. Yitzchak alcança a quarta ponta, suas articulações artríticas dificultando a flexão, mas ele consegue.

— Um, dois, três! — grita Livi, e os quatro dão alguns passos em direção ao centro do lençol, puxando as laterais. As flores juntam-se em uma grande pilha no meio. Livi entrega sua ponta para Cibi, enquanto Magda entrega a dela para o avô. O lençol é então fechado e, com despedidas e agradecimentos ao padre, eles saem do portão até a trilha e em direção a casa.

No caminho, passam por Lotte Trac, que traz um lençol branco debaixo do braço, e pelo irmão mais velho dela, Josef.

— Espero que tenham deixado um pouco para nós — diz Lotte, com um sorriso caloroso.

— Há milhões delas este ano. — Livi ri. — Definitivamente, milhões.

15

Auschwitz-Birkenau
Junho de 1943

As irmãs entram no segundo ano de cativeiro, e Livi está claramente deprimida. Quase todas as manhãs, Cibi precisa arrastá-la para fora da cama, para participar da contagem. Ela se recusa a comer, então Cibi tem que empurrar a comida em sua boca, ou guardá-la para mais tarde. Cibi a repreende com frequência, e isso só faz Livi se retrair ainda mais.

Mas, naquela manhã, é Cibi que não responde.

— Livi! Acorde.

As irmãs dividem o beliche com duas outras meninas, uma das quais pressiona a testa de Cibi com a mão.

— Me deixe em paz — responde Livi, rolando para longe.

— É Cibi. Está queimando em febre. Você não consegue ouvi-la gemendo?

— Ela está bem. Apenas me deixe em paz — responde Livi, com rebeldia.

— Acho que ela está com tifo — sussurra a menina, e Livi, por fim, senta-se e encara Cibi, que está tremendo sob seu único cobertor. Cibi tem um espasmo, jogando um braço no peito de Livi.

— Ai! Cibi, pare com isso — choraminga Livi.

— Você não está vendo que ela está doente? — questiona sua companheira de beliche.

Livi sai do beliche e apalpa a testa de Cibi. Sua mão fica molhada. Ela se vira para a garota, que a está encarando com expectativa.

— Não sei o que fazer. Cibi cuida de *mim*.

— Bem, agora é sua vez de cuidar dela. Vá falar com Rita. Vocês têm sorte, ela parece gostar de vocês. — Não há malícia na voz da menina; neste lugar, você tira a sorte de onde pode encontrá-la, e ninguém vai julgar.

Livi vira-se para vestir suas roupas. Ela se dirige para o quarto de Rita, pedindo por cima do ombro:

— Você vai cuidar dela? Volto já.

— Quem é? — Rita parece grogue, e Livi espera que não a tenha acordado.

— É Livi. Cibi está doente.

A *kapo* está enrolando o cabelo em um lenço quando abre a porta.

— O que há de errado com ela?

— Pode ser tifo. Ela está muito quente. E não está falando nada.

Rita empurra Livi e se dirige para o beliche das meninas. As garotas recuam quando ela se aproxima, desconfiadas dos tapas que ela distribui livremente caso você atrapalhe.

Os dentes de Cibi estão batendo agora, e o suor escorre pelo rosto e pelo pescoço.

Rita estende a mão para o beliche acima e pega um cobertor. Ela envolve Cibi, semiconsciente.

— Todas para fora. Todas vocês — ordena a *kapo* às meninas. Mas Livi não se move.

— Vou marcar a presença dela na contagem — diz Rita a Livi. — Ela vai ficar aqui, e se alguém perguntar sobre sua irmã, diga que eu precisei dela em Birkenau hoje.

— Você acha que devemos levá-la ao hospital?

— Não é uma boa hora, agora estão limpando tudo. — Rita faz uma pausa para Livi entender a informação. Periodicamente, o hospital está sujeito às seleções.

— Agora vá, tome seu café da manhã e comece a trabalhar. Comporte-se como se fosse apenas mais um dia normal. — O coração de Livi está palpitando e apertado ao mesmo tempo. Nada naquele dia ou em qualquer outro é "normal".

Nas salas de triagem, ela dobra e embala as camisas dos prisioneiros quase em transe. Quando alguém pergunta sobre a irmã, Livi dá a resposta de Rita. Na hora do intervalo, ela está acompanhada por outra garota de lenço branco, que pergunta por Cibi.

— Acho que está com tifo — diz Livi. A garota estende a mão, os dedos se abrindo para revelar um grande bulbo de alho.

— Encontrei isto em uma caixa. Você pode dar para ela mais tarde? É alho, muito melhor do que cebola para febre.

— Nosso avô disse que as cebolas eram melhores — comenta Livi, olhando para o bulbo.

— Pegue. Ouvi dizer que é tão bom quanto um antibiótico.

Livi embolsa o alho e agradece à garota.

Assim que retorna a Birkenau, Livi corre para seu bloco, para seu beliche, onde Cibi não está mais suando ou tremendo, mas dormindo.

Rita aparece ao seu lado.

— Dei a ela um pouco de água, mas não abriu os olhos o dia todo.

Livi tira o alho do bolso e mostra para Rita.

— Alguém me deu isto. — Livi morde o lábio, então decide que não se importa se isso a colocar em apuros. — Disseram que ajudaria. — Rita acena com a cabeça e Livi leva o bulbo inteiro até a boca de Cibi, tentando forçá-lo entre seus lábios.

— Assim não! — ralha Rita, agarrando o bulbo de Livi. Ela quebra o bulbo de alho contra a lateral do beliche de madeira. Os dentes caem no chão, e Livi se abaixa para pegá-los. Ela observa Rita arrancar a pele de um único dente de alho e estendê-lo em sua direção. — Assim.

Livi pega o dente de alho e o enfia na boca de Cibi, que se mexe e tenta cuspi-lo. Mas Livi cobre a boca da irmã com a mão, fechando-lhe as vias respiratórias. De repente, os olhos de Cibi se abrem.

— Você está tentando matá-la? — Rita dá um tapa na mão de Livi.

Os olhos de Cibi concentram-se lentamente nas duas mulheres que se aproximam dela.

— Não se atreva a cuspir isso, Cibi — Livi avisa. Cibi começa a mastigar.

— Você se lembra da cebola que me deu quando fiquei doente? — Livi pega a mão quente de Cibi e a leva até o peito. — Bem, isso é a sua cebola.

Depois que Rita as deixa sozinhas, Livi retira a pequena faca do bolso e corta os dentes de alho em dois, dando a Cibi até que todo o bulbo desapareça.

Cibi fica no bloco pelo resto da semana e se junta a Livi apenas no domingo, seu dia de descanso, para se sentar ao sol. Enquanto caminham para seu local favorito no campo, um lugar onde sabem que encontrarão outras garotas de Vranov, elas passam por uma figura solitária sentada na terra.

— Não é a Hannah Braunstein? — Cibi pergunta.

As irmãs se sentam ao lado de Hannah. Ela está cutucando as feridas que cobrem seus braços e pernas.

— Olá, Hannah. Lembra-se de nós? Cibi e Livi, de Vranov? — pergunta Cibi, gentilmente.

Hannah ergue os olhos e um pequeno sorriso de reconhecimento aparece em suas feições pálidas.

— Costumávamos ir à casa de banho da sua mãe aos domingos — acrescenta Livi.

— Eu me lembro. Vocês sempre foram legais comigo. — Hannah olha para além das irmãs. — Onde está a outra? Vocês não são três?

Cibi e Livi trocam olhares de dor.

— Ela ainda está em Vranov com nossa mãe e nosso avô — Cibi responde.

— Você está bem? — pressiona Livi.

— Estou bem. — Hannah volta a apalpar suas feridas.

Cibi envolve a garota com os braços, puxando-a para perto. Ela acaricia suas costas, seus braços, e sussurra palavras de conforto. Cibi diz que ela vai melhorar.

Livi se coloca atrás de Cibi e começa a separar-lhe os cabelos, em busca de piolhos. As mechas castanhas de Cibi estão voltando a crescer, mas quem sabe por quanto tempo? Com dedos delicados, Livi começa a tirar os piolhos e a esmagá-los entre as unhas.

— Hannah, você gostaria que eu matasse seus piolhos quando terminar com os de Cibi? — pergunta ela.

— Não. Obrigada, Livi. Vou deixar meus piolhos morrerem comigo.

— Você não vai morrer, Hannah. Não vamos abandoná-la — Cibi insiste. — Você não está bem. Mas vai se sentir melhor. Acabei de ficar doente e olhe para mim agora.

Hannah não responde.

— Prometa-me que vai pedir à sua *kapo* algum remédio para suas feridas?

Hannah suspira e encontra os olhos de Cibi.

— Prometo. Vou pedir para ela. Mas, por enquanto, podem sentar-se comigo ao sol?

— Claro — Cibi diz. — E nos encontraremos no próximo domingo. E você vai poder nos mostrar quanto está melhor.

No domingo seguinte, Cibi e Livi correm para o mesmo lugar, mas Hannah não está lá. Elas perguntam às meninas do bloco se a viram, e uma delas conta que Hannah foi levada ao hospital e nunca mais voltou. Livi lembra-se de Rita contando como eles estavam limpando o hospital, e se pergunta se isso aconteceu novamente. Em silêncio, as irmãs se afastam para encontrar um espaço onde possam sentar-se ao sol e matar os piolhos uma da outra, sozinhas.

Cibi teme que esse episódio vá mergulhar Livi de volta no desespero, mas o clima mais quente e um esconderijo de comida que elas encontraram recentemente na sala de triagem contribuem para manter os demônios da irmã sob controle.

Durante os meses de verão, os recém-chegados entopem os campos, e mais e mais seleções acontecem. Cibi supõe que isso se deva principalmente à falta de espaço, em Auschwitz ou Birkenau, para abrigar a todos. Uma e outra vez, Cibi e Livi permanecem juntas com seu bloco enquanto os oficiais examinam os corpos nus das meninas em busca de ferimentos, machucados ou feridas, uma constatação que as enviaria imediatamente para as câmaras de gás. Mas a oficial Grese da SS manteve sua promessa: aquelas com números de quatro dígitos no braço são sempre devolvidas ao bloco.

À medida que as estações mudam, o outono dando lugar a um inverno precoce, Livi é acometida novamente de tifo. Cibi vasculha desesperadamente o conteúdo das malas que chegam em busca de cebolas, alho ou qualquer coisa que possa dar à irmã caçula para fortalecê-la. Ela encontra o que parecem ser minúsculas ameixas verdes escondidas em uma trouxa de pano. Ela leva seu achado para o bloco, mas, antes de oferecê-lo a Livi, dá uma mordida e cospe com nojo.

— Onde conseguiu isso? — Uma jovem paira sobre o ombro de Cibi, uma garota judia da Grécia. Cibi rapidamente enrola a fruta em seu embrulho de pano.

— O quê?

— Essas azeitonas, onde você as comprou?

— Azeitonas?

— Você nunca viu azeitonas antes? — pergunta a garota, sorrindo.

— Não, nunca. E elas têm um gosto horrível!

— Então, posso ficar com elas? Já que não as quer? Troco pelo meu pão.

Cibi nota o brilho nos olhos da menina e joga a trouxa de pano nas mãos dela.

— Pegue-as. E você nunca deve dar sua comida, mas, como minha irmã está doente, fico grata. Obrigada.

Mas a febre de Livi não diminui, e toda noite ela se debate no beliche, tornando impossível para qualquer outra pessoa dormir. Elas estão preocupadas que Livi perca mais contagens.

Finalmente, Rita diz a Cibi que Livi pode ir ao hospital agora: as seleções acabaram por um tempo. Ela deve ficar segura e precisa de antibióticos, ou não sobreviverá. Juntas, as mulheres carregam o corpo minúsculo de Livi apoiado entre elas.

Depois de deixá-la no hospital, Cibi vai embora com o coração pesado. Quebrara sua promessa de ficar com a irmã, de protegê-la? Seria essa a última vez que veria Livi? Ela ouve a voz do pai dizendo-lhes para sempre ficarem juntas. Imagina Magda implorando para que ela nunca saia do lado de Livi.

Cibi dá meia-volta e corre para o hospital. Sem fôlego, diz à enfermeira polonesa que está tudo bem, que Livi está com aparência melhor, que, no fim das contas, ela não precisa ficar. Cibi vai cuidar dela.

A enfermeira segura uma seringa com uma das mãos e coloca a outra no ombro de Cibi, olhando-a fixamente.

— Sua irmã tem quantos anos? Onze? Doze?

— Ela tem quinze anos — responde Cibi.

A enfermeira franze a testa.

— Bem, ela é minúscula de qualquer maneira. Estou prestes a dar a ela um remédio que vai ajudar. E você pode confiar em mim. Prometo que vou cuidar dela. Irmãs, hein? Vocês têm sorte de ter uma à outra.

Mais uma vez, Cibi afasta-se de Livi, mas agora seu coração está um pouco mais leve.

— Ela ficará bem com aquela enfermeira — Rita diz a Cibi mais tarde. — Ela é uma prisioneira polonesa, não uma voluntária alemã. Agradeça, porque estas são tão ruins quanto os médicos.

No dia seguinte, Livi está semiconsciente e é capaz de entender o que está ao seu redor. Disseram que ela passaria alguns dias na enfermaria antes de ser enviada de volta ao seu bloco.

As doze camas da enfermaria estão ocupadas. Algumas das meninas dormem, outras gemem baixinho. À tarde, Livi se sente um pouco melhor. Ela sorri para a garota na cama ao lado dela, cujos rosto e pescoço apresentam um estranho tom de amarelo. Ela tem uma irmã cuidando dela, como Livi tem? *Provavelmente não*, ela pensa e estende a mão através da divisão.

A garota faz o mesmo.

— Sou Livi — sussurra ela, apertando os dedos da outra.

— Matilda — responde a garota, com um sorriso fraco.

Nesse momento, a enfermeira polonesa entra na sala, seguida de perto por Mala. Assim como elas, Mala é uma prisioneira, mas também é a "tradutora" dos alemães. Polonesa de nascimento, dizem que ela fala francês, holandês, russo e alemão. As duas mulheres entram na salinha onde a enfermeira guarda remédios e fecham a porta.

Livi olha para Matilda, que adormeceu, ainda segurando sua mão. Livi sente seus olhos se fechando.

Está escurecendo quando a enfermeira sacode Livi para acordá-la.

— Livi, você deve se levantar. Agora mesmo!

Livi abre os olhos. Onde ela está? As luzes não estão acesas e, na penumbra, ela pode ver o contorno dos corpos das meninas sob seus cobertores.

— Livi, vamos. — A enfermeira puxa os cobertores de Livi e pega seus dois braços, puxando-a para cima. — Precisamos ir. Agora!

— Não consigo — Livi diz. — Não me sinto forte o suficiente.

A enfermeira puxa as pernas de Livi para o lado da cama e a coloca no chão.

— Por favor, Livi. Precisamos ir agora.

Sob protesto, Livi é levada para fora da enfermaria e para fora do prédio.

— Mas aonde vamos? — Livi está sem sapatos e, em poucos minutos, está mancando pelo caminho áspero em direção ao bloco de latrinas. — Não posso ir ao banheiro no hospital? — pergunta Livi, perplexa.

— Continue andando.

Uma vez dentro do bloco, a enfermeira empurra Livi para um cubículo vazio.

— Fique aqui até eu voltar. Você está entendendo? Não saia.

Livi afunda no canto. O cheiro é horrível e o chão está encharcado de urina, mas ela não consegue mais se levantar.

É início de noite quando a enfermeira retorna. Livi adormeceu apesar do fedor. A voz da enfermeira sibila para ela acordar. Sem uma palavra, ela é conduzida, mancando, de volta ao hospital.

Agora, Livi olha ao redor da enfermaria vazia.

— Para onde foram todas?

— Bloco 25 — responde a enfermeira, com os lábios franzidos.

— Bloco 25? — A jovem lentamente compreende a verdade. Ela encontra os olhos marejados da enfermeira. — Você *me* salvou?

O Bloco 25, onde você passa sua última noite na Terra antes de ser levada para a câmara de gás, esvaziado todas as tardes e preenchido de novo todas as manhãs. Livi sabia que era a sala de espera da morte. E ela escapou de suas garras.

— Prometi à sua irmã que cuidaria de você, não prometi? Quando Mala me disse que estava sendo feita uma seleção, salvei quem pude, e foi você.

Estava claro agora que era sobre isso que falavam antes. Mala, desfrutando de certas vantagens como tradutora, estava a par das próximas seleções.

Uma lágrima escorre pela bochecha da enfermeira. Ela olha ao redor da sala vazia.

— Teria salvado outras mais se pudesse.

Livi estende a mão para pegar a da enfermeira, mas ela já está se virando, voltando para seu minúsculo quarto cheio de remédios.

Quando escurece, Livi sai da cama e, enrolando-se em um cobertor, lentamente deixa o hospital e volta para seu bloco. Ela escapou com vida, teve sorte hoje; quantas vezes mais a sorte decidirá se ela vai viver ou morrer?

Livi recupera a força e, no domingo, decide que precisa de um pouco de ar fresco. Ela e Cibi encontram seu lugar preferido na grama e, compartilhando um cobertor, erguem o rosto para o sol de inverno.

— Rita está vindo — sussurra Livi de repente, enquanto a *kapo* se aproxima das irmãs. As meninas levantam-se.

— Tenho um novo trabalho para você, Livi — Rita conta, sem preâmbulos. — E você começa amanhã.

— Um novo trabalho? — pergunta Cibi. Essa é a pior notícia. Elas não podem ficar separadas.

— Incluí seu nome entre os daquelas que entregam mensagens para os SS. Não fique tão preocupada, não é um trabalho difícil.

— O que terei que fazer? — quer saber Livi. Ela olha para Cibi em busca de uma resposta, mas Cibi está olhando para Rita.

— Amanhã de manhã, depois que todas forem embora, vou levá-la aos portões da frente, onde ficará esperando para receber mensagens. Em seguida, você as entregará aos oficiais de todo o campo. Não poderia ser mais simples.

Quando Livi não responde, Rita levanta a voz.

— Está me entendendo?

— Ela ficará segura? — pergunta Cibi. — Quer dizer, os SS… — ela para.

Rita levanta uma sobrancelha, mas sorri.

— Jamais alguém que trabalha como mensageira se machucou. Esses homens são uns desgraçados preguiçosos. Se conseguirem ficar com a bunda sentada o dia todo, é isso que farão.

— Está tudo bem, Cibi, eu consigo — diz Livi.

— Na maioria das vezes, você só vai ficar parada esperando. É um trabalho chato. Mas é seguro. — Com isso, Rita dá meia-volta, deixando Livi se perguntando se a mulher tem algum entendimento da palavra *seguro*.

* * *

Rita está certa, a nova função de Livi como mensageira é um trabalho fácil. Junto a duas meninas, ela se mantém parada na entrada de Birkenau, ao lado do pequeno escritório onde os nazistas ficam de guarda, monitorando as idas e vindas de todos que entram. As meninas estão mais ousadas, arriscando uma conversa de vez em quando enquanto esperam ser enviadas para cá e para lá com mensagens pelo campo.

Certa tarde, quando Livi retorna aos portões depois de distribuir a correspondência, ela se vê sozinha, as outras garotas ainda ocupadas com suas entregas. É quase fim do dia, e os homens que trabalham fora do campo estão voltando. Alguns estão levantando corpos de prisioneiros que morreram naquele dia. Com ferimentos de bala, crânios rachados e membros quebrados, esses homens não caíram mortos de exaustão. Livi observa-os, entorpecida. Quando ela ficou tão imune à brutalidade nessa escala?

Dois oficiais da SS estão parados de cada lado dos portões, observando os homens cambalearem para dentro do complexo. Um *kapo* está andando para cima e para baixo, gritando para os homens continuarem se movendo, se apressarem.

— Dê-me seu bastão — ordena o *kapo* a um oficial da SS. — Esta é a única maneira de colocá-los para dentro.

Os oficiais trocam um sorriso antes de um deles tirar um bastão do cinto e entregá-lo ao *kapo*. Livi sabe que deve ir embora – nada de bom está para acontecer ali, e ela não precisa mais ver –, mas descobre que não consegue se mover.

O *kapo* levanta o bastão e se lança sobre os prisioneiros que chegam, batendo neles na cabeça, no torso, rindo o tempo todo, xingando os homens por serem tão estúpidos, tão preguiçosos, tão fracos. Aqueles que desabam sob seus golpes são rapidamente colocados de pé e arrastados para longe. Dois prisioneiros, no entanto, não são rápidos o suficiente para pegar as mãos que lhes são estendidas e permanecem no chão, lutando para se levantar, fracassando.

Livi desvia o olhar enquanto o *kapo* avança sobre eles. Ela ouve as batidas repetidas do bastão quebrando ossos e crânios. Quando olha para trás, os prisioneiros estão obviamente mortos, uma pilha ensanguentada de trapos e sangue. Mas o *kapo* parece ter perdido a cabeça – continua a golpear com o bastão, quebrando ossos frágeis e martelando seu ódio na carne judaica.

— Chega! — ordena um oficial, estendendo a mão para o bastão. O *kapo* não o ouve, absorto em seu trabalho.

— Já disse, *chega*! — o oficial grita. O *kapo* dá um último chute na pilha e depois limpa o bastão ensanguentado em suas calças antes de devolvê-lo.

E, então, ele vê Livi.

— Quer um pouco também, menina? — ele zomba, revelando duas fileiras de dentes amarelos quebrados. É um homem atarracado com olhos selvagens, o cabelo preto despenteado caindo em tiras úmidas ao redor de seu rosto suado e imundo. — Devolva-me o bastão — grita para o oficial da SS. — Quero tentar com ela.

Livi sente-se flutuar para longe. Ela está olhando para aquele animal, mas também está pairando sobre a cena, olhando para ele, para os corpos dos homens mortos, para os oficiais, um dos quais agora está se plantando na frente do *kapo*.

— Deixe-a em paz... Ela trabalha para nós, não para você.

— Poderia matá-la com minhas mãos — rosna o homem. — E me divertiria muito.

— Garota, saia daqui — manda o outro oficial da SS, olhando para trás. — Volte para o seu bloco.

— Vou me lembrar de você, garota. Isaac nunca esquece um rosto.

Livi volta para seu corpo e corre.

* * *

Todos os dias elas testemunham os trens entrando em Birkenau e despejando os milhares de homens, mulheres e crianças arrancados de suas casas. Elas observam enquanto os SS, com um movimento de pulso, mandam os presos para a direita – o campo – ou para a esquerda – a câmara de gás. Livi, em seu novo papel de mensageira do campo, não consegue evitar o sofrimento dessas famílias enquanto aguardam seus destinos, e, mais uma vez, começa a se retirar.

Amanhã será 16 de novembro, meu aniversário. Farei dezessete anos, diz ela a si mesma. *Chegarei aos dezoito?* Livi se pergunta o que a mãe faria para o seu chá de aniversário, se a mãe estivesse lá... Não, se ela estivesse de volta em casa com a mãe. Cibi a lembraria de que ela ainda é a caçula; Magda procuraria uma flor do oleandro no quintal.

Livi decide não dizer nada a Cibi ou a qualquer outra pessoa. Amanhã será um dia como todos os outros naquele lugar. Tudo o que ela precisa fazer é acordar e continuar andando.

* * *

Na manhã seguinte, as irmãs acordaram com fortes rajadas de neve, que não diminuíram. Agora, em sua posição nos portões de Birkenau, esperando pelas mensagens que entregará pelo campo, Livi observa outro trem chegar

— homens e mulheres descem dos vagões para um metro de neve, onde ficam amontoados, congelados e aterrorizados na plataforma.

Livi não consegue desviar o olhar. Ocasionalmente, ela chama a atenção de um ou outro prisioneiro, mas rapidamente desvia o olhar.

Ainda está nevando quando chega o destacamento de seleção. Com um casaco pesado, um oficial observa a multidão antes de mover a mão para a esquerda, para as câmaras de gás. Hoje, não foi a idade, a saúde ou gênero deles que selou seu destino, mas o clima.

Naquela noite, quando as irmãs sobem em seu beliche, descobrem que seu cobertor foi roubado. Cibi e Livi abraçam-se para se aquecer. Elas estão vestindo todas as peças de roupa que possuem, incluindo os sapatos. O vento gélido uiva ao redor do bloco, forçando sua entrada pelas rachaduras na argamassa, pela abertura sob a porta. O muco do nariz delas forma pingentes de gelo.

Em vez de dormir, Livi choraminga, baixinho, para si mesma.

— Cibi, você está acordada? — pergunta ela, por fim.

— Sim. O que foi? Não consegue dormir?

— Acho que não consigo continuar — responde ela. — E agora, sem nosso cobertor, congelaremos até a morte. Cibi, se vamos morrer esta noite, não quero que seja aqui.

Livi começa a chorar.

Cibi estende as mãos enluvadas e segura o rosto de Livi. Ela sopra ar quente nas bochechas geladas da irmã. Ela engole uma, duas vezes. Então, sente algo como um soco no estômago. Livi está certa. Elas morrerão neste bloco e, pela manhã, seus cadáveres congelados serão carregados em um caminhão com os de centenas de outras e levados para ser incendiados.

— Vamos. — É tudo o que ela diz, e Livi concorda.

As garotas descem silenciosamente do beliche e andam na ponta dos pés pelo chão de concreto. Cibi empurra a porta, e as meninas dão um passo. São quase jogadas de volta para dentro do quarto por uma rajada de neve e vento, mas continuam avançando. Elas abraçam as paredes enquanto dão a volta no bloco, atrás do qual fica a floresta. Juntas, de mãos dadas, dirigem-se à cerca eletrificada.

— Quando eu disser corra — Cibi sussurra para a neve que cai —, corra!

Cibi e Livi dão uma última olhada no campo, nos holofotes iluminando os prédios taciturnos, nos portões que nunca as libertarão, na torre de vigia vazia.

Os rostos de mamãe, Magda, do avô e de seu pai nunca estão longe. Estranhamente, essas imagens dão força às irmãs.

Juntas, elas dão vários passos. Cibi se detém por um momento, e Livi sabe que a próxima palavra, a última palavra que ela ouvirá de sua irmã, será "corra".

— Não façam isso!

As meninas têm um sobressalto e se viram.

— Não façam isso — repete a voz. A silhueta de uma figura esguia paira nas sombras do bloco.

— Você não pode nos impedir! — entoa Livi, apertando os dedos de Cibi com força, como se a impelisse a seguir em frente.

— Sei que não posso. Mas me digam por quê. Por que esta noite? O que difere tanto esta noite de qualquer outra?

É a voz de uma garota, queixosa, vacilante.

Ela sai das sombras e Cibi a reconhece como uma das meninas novas.

— Alguém roubou nosso cobertor — diz Livi. — E não queremos morrer ali, naquele beliche fedorento, naquele quarto fedorento. Pronto, está satisfeita com a explicação? Vai nos deixar em paz agora?

— Entrem. Prometo que vou encontrar um cobertor para vocês — diz a garota.

Cibi olha nos olhos da irmã e sente hesitação. Elas poderiam correr agora para a cerca, esperar um instante, e tudo estaria acabado.

— Se houver uma pequena chance de vivermos o bastante para ver Magda e mamãe mais uma vez, devemos aproveitar — Cibi sussurra. — Vamos voltar? Ou devemos seguir em frente?

Livi não se move por um longo tempo. Ela olha para as próprias botas e então, quase dolorosamente, coloca um pé na frente do outro e leva Cibi de volta ao bloco.

Lá dentro, Cibi e Livi observam a garota que as havia persuadido a voltar para dentro se mover pela sala, puxando os cobertores das ocupantes adormecidas. Quando encontra resistência, ela o solta. Ela faz isso de novo e de novo, até que, finalmente, puxa levemente dois cobertores pesados.

Ela os entrega às irmãs sem dizer uma palavra e volta para a cama.

Na manhã seguinte, enquanto as irmãs se preparam para sair para a contagem, Cibi olha para o beliche de onde seus cobertores foram retirados. Duas meninas estão juntas, seus olhos estão abertos mirando cegamente o teto. Cibi se afasta, sua mente um vazio necessário.

— Eles podem ser horríveis na sua frente, Magda — diz Chaya —, mas ainda não a denunciaram aos Hlinka. Por isso podemos ser gratos.

E é verdade: nenhum dos presunçosos "patriotas" da cidade a entregou ainda. Mas talvez seja apenas uma questão de tempo.

— Bem, você está em casa agora — acrescenta Chaya. — Venha tomar um pouco de sopa. Você deve estar congelando.

Agora, Magda descansa a cabeça na mesa.

— Sabe o que mais eu vi? — ela diz, quase para si mesma.

— Diga — pede Yitzchak, prendendo a respiração.

— Sabe que dia é hoje? — Magda levanta a cabeça.

— Nós comemoramos o início do Hanukkah há dois dias, então hoje deve ser 24 de dezembro.

— É véspera de Natal — Magda diz. Quando ninguém responde, ela acrescenta: — E há uma guerra acontecendo, correto?

Yitzchak balança a cabeça lentamente.

— E, ainda assim — Magda fica repentinamente zangada de novo —, vocês deviam ter visto as casas e lojas, todas iluminadas em comemoração. Quer dizer, como podem, mãe? Vovô? Quando pessoas estão sendo mortas? Quando não temos ideia de onde Cibi e Livi estão ou quando voltarão para casa? Mas essas pessoas, esses "amigos e vizinhos", só se importam em encher o estômago e comprar presentes. — Magda fica cabisbaixa, e Chaya coloca os braços em volta da filha. Não há mais nada que ela possa fazer ou dizer. Elas choram.

Yitzchak calmamente coloca uma tigela de sopa fumegante na mesa.

— Magda, agora coma.

— Se for véspera de Natal, talvez eles não venham bater à nossa porta — diz Chaya, esperançosa.

— É *Shabbat*, Chaya. — Yitzchak balança a cabeça. — Eles sempre vêm no *Shabbat*.

— Mas talvez minha mãe esteja certa — Magda diz. — Talvez tirem a noite de folga.

Chaya e Yitzchak trocam um olhar.

— Não podemos arriscar — ele fala, desviando o olhar.

— Tem certeza, pai? Está nevando, e a sra. Trac ainda está fora.

— Sinto muito, Magda. — Yitzchak está tentando soar firme, mas sua voz treme. — Não podemos nos arriscar, não vale a pena.

— Talvez por algumas horas apenas, então — sugere Chaya. — Eles não farão mais de uma visita na véspera de Natal.

16

**Vranov nad Topl'ou
Dezembro de 1943**

Uma rajada de neve segue Magda para dentro de casa. Ela tira o casaco e o sacode, espalhando flocos macios no tapete puído.

— Não acredito, vovô — ela diz, pendurando o casaco molhado no cabide. — Simplesmente não acredito.

Ela estende uma pequena bolsa de pano para o avô.

— O que é? — pergunta ele, seu rosto pálido de repente. — O que aconteceu?

— Não é ruim o bastante eu ter ganhado pão velho, embora pudesse sentir o cheiro de pães novos saindo do forno, mas a sra. Molnar foi até os fundos e encontrou um pão especialmente seco... só para mim! Queria jogar tudo nela.

— É isso? — Chaya entra na sala, secando as mãos no avental. — Sejamos gratos por termos pão. — Ela força um sorriso.

— Não, isso não é tudo, mãe. Longe disso.

O sorriso de Chaya desaparece.

— Então, conte-nos — pede ela.

— Quando eu estava saindo da loja, a sra. Szabo arrancou o pão das minhas mãos e jogou-o no chão. Todos ficaram rindo. Odeio todos eles! — As bochechas de Magda estão coradas por causa do tempo gelado, mas ela não está com frio. Se alguma coisa lhe desagrada, ela fica muito quente, sua fúria é tão poderosa quanto um fogo que ruge. — Queria deixar aquilo ali e ir embora, mas como poderia?

Seus olhos azuis estão brilhantes, desafiadores. Yitzchak está satisfeito por sua neta estar com raiva. A raiva é melhor do que o desânimo, mas, mesmo assim, ele está perturbado por ela ter sido humilhada em público e, pior, por ele não poder fazer nada a respeito.

Ela tomaria o lugar de Magda se pudesse, em um piscar de olhos.

— Está tudo bem, mamãe, de verdade. Vou ficar bem, sei onde me esconder do vento. — Agora é a vez de Magda forçar um sorriso. — Tenho um lugar secreto.

— Isso é bom! — anuncia Yitzchak. — Mas não nos diga. — Ele pega a trança grossa de Magda e dá um pequeno puxão. — Se não soubermos, não poderemos ser forçados a revelá-lo.

— Ah, acho que o senhor sabe onde é... Vou lhe dar uma pequena pista, mas é tudo. Não tente adivinhar. — Os olhos de Magda agora estão brilhando.

— Ah, estamos jogando, não é? Tudo bem, então, me dê uma pista.

— Esperança e força — anuncia ela.

Yitzchak sorri, balançando a cabeça.

— E o que isso significa? — Chaya questiona, perplexa.

— Você não precisa saber, filha. — Yitzchak pisca para Magda.

— Ah, então agora estamos guardando segredos? — Chaya está sorrindo. — Acho que gosto que vocês dois tenham um segredo. Devem guardá-lo.

— E agora preciso cuidar do meu segredo — diz Magda. Ela pega sua tigela de sopa e bebe um longo gole.

Seguindo uma rotina estabelecida muito tempo antes, Yitzchak começa a embrulhar um pouco de pão e queijo para a noite de Magda na floresta. Ele adiciona um biscoito de aveia que a esposa de Ivan, Helena, deu a eles no dia anterior. Chaya força camadas e mais camadas de roupas em Magda até que ela esteja gorda com coletes e suéteres. A menina usa três pares de meias e enfia os pés nas botas da mãe, felizmente um tamanho maior que os dela. Chaya tira de um armário a única peça de roupa que ela guarda de Menachem: um casaco longo e pesado do exército. A veste chega até os pés de Magda. O pesado cobertor da cama que Magda compartilhava com Cibi é dobrado e colocado em uma bolsa com cordão.

O sol está a poucos minutos de se pôr quando Yitzchak apaga as velas, abre a porta da frente e conduz Magda para a noite. A neve ainda está caindo e flocos frágeis deslizam pela luz amarela opaca dos postes de luz.

Ela não vê uma única alma enquanto corre em direção à floresta. Acima dela, as nuvens se abrem para revelar uma galáxia de estrelas iluminando seu caminho. A lua, apenas um fiapo naquela noite, nada lhe oferece.

* * *

Galhos nus balançam e rangem com o vento na floresta. Magda não tem mais medo das sombras compridas que eles lançam em seu caminho; em vez disso, parecem braços abertos, dando-lhe as boas-vindas de volta ao santuário.

Deslizando por uma pequena barranca, Magda encontra seu caminho até a diminuta caverna de terra que tem sido um segundo lar para ela nesses longos meses. A garota remove uma fina camada de neve no chão antes de se acomodar, com os joelhos dobrados sob o queixo, protegida do vento e da neve. Ela é abraçada pelo cobertor grosso, pelo casaco quente do pai. Puxando o colarinho até o nariz, acredita que ainda pode sentir o cheiro masculino e familiar. Ela sente a presença do pai e adormece sabendo que ele está cuidando dela.

De manhã, Magda abre os olhos para o brilho ofuscante da luz do sol refletindo na neve branca e pura além de sua caverna. Ela espreita, não ouve nada e rasteja lentamente para fora. Seus ossos rangem e reclamam à medida que ela se estica e pula para cima e para baixo a fim de fazer o sangue fluir.

Voltando pela floresta, fica nervosa, alerta para sinais de outras pessoas. Não demoraria nada para alguém delatar uma garota estranha vagando pela floresta no início da manhã. Enquanto ela caminha para casa, ecoam nas ruas os gritos animados das crianças desembrulhando seus presentes de Natal.

Yitzchak abre a porta antes mesmo de a mão de Magda tocar o trinco. Há uma urgência em seus olhos quando ele agarra o braço dela e a puxa para dentro. Ele fecha e tranca a porta antes de ir até a janela para espiar do lado de fora. O caminho está livre, ninguém a viu chegar.

— Eles vieram duas vezes, Magda — Yitzchak diz, ainda com os olhos na rua. — A última vez foi há apenas uma hora, mais ou menos. — Ele vira-se para ela. — Acho que você vai precisar ficar longe por mais tempo no futuro.

— Fiz chá quente para você. Venha comer alguma coisa — Chaya chama da cozinha.

Do cobertor dobrado, Magda tira o pacote de comida que Yitzchak preparou com tanto cuidado na noite anterior. Ela não o tocou.

— A comida que lhe dei era para você comer, Magda. Como espera ficar aquecida se não tem nada no estômago? — repreende Yitzchak.

— Não estava com fome, vovô... Estava muito ocupada dormindo. E agora o senhor pode dividir comigo.

Chaya tira o casaco pesado dos ombros de Magda, acariciando-o com amor antes de devolvê-lo ao armário do quarto.

17

Auschwitz-Birkenau
Dezembro de 1943

Não havia nenhuma refeição especial e nenhum dia de folga neste Natal. Houve, no entanto, um presente de Cibi para Livi. Naquela noite, ao subirem para o beliche, Cibi, com um grande floreio, tira do bolso um pequeno gorro tricotado de lã branca. Tem até fitas.

— O que é isso? — grita Livi.

— Um gorro, sua boba! Manterá sua cabeça aquecida. Deixe-me colocar para você.

— Não sou um bebê, Cibi, posso fazer isso sozinha. Mas não é um pouco pequeno? — Livi está puxando-o com força sobre as orelhas. O gorro ficou justo, mas Cibi está encantada. Ela amarra as fitas em um laço elegante sob o queixo de Livi.

— Sinto a cabeça esquentando. — Livi está igualmente emocionada.

— Agora, deite-se — instrui Cibi.

Livi obedece, e Cibi envolve seu corpo com um cobertor.

— Venham ver meu bebê — ela chama as meninas na sala, rindo. Elas se reúnem, sorrindo para a garota de gorro branco. Ela tem dezessete anos agora, mas está tão magra que parece uma criança.

— Onde conseguiu isso?

— Encontrei em uma caixa de roupas de bebê — Cibi diz, com orgulho, recusando-se a reviver a pontada de tristeza que a percorreu quando abriu a caixa pela primeira vez.

— Pode pegar um para mim? — outra garota pergunta.

— E para mim? Também gostaria de ser um bebê — alguém graceja.

— Verei o que consigo encontrar. Nunca pensei em olhar as roupas das crianças. — Cibi faz uma pausa e gesticula para as figuras emaciadas de pé ao redor delas. — Olhem para nós, não somos maiores do que crianças de qualquer forma.

Livi dormiu bem naquela noite, a melhor que ela teve durante todo o inverno. Todas as manhãs, ela enfia cuidadosamente o gorro sob o colchão.

* * *

— Você ainda está aqui? Pensei que estivesse com Deus há muito tempo.

Cibi encontra-se em sua mesa no escritório do *Kanada*. Um oficial da SS está diante dela. Ela se lembra dele do local de demolição.

— Você vai encontrar Deus antes de mim — sussurra Cibi.

— Mal a reconheço — diz ele. O homem a olha de cima a baixo. O cabelo de Cibi está ainda mais comprido agora, as ondas batendo-lhe nos ombros. Ela usa roupas quase sempre limpas e acha que poderia se passar por secretária em qualquer escritório.

— Você gostaria de mudar para o *Kanada* em Birkenau? Posso providenciar isso — ele enuncia. Apesar da hostilidade e da bravata dela, ele a olha quase com gentileza. — Você sobreviveu quando não pensei que você ou qualquer uma das que chegaram mais cedo... Estou apenas lhe oferecendo um novo trabalho para que não tenha que ir e voltar de Birkenau todos os dias — diz ele, e então acrescenta: — Nem todos somos monstros.

— Não são? — Cibi questiona. — E não, obrigada. Já fiz minha parte separando as roupas sujas e fedorentas.

— E quanto aos correios? Eu poderia fazer você se mudar para lá, se preferir.

Cibi levanta os olhos da máquina de escrever. Ele está brincando com ela, imagina.

— Eu gostaria — diz ela, lentamente. — Está falando sério?

Um trabalho em Birkenau seria muito adequado para ela. A caminhada é solitária sem a irmã, especialmente durante esses meses amargos de inverno.

— Deixe comigo — afirma o oficial, virando-se.

* * *

A neve está caindo forte quando Livi sai para entregar uma mensagem no bloco médico. Ela é interrompida em seu caminho quando um caminhão para em sua frente. Dois guardas da SS descem da carroceria coberta de lona. As abas da lona voltam ao lugar, mas não antes de Livi ter um vislumbre das mulheres nuas amontoadas lá dentro.

Ela dá um passo para trás quando uma jovem salta do veículo, postando-se na frente dos guardas da SS. A mulher levanta as mãos no ar. Não parece sentir o frio ou a neve.

— Atirem em mim agora, porque não vou entrar na sua câmara de gás! — grita ela.

Livi dá um passo para trás e depois outro, temendo se tornar vítima de uma bala perdida.

Os guardas apontam seus rifles para a mulher nua. Um mira, mas outro guarda dá um tapa no braço do colega. Livi nota o sorriso cruel em seu rosto quando ele diz à garota que ela não terá a morte fácil de uma bala. Em vez disso, deve morrer como toda a sua espécie – lenta e dolorosamente, ofegando por ar enquanto o gás rouba sua vida. Ele se move em direção à jovem, batendo a coronha do rifle em seu estômago. Ela cai, mas luta para se levantar e começa a correr na direção de Livi, para horror da menina.

Mas o rifle ataca mais uma vez no ar e acerta seu crânio. Ela cai. O sangue tinge a neve de rosa. Quando ela não tenta se levantar, um guarda a agarra pelo braço e a arrasta de volta para o caminhão. As mulheres puxam-na para dentro.

Enquanto o veículo se afasta, Livi cai de joelhos, com ânsia de vômito. Quando essa loucura vai acabar? Seus olhos encontram o sangue e ela espera que a neve destrua esse novo horror antes de partir. Seus dedos fecham-se em torno da pequena faca em seu bolso, seu talismã agora. Ela se imagina enterrando-a no coração do oficial da SS que empunhava seu rifle contra uma mulher nua na neve.

Mais tarde, Livi não conta a Cibi o que testemunhou mais cedo naquele dia. Também não contou a ela sobre Isaac, o *kapo* ensandecido. É mais fácil não falar dessas coisas. E há recém-chegadas, em qualquer caso, para distraí-las.

As irmãs observam essas novas prisioneiras repetirem as perguntas que as consumiram na chegada: *Por que estamos aqui? O que farão conosco?*

Uma das garotas se apresenta como Vanoushka e pergunta se alguém havia lido a história de Dorian Gray, de Oscar Wilde. Várias riem dela, incrédulas por ela estar falando sobre um *livro* e sobre *ler*, enquanto todas as outras esperam nos próprios portões do inferno. Sentindo-se subestimada pela zombaria das demais, ela diz:

— Deixem-me falar sobre *O retrato de Dorian Gray*.

Ela mantém o público extasiado enquanto conta a história. Ofegando e rindo, as meninas aprendem sobre as voltas e reviravoltas sensuais e pecaminosas da vida de Dorian e seu desejo por Sybil. Como todo bom contador de histórias, ela termina a sua com um gancho, as meninas implorando por mais. Vanoushka promete novas aventuras no dia seguinte.

Na noite seguinte, Vanoushka espera até que as luzes se apaguem. Todas se reúnem em seu beliche enquanto ela as delicia com a história do artista apaixonado, Basil, o pintor do retrato de Dorian.

Essas sessões tornam-se um barco salva-vidas para as meninas se agarrarem, sobretudo para Livi. Lentamente, a memória da mulher ensanguentada na neve começa a desaparecer. Ela e Cibi sonham em encontrar seu príncipe encantado e posar para retratos enquanto um famoso pintor fixa suas imagens em tinta a óleo sobre telas.

Quando, finalmente, Vanoushka esgota a obra-prima de Oscar Wilde, oferece às meninas outras histórias de outros livros, mas elas só querem mais de Dorian Gray. Ela deve voltar e repetir as aventuras do personagem de novo e de novo. Livi acha essas histórias tão reconfortantes quanto sentir a faca na palma da mão. De alguma forma, as narrativas lembram-na de casa – mamãe costumava ler para ela na cama quando criança, e Livi se encontra desesperada para compartilhar essas lembranças com sua mãe agora. A menina apenas reza para que ela e Cibi vivam o suficiente para vê-la de novo.

* * *

O oficial da SS cumpriu sua palavra, e agora Cibi trabalha em Birkenau. Separar a correspondência no correio é fácil, e ela não precisa mais fazer a jornada até Auschwitz. Mas, o mais importante, ela não precisa mais se separar de Livi.

Alguns meses antes, o campo familiar Theresienstadt havia sido estabelecido em Birkenau, abrigando judeus alemães, austríacos, tchecos e holandeses de um gueto no noroeste da Tchecoslováquia. Cartas e pacotes, muitas vezes contendo alimentos, chegam regularmente para esses prisioneiros, e a função de Cibi é anotar os nomes e endereços dos prisioneiros que recebem essa correspondência. Ela datilografa as informações e as envia para um endereço na Suíça.

Inicialmente, Cibi não sabe *quem* na Suíça recebe essas informações, mas a resposta retorna pouco tempo depois, quando pacotes de comida começam a chegar para essas famílias vindos da Cruz Vermelha. Existem inúmeros rumores sobre o gueto, muitos dos quais dizendo que era uma máquina de propaganda dos alemães para mostrar ao mundo exterior que se preocupavam com seus judeus, tratando-os bem, alimentando-os, exibindo sua generosidade para a Cruz Vermelha antes de enviá-los para os campos de extermínio em toda a Europa ocupada pelos nazistas.

— Esta família não está mais aqui — diz Cibi a seu supervisor uma manhã, enquanto lhe entrega uma pequena caixa fechada.

— Não parece que pode haver muita coisa aí dentro. Abra-a.

Ela levanta a tampa para encontrar uma caixinha de chocolates e duas latas de sardinhas. Seu supervisor pega os chocolates, mas entrega as sardinhas a ela sem dizer uma palavra.

Cibi dá uma lata para sua colega de trabalho e leva a outra para um canto escuro da sala de correspondência. Ela não pode correr o risco de ser pega tentando contrabandear a lata para o campo, então deve comê-la agora. Abrindo a tampa, Cibi engole o peixinho salgado e despeja o óleo na boca. Com o dedo, limpa o interior da lata. Quase imediatamente, ela sente a comida subir pela garganta quando se lembra do dia em que chegou a Auschwitz, mais de dois anos antes, e do homem que ela e Livi haviam visto: magro, de cabeça raspada, vestido com roupas largas e listradas de prisão. Ele havia subido no vagão delas e pegado uma lata vazia e, assim como ela havia feito, passara um dedo esquelético em volta de seu interior oleoso antes de enfiá-lo na boca.

Cibi sente-se tonta. Não há diferença agora entre ela e aquele homem, exceto pelas roupas que ela usa. Enquanto está perdida nessa lembrança sombria, a porta da sala de correspondência se abre e um guarda da SS entra. Os lábios do homem estão se movendo, mas Cibi perdeu totalmente a primeira frase dita por ele. Ela o encara estupidamente.

— Eu disse para vir comigo! — esbraveja o guarda. Deixando cair a lata de sardinha, Cibi o segue para fora, onde um caminhão está esperando. — Entre!

Cibi corre para o lado do passageiro e sobe no veículo, totalmente presente agora. Ela está em um caminhão da SS com um guarda da SS. Só há uma maneira de isso acabar. Ela pensa em Livi, que pode nunca descobrir o que lhe aconteceu. E pensa em Magda, em sua mãe e em seu avô.

O guarda da SS olha para ela, notando os dedos trêmulos que cobrem sua boca.

— Não vou machucar você — ele diz a ela. Há um tom natural em sua voz. Cibi solta a respiração que estava prendendo e, hesitante, encontra os olhos dele. — Preciso que você pegue alguns pacotes no portão da frente e os leve de volta para a sala dos correios, onde deveriam ter sido entregues. Quando eu descobrir quem teve preguiça de levá-los, mandarei fuzilar.

Cibi ainda está tentando controlar a respiração. Está frio lá fora, mas ela precisa de ar fresco.

— Importa-se se eu abrir a janela? — pergunta ela, e o soldado dá um breve aceno positivo de cabeça.

Cibi inclina-se contra o vento, respira fundo com o ar frio e se sente mais calma.

Um grande caminhão aberto está vindo na direção deles. Quando o veículo passa rapidamente, ela é atingida pelas vozes dos homens que rugem em uma canção. Ela se vira em seu assento para avistar prisioneiros homens nus no compartimento de trás. Eles se erguem e entoam a música que ela mesma cantou tantas vezes na sinagoga.

O coração de Cibi pode ter desacelerado, mas o choque recebido quando o guarda da SS ordenou que ela entrasse no caminhão enfraqueceu o controle que tinha sobre si mesma. Um medo gelado passa por ela agora, e Cibi então agarra o peito quando sente que está começando a desmoronar. A pouca esperança que tem de sobreviver naquele lugar voa pela janela aberta, perseguindo os homens destinados à morte iminente.

Quanto tempo antes que a SS viesse buscá-la, deixá-la nua e levá-la para a câmara de gás?

* * *

Livi não consegue entender por que Cibi a está evitando. Ultimamente, sua irmã fica cada vez mais até tarde no correio, muitas vezes voltando sorrateiramente para o bloco assim que as luzes se apagam. Quando elas se deitam na cama à noite, Cibi raramente responde às perguntas sussurradas da irmã caçula. Livi resolve falar com ela no domingo, seu dia de folga, mas, quando chega o domingo, Cibi murmura que tem trabalho a fazer no correio e escapa.

Livi vagueia pelo campo, parando de vez em quando para conversar com as outras garotas, mas não fica por muito tempo. Está preocupada com Cibi. Talvez, ela imagina, Cibi tenha testemunhado um ou dois episódios perturbadores e ficado muda depois disso. Mas Cibi é sua rocha, Livi raciocina, ela não pode simplesmente *desaparecer*.

Livi dirige-se aos portões que dividem os dois campos femininos. Eles estão abertos hoje, como acontece todos os domingos, permitindo que familiares e amigas se reúnam por curtos períodos.

O sangue de Livi gela quando Mandel, a oficial sênior da SS, aparece em seu magnífico cavalo preto e se aproxima cavalgando ao vê-la. Mandel é universalmente temida: de olhos frios e cruel, ela usa seus longos cabelos ruivos em um rabo de cavalo alto, embora seja muito velha para um penteado tão jovial. Sem nunca usar palavras quando um bastão está disponível, Mandel é famosa por atacar durante a contagem. Ela é conhecida como "a Fera". Há rumores de que, se você olhar diretamente nos olhos dela, ela fará com que seja baleada ou enviada para a câmara de gás. Ninguém tem pressa em descobrir se é verdade.

— Sabe por que esses portões estão abertos? — Mandel questiona Livi.

Lutando para manter a calma e evitar os olhos da mulher, Livi explica que os domingos são dias de visita e que as mulheres podem se misturar com amigas que moram no campo oposto.

A oficial joga uma grande chave em Livi e diz a ela para trancar os dois conjuntos de portões: todas devem permanecer onde estão e, se não estiverem onde deveriam estar quando os portões forem fechados, serão punidas. Batendo com os calcanhares nos flancos do cavalo, Mandel vai embora.

Livi começa a alertar as mulheres de que devem retornar aos seus campos, que devem passar a mensagem e se apressar. Ela começa a fazer um grande espetáculo ao fechar os portões enquanto as mulheres passam correndo por ela rumo a seus blocos de direito. Elas gritam com Livi para não as prender enquanto Mandel galopa mais uma vez.

— Depressa — grita Livi para as retardatárias. — Depressa!

Livi está trancando o portão quando Mandel salta de seu cavalo e caminha até ela.

— Disse para você trancar os portões imediatamente — ela grita no rosto de Livi.

Pelo canto do olho, Livi vê Rita se aproximando, mas ela não pode salvá-la do punho que espanca seu rosto. Livi cai e fica atordoada no chão. Sua bexiga se solta e ela sente uma poça de urina quente por baixo. Mandel, feito seu trabalho para o momento, sobe de volta em seu cavalo e dá o golpe final:

— Mande-a para o buraco! — ela grita com Rita, antes de partir.

Rita oferece a mão a Livi e a põe de pé.

— Não consigo livrar você dessa — diz a *kapo*, mas a jovem não consegue falar; sabe que tem sorte de estar viva.

Livi segue Rita até o final do campo feminino. Lá, uma garota está de pé, imersa até os ombros em um buraco no chão. Não há como Livi cair nele, é muito estreito. Em vez disso, ela deve rastejar por um curto túnel de terra e entrar no buraco. Só quando está totalmente de pé é que Livi entende a tortura desse castigo. Costas com costas, os braços presos ao lado do corpo, nenhuma das garotas consegue se mover – elas mal conseguem respirar –, e devem ficar assim a noite toda.

Quando Cibi volta ao bloco naquela noite para jantar, Rita explica que Livi foi enviada para o buraco.

— Preciso vê-la — Cibi implora. — Por favor, Rita. Ela não consegue ficar sozinha.

— Ela tem que conseguir. Se chegar perto dela vai acabar lá também, ou até pior.

— Mas ela é minha irmãzinha, tenho que cuidar dela.

— Ela é muito mais forte do que você pensa. Ela estará de volta ao trabalho pela manhã, e então você poderá vê-la. Mas amanhã à noite ela voltará ao buraco.

* * *

Livi não está com frio, está entorpecida. Ela não consegue mais sentir mãos e dedos e parece que seu peito está afundando a cada respiração. Ela e a garota contra a qual está pressionada trocaram nomes depois que Rita foi embora, mas não havia mais nada a dizer, e doía falar. Ela imagina que Agatha sente o mesmo, porque a garota permanece em silêncio. Durante a noite, Livi cochila, mas acorda assustada. Isso acontece cem vezes, talvez duzentas.

De manhã, Rita tira as meninas do buraco.

Quando Cibi a vê, fica com medo por um momento. A blusa de Livi está rasgada e suja, os cachos que começaram a crescer estão cobertos de lama. Livi segura a camisa fechada, tendo perdido todos os botões no túnel.

— Não está feliz em me ver? — pergunta Livi, forçando um sorriso, e Cibi corre até ela, apertando-a contra o peito, tirando a sujeira de seu cabelo, repetindo sem parar "Você está bem? Tudo bem com você?".

Vanoushka encontra uma nova blusa para Livi.

Ao colocá-la, Livi nota o número costurado na lapela.

— Tenho um novo número. Olha, Cibi, agora tenho dois — ela tenta brincar.

— Significa que posso dormir até tarde e você pode responder por mim na contagem. — Vanoushka ri.

Ao anoitecer, Livi se apresenta ao buraco para outra noite de pé sem dormir. Uma oficial da SS muito alta com um uniforme impecável está observando Agatha descer. Ela se vira para Livi e diz.

— Sua irmã me disse que foi a Fera que a mandou para cá.

— Foi — diz Livi, imaginando se a conversa é uma armadilha. Agatha esgueira-se para a escuridão.

— Você vê isto aqui? — A oficial aponta para a insígnia em seu uniforme. — Superei a cadela. Ela não consegue pesar a mão por aqui como costumava fazer, e estou gostando de anular cada ordem que ela dá. Volte para o seu bloco, menina.

Sem precisar ouvir a ordem duas vezes, Livi corre de volta para os braços da irmã.

18

Vranov nad Topl'ou
Abril de 1944

— Magda? Magda Meller? É você?

Magda puxa o lenço em volta do rosto. Ela inclina a cabeça em direção ao peito e ganha velocidade.

— Magda Meller! Pare onde você está!

Magda para, repreendendo-se. Por que ela acreditava que era invencível quando tudo ao seu redor tinha ido para o inferno? Ela se vira para ver o sorriso familiar no rosto de Visik. Seu velho "amigo" da escola.

— Visik, o que você quer?

Magda está tentando esconder o tremor em sua voz.

— Você. Nós estamos tentando falar com você há meses, e não finja que não sabe.

— E quem são "nós"?

— Eu e meus colegas da Guarda de Hlinka.

— Meus colegas e eu — Magda o corrige. Ela odeia aquele rosto presunçoso, seu uniforme estúpido. É um garotinho que finge ser um homem e não vai levar a melhor sobre ela.

— Não banque a esperta comigo. Nós vamos à sua casa todas as sextas-feiras; diga-me onde está se escondendo.

— Me escondendo? Por que preciso me esconder? Provavelmente tinha acabado de sair com meus amigos. Ah, mas é isso mesmo, não é, Visik? Você não saberia o que é um amigo.

Apesar de tudo, uma partezinha de Magda está gostando dessa conversa. Pode ser sua única chance de mostrar a ele seu desprezo.

— Você não pode mais falar assim comigo, Magda. Eu poderia dar um tiro em você, e, talvez, se eu atirasse, até recebesse uma medalha.

Magda está farta.

— O que você quer, Visik? Tenho que fazer compras.

— Estaremos em sua casa na sexta-feira, como sempre, e é melhor que você esteja lá. É hora de você se juntar às suas irmãs, sabia? — ele provoca, com um sorriso irritante.

Magda está alerta agora, o atrevimento esquecido. Ela dá um passo em direção àquele menino-homem.

— Você sabe onde elas estão?

— Claro que sim, eu… eu sei de tudo.

Mas Magda percebe a hesitação na voz dele.

— Você não sabe de nada — sibila ela. — Porque você não passa de um garotinho brincando com uma arma grande. Por que não vai para casa, Visik, para a sua mamãe?

Magda vira as costas para ele e se afasta, mas agora está menos segura de si. Por que não fez o que a mãe pediu e foi direto para casa depois das compras? Por que teve que parar na pequena butique na rua principal para admirar os vestidos? Ela não tem dinheiro para comprar um vestido novo, nem mesmo um lugar onde usá-lo. Agora Visik sabe que ela ainda está em Vranov, e isso é ruim.

Enquanto ela está batendo as poucas latas de peixe que conseguiu encontrar no supermercado sobre o balcão da cozinha, Chaya entra na sala e a observa por um momento.

— O que há de errado com você?

Magda a ignora. Ela não precisa que a mãe a repreenda também, tudo por causa de um vestido que nunca terá.

— Talvez ver seus primos esta noite a deixe de bom humor — Chaya sugere.

— Meus primos?

— Seu tio e sua tia nos convidaram para jantar com eles.

— Isso é porque eles sabem que não temos nada para comer? — ralha Magda, olhando para as três latas solitárias de peixe.

— Temos comida. Você não acabou de fazer compras?

— Olhe para isso, mãe. Não é nada! — diz Magda. — Teria sido melhor para todos se eu tivesse partido com Cibi e Livi.

As palavras saíram-lhe da boca e é tarde demais para retirá-las. Os olhos da mãe se enchem de lágrimas.

— Senhoras, senhoras, o que está acontecendo? Consigo ouvi-las do jardim. — Yitzchak entra na sala pela porta dos fundos.

— Nada, vovô, não é nada — Magda diz rapidamente. Ela não precisa de um interrogatório agora.

— Magda acha que ficaríamos melhor sem ela — resmunga Chaya. — Ela quer estar com as irmãs.

— Magda, isso é verdade?

— Sim. Não! Sei lá. Mas temos tão pouco para comer. E... e vocês teriam mais.

O avô está com metade do tamanho que tinha dois anos atrás, e ele era um homem franzino mesmo naquela época.

— Pare com isso, Magda. Você não acha que tivemos a mesma ideia? De que adiantaria?

— Sinto muito, mãe. — Magda pega a mão da mãe. — Não quis dizer isso, mas é tão difícil. Por quanto tempo mais podemos viver assim? Quanto mais *eu* consigo viver assim? Escondida, com medo da minha própria sombra? Preocupada com minhas irmãs?

Chaya puxa Magda contra o peito, acariciando seus cabelos.

— Um pouco de chá de tília, é disso que todos precisamos — sussurra ela. E Magda acena com a cabeça.

— Talvez Ivan tenha novidades para nós esta noite — Yitzchak diz, esperançoso, enquanto enche a chaleira. Colocando-a no fogão, ele atiça as brasas abaixo para a vida. Não sobrou lenha, então terão que se contentar com um chá morno. — Magda, vou precisar pegar mais lenha amanhã. Vai me ajudar?

— Claro que vou. — Magda sorri.

* * *

Mais tarde, quando eles cruzam o jardim dos fundos para a casa de Ivan, Chaya faz uma pausa para olhar os novos botões no arbusto de oleandro. Ela cuida desse arbusto desde criança, trazendo-o de volta à vida repetidas vezes. A família dela brincava que, enquanto o oleandro prosperasse, eles também prosperariam. Está florescendo agora, dando a todos um pouco de esperança de que Cibi e Livi também estejam vicejando.

Depois do jantar, quando seus primos pequenos estão na cama e os adultos tomam chá ao redor do fogo, Magda quebra o silêncio confortável.

— Tio, algo está errado, não é?

O tio evitou seus olhos a noite toda. Ele dá um suspiro pesado e acena com a cabeça.

— Esse é o motivo pelo qual convidei vocês para jantar esta noite: precisamos conversar. — Ivan coloca sua xícara na mesinha de centro e põe as mãos nos joelhos. Helena, sua esposa, está de cabeça baixa.

— Ivan, Helena! Vocês estão me assustando. Por favor, me digam o que está acontecendo. — A mão de Chaya repousa sobre o coração.

— Eles não estão mais atrás dos jovens, Chaya. Estão vindo atrás de todos nós.

Um silêncio recai sobre a sala quando todos compreendem a informação. Yitzchak levanta-se devagar e atravessa a sala para se sentar ao lado de Chaya.

— E para onde nos levarão? — pergunta Yitzchak, finalmente, quebrando o silêncio.

— Não tenho ideia — Ivan responde. — Ninguém tem. Mas é óbvio que agora eles querem tirar todos os judeus de Vranov. Talvez de toda a Eslováquia. — Ele olha para Magda, que está olhando para a mãe e o avô, com a boca aberta. Helena toca o ombro de Ivan e ele se vira para ela, puxando-a para seus braços. — Não consigo nem proteger minha família — ele diz.

Magda fica chocada ao ver a angústia do tio. Ele sempre foi o forte, nunca hesitando antes de entrar em prédios do governo e exigir falar com quem estivesse em melhor posição para lhe dar informações.

— Meu irmão, enquanto ficarmos juntos, podemos sobreviver a qualquer coisa — diz Chaya de forma suave. — É hora de você parar de se sentir tão responsável por nós. Nada disso é culpa sua.

A voz de Chaya falha, e ela cobre o rosto com as mãos.

— Quando isso vai acontecer, filho? — pergunta Yitzchak. Magda nota autoridade em sua voz: ele agora é o forte.

— Pode começar a qualquer momento.

Ivan adota uma postura de derrota e, como a irmã, com os cotovelos sobre os joelhos, esconde o rosto nas mãos.

Helena acaricia suas costas.

— Devemos estar prontos para qualquer situação — acrescenta ela, desolada.

Ivan levanta a cabeça para olhar o rosto de Magda, Yitzchak e Chaya. Há culpa e vergonha nos olhos dele, e o coração de Magda fica partido.

Depois disso, não há mais nada a dizer, e a família Meller volta para casa. No momento em que passam pela porta dos fundos, Magda corre até o aparador da sala de estar e começa a vasculhar as gavetas.

— Mãe? Onde estão todas as fotos? — grita ela.
— Fotos? Agora? Precisamos dormir um pouco. Por favor, Magda.
— Apenas me diga onde estão — insiste Magda.

Chaya relutantemente acende uma lamparina e, com Yitzchak, vai para seu quarto.

— Vou buscá-las.
— Mãe? — Magda grita mais uma vez. — Você pode trazer uma fronha?
— O que há de errado com ela? — Magda ouve sua mãe perguntar ao avô.
— Como eu vou saber? — ele indaga, e a garota pode ouvir um pequeno sorriso em sua voz. — Ela é sua filha.

Quando Chaya e Yitzchak voltam com as fotos, Magda está brandindo os castiçais de prata – um presente de casamento que Chaya jurou nunca vender.

— O que você está fazendo com isso? — Chaya questiona.
— Dê-me a fronha e as fotos, mãe. Por favor.

Chaya e Yitzchak assistem a Magda enrolar os itens na fronha.

— Você pode pegar uma cadeira na cozinha, vovô, e colocá-la embaixo do alçapão? — pede Magda.
— O que você está fazendo? — Chaya está ficando irritada. Está tensa de preocupação com o que o amanhã reserva, exausta com o pensamento do que acontecerá com todos eles.
— Não é óbvio? Estou escondendo nossas coisas.
— Não podemos simplesmente levá-las conosco? — Chaya questiona.
— A senhora acha que eles nos deixarão ficar com nossos castiçais, mãe?

Os olhos de Magda estão brilhantes, determinados. *Claro, Magda está certa*, pensa Chaya. Com as casas abandonadas, quem vai impedir que alguém entre e roube as coisas? Não os Hlinka, nem os nazistas, nem seus vizinhos.

— Deixe-a fazer isso, Chaya — diz Yitzchak, arrastando a cadeira para o alçapão, assim como a sra. Trac tinha feito com Magda tantas vezes antes. — Nossos pertences estarão seguros lá em cima.

Yitzchak move-se para subir na cadeira, mas Magda o afasta.

— Está tudo bem, vovô, deixe-me fazer isso. Eu tenho prática.

Puxando-se para cima, Magda desaparece na cavidade apertada. Sua cabeça surge um momento depois e ela estende a mão para a lamparina e a fronha.

— Cuidado para não se assustar com os ratos — Yitzchak a adverte.
— Senão você vai derrubar a lamparina e colocar fogo em todos nós.

Magda sorri ao ouvir uma risadinha escapar dos lábios de sua mãe. Agora, deitada de bruços, a menina rasteja até o canto mais distante do espaço escuro.

Colocando os pertences debaixo de roupas velhas e jornais caindo aos pedaços, ela rasteja para longe, então se enfia de volta pelo buraco.

— Agora podemos ir para a cama! — anuncia ela.

* * *

Na manhã seguinte, mãe e filha encontram Yitzchak vestido e pronto para sair.

— Por que o senhor está vestido assim? — pergunta Chaya. — Não deveríamos estar fazendo as malas?

— Antes de fazermos isso, Magda e eu vamos encontrar um pouco de lenha. Preciso de uma xícara de chá e você também.

Magda se apronta em segundos. Yitzchak espera por ela do lado de fora com um pequeno carrinho construído com o único propósito de coletar lenha.

Desde que Yitzchak foi morar com Chaya, isso se tornou uma rotina para avô e neta, e, no momento em que eles pisam nos arbustos densos, com o sol passando pelas folhas, Magda entra em seu lugar feliz. Ela se lembra dos anos que Yitzchak passou ensinando-lhe pacientemente o nome de cada arbusto e árvore, de cada cogumelo e flor.

Enquanto Magda pula à frente, maravilhada com a pujança do verão ao seu redor, Yitzchak examina o chão da floresta em busca de galhos secos e perdidos. Ele não se importa que Magda tenha fugido para as profundezas da mata; ele está simplesmente feliz porque hoje ela está feliz.

— Vovô! Venha cá e olhe isso.

Yitzchak abandona o carrinho e segue a voz de Magda para encontrá-la sentada perto de um grande carvalho.

— Achei uma palma-de-santa-rita — Magda diz a ele. Ela está segurando a planta com delicadas flores em forma de funil nas mãos; as gloriosas flores rosa-púrpura balançam com a brisa. — Está aqui solitária, só para nós — Magda diz, sorrindo para o avô.

O simples deleite de Magda comove profundamente Yitzchak, mas agora sua mente se volta para as outras netas: *como elas adorariam estar aqui*, ele pensa. Cibi, curiosa como sempre, estaria esquadrinhando a floresta em busca de outras flores, recusando-se a acreditar que a palma estivesse sozinha. E Livi? Ele estaria implorando para que a menina não a colhesse!

— Agora sei onde você se esconde quando vem para a floresta à noite, minha Magda! E o que pode me dizer sobre a palma-de-santa-rita? — Yitzchak a testa.

— É um gênero da família do gladíolo.
— E qual é o significado da palavra gladíolo?
— Significa força de caráter, vovô. Significa nunca desistir. E faz parte da família da íris, que significa esperança. — Magda, inicialmente satisfeita por ter as respostas na ponta da língua, agora desvia o olhar do de Yitzchak, mirando as árvores além. Ela está pensando na palavra "esperança".
— Força e esperança — repete o avô. — Nossas palavras secretas especiais. Essas são as melhores qualidades que uma pessoa pode ter. Qualidades que vejo em você, Magda, e em suas irmãs.

Magda encontra os olhos do avô. Ele é seu protetor e professor. Ela está chorando agora, as lágrimas caindo nas pétalas da palma-de-santa-rita.

Mais tarde, em silêncio, eles puxam o carrinho carregado de gravetos para casa, movendo-se lentamente, cada um se perguntando se pode ter sido sua última excursão até a floresta.

— Estava quase indo atrás de vocês — Chaya fala, enquanto eles puxam o carrinho até a porta da cozinha.

— Magda encontrou uma palma-de-santa-rita em flor — diz Yitzchak à filha, com um sorriso.

Chaya olha para Magda, que se afasta da mãe, ainda perdida em pensamentos. A pequena sala de estar encontra-se atulhada de pertences: malas, roupas, livros e alimentos não perecíveis amontoados no chão, sofá e poltronas.

— Força e esperança — diz ela a Magda. — Agora descobri o segredo de onde você tem se escondido na floresta.

— Sim, mãe.

— Precisaremos dessas duas qualidades nos próximos dias.

— Sim, mãe.

— Vou acender o forno — inicia Yitzchak — enquanto você termina de fazer as malas.

Enquanto bebem canecas de chá de tília perfumada e olham para a bagunça ao redor deles, os Hlinka chegam. Eles devem se apresentar na estação de trem na manhã seguinte. A hora chegou.

19

Auschwitz-Birkenau
Março a setembro de 1944

Cibi e as outras meninas que trabalham nos correios recebem novas ordens. Tendo de lidar com dezenas de cartões-postais, elas são instruídas a escrever aos parentes dos moradores do campo familiar informando-os de que os prisioneiros estão vivos e bem e pedindo que enviem alimentos.

Cibi sabe que esses prisioneiros estão quase certamente mortos.

— Por que estamos fazendo isso? — pergunta Cibi à supervisora dos correios, uma mulher severa com pouco interesse em responder às perguntas.

— Você sabe que é melhor não questionar suas ordens. Apenas continue.

Naquela noite, Cibi conta a Livi sobre a estranha tarefa que lhe foi atribuída. Ela teme que o número de enviados às câmaras de gás esteja aumentando e quer saber se Livi ouviu rumores ou leu alguma das mensagens que entrega. Livi observa a agitação de Cibi. Agora ela sabe que o trabalho de Cibi é muito diferente do seu. Enquanto Livi apenas entrega mensagens pelo campo, sua irmã é confrontada diariamente com a realidade da morte ao redor. Centenas, milhares de cartas e pacotes estão sendo entregues para os fantasmas dos mortos.

Livi explica que tem o cuidado de nunca olhar para as mensagens que entrega, nem mesmo aquelas sem envelope. É muito mais seguro permanecer ignorante, por mais que se sinta tentada a espiar.

— Fique de olhos abertos, irmãzinha. Estou com um mau pressentimento — diz Cibi.

* * *

No dia seguinte, Livi observa a transferência de prisioneiros – com seus pertences – do campo familiar para o campo de quarentena recentemente liberado, que fica ao lado.

Livi conta a Cibi essa notícia sombria. E tem mais. Ela também viu um médico entrar no campo e sair com várias crianças pequenas.

— Um médico? — Um homem insípido de jaleco branco que costuma ser visto pelo campo, conduzindo grupos de crianças muito pequenas, vem à mente de Cibi. Certamente não ele.

— Acho que era ele, Cibi — Livi sussurra. Nenhuma delas quer pensar em Josef Mengele ou nos terríveis rumores que o seguem por todo o complexo de Auschwitz-Birkenau.

Vinte e quatro horas depois, todos os prisioneiros do campo familiar estão mortos. As irmãs não falam mais nisso. Elas não podem. Elas se abraçam à noite e todos os dias rezam para que estejam juntas novamente ao anoitecer.

* * *

A primavera dá lugar ao verão e a rotina das irmãs não se altera. Elas trabalham, comem o que podem e dormem. É como se tivessem vivido ali desde sempre. Mas, embora o clima mais quente facilite sua vida, não faz nada para diminuir a consciência que elas têm das chaminés dos crematórios expelindo cinzas todas as manhãs, enquanto se alinham para a contagem. Há muito sobre o campo que elas consideram natural: as rações escassas de comida, os roubos, as surras aleatórias, mas nunca se acostumarão com o cheiro da fumaça. Parte de sua rotina, uma parte não dita, é se perguntar diariamente: *Hoje é nosso último dia na Terra?* A resposta vem na hora de dormir, quando elas se abraçam para sentirem-se confortáveis. *Sobrevivemos a mais um dia.*

Os trens continuam chegando várias vezes ao dia, transportando sua carga humana para Birkenau. Livi, de sua posição nos portões, testemunha o desembarque de famílias húngaras que são levadas direto para as câmaras de gás e crematórios. Os caminhões transportam seus pertences para o *Kanada*.

A nova supervisora de Cibi nos correios, a oficial da SS Elisabeth Volkenrath, trata bem as meninas, muitas vezes permitindo que compartilhem entre si os pacotes de comida destinados aos mortos. Volkenrath é jovem e muito bonita: seu longo cabelo ruivo acobreado cai em uma única trança grossa pelas costas, e ela tem olhos azuis e lábios carnudos vermelhos. Cibi percebe que os outros oficiais a encaram, mas ela só tem olhos para o marido, o oficial da SS Heinz Volkenrath.

Certa manhã, Cibi o flagra entrando no escritório dela e, pouco depois, ouve a risada de Volkenrath. Quando Heinz abre a porta para sair, ele está arrumando as roupas.

— Acabamos de nos casar — sussurra Elisabeth Volkenrath para Cibi depois que ele sai.

Cibi desconfia dessa aparente sinceridade. Essa oficial tem tanto sangue nas mãos quanto qualquer outro em Birkenau ou Auschwitz. Mas agora ela pisca para Cibi sempre que Heinz aparece. No entanto, ele não gosta tanto de Cibi, sempre olhando feio para ela quando aparece. E Cibi despreza-o também. Certo dia, quando ele casualmente deixa cair o jornal na mesa dela antes de entrar no escritório de Volkenrath, Cibi joga o periódico no pequeno fogareiro no canto da sala.

— Alguém viu meu jornal? — pergunta ele, puxando seu casaco após outra "sessão" com a esposa. Volkenrath caminha devagar, sorrindo estupidamente para trás. — Coloquei aqui. — Ele aponta para a mesa de Cibi.

— O senhor ainda o queria? — pergunta a garota, gentilmente. — Pensei que fosse lixo. — Cibi aponta o fogão. — Então, joguei no fogo.

De repente, Heinz avança sobre ela.

— Você fez o quê? — pergunta ele, devagar.

— Joguei no fogo — Cibi repete, hesitando um pouco agora.

Sem vacilar, Heinz puxa sua pistola e aponta para a cabeça dela. Cibi se encolhe, seus sentidos repentinamente gritando. Sua bravata desapareceu. Sua pequena vitória desapareceu. Agora, ela pensa apenas em Livi. Tinha sido estúpida, descuidada com a própria vida. Por nada.

A oficial empurra suavemente o braço dele para o lado.

— Ela não fez por mal — diz a mulher, apressada. — Ela é organizada, só isso.

Bem devagar, Heinz recoloca a arma no coldre e sai do correio batendo a porta atrás de si. Cibi solta a respiração.

— Nunca se meta com Heinz! — ralha Elisabeth. — E, da próxima vez, não vou impedi-lo. Esteja avisada.

Poucos dias depois, as meninas dos correios estão atendendo a uma entrega de caixas que haviam sido despejadas do lado de fora do prédio. Cibi está ajudando as colegas de trabalho a organizar o conteúdo. Ela gosta do ritmo dessa atividade e gosta de Rosie de Bratislava, uma nova recruta para a pequena equipe.

Rosie está de joelhos, olhando para a caixa de livros que acabou de abrir. Ela os pega, um por um, e lê os títulos. Cibi junta-se a ela, observando que muitos são livros de orações. As meninas reviram-nos nas mãos.

— O que são esses? — Um *kapo* apareceu do nada. Ele pega um livro, inspeciona o título, vira as páginas. Em segundos, está jogando os livros no chão e pisando neles até que as lombadas estejam destruídas e as páginas, rasgadas. Ele está se exibindo para os oficiais da SS que estão por perto, isso é óbvio. Mas então Rosie subitamente fica de pé, alta e desafiadora, xingando o *kapo*, disparando palavras insultuosas na cara dele.

Cibi está convencida de que um dos oficiais vai executar a garota na hora, mas ela não tem como ajudar. Mas o *kapo* apenas chuta os restos dos livros para o lado e ri.

Um oficial da SS se aproxima delas.

— Por que está tão chateada? — ele pergunta a Rosie. — São apenas livros!

Cibi, de pé agora, pega o braço de Rosie, tentando puxá-la para longe, tentando impedi-la de cavar a própria cova, mas Rosie dá de ombros. E, então, Cibi tem uma ideia.

— Deixe-me contar uma história — diz ela, dando um passo à frente de Rosie e em direção ao oficial da SS. — Certo dia, o ouro perguntou ao ferro: "Por que você grita quando é martelado? Também sou golpeado, mas fico quieto". O ferro respondeu: "Grito porque o martelo é feito de ferro – é meu irmão, e isso me machuca. Você é golpeado por um estranho".

O oficial afasta-se sem dizer uma palavra.

No dia seguinte, o oficial aparece no correio com uma caixa cinza, que entrega a Cibi.

Ela abre a caixa e vê um livro de orações coberto de couro cinza-claro.

— Este é o meu presente para você. Um presságio de boa sorte para que não percamos a guerra. — Ele sorri.

— Também oramos por nossos inimigos — responde Cibi.

O oficial encara-a agora, a cabeça inclinada para o lado.

— Você não se lembra de mim, Cibi? — ele questiona. — Sou Eric. Do *Kanada*?

Cibi imagina por que esse oficial da SS se importaria se ela se lembrava dele ou não, mas não se surpreende com mais nada, por tudo o que acontece naquele lugar. Ela olha-o de cima a baixo.

— O senhor parece magro — é tudo o que ela diz.

— Você também.

— Sou uma prisioneira. O senhor, não.

Cibi está se sentindo ousada.

— Hoje em dia vivo de vodca. A comida perdeu a graça.

Cibi fica maravilhada com o fato de eles estarem conversando.

— Está doente? — ela pergunta.

— Apenas da cabeça. — Eric suspira e passa a mão pelo cabelo. Ele aponta o polegar por cima do ombro. — Geralmente, fico estacionado perto dos portões, por onde os comboios entram. — Ele abaixa a cabeça. — Onde eles fazem as seleções.

A curiosidade de Cibi se transforma em uma fúria fria, dura e nada sentimental. Ele está esperando simpatia da parte dela?

Compreensão, até?

— Eric, por que não faz as malas e volta para a sua mãe? — pergunta Cibi, virando as costas para o jovem.

Ela está pensando nessa conversa, tentando entender por que Eric queria tanto que Cibi soubesse que ele tem consciência, quando vê uma garotinha parada à porta do correio. A sala de correspondência fica ao lado do bloco do hospital onde Mengele abriga seus "filhos". Em muitas ocasiões, Cibi testemunhou seu carro preto brilhante estacionar ali na frente e despejar o homem insípido junto com meninas e meninos. Ela o viu conduzir as crianças pelas portas do hospital, brincando com elas enquanto distribuía doces. Cibi não tem ideia do que acontece exatamente com aquelas crianças, mas não pode ser bom.

— Olá — diz a menina.

Cibi dá um passo na direção dela, ciente dos oficiais da SS por perto.

— Olá — Cibi responde, hesitante. — Meu nome é Cibi. Qual é o seu nome?

— Irinka.

— É um lindo nome, e você é uma linda garotinha.

Irinka sorri timidamente e abre a boca para falar mais, quando uma enfermeira se aproxima.

— Aí está você. Venha agora, Irinka. Você sabe que não tem nada para fazer do lado de fora. — O tom da mulher tem uma doçura doentia.

— Tchau, Cibi — diz a menina, pegando na mão da enfermeira.

O estômago de Cibi se revira ao ver Irinka desaparecer pelas portas do hospital. O ar fresco parece enjoativo de repente; o sol, uma fornalha. Cibi corre para dentro do correio, onde Volkenrath está patrulhando a sala. Cibi pode ver que ela está de bom humor.

— O que acontece com as crianças no hospital? — Cibi pergunta, indiferente, enquanto puxa uma pilha de cartas em sua direção. Ela começa a abri-las metodicamente, anotando os nomes e endereços dos possíveis destinatários.

— Se estão no hospital, devem estar doentes — responde Volkenrath.

— Não parecem doentes, nem fingem estar — Cibi diz, despreocupadamente.

— Bom, elas estão, sim. Já estive nas enfermarias e estão todas acamadas, algumas possivelmente recebendo tratamento.

Cibi meneia a cabeça, reconhecendo que ela não vai conseguir mais nada de Volkenrath. Talvez seja melhor não saber. Talvez seja melhor estarem no hospital – hoje em dia, a maioria das crianças que chegam a Birkenau é enviada para a câmara de gás imediatamente.

— Posso contar uma coisa? — Volkenrath aproxima-se e a pele de Cibi se arrepia. — Heinz e eu queremos ter um filho — começa ela, em voz baixa. — É por isso que ele está sempre aqui. Abracei algumas das crianças mais novas na porta ao lado, e havia uma garotinha, ela não podia ser judia, tinha um lindo cabelo loiro. Sabe o que ela me perguntou?

Cibi balança a cabeça devagar.

— Perguntou-me se eu tinha um ovo. Ela queria comer um ovo. Não é estranho?

A voz de Volkenrath é melancólica, e Cibi acha essa intimidade perturbadora.

Poucos dias depois, Cibi desempacota uma caixa de comida e encontra um ovo cozido. Ela pensa na garota que queria um ovo e o leva ao escritório de Volkenrath.

— Olha o que encontrei — diz ela.

Volkenrath não ergue os olhos.

— O quê?

— Um ovo cozido. Você havia falado sobre uma garotinha...

Volkenrath sai de sua cadeira com um salto em segundos, estendendo a mão para o ovo.

— Obrigada, levarei para ela imediatamente.

Pouco depois, Volkenrath irrompe de volta ao correio e segue direto para sua sala, batendo a porta atrás dela.

As meninas entreolham-se com nervosismo. Cibi respira fundo e decide descobrir o que aconteceu. Ela abre a porta do escritório bem devagar e espia dentro. Volkenrath está chorando de soluçar, com a cabeça apoiada na mesa.

Cibi entra na sala e fecha a porta atrás de si.

— A senhora está bem? — pergunta ela, hesitante.

A oficial funga alto e olha para Cibi. Seus olhos azuis estão vermelhos, e as bochechas, rosadas. Fios de cabelo ruivo escaparam da trança e grudaram em seu rosto em tufos úmidos.

— Não — ela diz. — Não estou.

— Ela não estava lá? — Cibi pergunta com genuína compaixão.

— Estava lá. Eu a encontrei e entreguei o ovo a ela.

— Então, isso é bom. Não é?

— Ela começou a gritar e não quis pegar o ovo. Então fugiu e se escondeu atrás de uma das enfermeiras. Ela nem sequer me olhou. — Volkenrath começa a chorar de novo.

— Ah... — Cibi se sente de alguma forma responsável e de repente fica muito ansiosa. — Sinto muito, de verdade. Não deveria ter dado o ovo para a senhora.

— Não é culpa sua. Agora, me deixe em paz. — A oficial afasta-se de Cibi, enxugando os olhos com os dedos.

Cibi fecha a porta e se vira para encarar as vigilantes colegas de trabalho, todas esperando uma explicação.

— Vocês sabem que ela quer um filho. Acho que fica chateada quando vê os pequeninos — diz Cibi.

Ela espera a manhã toda por seu castigo, mas não recebe nenhum. Volkenrath aparece um pouco mais tarde, o habitual sorriso sombrio de volta ao seu rosto.

— Já soube? — sussurra Rosie mais tarde, naquele mesmo dia. As garotas dos correios trabalham quase sempre em silêncio, abrindo caixas, classificando o conteúdo, separando itens de valor. Cibi pode se perder nessas tarefas, às vezes quase consegue se esquecer de onde está.

— Soube o quê? — questiona Cibi, distraída.

— Sobre Mala, a intérprete.

— O que tem ela? — outra garota pergunta.

— Fugiu! — Rosie está alegre, e captura toda a atenção de Cibi agora. — Ela e o namorado, Edek, escaparam juntos... Foram-se há dias. Não é emocionante?

— Tem certeza?

Cibi está tentando entender a palavra "fuga". Fugir daquele lugar para viver sem cercas, sem espancamentos, sem os guardas. Ela não costumava se permitir pensar em sua vida antes de Birkenau. O campo expandiu-se para abafar suas memórias de uma época diferente, e ela raramente imagina a vida depois do campo.

— Os nazistas estão ficando loucos — Rosie informa. — Uma das garotas que trabalha no bloco administrativo me disse que todas estão culpando umas às outras para se salvar.

— Espero que ela consiga — diz Cibi, baixinho. — Espero que consiga e possa contar ao mundo o que está acontecendo aqui.

Ela ousa permitir que uma pequena centelha de esperança se acenda.

As meninas ficam animadas naquela noite. Cibi e Livi, com a fome e o cansaço esquecidos por um momento, se envolvem na alegre especulação sobre a fuga de Mala, a talentosa tradutora belga a quem os nazistas atribuíram o *status* de "prisioneira protegida". As meninas acham que Mala deve ter usado a isenção das restrições que as demais têm que suportar para escapar de alguma forma. É uma heroína para todas as prisioneiras, e as histórias de sua bravura aumentam com o passar das semanas. Elas agarram-se à fantasia de que serão salvas assim que Mala revelar a verdade sobre sua situação.

Mas as semanas se transformam em meses, e não há resgate dos Aliados. Os comboios da Hungria chegam todos os dias, as câmaras de gás e os crematórios funcionam da manhã à noite. Ninguém mais menciona o nome de Mala.

Certa noite de setembro, depois que todas voltaram de suas várias turmas de trabalho, elas são instruídas pelos oficiais da SS a se reunirem no pátio. Organizadas em longas filas semicirculares, as mulheres formam uma ferradura ao redor de uma clareira central onde, obviamente, algo está para acontecer.

Livi, parada ao lado da irmã no final de uma fila, espera que um anúncio seja feito. Ela reza para que não sejam punidas ou forçadas a assistir a um castigo. Mas ainda é um choque para as irmãs quando Mala – nua, imunda, mais magra do que nunca – é levada para a clareira por oficiais da SS e jogada ao chão. Ensanguentada e machucada, a jovem se levanta cambaleando, ficando o mais ereta que pode, uma inclinação desafiadora para sua cabeça. Livi encontra a pequena faca em seu bolso e fecha os dedos em torno dela.

— Ah, Mala — diz ela, baixinho. — O que fizeram com você?

Então, a SS Mandel entra no complexo. Seu rabo de cavalo alto captura o sol poente e brilha em vermelho. Livi acha que ela talvez tenha entre quarenta e sessenta anos. Manchas claras de ruge em suas bochechas fazem com que pareça um palhaço. Ela não está em seu cavalo hoje, mas não é menos intimidante quando começa a se pavonear para cima e para baixo nas fileiras, repreendendo furiosamente as garotas, dizendo-lhes que esqueçam ideias de fuga, que estão perdendo tempo até mesmo pensando nisso. Olhem para Mala, eles a haviam encontrado, não é? E encontrariam qualquer garota que fosse estúpida o suficiente para testá-los. Não havia canto da Terra que os alemães não pudessem alcançar. Afinal, Mala não era tão inteligente, era? Ela e seu "namorado" – Mandel cuspiu a palavra – foram recapturados com muita facilidade. Ele estava sendo enforcado naquele exato minuto, mas Mala não teria tanta sorte – o enforcamento era bom demais para Mala. Ela seria queimada viva.

Enquanto Mandel está berrando absurdos para as mulheres, não vê o que está acontecendo atrás dela – o que todas as outras prisioneiras estão testemunhando agora. Dos restos emaranhados de seu cabelo escuro, Mala retira uma pequena lâmina e a puxa ao longo dos braços, do pulso à parte interna do cotovelo. No silêncio assustador entre as explosões de Mandel, ela solta um gemido baixo e desmaia. Mandel vira-se e encontra seu "prêmio" deitado no chão, sangue jorrando de seus braços.

— Ela não vai morrer assim! — a SS se enfurece. — Ela vai morrer *queimada*!

Uma oficial corre para a clareira com um carrinho de mão. Mandel aponta para Livi e outra garota.

— Carreguem-na e a levem para o crematório. Agora! — grita ela.

— Deixa que eu vou! — enuncia Cibi, agarrando o pulso da irmã, mas já é tarde. Livi está passando pelas garotas na clareira.

Com a outra prisioneira, Livi joga o corpo emaciado e ensanguentado de Mala no carrinho de mão. Cada uma das meninas pega uma haste e começa a jornada para o crematório.

Mala está quase inconsciente, gemendo baixinho. Dois guardas caminham a uma curta distância atrás delas.

Uma vez fora do campo feminino, na estrada em direção ao crematório, as meninas diminuem o passo. Os SS fazem o mesmo. Sem trocar uma palavra, as duas decidiram que vão deixar Mala morrer no carrinho de mão. Ela está quieta agora – não deve demorar muito. Elas caminham devagar, olhando fixamente para a frente, cientes de que Mandel pode aparecer a qualquer momento.

À medida que se aproximam do crematório, Livi olha para Mala. O rosto da garota está relaxado, seus olhos estão abertos, olhando fixamente para o céu.

— Ela está morta — sussurra Livi. — Ótimo.

Dois prisioneiros do sexo masculino estão parados na entrada dos crematórios quando elas chegam. Eles olham para a garota no carrinho de mão antes de empurrá-la para longe sem dizer uma palavra.

As meninas caminham em silêncio de volta ao campo.

20

Vranov nad Topl'ou
Setembro de 1944

Yitzchak está vestido com seu melhor terno, camisa branca e gravata. Roupas totalmente inadequadas para um dia quente de final de verão, mas ele não seria visto em público trajando nada menos que aquilo. Chaya usa seu vestido preto simples e funcional. Com botões minúsculos da gola à barriga, o vestido roça as panturrilhas e um cinto preto aperta a cintura fina. Seu cabelo está preso em um lenço vermelho e dourado, afinal, ela é uma mulher eslovaca orgulhosa, e essas são as cores do traje folclórico tradicional. Chaya enfia os pés com meias pretas nos sapatos resistentes e joga um casaco no braço.

Houve muita discussão entre mãe e filha sobre o que Magda deveria vestir. Estão fazendo uma viagem de trem e não querem se sentir incomodados. Todo aquele tempo que passariam sentados exigia alguma preparação. No final, Magda vestiu uma saia azul lisa e uma blusa sem gola coberta de flores azuis e amarelas. Ela decidiu não usar meias, mas insistiu em usar seus melhores sapatos: um scarpin com fivela prateada. E levou alguns sapatos "sensatos". Magda recusou o lenço que Chaya colocou sobre ela. A garota queria que seu cabelo ficasse solto e armado. *Melhor ainda para manter a cabeça erguida*, disse ela à mãe.

Cada qual carregando uma malinha, eles saem de casa.

Magda vira-se para trancar a porta, mas Chaya grita.

— Não!

— Não o quê, mãe?

— Não tranque! É uma linda porta e odiaria que fosse quebrada.

Claro! Minha mãe está certa, pensa Magda. E ela não havia escondido os castiçais e as fotos? Eles são odiados por esta cidade. Esses *vizinhos* não hesitariam em arrombar a porta para roubar suas coisas.

— Não os subestime, Magda. Eles zombaram de suas irmãs no dia em que foram tiradas de mim. Sairão em disparada até nossa porta assim que formos embora. — Os olhos de Chaya pousam em uma figura mais adiante na estrada: a sra. Cerny, encostada no portão, observando os Meller. — Ela é uma das *deles* — sibila Chaya.

Yitzchak observou essa conversa em silêncio. Agora, ele pega a mala de Magda e a entrega a ela.

— Magda, coloque a chave no bolso. Talvez os vizinhos nos roubem, talvez não. Uma porta trancada não vai impedi-los.

Ele passa o braço em volta dos ombros da neta e a puxa para perto por um momento. Ela consegue ouvir o coração dele batendo, lento e constante. Magda respira fundo e, por fim, com uma última olhada na única casa que já conhecera, junta-se à família quando começam sua marcha relutante rua acima.

A sra. Cerny desvia o olhar quando eles passam. Chaya mantém os olhos na estrada à frente, mas Magda não consegue segurar a língua.

— Se você entrar em nossa casa, vou descobrir. E vou voltar e amaldiçoar você e sua família inteira!

— Magda! Por favor! — pede Chaya, pegando o braço de Magda, incentivando-a a continuar.

— Deixe-a em paz, Chaya — rebate Yitzchak. — Ela está apenas dizendo o que *todos* nós pensamos.

Ele não olha para a sra. Cerny, mas cospe no chão ao passar pelo portão dela.

Os olhos da sra. Cerny se estreitam, mas ela fica calada. Magda está feliz que sua mãe esteja segurando seu braço com tanta firmeza; caso contrário, ficaria tentada a arrancar o olhar presunçoso do rosto daquela mulher.

O restante da jornada ocorre em silêncio, cada um perdido em seus pensamentos. Verão esses marcos novamente? A igreja? A tília?

A estação está lotada de amigos e famílias que não veem há muitos meses. Eles compartilham histórias sobre se esconder, subornar funcionários do governo, vender tudo o que possuem, exceto as roupas que vestem. Muitos estão felizes em ver uns aos outros, acreditando que os amigos já haviam sido sequestrados pelos nazistas.

Os guardas estão checando os nomes de todos na plataforma; muitas indagações não recebem resposta. Magda estremece cada vez que isso acontece e reza para que eles estejam bem escondidos.

— Os Kovac não responderam — ela sussurra para a mãe. — Mas vi a sra. Kovac na cidade na semana passada, então sei que ainda estão aqui. Talvez devêssemos ter tentado nos esconder mais.

— Esconder-nos onde? — pergunta Chaya. — Mais cedo ou mais tarde, eles encontrarão os Kovac, Magda. E o que você acha que esses monstros farão quando isso acontecer?

Quando a contagem termina, ordenam que eles embarquem no trem.

— Mas aonde vamos? — grita uma voz.

— Vão descobrir quando chegarem lá — vem a resposta concisa.

Yitzchak, Chaya e Magda espremem-se em um assento duplo em um vagão lotado.

— É melhor ser esmagado contra alguém que você conhece — Yitzchak diz a elas com um sorriso.

Magda, pela janela, observa o rio Topl'a passar veloz enquanto o trem ganha velocidade. No passado, o rio era a fronteira natural entre a cidade e seus invasores. Ela o cruzou apenas algumas vezes, mais recentemente, quando foi para o hospital em Humenné – a vez que foi salva e suas irmãs, não. Ela não olha para trás quando o rio desaparece de vista. Não precisa: ela vai voltar.

Magda vê as colinas ondulantes do campo, pastagens verdes, florestas e, em seguida, as belíssimas montanhas Tatra, outros rios e um lago. Ela sussurra para si mesma o nome das cidades por onde passam: Poprad, Ružomberok, Žilina. O trem muda de linha, e uma hora depois eles param em Nováky.

Os guardas gritam para os passageiros desembarcarem. Alguns idosos precisam de ajuda, mas não é o caso de Yitzchak. Ele caminha pelo corredor e oferece a mão a Chaya e Magda enquanto elas descem, como qualquer cavalheiro faria. Sentem-se aliviados por estar do lado de fora, no ar fresco do verão. Magda boceja e se espreguiça.

Os prisioneiros marcham ao longo da plataforma e vão para a rua, onde os moradores de Nováky se reúnem para observar, espantados.

— Que vergonha — murmura Yitzchak.

Magda começa a entender a verdadeira natureza do que vão enfrentar quando alguns dos prisioneiros se recusam a prosseguir, insistindo em saber para onde estão sendo levados. Os guardas de Hlinka sacam seus cassetetes e atacam, independentemente de idade ou sexo, empurrando violentamente a multidão para a frente. A massa subjugada cai em um silêncio pesado, *um silêncio provindo do desespero*, pensa Magda. Os Meller estão de mãos dadas, não podem se perder, já perderam muito.

Eles se movem em direção ao que decerto é uma escola, no final de uma rua: áreas de lazer e concreto riscado denotam jogos infantis, mas não há crianças no prédio. As pessoas são conduzidas ao saguão principal – todo assoalhado de tábuas brilhantes e com brinquedos de escalada – e de lá são divididas em grupos menores e alocadas em salas de aula. Magda olha em volta para as cadeiras minúsculas, lápis esquecidos, mesas empoeiradas. Na frente da sala, equações matemáticas estão rabiscadas na lousa.

O guarda responsável por eles informa que passarão a noite ali, então diz: "Fiquem à vontade". Yitzchak imediatamente encontra um espaço para a família ao longo da parede. Todo mundo faz o mesmo, enquanto o guarda observa com um brilho de diversão nos olhos. De costas para a parede, eles se sentam e esticam as pernas, reivindicando qualquer espaço disponível no chão.

— Há banheiros e lavatórios do lado de fora. Alguém os levará quando for a sua vez — diz o guarda.

— E comida? — pergunta Yitzchak.

— Tenho certeza de que todos vocês têm comida nas malas, velhote. Por que não a comem? — rosna o guarda antes de virar as costas e fechar a porta.

Yitzchak e os outros homens ficam de pé e se dirigem para um canto da sala de aula a fim de falar em voz baixa.

— O que foi aquilo? — pergunta Chaya, quando Yitzchak retorna.

— Típico — suspira ele. — Todo mundo tem um plano diferente e ninguém consegue entrar em acordo sobre qual levar adiante.

Os olhos de Magda brilham.

— Devemos fazer alguma coisa, certo? — Ela não consegue se livrar do ódio pelos guardas de Hlinka. Cibi havia estudado com alguns deles. Esses velhos "amigos" batendo nos velhos e velhas com cassetetes...

— Alguns querem que fiquemos parados e vejamos o que acontece; outros querem que arrombemos a porta, batamos nos guardas e fujamos; e alguns querem negociar para sair daqui.

— E o senhor? O que quer fazer? — Magda insiste.

— O que posso fazer? Não tenho dinheiro para comprar nossa liberdade e estou muito velho para lutar. — Ele fita os olhos de Magda. — Não posso arriscar fazer nada que possa machucar você ou sua mãe.

— Então, esperamos? É isso que está dizendo? — Magda sabe que sua raiva não é muito útil, mas não consegue evitar. Ela quer cuspir, chutar e socar.

— Quero lutar! — afirma a garota, com veemência.

— Nem pense nisso — ralha Chaya.

Magda se levanta de repente e se afasta. Ela não confia em si para fazer qualquer comentário a mais sobre o assunto. Em seguida, desvia de pernas e corpos para alcançar a amiga Zuzana, que acabara de avistar do outro lado da sala.

Zuzana levanta-se assim que vê Magda se aproximando, e as meninas encontram algumas cadeiras, fora do alcance dos ouvidos dos adultos. Elas falam animadamente sobre o milagre de sua sobrevivência, como escaparam dos raptos no *Shabbat*, como suas famílias conseguiram suportar as porções de comida cada vez menores.

— Primeiro, eles me mandaram embora — diz Zuzana a Magda. — Fui para a casa de nossos parentes não judeus na fronteira com a Ucrânia.

— Por que diabos você voltou? — pergunta Magda, incrédula.

— Não foram muito gentis comigo. Tinham uma fazenda e parecia que eu era a única a trabalhar ali. Eu me sentia uma escrava, Magda. Mas não foi por isso que parti. Eles ouviram que qualquer um que fosse pego abrigando judeus seria deportado, então me mandaram de volta para casa.

Zuzana regressara a Vranov havia apenas algumas semanas.

Aquela primeira noite na sala de aula é quente e desconfortável. Antes de se acomodarem, a conversa é focada na comida, em quanto devem comer e quanto devem economizar. Yitzchak pega um canivete e raciona pão, queijo e biscoitos secos. Um por um, todos fazem o mesmo por suas famílias.

Magda fica aliviada por poder sair na manhã seguinte, mas sua mente não se fixa no ar fresco. No pequeno parquinho, ela descobre que duas outras "salas de aula" também foram liberadas. Magda e Zuzana juntam-se a um grupo de adolescentes.

— Acho que devemos atacá-los — diz um garoto, endireitando os ombros.

— E quando estivermos livres nas ruas de Nováky, o que faremos? — pergunta Zuzana. Ninguém tem uma resposta para isso.

— É engraçado — pondera outro garoto. — A escola sempre me pareceu uma prisão.

Nada foi resolvido entre os adolescentes no momento em que são conduzidos de volta às salas de aula.

Mais um dia e outra noite se passam em uma atmosfera pesada de ignorância quanto ao que está à espera dos prisioneiros, e a "classe" de Magda fica desanimada.

Na tarde do terceiro dia, um guarda de Hlinka distribui porções de pão e café. De sua mala, Chaya tira um pote de legumes em conserva para mascarar o gosto do pão velho. Ela o compartilha com as outras famílias até que o recipiente esteja vazio.

Eles suportam duas longas semanas de confinamento, com poucas mudanças em sua rotina. São alimentados duas vezes por dia, podem se exercitar por uma hora e, no resto do tempo, ficam trancados em suas salas de aula. Todas as conversas sobre rebelião diminuem depois que alguns homens, ao exigirem uma audiência com os responsáveis, nunca mais voltaram para suas famílias.

* * *

No final da segunda semana, Magda perdeu a noção dos dias. *É assim que eles destroem nosso espírito*, ela pensa. Mas então, uma manhã, antes do café, um guarda entra na sala. Quando todos estão em silêncio, ele olha para a prancheta e grita:

— Magda Meller. Identifique-se.

Magda, Chaya e Yitzchak levantam-se.

— Esperem! Vocês não são *todos* Magda Meller — ele diz com rispidez.

— Eu sou Magda. Estes são minha mãe e meu avô.

— Então, diga à sua mãe e ao seu avô que se sentem.

— O que você quer com ela? — pergunta Yitzchak, parado diante da neta.

— Não é da sua conta, velhote. Agora, saia da frente.

— Iremos aonde ela for! — Chaya insiste. — Ela é minha filha.

O homem acena com a cabeça para alguns guardas no corredor, sinalizando para entrarem.

— Está tudo bem, mãe — diz Magda, quando eles se aproximam. — Tenho certeza de que voltarei em breve. E guarde um pouco daquele pão delicioso para mim. — Ela pisca para a mãe, mas Chaya agarra a manga de Magda, puxando-a para longe dos guardas de Hlinka. Magda dá um tapinha na mão da mãe e a remove delicadamente. Ela quase pode ouvir a tensão nos membros desses garotos e não quer testá-los. — Mãe, por favor. Não vou demorar.

— Chaya, por favor, volte aqui. Agora! — Os olhos de Yitzchak estão fixos nos guardas; eles estão prestes a golpeá-la, ele sabe disso, e leva Chaya de volta para as cadeiras.

— Não se esqueça de guardar um pouco de pão para mim — Magda grita com um sorriso. Seu coração palpita tão forte que ela está surpresa por ter soltado aquelas palavras. A garota espera que a porta da sala de aula feche atrás dela antes de abordar o guarda com a prancheta. — O que você quer de mim?

— Você verá — é tudo o que ele diz, conduzindo-a pelo corredor em direção aos fundos da escola e ao bloco administrativo. Ela entra em um grande salão onde vários outros adolescentes, a maioria meninas, também estão esperando. Os guardas os abandonam ao medo por duas horas. O lugar fica em silêncio, a insurreição esquecida.

Por fim, os guardas voltam, cinco deles, e os adolescentes se levantam.

O que quer que esteja para acontecer, descobrirão agora.

— Vocês acompanharão meus homens — diz um deles, provavelmente seu líder. — E devem partir imediatamente.

— Para onde? — pergunta um menino.

O guarda dispara a resposta usual:

— Você descobrirá quando chegar lá.

— E quanto às nossas famílias? — Magda finalmente encontra sua voz. Ela pensa na mãe e no avô andando pela pequena sala de aula, esperando que ela volte.

— Se juntarão a vocês mais tarde. Chega de perguntas. No pátio da escola, quero que vocês se enfileirem e esperem minhas instruções.

— Você não pode fazer isso! — Zuzana explode. — Não pode nos separar de nossas famílias!

— Não arrume problemas — diz o guarda. — Sua família pagará por isso.

Quando a sala fica novamente em silêncio, o guarda acena com a cabeça, uma vez.

— Ótimo. Vão!

O pátio da escola fica vazio, mas, olhando para cima, Magda avista rostos pressionados contra as janelas da sala de aula. Ela não vê a mãe. Pais chamam seus filhos quando eles são levados para fora da escola e para longe.

Magda reconhece o caminho que percorrem: estão voltando para a estação de trem. *Eu estava certa*, pensa ela sombriamente, enquanto são conduzidos para a plataforma, onde um trem está parado nos trilhos. Ela nunca havia se sentido tão sozinha. *Foi por isso que Cibi e Livi passaram? Sentiram-se abandonadas e apavoradas? Claro que sim.* O suor frio escorre por sua blusa fina quando ela embarca no trem para ver a cidade de Nováky desaparecer.

* * *

Magda acorda com um solavanco quando o trem para. Há quanto tempo ela está dormindo? Vem à tona a memória de estar separada da mãe e do avô, e o buraco em seu estômago ronca.

Eles chegaram à cidade de Banská Bystrica, no centro da Eslováquia.

Mais uma vez, estão em marcha. O sol do meio-dia os castiga. Mais uma vez, encontram-se em uma escola, em pequenas salas de aula.

— Você acha que nos alimentarão? — pergunta uma garota quando os guardas os trancam lá dentro. — Estou morrendo de fome.

— Tenho certeza de que sim — tranquiliza Magda. A última coisa de que precisam é ficar histéricos.

— Não tenho nenhuma roupa comigo além desta — diz outra garota.

— Nenhum de nós tem — responde Magda. — Estamos todos no mesmo barco, então vamos nos sentar e ficar confortáveis.

Já escurece quando os guardas voltam para levá-los aos banheiros e, depois disso, alimentá-los com pão velho e café.

Magda espera dormir agora que tem algo no estômago, mas o pão parece uma pedra em sua barriga, e o café deixou-lhe um gosto amargo na boca. O desespero que sentiu na multidão, enquanto marchavam rumo à primeira escola, agora a invade. Ela sufoca os soluços, mas, perto dela, ninguém está fazendo o mesmo esforço. Por fim, a exaustão a oprime e Magda adormece ao som de garotas chorando.

* * *

Duas pausas para ir ao banheiro, uma hora de exercícios e duas refeições por dia: o mesmo ritmo de Nováky, mas a rotina familiar não traz conforto a Magda.

Uma noite, Magda sonha com ruas cheias de guardas de Hlinka lutando com os habitantes da cidade de Vranov. Judeus e não judeus lutam contra os homens pelo bem da cidade, pelo fim da tirania nazista.

— Saiam agora — uma voz diz a ela e, em seguida, fala novamente, mais alto.

Mas Magda quer lutar contra os guardas. Ela não vai a lugar nenhum. Seus olhos se abrem, ela não está sonhando. Uma figura chega à porta dizendo as mesmas palavras várias vezes:

— Saiam agora.

Magda se senta. Todos já estão de pé, desorientados, alarmados. O que está acontecendo?

A figura estranha é um homem grande, com cabelos escuros e encaracolados que lhe caem em mechas úmidas em volta do rosto. Ele tem um corte na bochecha, os nós dos dedos ensanguentados. Está suando muito, respirando com dificuldade.

— Todos vocês. Vamos. Apressem-se! — ele grita, acenando para as meninas começarem a se mexer.

Magda fica instantaneamente alerta. *Isso é o que estavam esperando*, ela percebe. *Serem resgatados!* As garotas empurram-se para fora do caminho enquanto lutam para chegar à porta.

Magda entra no pátio da escola no momento em que os primeiros tênues raios de sol anunciam um novo dia. Ela se detém por um momento para absorver o caos que se desenrola ao redor. Jovens com rifles e cassetetes dos Hlinka avançam no meio da multidão de adolescentes, incitando-os a sair do terreno da escola e ir para a cidade. Magda pega o braço de um homem.

— Para onde vamos? — pergunta ela.

— Para qualquer lugar. Vocês estão livres agora. Não percebe o que está acontecendo? Estamos retomando nossa cidade, este país!

— Quem são vocês? — grita Magda, enquanto o barulho de garotas chorando, homens gritando e tiros de armas se intensifica.

— Combatentes da Resistência! — grita ele de volta. — A notícia veio ontem à noite para começarmos nosso ataque. Está acontecendo em toda a Eslováquia agora. — Com isso, ele desaparece de novo na multidão.

Magda procura por Zuzana, por qualquer rosto familiar, mas o caos está instalado. Na rua, ela corre na mesma direção que todos os outros. Vitrines de lojas estão quebradas, carros são virados, uma bala passa perto de seu ouvido. Aos tropeços, Magda entra em um pequeno beco para evitar o tiroteio. É um beco sem saída, com uma grande lixeira fedorenta do lado de fora de algumas portas duplas no final da ruela. Ela tenta uma maçaneta, mas as portas estão trancadas. O barulho da rua está ficando mais alto. Homens estão gritando: são Hlinka ou combatentes da Resistência? Ela não tem como saber. Magda esconde-se atrás da lixeira.

Encolhida no chão, escondida da vista, ela fica ali até a noite cair. Sempre que sobe o beco sorrateiramente para espiar, as mesmas cenas de caos se repetem: pessoas correndo em todas as direções, homens e guardas lutando a socos, armas e facas, mulheres ainda chorando, gritando por socorro. Algumas têm malas, outras, carrinhos com bebês ou pertences. *Elas não sabem para onde ir?*, pensa Magda enquanto rasteja de volta para a lixeira e permite que o sono domine seus sentidos.

Na manhã seguinte, tudo está tranquilo. Magda observa a rua por longos minutos, mas ninguém passa, e, por fim, respirando fundo, ela decide sair do beco. Lá está a escola-prisão no fim da estrada e, abruptamente, ela se vira para andar na direção oposta. Dobrando uma esquina, Magda se vê em uma grande estrada principal e não está mais sozinha. Um tanque alemão avança em sua direção, seguido por soldados armados marchando ao lado de um grande caminhão coberto por uma lona.

— Você aí! Fique parada.

Os soldados erguem as armas e Magda tropeça quando sua cabeça começa a girar. Ela se apoia em uma parede para não tombar e a imagem da lixeira passa por sua mente. Se ao menos tivesse ficado onde estava. No final, foi tudo por nada?

Os guardas fazem perguntas para ela, mal esperando por suas respostas.

— Magda Meller — responde ela. — Sou... sou de Vranov. Sim, sou judia.

E, então, ela se vê sendo levada, cativa mais uma vez, para o caminhão. Afastando as abas da lona, um guarda a cutuca nas costelas com seu rifle.

— Entre.

O caminhão segue o tanque, parando de vez em quando para receber novos prisioneiros. Logo o veículo fica cheio. Os companheiros de Magda são homens, mulheres e crianças. Todos têm a mesma expressão de pavor e exaustão. Magda percebe que seu rosto é uma máscara do deles. O caminhão acelera agora que sua carroceria está cheia de carga. Quando ela puxa as abas da lona, vê dois veículos militares alemães avançando na retaguarda. Não haverá como escapar desta vez.

* * *

Eles chegam ao seu destino no final da tarde.

Aquilo não é uma escola vazia – ela ouve o barulho de portões de ferro se abrindo antes que o caminhão pare e todos sejam obrigados a sair. O sol ainda está brilhando, mas perde um pouco de seu calor. Magda fica feliz com a brisa fresca.

Arame farpado corre ao longo do perímetro das altas muralhas de concreto do complexo. Grandes edifícios de concreto de quatro andares circundam uma clareira central. Tudo é cinzento.

— É uma prisão — diz uma mulher.

Um guarda se aproxima e, para horror de Magda, aponta para ela.

— Dê um passo à frente, senhorita! — comanda ele. — Bem-vinda à prisão Ilava. — O oficial sorri de orelha a orelha. — Sua pequena insurreição falhou... O exército alemão não será derrotado por uma ralé não treinada de combatentes pela liberdade. Agora, serão nossos hóspedes até que decidamos o que fazer com vocês. — Ele se afasta de Magda, dirigindo-se a outro guarda. — Leve-os para suas celas. Mas ela — e aponta para Magda —, ela terá uma cela própria.

O segundo guarda agarra o cotovelo de Magda a fim de conduzi-la para longe, mas ela se solta. Ele a está levando em direção a um dos blocos cinza. No interior, o espaço cavernoso e ecoante é uma colmeia de celas, passarelas de metal e ar fétido. Magda é colocada em um pequeno quarto no andar térreo. Quando a porta se fecha, ela inspeciona o lugar. Uma cama de arame com um colchão fino está encostada em uma parede; um vaso sanitário de aço sem assento fica no canto mais distante; e há uma pequena mesa e uma cadeira na cabeceira. Ela quase consegue tocar as duas paredes com a ponta dos dedos quando abre os braços. Em vez de processar onde está e o que vai lhe acontecer, Magda se deita na cama irregular e se perde em seu sono.

* * *

Horas depois, o som de uma chave pesada girando na fechadura a desperta. Magda não está pronta para isso, seja lá o que "isso" for. Mas é apenas um guarda com seu jantar, que ele entrega sem dizer uma palavra e vai embora. Ela encara o ensopado com pedaços marrons indistinguíveis e a metade do pão macio. Por um momento, a visão da comida bane todos os outros pensamentos. Ela come depressa, sem sentir o gosto do guisado ou do pão, e tudo acaba muito rápido. Essa é a refeição mais substancial que ela comeu em dias, meses.

O sol se pôs, e as luzes do quarto de repente se apagam. Por um momento, ela fica em completa escuridão. E então, quando seus olhos começam a se ajustar, ela se vira para a janela estreita acima da mesinha e vê a lua. Magda tateia o caminho de volta para a cama.

Na manhã seguinte, depois de outra boa refeição de mingau doce e mais pão, ela coloca a cadeira sobre a mesa e sobe pela estrutura frágil para olhar pela janela. Dessa posição, Magda se vê olhando diretamente para o pátio de exercícios lá embaixo. Ela ouve conversas sussurradas, mas não consegue decifrar nenhuma frase. Um dos internos chama a sua atenção. Ele parece familiar. Muito familiar.

— Com licença — chama ela, batendo na janela.

O homem para, olha em volta.

— Aqui em cima. Estou na janela.
— Olá aí em cima — diz ele, com um sorriso.
— O senhor se chama Klein? Lá de Vranov? — pergunta ela.
Ele parece surpreso, e seu sorriso se alarga mais.
— Sou eu. E você, quem é?
— Magda Meller. O senhor foi meu professor de matemática... Também deu aula para a minha irmã, Cibi. Lembra-se de mim?
— Magda! Claro que me lembro de você. O que está fazendo aqui? Cibi também está aqui?
— Não. Estou sozinha. E... não sei de fato por que estou aqui.
Magda vê um guarda avançando sobre o sr. Klein e se abaixa.
— Continue andando. Ou você quer que eu te ajude? — ameaça o guarda.
— Cuide-se, Magda. Estarei aqui amanhã — diz o sr. Klein, olhando para trás.

Agora Magda tem algo pelo que ansiar. Nas três manhãs seguintes, ela tem uma breve conversa com o sr. Klein. Ele a faz rir com histórias sobre o comportamento de Cibi em sala de aula. Magda sabe que ele quer animá-la, porque ela lhe contou o que aconteceu com sua família.

Seu ex-professor não consegue lançar nenhuma luz sobre o que acontecerá com eles.

No quarto dia, Magda se vê sendo levada para fora do bloco, sem café da manhã e sem aviso. No pátio da prisão, agora lotado com centenas de outros internos, Magda espera sua vez para entrar em um dos caminhões. Aqueles que mostram o menor sinal de hesitação são encorajados com o golpe de um bastão ou a coronha de um rifle.

A prisão não fica longe da estação ferroviária, talvez meia hora, e, quando chegam ao destino, em vez de vagões com assentos, Magda e os outros são colocados em vagões de gado.

Dentro do compartimento faz um calor sufocante e fede. Ela não tem água nem comida, ninguém tem. Durante toda a viagem, Magda alterna entre fechar os olhos, rezar para dormir e procurar o sr. Klein. Em nenhum dos casos é bem-sucedida. A viagem dura o dia inteiro, e o sol está se pondo quando os prisioneiros são expulsos dos vagões.

Magda salta antes de ser empurrada e cai não na plataforma de uma estação, mas nos trilhos do trem. Luzes poderosas no alto iluminam a cena. Centenas de pessoas a cercam – algumas trazem malas e bolsas, como se estivessem visitando a família. Os cães latem enquanto esticam as coleiras, famintos por alguma coisa. *Talvez pelo nosso sangue*, pensa Magda, atordoada pelas luzes e quase desmaiando de sede.

E então ela avista as figuras emaciadas nos uniformes listrados de azul e branco, entrando e saindo da multidão, arrebatando os pertences dos prisioneiros.

— *Schnell! Schnell!* — novos soldados gritam. E Magda conhece essa palavra alemã. *Rápido!*

— Onde estamos? — Magda pergunta, chamando a atenção de um dos homens magros.

— Bem-vinda ao inferno — diz ele, seus olhos pairando para lá e para cá entre os prisioneiros.

— Onde fica o inferno?

— Polônia. Você está em Birkenau.

Então, ele se vai.

21

**Auschwitz-Birkenau
Outubro de 1944**

Setembro se foi e outubro começou trazendo uma mudança no humor de Cibi. Ela é petulante e mal-humorada com todos, até mesmo com Livi. Sua concentração declina e, no correio, quando seus erros são apontados, ela retruca, ciente de que seu comportamento é arriscado, mas sem saber como evitá-lo.

Todos os dias, quando Cibi sai do correio, é comum ouvir o som de um trem entrando no acampamento, e ela se vê caminhando em direção aos portões. Ela não tem muita vontade de assistir às seleções, mas o faz assim mesmo, sempre que consegue. Ela sente que deve algo a esses prisioneiros, talvez um momento de solidariedade, alguns segundos de empatia. Ela está igualmente esperançosa, mas apavorada, de ver sua família descer dos trens.

Dia após dia, ela vê novos prisioneiros sendo empurrados para fora dos vagões, muitos caindo de cara ou de costas no chão, apenas para serem pisoteados pelo próximo da fila. É sempre o mesmo ritual: o trem chega e o caos se instala. Não há saída ordenada, tudo é projetado para manter os prisioneiros em um estado perpétuo de medo.

— Vou me mudar para Auschwitz — Volkenrath lhe diz certa manhã. — Para administrar os correios. Gostaria de vir também?

— Por que não? — responde Cibi, com um sorriso sarcástico. — Dizem que uma mudança é tão boa quanto um descanso.

— Muito bem. Vou resolver isso.

Naquela noite, Cibi diz a Livi que colocou o nome das duas em uma lista para voltar a Auschwitz, onde trabalharão no correio.

Na manhã seguinte, Cibi está mais alerta do que Livi a via em semanas.

— Nós não vamos para Auschwitz — Cibi anuncia.

— Por que não? — pergunta Livi, sonolenta.

— Na noite passada, mamãe veio até mim em meus sonhos. Ela me disse para ficarmos em Birkenau.

— Foi só um sonho, Cibi! Quero ir para Auschwitz! Quero trabalhar no correio. Odeio ser mensageira. Você sabe como é ver aqueles trens todos os dias? Ver como eles mandam todos para os crematórios? Por favor, Cibi, podemos ir para Auschwitz? — implora Livi.

— Não. — Cibi é firme. — Tenho que encontrar uma maneira de tirar nosso nome da lista.

— Porque você teve um sonho com mamãe?

— Sim.

— Cibi, mas e eu? — Livi está furiosa. — Não sou um sonho, sou real!

— Você tem que confiar em mim. Devemos ficar aqui. Não sei o motivo, mas devemos ficar.

O fogo desapareceu dos olhos de Livi, e agora ela parece infeliz.

— Só estou aqui porque você me manteve viva, Cibi. Não teria sobrevivido sem você. — Ela olha para suas botas. — Se diz que devemos ficar, acho que devemos.

Cibi segura o rosto de Livi com as mãos:

— Quantas vezes tenho que dizer: você é mais forte do que pensa. É a sua força que me faz continuar.

— Como a mamãe estava quando você a viu em seu sonho? — Livi de repente parece muito criança para Cibi.

— Parecia feliz, gatinha. Eu consegui sentir o perfume dela. Ela estava brincando com a aliança de casamento. Sabe como ela sempre torcia a aliança no dedo? Ela disse que isso a fazia sentir como se papai ainda estivesse conosco.

— Então, ficaremos aqui, Cibi, não se preocupe. Mamãe está sempre certa.

* * *

Três dias depois, é a vez de Livi acordar a irmã. Cibi está mais parecida consigo mesma desde que sonhou com mamãe, e Livi está aliviada.

— Feliz aniversário, Cibi — ela sussurra.

— Como você sabe que é meu aniversário? — pergunta Cibi, sentando-se.

— Dois dias atrás, vi um calendário em uma das escrivaninhas do nazista, então perguntei a ele qual era a data, depois descobri que hoje é seu aniversário.

— Obrigada, Livi. — Cibi dá um sorriso cansado. — Acho que podemos comemorar o fato de eu ter sobrevivido para ver outro aniversário.

— Quer fazer um pedido?

— Na verdade, não. — Cibi pisca para a irmã. — Cada desejo que fiz nos últimos anos saiu pela culatra. — Ela acena com a mão ao redor do quarto. — Ainda acordamos todas as manhãs neste lugar.

Livi anui com a cabeça lentamente.

— Bem, talvez você possa dizer a Volkenrath que é seu aniversário e ela vai deixar você comer um pouco da comida de um dos pacotes.

— Acho que ela não vai se importar muito que seja meu aniversário.

— Tudo bem, então. Tudo o que você vai conseguir é um "feliz aniversário" meu. Feliz aniversário, Cibi.

Cibi abraça a irmã caçula por muito tempo.

— Tenho realmente vinte e um anos? — sussurra ela no ouvido de Livi.

— Minha irmã mais velha tem vinte e um.

— Uau!

* * *

Enquanto Cibi se dirige ao correio, Leah corre até ela. Leah é de um bloco diferente, mas Cibi a conhece de Vranov. Ela foi transportada para Auschwitz alguns meses após a chegada de Cibi e Livi. Cibi sabe que Leah trabalha nos crematórios, embora nunca tenham discutido exatamente o que ela faz lá.

— Cibi, espere. Estava à sua procura. Tenho uma coisa para lhe contar. — Leah está sem fôlego, animada, explodindo com as novidades.

— Diga. — O coração de Cibi se contrai.

— Magda! Eu vi Magda! — diz ela, sorrindo.

Cibi congela.

— Estou lhe dizendo, era Magda. Tenho certeza.

Cibi engole em seco, o calor enche seu rosto e, por um momento, sua visão se turva. Ela agarra Leah pelos braços e a sacode.

— Por que não me contou antes? — Cibi grita com ela. — Me diga onde você a viu!

— Me solte, Cibi. — Leah se solta e esfrega os braços. — Já disse! Eu estava procurando você. Vi Magda há três dias.

— Você sabe que hoje é meu aniversário, Leah? — Cibi agora está desconfiada. Como Magda poderia estar aqui sem que ela soubesse, sem que sentisse a presença da irmã? — Você não seria tão cruel a ponto de dizer uma coisa dessas só porque é meu aniversário, certo?

— Não! Que ideia horrível. Não sou nazista, Cibi.

— Me desculpe, Leah. — Cibi fica com vergonha e, em seguida, alarma-se ao lembrar onde Leah trabalha. — Você não a viu nos crematórios, viu?

— Vi. Não! Não exatamente, eu *estava* no crematório, mas pude ver a seleção acontecendo na estação. Foi onde eu a vi.

— E minha mãe, meu avô?

— Não os vi, mas isso não significa que não estavam lá; simplesmente não os vi.

— Você sabe onde ela está agora? — Cibi sente uma urgência repentina. Ela olha ao redor do acampamento, como se Magda pudesse estar parada nas sombras esperando para saltar e anunciar sua presença.

— Tudo o que sei é que ela está com os sobreviventes, e eles estavam indo em direção ao campo familiar, mas não sei se foram mesmo para lá. Ela está aqui em algum lugar, Cibi. Juro.

Cibi puxa a garota contra o peito e a abraça com força.

— Este é o melhor presente de aniversário que já ganhei, Leah — diz ela à amiga.

* * *

Por mais desesperada que Cibi esteja para contar a Livi sobre Magda, ela decide não dizer nada até que tenha certeza de que Magda está ali e que está viva.

Mais uma vez, ela luta para se concentrar no trabalho; a mente dela está em disparada, mas dessa vez não é por desânimo, e sim pelo desespero crescente para descobrir onde Magda está. Então, ela aproveita a oportunidade. Desembrulhando um grande pacote contendo não apenas comida, mas também roupas femininas, Cibi verifica se o destinatário está vivo ou morto. Ela sabe que todos do campo familiar Theresienstadt estão mortos, mas verifica mesmo assim. Uma linha vermelha foi riscada em cima do nome. Cibi também sabe que, segundo Leah, a nova seleção provavelmente acaba de ser levada para o campo familiar. Se é para Magda estar em algum lugar, é lá.

Cibi leva o pacote para o escritório de Volkenrath.

— Tenho um pacote que precisa ser entregue no campo familiar. Tudo bem se eu levar?

— Apenas faça o seu trabalho — vem a resposta curta. Cibi dá um suspiro silencioso de alívio.

Caminhar ou correr? Cibi faz as duas coisas. Quanto mais tempo ela leva para chegar lá, mais consegue se agarrar à possibilidade de que está prestes a se reunir com a irmã. Conforme se aproxima do campo, ela diminui a velocidade para um vaguear, preparando-se para o que quer que possa encontrar. Ela decide não dizer nada a Livi se Magda não estiver lá. No momento, seu maior medo é topar com a irmã mais nova, já que o campo familiar está localizado a poucos metros de onde Livi fica todos os dias nos portões da frente.

Nos portões do campo, a líder do bloco insiste que ela entregue o pacote. A mulher lê o nome e diz a Cibi que a pessoa a quem o pacote é endereçado não poderia estar lá, que não havia ninguém da Grécia naquele campo. Cibi diz à líder que Elisabeth Volkenrath pediu que ela entregasse o pacote pessoalmente. A *kapo* sustenta o olhar de Cibi por um momento, mas então acena com relutância para ela passar.

Cibi entra em cada bloco, em cada fileira, chamando o nome de Magda antes de passar para o próximo. As meninas e mulheres estão vestidas com roupas civis e ainda têm cabelos. *Mas não por muito tempo*, pensa Cibi, taciturna. A maioria delas usa lenço na cabeça, o que torna difícil para Cibi identificar o cabelo castanho e espesso de Magda. Duas vezes, Cibi pensa que vê a irmã, apenas para ficar amargamente decepcionada.

Faltando apenas dois blocos para verificar, Cibi percebe um grupo de mulheres jovens sentadas ao sol, arrancando folhas de grama enquanto conversam. Uma cena tão comum que Cibi fica tonta ao observá-la. Uma das garotas encara o sol de outubro apoiando-se nos cotovelos. Cibi não consegue ver o rosto dela, mas reconhece a postura. E grita:

— Magda!

A voz de Cibi está presa na garganta, e tudo o que sai é um guincho abafado. Mas uma garota do grupo está olhando para ela, perplexa com aquela figura corada de pé, perfeitamente alinhada, segurando uma caixa e lutando para gritar um nome. Agora todo o grupo está se cutucando, apontando para Cibi e, finalmente, a garota que olha para o sol se vira também. Por um momento, Cibi não consegue se mover, não consegue falar, ouve um zumbido em sua cabeça. Aquilo é um sonho, ela vai acordar?

Ou é realmente Magda se levantando, chamando seu nome, correndo em sua direção?

As irmãs se trombam, gritando. Dizem o nome uma da outra sem parar. Agora estão chorando, fazendo perguntas sem dar respostas. Bem ali, naquele instante, a única coisa que importa é que estão juntas.

As meninas do grupo de Magda, dolorosamente tocadas por esse reencontro, também se abraçam, ampliando o abraço das irmãs.

— Livi? Onde está Livi? — Magda fica desesperada agora.

— Está aqui, Magda. Ela está tão bem quanto qualquer uma de nós pode esperar estar — Cibi diz a ela.

— Pode me levar até ela? Agora?

Mais e mais garotas reúnem-se ao redor. Há poucas boas notícias naquele lugar, e apenas o vislumbre de uma é contagiante. Todas querem ouvir sua história, mas Cibi de repente percebe o perigo potencial de ser descoberta em uma área onde não deveria estar.

— Qual é o seu bloco? — Cibi pergunta à irmã com urgência, pegando sua mão.

Mas Magda não se move por um momento. Ela está olhando para Cibi como se finalmente a enxergasse.

Ela examina a irmã mais velha de cima a baixo, devagar, toca seus cabelos curtos, os ombros, os braços.

— O que fizeram com você, Cibi?

Magda está chorando de novo, mas Cibi não pode fazer isso agora. Ela sabe como é, sabe que seu rosto está magro, e seu corpo, sem carne. Elas precisam continuar se mexendo.

— Podemos conversar mais tarde, Magda. Venha.

* * *

O bloco de Magda é igual a qualquer outro, com meninas desesperadas sentadas em seus beliches olhando para o nada. Cibi abre o pacote e tira as roupas, instruindo Magda a se trocar. Enquanto ela está se despindo, Cibi entrega a caixa para uma das garotas de rosto entorpecido.

— Tem comida aqui, vocês podem dividir.

A garota olha dentro da caixa, seus olhos se arregalam. Ela acena para Cibi e abre um sorriso que quer dizer "obrigada".

Assim que as irmãs estão do lado de fora novamente, Cibi encontra as amigas de Magda.

— Preciso da ajuda de vocês — Cibi diz a elas. — Vocês não terão problemas, não se preocupem. Tudo bem?

Quando as meninas concordam com a cabeça, ansiosas, Cibi acha que devem gostar muito de Magda para correr qualquer tipo de risco depois do que passaram.

— A líder do bloco me viu entrar sozinha, mas quero ir embora com Magda. Preciso que vocês a distraiam enquanto escapamos. Podem fazer isso?

As meninas, sorrindo agora, concordam com a cabeça de novo e se movem em direção ao portão da frente. Cibi e Magda esgueiram-se pelas paredes do bloco mais próximo dos portões.

As garotas começam a tagarelar alto, discutindo enquanto se dirigem para o portão. Uma vez que conseguem a atenção da *kapo*, intensificam a briga, empurrando-se e se atropelando, agora passando pelo portão em direção ao lado oposto do campo. A *kapo* começa a segui-las, dizendo-lhes para parar de falar, para andar em filas ordenadas, para voltar ao seu bloco.

Cibi agarra a mão de Magda e as irmãs passam pelo portão, caminhando rapidamente em direção ao campo das mulheres. Cibi leva-a ao Bloco 21, que está vazio. Ainda falta uma hora para que todas retornem. Agora elas se sentam no beliche de Cibi e Livi, os braços em volta uma da outra, em silêncio.

Finalmente, Cibi respira fundo. Há uma pergunta que não pode esperar o retorno de Livi.

— E mamãe? Vovô? — É tudo que ela precisa saber.

Magda olha para seu colo, seus ombros começam a se erguer.

— Não sei onde eles estão — soluça ela.

— Tudo bem, Magda. Tudo bem. Eles estavam no seu trem?

— Acho que não. Quer dizer, eu não os vi. Nós nos separamos já faz um tempo.

— É uma boa notícia. Talvez nem venham para cá.

Cibi é gentil com a irmã, quer poupá-la de questionamentos dolorosos, mas, ao mesmo tempo, precisa saber o que aconteceu com sua mãe.

— Ficamos em casa até julho — Magda diz a ela.

— Sério? — Cibi fica feliz em ouvir isso. — Apenas alguns meses atrás?

— Sim. Mas, Cibi, há muito para lhe dizer... muito. E eu também quero saber muito. Quando você e Livi vieram para cá?

Magda olha em volta do bloco, os beliches, o concreto cinza, e estremece.

— Podemos conversar sobre isso mais tarde, com Livi. Você pode me contar um pouco sobre a mamãe e o vovô, e o que aconteceu?

Magda meneia a cabeça. Ela quer falar sobre eles, mas, ao mesmo tempo, não quer tornar a ausência deles real.

— Eles começaram a limpar Vranov de todos os judeus em julho, e foi quando nos pegaram. Ficamos juntos por um tempo, e então a Hlinka me levou embora.

Magda de repente se perde em suas lembranças e fica em silêncio.

— Levou você para onde? — Cibi cutuca.

— Levaram-me para Banská Bystrica, para uma escola, mas então a Resistência chegou e nos libertou. — Os olhos de Magda brilham por um momento quando se lembra da noite em que passou escondida atrás da lixeira. — Na verdade, eu estava livre, Cibi, dá para acreditar? Mas então os alemães me pegaram e me levaram para uma prisão.

— Uma prisão?

— Prisão de Ilava. Lembra-se do sr. Klein? Ele estava lá.

Cibi parece confusa.

— Nosso professor de matemática? Também estava na prisão?

— Estava. Lembrou-se de você. Conversamos muito, mas então... — Magda hesita, lembrando-se dos vagões de gado.

— O quê?

— Então, fui trazida para cá, Cibi.

Bem nesse momento as meninas começam a entrar pelas portas. É o fim do dia, o que significa que Livi estará de volta a qualquer minuto.

— Escute, Magda, não quero que você se assuste com o que vir e ouvir neste campo. Você está segura agora, está com suas irmãs. Vou sair para preparar a Livi. Me espera aqui?

As garotas continuam chegando, várias delas olhando na direção de Magda antes de desabar em seus beliches.

Do lado de fora, Cibi perambula. Onde está Livi? Por que tem que se atrasar justamente hoje? Por fim, Cibi a vê e corre ao encontro de Livi, que a escuta, incrédula, quando descobre que Magda está ali, no bloco, esperando para reencontrá-la. Mas, antes que ela corra para dentro, os olhos de Livi fazem outra pergunta, e Cibi balança a cabeça. Não, mamãe e vovô não estão aqui.

Magda encontra Livi no meio da vasta sala, e mais uma vez as garotas se reúnem para comemorar esse feliz reencontro.

Naquela noite, pela primeira vez em quase três anos, as irmãs Meller estão juntas.

* * *

No dia seguinte, Cibi leva Magda ao correio e a coloca para trabalhar. Felizmente, Volkenrath partiu para Auschwitz no dia anterior, e sua nova supervisora não tem ideia de quem deveria estar trabalhando lá e quem não deveria.

Cibi sabe que nenhuma das outras garotas vai denunciá-las depois de ouvir sua história.

— Qual é o número dela? — Rosie pergunta a Cibi.

Cibi pega o braço esquerdo de Magda, puxando sua manga, e fica chocada ao ver a carne limpa. Sem um número, a irmã dela não existe.

— Você não tem um número? — Rosie suspira.

Olhando ainda para o braço de Magda, Cibi responde:

— Ela acabou de chegar, Rosie, é claro que não tem um número. O que faremos?

Cibi está em pânico, e Magda quer consolá-la, dizer-lhe que não importa, que vão resolver de alguma forma, mas Cibi conhece aquele lugar, e está claro que esse número ausente é muito ruim.

— Vi o tatuador trabalhando lá fora uns minutos atrás — diz Rosie. — Talvez ainda esteja ali. Ele pode fazer isso.

— Qual número? — explode Magda. — Do que vocês estão falando?

Cibi puxa a manga para cima, revelando a tatuagem em seu braço esquerdo. Rosie faz o mesmo.

— Fique aqui — pede Cibi, dirigindo-se para a porta.

— Aonde ela está indo? — Magda pergunta.

— Encontrar Lale — Rosie responde. — Ele lhe dará um número, e você estará tão segura quanto o resto de nós. — Rosie sorri, e Magda começa a entender o sarcasmo sombrio das garotas de Birkenau.

Do lado de fora, Cibi encontra Lale sentado em sua mesinha, pacientemente tatuando números nos braços dos homens. Dois guardas da SS estão por perto, de costas para a fila, e Cibi aproveita a chance e se aproxima da mesa.

— Lale.

— Olá — ele diz, erguendo os olhos do braço que está prestes a tatuar.

— Preciso da sua ajuda — pede Cibi com urgência.

— Prossiga! — Lale traça os números escritos no braço do homem com suas ferramentas. O homem fica tenso, mas não reage de outra forma.

— Minha irmã está aqui. Eu a trouxe escondida para o meu bloco, mas ela não tem um número.

Lale faz uma pausa e olha para Cibi.

— Onde ela está?

— No correio. Trabalhamos no correio.

— Então, volte ao trabalho e, quando terminar aqui, vou encontrar você — propõe Lale antes de se curvar mais uma vez para realizar sua tarefa.

Uma hora depois, cumprindo a palavra, Lale estica a cabeça pela porta do correio e acena para as irmãs saírem.

Sua bolsa de ferramentas espera por elas nas sombras de um prédio adjacente.

— Sou Lale — diz ele a Magda. — E ouvi dizer que você precisa de um número.

Magda está com medo. Ela viu o braço de Cibi, os braços de todas as garotas do correio, e agora sabe que vai doer ter essa marca indelével cravada na carne.

— Não posso dar a ela um número de quatro dígitos, Cibi. Terá que ser um mais recente. Ele empurra a manga de Magda e tatua A-25592 em sua pele. Magda não vacila.

Cibi exala um longo suspiro de alívio quando o número aparece no braço da irmã. Mais tarde, ela implorará a Rita para adicioná-la à contagem matinal e, enfim, Magda existirá oficialmente em Birkenau.

— Voltem ao trabalho, meninas — diz ele às irmãs, guardando suas ferramentas. — Amanhã será um bom dia.

* * *

Nos dias seguintes, conforme Magda começa a entender a verdadeira natureza da vida de suas irmãs no campo e o que elas testemunham, rumores de que militares russos avançam sobre os alemães trazem fiapos de esperança.

Em uma manhã fria do final de outubro, Livi está entregando uma mensagem no bloco da administração quando o primeiro trem do dia chega a Birkenau. Livi faz uma pausa para observar homens, mulheres e crianças na plataforma. Eles estão apavorados, provavelmente nem sabem onde se encontram.

As crianças correm para dentro e para fora da multidão, precisando queimar o excesso de energia depois de dias apertadas dentro de um vagão de gado. Uma menina está perseguindo um menino mais velho; ele esbarra em um idoso e a menina para a fim de se desculpar. O homem se inclina para dar um tapinha no ombro dela e se endireita para olhar ao redor.

Algo estranho está acontecendo dentro do peito de Livi: é como se seu coração quisesse pular para fora. Ela estreita os olhos, esfrega-os com força, mas não está enganada, reconheceria aquele homem em qualquer lugar. Ela sente calor e, em seguida, muito frio quando vê a mulher ao lado dele.

Mãe!

Mudando de um pé para o outro para ver melhor, Livi não sabe o que fazer. Ela não pode ir embora, não consegue parar de olhar para a mãe, mas tem que se mexer, tem que encontrar suas irmãs.

Cibi e Magda estão separando a correspondência quando Livi irrompe pela porta do correio. Pela expressão no rosto de Livi, por seus olhos brilhantes e bochechas vermelhas de sangue, Cibi sabe que algo aconteceu. Ela precisa levar Livi para fora antes que a irmã coloque todas em apuros.

— Fique aqui — pede Cibi a Magda, e puxa Livi pela porta. — Diga.

— É a mamãe, Cibi! Ela está aqui com o vovô. — Livi faz uma pausa para recuperar o fôlego, apontando para os portões da frente do campo. — O trem, eles acabaram de chegar no trem.

Livi coloca as mãos nos ombros de Cibi e a sacode. Os olhos da irmã estão vidrados; Cibi também está lutando para respirar, mas elas não têm tempo para isso. Livi sacode Cibi novamente.

— Temos que ajudá-los!

— Mas Magda... Precisamos de Magda também — ofega Cibi.

— Duas de nós correndo já vai ser bem ruim, Cibi. — Livi está puxando a manga de Cibi. — Magda é nova aqui. Se for pega, ela morre.

As garotas cruzam a curta distância entre os correios e o trem. Paradas lado a lado, observam as centenas de recém-chegados arrastando os pés ao longo da plataforma enquanto os prisioneiros em seus familiares uniformes listrados entram e saem dos vagões de gado pegando seus pertences.

— Não consigo vê-los — diz Cibi, os olhos procurando desesperadamente nos rostos.

— Ali! — Livi aponta. — Acabei de vê-los ali.

Cibi congela quando seus olhos pousam nos oficiais da SS que farão a seleção.

— Kramer, Livi. Preciso falar com ele — diz ela.

— Não, Cibi! Você não pode. Por favor!

Livi agarra o braço de Cibi, mas ela não está ouvindo. Cibi se solta e caminha em direção aos oficiais. Quando se aproxima deles, os homens se viram e olham para ela. Cibi sente-se muito pequena, um animal fraco no meio de caçadores poderosos, mas reúne coragem.

— Comandante Kramer. Acabei de ver minha mãe e meu avô na plataforma. Imploro que o senhor os poupe. — Cibi não chora. Está com muito medo de chorar, mas suas mãos estão tremendo. Ela crava as unhas profundamente na palma das mãos, e a dor traz coragem. — Eles são tudo o que me resta neste mundo.

Kramer a olha de cima a baixo e faz que não com a cabeça rispidamente.

— Eu decido o destino deles, não você, garotinha. Sua mãe e seu avô estarão com seu Deus em breve.

— Estou implorando...

Cibi não vê a mão que a atinge. Aconteceu tão rápido, derrubando-a no chão. Caída, ela encara o rosto sarcástico e odioso do oficial alemão. Ela sente a urina escapar de seu corpo. De repente, há uma comoção na plataforma e, por um momento, Kramer se afasta, distraído. Cibi sente que está sendo arrastada para ficar de pé enquanto alguém tira o lenço de sua cabeça. Ela está cercada por outras meninas, que igualmente tiraram seus lenços de cabeça. Kramer se vira novamente, procurando Cibi, mas as garotas, idênticas em sua magreza, olham de volta. Incapaz de identificar Cibi entre elas, ele se afasta.

— Vamos lá, corra! — Livi diz com urgência enquanto agarra a mão de Cibi e a puxa em direção à cerca que as separa dos recém-chegados.

O trauma de ter sido agredida por Kramer desaparece quando ela e Livi mais uma vez voltam seu foco para as centenas de homens, mulheres e crianças caminhando lentamente em direção ao prédio, onde ela sabe que serão orientados a se despir antes de serem levados para a morte.

— Lá! Lá estão eles! — grita Cibi de repente. Suas mãos agarram a cerca, sacudindo-a como se fossem derrubá-la. Livi está congelada, sua boca aberta e sem som. Cibi tenta gritar, mas sua voz também a abandonou de repente. Outra garota se junta a elas. Ela não precisa ser informada de que as irmãs estão procurando pela mãe. Isso está óbvio.

— Sra. Mellerova! — grita a garota. Uma vez, duas vezes, três vezes. Chaya ouve o nome dela e se vira.

— Mãe! — Cibi grita, batendo os punhos no arame. — Mãe! Mãe!

A fila sinuosa de prisioneiros se aproxima, há apenas alguns metros entre elas agora.

— Sou eu, mãe! Cibi!

Chaya está olhando ao redor, seus olhos não conseguem encontrar a filha. A cabeça de Yitzchak está inclinada, pegando as palavras da neta no ar. E então, Chaya a vê e tropeça. Yitzchak a segura.

— Cibi? Minha Cibi? — chora a mãe.

Mãe e avô agarram-se um ao outro, diminuídos.

— Sim, mãe, sou eu!

Cibi está lutando para falar. Ela mal consegue olhar para eles; sua mãe, orgulhosa e impostada, está magra, curvada, e agarrada a um velho.

— E Livi? — grita a mãe. — Meu bebê?

Cibi esqueceu que Livi está muda ao seu lado. Ela percebe que a mãe e o avô não a reconheceram. Ela coloca o braço em volta dos ombros de Livi, puxando-a para perto.

— Ela está aqui, mãe. Aqui está Livi.

— Mãe — resmunga Livi. — Preciso de você.

— Meu bebê! — Chaya geme, quando Yitzchak a segura mais uma vez, suas pernas ameaçando ceder. Mas eles não podem parar, a fila está andando.

Cibi e Livi caminham ao lado deles, seus olhos fixos na mãe.

Chaya está tentando dizer algo, mas suas palavras são abafadas, ininteligíveis.

— Magda! — grita Yitzchak. — Magda está com vocês?

— Sim! Ela está aqui. Ela está bem — grita Cibi de volta.

Cibi observa Yitzchak levar a mão de Chaya à boca e beijar seus dedos. Ele está dizendo algo para Chaya: seus lábios estão se movendo, mas as irmãs não conseguem ouvi-lo. O velho homem está sorridente. Sorrindo e fazendo que sim com a cabeça.

— Vocês estão todas juntas, minhas meninas — diz ele. A fila de prisioneiros está se afastando agora, a mãe delas desaparecendo na multidão sem nome.

— Mãe, vovô — grita Cibi. — Me perdoem. Me perdoem. Me perdoem.

— Cuide de suas irmãs, minha querida. — São as palavras finais de sua mãe.

— Mãe... — choraminga Livi.

Pela primeira vez desde que deixou sua casa há quase três anos, Cibi desmorona. Ela se senta no chão, soluçando. Em poucos minutos tudo estará acabado: sua mãe será um cadáver, ela nunca mais verá o avô. Ela se pendura na cerca, sacudindo, sacudindo, desejando que eles deem meia-volta.

Livi ajoelha-se ao lado dela, tirando os dedos da irmã da cerca.

— Eles se foram, Livi — ela diz, esfregando o rosto.

— Eu sei, eu sei — sussurra Livi, ajoelhando-se e abraçando a irmã. As meninas estão chorando muito agora, para além do conforto dos braços uma da outra.

— Meninas, vocês não podem ficar aqui, não é seguro. — Um prisioneiro paira sobre elas, olhando em volta ansiosamente. — Vamos. Vocês precisam se levantar e voltar para o seu bloco ou para onde deveriam estar.

Com os braços em volta uma da outra, as irmãs voltam para os correios em silêncio.

— Você precisa voltar ao trabalho, Livi — diz Cibi, na porta. — Não dê motivo para virem procurá-la. Vou contar a Magda sobre... — As palavras ficam presas em sua garganta, mas Livi entende. Ela beija a irmã com força nas duas bochechas e se vira para sair.

* * *

Magda não tem conhecimento dos horrores das câmaras de extermínio, ainda não testemunhou as pilhas de corpos sendo transportadas pelas ruas em direção aos crematórios. Tudo que ela sabe é que sua mãe e seu avô estão mortos e que nunca mais os verá. Ela enterra o rosto nas mãos e se senta para chorar.

* * *

Antes que o dia acabe, uma amiga que trabalha no *Kanada* ao lado dos crematórios entra no correio e pede a Cibi que saia.

— Acho que isso te pertence — ela diz, entregando uma bolsa marrom comum. Cibi a pega, reconhecendo-a imediatamente como sendo de sua mãe. Ela a cheira, segura-a contra o peito e fecha os olhos. — Como você sabia? — perguntou.

— Tem uma foto da sua irmã aí dentro. E... e uma aliança de casamento.

Cibi puxa o fecho e abre a bolsa. A foto mostra Livi com treze anos, sorrindo feliz. E, então, encontra a aliança. Deslizando-a no dedo, ela se pergunta por que a mãe a tirou. Nunca saberá. Ela coloca os itens de volta na bolsa e prende o fecho.

* * *

Cibi volta à cerca no dia seguinte, observando os recém-chegados suportarem a seleção. Ela se sente vazia por dentro, esgotada. Enquanto os oficiais tentam encurralar os prisioneiros em filas, Cibi sente o desejo repentino de esmurrar a cerca e gritar para que eles corram, porque estão se dirigindo para a câmara de gás, para a morte. *Voltem-se contra seus captores!*, ela quer gritar. Façam alguma coisa!

Mas não é suficientemente corajosa, e ela mesma precisa continuar viva, por suas irmãs.

No entanto, os prisioneiros não estão sendo mortos hoje; em vez disso, estão sendo conduzidos ao campo húngaro. Por quê?

Cibi, porém, já tinha visto o bastante. Ela não entende o que está acontecendo, por que não foi feita uma seleção, e é uma perda de tempo tentar descobrir. Afastando-se, ela ouve a voz de um homem vindo da multidão, chamando seu nome. Por um momento, ela se sente desorientada, como se o avô tivesse sobrevivido e agora estivesse entre esse novo grupo de recém-chegados.

Ela espreita o mar de figuras até que seus olhos pousam em um grupo de rostos muito familiares. Não, não pode ser, mas é.

Tio Ivan, tia Helena e seus filhos.

O coração de Cibi está acelerado; suas emoções, agitadas. Ela fica muito feliz em vê-los, mas com o coração partido por estarem ali. Ela precisará assistir quando também forem levados para a câmara de gás um dia?

Sua tia e seu tio seguem adiante, mas, por enquanto, estão seguros.

Cibi retorna à plataforma no dia seguinte e no seguinte, notando que todos os recém-chegados agora estão sendo alojados no campo húngaro, que ninguém está sendo exterminado. *As câmaras de gás estão quebradas?*, ela se pergunta. Mas o que arrasa Cibi e suas irmãs é a ideia de que sua mãe foi assassinada na véspera do silêncio dessas máquinas mortais.

Agora, todas as noites, Cibi fica acordada, meditando sobre essa ideia cruel. Nada que Magda ou Livi digam lhe traz conforto.

No domingo, as três irmãs dirigem-se ao campo húngaro, onde esperam ver o tio. Quando ele aparece, as meninas gritam e acenam até que Ivan as veja. Cibi está feliz por ele estar sozinho – já vai ser bem difícil, mesmo sem a presença dos filhos e da tia.

— Minhas garotas — diz ele entre lágrimas. — Esperava nunca mais vê-las.

— Esperávamos o mesmo, tio — responde Magda. Ela descobre que não consegue olhar para ele, não consegue começar a contar as novidades que ele está aguardando ouvir. Ela olha para Cibi. Seus olhos dizem: *conte você*, e Cibi entende.

— A mamãe e o vovô, tio... — começa Cibi. Livi já está chorando, seu rosto enterrado no ombro de Magda. Ivan parece visivelmente murchar ante os olhos das sobrinhas. Ele se inclina contra a cerca, os dedos segurando o arame.

— Fale — diz Ivan, com a voz rouca.

Mas Cibi não sabe como dizer. Ela deveria contar a ele sobre o sorriso do avô? A súplica de despedida da mãe? A expressão no belo rosto de Chaya, estoica e preparada para enfrentar seu terrível destino? No final, ela precisa de apenas três palavras.

— Eles se foram.

Os dedos deles atravessam os arames, se entrelaçam, e a família chora.

22

**Auschwitz-Birkenau
Inverno de 1944**

É inverno quando os boatos começam a circular. As meninas do bloco administrativo têm conhecimento das conversas dos oficiais e compartilham tudo o que ouvem. Elas estão convictas de que os alemães estão perdendo a guerra, de que os russos estão à sua porta. E por que não deveriam acreditar nesses boatos, quando o som de bombardeios, noite após noite, mantém as meninas acordadas? As batalhas aéreas são travadas lá em cima. A SS está agora destruindo os registros de todos os judeus, de todos os outros detentos, ciganos e prisioneiros de guerra russos que eles mataram.

É por isso que os assassinatos pararam.

Em um frenesi de atividade, os prisioneiros, homens e mulheres, encontram-se alocados para novas turmas de trabalho. Livi e Cibi são informadas de que foram transferidas de volta para Auschwitz a fim de trabalhar e viver lá, mas Magda deve permanecer em Birkenau. Rita, apesar de seus apelos, não pode ajudá-las – ninguém pode. Mais uma vez, as irmãs serão separadas.

— Não vai demorar muito — Cibi tranquiliza Magda. — Encontraremos uma maneira de entrar em contato com você.

Mas Magda fica desanimada. Ela não entende esse lugar e, sem Cibi e Livi para guiá-la, teme fazer uma besteira e acabar morta. Na manhã em que as irmãs partem para Auschwitz, ela se recusa a acenar para elas; em vez disso, permanece no bloco. Está zangada com elas; não pode deixar de se sentir abandonada, e logo cai no desespero tão familiar por sua mãe: se tivessem tido permissão de ficar juntas, Magda poderia ter entrado na câmara de gás ao lado dela. Talvez assim fosse melhor, ela já não sabe mais.

No dia de sua partida de Birkenau, Cibi e Livi vestem todas as peças de roupa que possuem e, após a contagem, centenas de garotas começam a marcha de volta para Auschwitz, de volta ao local onde o pesadelo começou.

Agora, assim como as outras meninas do bloco, Magda não tem um trabalho a cumprir. Os dias se sucedem, e ela passa cada vez mais tempo enrodilhada no beliche que dividiu com as irmãs. Não há conforto em ter todo esse espaço.

* * *

Apenas alguns oficiais estão na neve, mandando as meninas passarem pelos portões, dizendo-lhes para se moverem mais rápido, chamando-as de judias preguiçosas, lentas para o trabalho e imundas. Mas não são os soldados que amedrontam Livi: ela viu Isaac. Ele está agasalhado para se proteger do frio, contando uma piada para os oficiais quando a vê. Ele levanta a mão em saudação, Livi abaixa a cabeça. Ela tem medo de se molhar.

— Estou vendo você, mocinha — é tudo o que ele diz, enquanto ela se junta à longa fila de garotas se afastando de Birkenau.

Ela não fala uma única palavra durante toda a viagem, e Cibi também não. Cada menina está absorta em pensamentos, mas são pensamentos muito semelhantes. Elas morrerão antes de chegar a Auschwitz? Apesar das camadas de roupa, estão congelando. Por que Magda não pôde se juntar a elas? Ela ficará segura em Birkenau? E, finalmente, se vão morrer, por que não podem fazer isso juntas? Livi fica abalada com o encontro com Isaac, mas se consola com o fato de que não precisa mais se preocupar em vê-lo pelo campo.

Agora elas passam pelos portões que Cibi esperava nunca mais ver. Livi quase parou de acreditar que Auschwitz existia, mas ali estão elas, isoladas de Magda, apenas três quilômetros à frente, mas a um universo de distância.

Livi e Cibi são colocadas para trabalhar juntas na agência dos correios de Auschwitz, separando cartas e pacotes quando chegam, da mesma forma que Cibi fazia em Birkenau. Os itens são enviados por famílias de toda a Europa e de outros lugares. Nenhum esforço é feito para localizar os destinatários, nenhum diário consultado para saber onde eles podem estar, se estão vivos ou mortos. Cibi continua a abrir os pacotes e separar o conteúdo em comestível e não comestível, e a queimar as cartas. As meninas trabalham ao som de aviões voando no alto, bombas caindo. Todo mundo quer ficar embaixo de um teto naqueles dias, com medo de um ataque, mas Cibi, não. Ela quer estar do lado de fora para ver seus salvadores antes que cheguem, e recebê-los.

Certa manhã, em seu intervalo e perdida em pensamentos, Cibi se encontra sob a placa ARBEIT MACHT FREI. Ela olha para cima e deseja que uma bomba caia sobre aquilo agora, embora se encontre diretamente abaixo da sinalização maligna. Ela realmente não registra o carro preto que acaba de passar pelos portões até que o veículo estaciona ao lado dela.

A janela desce para revelar uma oficial bonita com cabelo loiro avermelhado.

— O que a senhorita está fazendo aqui? — Volkenrath pergunta. Ela parece genuinamente satisfeita em ver Cibi.

— Eles nos trouxeram de volta para cá — diz Cibi, e depois acrescenta, desesperadamente: — Fomos separadas de Magda.

— E quem é Magda?

— Minha irmã. Somos três, mas ela só chegou há algumas semanas. Ela ainda está em Birkenau. Pode me ajudar?

Os apelos de Cibi parecem cair em ouvidos moucos, porque Volkenrath não responde. Em vez disso, ela fecha a janela e o carro parte.

Nem Livi nem Cibi dormem naquela noite, preocupadas que Cibi tenha colocado Magda em perigo. Os oficiais, por mais amigáveis que pareçam, não estão à disposição das prisioneiras. Eles são indiferentes ou deliberadamente cruéis.

Cibi não consegue se sentar para trabalhar na manhã seguinte e, mais uma vez, se vê de novo no portão principal. Ela observa carros e caminhões entrando e saindo do campo. Ninguém presta atenção nela. E por que o fariam? Uma desgraçada um tanto faminta que nem consegue cumprir a promessa que fez ao pai. Magda estava aqui, e ela a perdeu. Cibi se pergunta o que teria acontecido se elas simplesmente se recusassem a deixar Birkenau. A jovem estremece.

Mais uma vez, Cibi não percebe o mesmo grande carro preto chegar e parar ao lado dela. Volkenrath está abrindo a janela e Cibi engole em seco, convencida de que está prestes a ser castigada pela demora.

— Ei, Cibi — diz Volkenrath, seus lábios pintados se abrindo em um sorriso. — Tenho algo para você. Aqui está sua joia. — Ela fecha a janela e Cibi se pergunta que tipo de truque cruel está prestes a ser pregado nela.

A porta do passageiro se abre e uma figura sai e fecha a porta atrás delas. O carro acelera, deixando Magda em seu rastro. Ela está parada na neve, vestindo todas as suas roupas.

— Aquela oficial é uma boa amiga para você, Cibi — é tudo o que Magda diz antes de começar a chorar.

— Eles se agarram a qualquer fragmento de humanidade que tenha restado — Cibi fala amargamente, enquanto puxa Magda para os seus braços.

— Não sou grata a eles por nada. Mas estamos juntas de novo, como deveríamos, e isso é tudo o que importa.

Enquanto as meninas voltam para o bloco de Cibi, notam as escadas apoiadas nas árvores nuas que revestem as ruas de Auschwitz. Homens estão prendendo luzes coloridas nos galhos nus.

— Acho que é quase Natal — diz Magda.

— Natal em um campo de extermínio — suspira Cibi. — Nada mais faz sentido. — Ela olha apropriadamente para a irmã pela primeira vez em dias. — O que aconteceu?

À medida que as irmãs caminham, Magda conta a Cibi toda a história. Ela estava trabalhando no correio quando Volkenrath entrou e chamou seu nome. Antes de tirá-la de Birkenau para sempre, a oficial instruiu Magda a retornar ao seu bloco e pegar sua trouxa de roupas.

— Então, entramos no carro dela, e ela não disse mais nada. Fiquei com muito medo de perguntar aonde estávamos indo.

— Talvez ela esteja grávida, afinal — diz Cibi, sorrindo. — Finalmente encontrei um pouco de compaixão em seu coração seco. — Cibi parece melancólica por um momento, e então pega a mão de Magda. — Vamos. Vamos encontrar Livi. Não sei quantas vezes a pobrezinha aguenta ficar separada de você. — Mas Cibi puxa a manga de Magda antes de entrarem no correio. — Você viu o tio Ivan antes de partir? — ela pergunta.

Magda faz que não com a cabeça.

Livi levanta os olhos do pacote que está desembrulhando quando as irmãs passam pela porta. Seu rosto se abre em um grande sorriso.

— Eu sabia que você viria — é tudo o que ela consegue dizer enquanto enterra o rosto no ombro de Magda.

— Uhum — diz Magda. — Mesmo assim, sentirei falta de nosso beliche antigo só para mim.

Naquela noite, as irmãs se juntam às demais prisioneiras, e a oficiais e guardas, para caminhar pelas ruas de Auschwitz e se maravilhar com as luzes que cobrem todas as árvores. É uma noite clara, e os prédios e árvores estão cobertos por uma espessa camada de neve. Os flocos dançam no brilho das luzes da torre do perímetro, lançando um caleidoscópio de cores ao redor do campo. Por um curto período, as irmãs se esquecem de si mesmas enquanto perambulam por essa paisagem colorida, bonita a ponto de quase incutir uma pequena gota de esperança em seus corações.

As prisioneiras recebem folga no dia de Natal e mais comida. As festanças da SS podem ser ouvidas por todo o campo, mas as garotas as ignoram. Em vez disso, elas se reúnem para falar sobre as celebrações anteriores do Hanukkah, revivendo suas lembranças favoritas, quando Cibi revela que o dia de Natal de 1942 era seu favorito. Livi encara a irmã sem acreditar. Naquele ano, Cibi havia ficado fraca pelo tifo e, por um tempo, perguntou-se se iria sobreviver. Mas foi o "banquete" de sopa com macarrão e carne que restaurou suas energias, apenas o suficiente para começar a trabalhar no dia seguinte.

Ao ouvir essa história pela primeira vez, Magda chora.

— Lembra-se de nossa promessa? — ela diz, finalmente.

— Jamais esquecerei — responde Cibi.

— Eu também não. Mesmo que não me lembre de ter prometido isso — Livi entra na conversa.

— Você disse "eu prometo" com sua vozinha quando papai lhe pediu para honrar nosso pacto — diz Magda, com uma risadinha.

— Não, Magda. Ela disse "eu plometo"!

— Vamos fazer uma oração pelo papai, pela mamãe e pelo vovô? — Magda fica solene, de repente.

— Parei de orar faz bastante tempo. Em vez disso, podemos apenas falar sobre eles? — pergunta Cibi.

Magda decide não investigar, esta noite é sobre a mamãe.

— Sinto falta da comida da mamãe, principalmente do pão que fazia — diz Livi, suspirando.

— Tenho saudades de ir à padaria com ela todas as segundas-feiras de manhã levando a massa dos pães. E sinto falta de voltar para buscá-los mais tarde — lembra Magda. — Eu realmente amava aqueles passeios com ela. Apenas nós duas.

As meninas passam o resto do dia em um devaneio de nostalgia. Falam sobre a vida na Eslováquia, sobre os pais e as provações e brigas que compartilharam, mas apenas Cibi tem alguma lembrança sólida do pai. De alguma forma, a presença de Magda ajudou Cibi a olhar para trás, a ter menos medo de não ser capaz de seguir em frente quando se permitir se lembrar de tempos mais felizes.

No dia seguinte, de volta ao trabalho, as três irmãs vão aos correios para abrir o que agora chamam de "pacotes da morte", cujos destinatários faleceram.

— Ei! Olha o que tenho aqui! — O grito de Magda tira todas as garotas de seus pensamentos silenciosos.

As meninas olham para o grande bolo de frutas que Magda desembrulhou. O cheiro de frutas secas e bolo permeia o ar.

— Vamos comê-lo. Rápido! — diz uma voz.

— Será o nosso bolo de Natal — Livi concorda.

Cibi pega o bilhete que o acompanha e fica boquiaberta.

— Parem! Parem! — ela grita. — Não toquem nisso!

As meninas voltam suas sobrancelhas perplexas para Cibi.

— Escutem — ela pede, segurando o bilhete. — "Se você comer o conteúdo deste pacote, morrerá", diz o texto. Coloque-o de volta na caixa — Cibi instrui Magda. — E não se deve comer mais a comida dos pacotes.

* * *

O clima no campo está tenso com a aproximação do novo ano. As meninas são obrigadas a permanecer dentro de seus alojamentos após as celebrações do Natal. O bombardeio que ouvem dia e noite fica cada vez mais próximo. Aviões sobrevoam os campos, e mísseis são lançados. Na ocasião, as meninas se amontoam com as mãos nos ouvidos enquanto o bombardeio fica mais alto do lado de fora. E, uma vez, até mesmo os oficiais se juntaram a elas, irrompendo no bloco e batendo a porta, agachando-se em um canto oposto com a mesma expressão de terror estampada no rosto das garotas.

No dia 3 de janeiro, as meninas se aventuram a sair pela primeira vez naquele ano. O sol está brilhando e as irmãs voltam o rosto para o céu, quando um estrondo de repente ressoa nas proximidades. Elas seguem os sons até um pátio, o mesmo pátio onde Cibi e Livi ficaram enfileiradas quando chegaram a Auschwitz. Uma figura observa a estrutura que está sendo erguida. É a oficial Volkenrath.

— Estamos preparando nosso ato de resistência — diz ela alegremente às irmãs.

— O que é? — pergunta Cibi.

— Você não reconhece? São patíbulos.

Cibi dá um passo para trás, e então Magda e Livi fazem o mesmo. O barulho fica mais alto à medida que tábuas de madeira são adicionadas à construção.

— Você vai nos enforcar? — ela se engasga.

— Não são para vocês. São para as quatro garotas que contrabandearam explosivos para derrubar o Crematório Dois. Amanhã pagarão por seus crimes. E vocês vão ter que assistir.

Cibi e suas irmãs olham para os patíbulos, mais especificamente para os quatro ganchos nos quais os nós serão amarrados.

Naquela noite, as meninas são avisadas de que não devem desviar o olhar quando as "criminosas" forem enforcadas. Elas devem assistir a cada segundo, ou também morrerão.

O sono não vem facilmente naquela noite e, da mesma forma, o desjejum é difícil de engolir na manhã seguinte.

Os blocos ficam juntos em longas filas em frente aos patíbulos, agora concluídos. Não precisam esperar muito até que as meninas, com o rosto cheio de cicatrizes e hematomas, subam os degraus de madeira.

Por vários minutos, um oficial da SS repreende as que estão assistindo. Ele repete a ameaça de que qualquer garota que desviar o olhar será a próxima a ser enforcada. Cibi observa a forte presença de oficiais da SS com olhos fixos não na forca, mas nas meninas.

Cibi fica entre Magda e Livi, segurando a mão delas. Disseram-lhes que as quatro meninas contrabandeavam os explosivos de pólvora sob as unhas e na bainha dos vestidos da fábrica de munições onde trabalhavam. Os explosivos haviam sido recebidos no campo masculino por indivíduos que planejavam fazer a detonação, com o objetivo de destruir uma das fábricas de extermínio dos nazistas. Cibi imagina o que aconteceu com os homens, mas apenas por um momento, porque agora elas precisam se concentrar nessas jovens cuja coragem e cujo ato de resistência lhes custaram a vida.

— Pensem na mamãe — sussurra Magda quando as quatro garotas são instruídas a subir nas cadeiras sob os laços flutuantes. — Vocês se lembram de quando levamos as folhas de tília para casa no lençol? Como ela ficou emocionada?

Cibi e Livi acenam com a cabeça devagar, os olhos apontados para as cordas que estão sendo amarradas ao redor do pescoço das garotas.

— Preencham a mente com o rosto dela. Seu lindo rosto. — A voz de Magda falha.

— Ela fazia chá para nós com flores frescas, não fazia? — questiona Cibi. As cadeiras são chutadas e Cibi arqueja, mas não desvia o olhar.

— Era amargo — acrescenta Livi. — As flores devem ser secas primeiro. Mas me lembro do bolo.

— Era um bolo de frutas... — começa Magda, quando as meninas passam a se contorcer.

Só depois que as condenadas param de se contorcer no ar frio e os oficiais superiores da SS vão embora é que as meninas são autorizadas a retornar aos seus blocos. Ninguém fala. Não há nada a dizer.

Os corpos das garotas mortas balançam na forca pelos quatro dias seguintes.

* * *

Cibi anota o ano novo: 1945. Ela imagina onde estarão em janeiro de 1946 – certamente não naquele lugar. Talvez estejam mortas. Mas, algumas semanas depois, as irmãs e todas as outras de seu bloco são informadas de que partirão.

— Para onde? — alguém pergunta, formulando em voz alta a pergunta que está na mente de todas.

— Só uma caminhada — Volkenrath diz a elas. Cibi não consegue ler nada em sua expressão.

— A que distância? — pergunta Cibi, confiante de que Volkenrath responderá.

— Se soubesse, contaria — vem a resposta.

— Estamos livres? Está nos deixando ir? — insiste Cibi.

Volkenrath sorri.

— Não é isso que está acontecendo. Vocês serão escoltadas para outro campo. — Ela bate palmas uma, duas vezes. — E deveriam nos agradecer, pois estamos tirando vocês de todo este bombardeio.

— Temos escolha? Prefiro ficar aqui, onde temos um teto sobre a cabeça, e me arriscar com as bombas — grita outra voz.

Volkenrath se apruma rapidamente.

— Vocês não têm escolha. Eu não tinha que vir aqui e dizer nada para vocês. — Com isso, ela sai furiosa.

Mais uma vez, as meninas vestem todas as peças de roupa que possuem e, em seguida, colocam seus cobertores em volta dos ombros. Uma vez reunidas do lado de fora, sob uma nova chuva de neve, elas são instruídas a começar a marchar.

Elas atravessam os portões pelos quais Cibi e Livi entraram pela primeira vez três anos antes. Agora, marcham juntas, as três. As irmãs viram a cabeça para ler as letras inscritas acima, ARBEIT MACHT FREI.

— Significa que estamos livres? — pergunta Livi.

— Ainda não... Ainda não — Cibi responde.

Magda olha para as irmãs. Elas estão tão magras, enfraquecidas pelos anos de luta. Como sobreviverão a este clima?

23

Marcha da morte
Janeiro de 1945

Cibi, Magda e Livi cambaleiam, tropeçam e se seguram uma e outra vez enquanto avançam com dificuldade pela neve profunda, de braços dados. Elas não conseguem mais sentir os dedos, o rosto. O bombardeio aproxima-se. Cercadas por milhares de meninas e mulheres, todas partindo de Auschwitz, as irmãs rumam para o desconhecido.

— Fiquem de pé — sibila Cibi. Os tiros ecoam no ar enquanto aquelas que não conseguem mais acompanhar, aquelas que tombaram como se a neve fosse uma cama, são despachadas com uma bala. — Se uma de nós cair, todas vamos. Lembrem-se disso — acrescenta ela. As irmãs não vão se separar e não vão cair, decide cada uma delas.

Livi vira-se para examinar a multidão de mulheres que se junta à marcha.

— Olha, Cibi, são as mulheres de Birkenau — diz Livi. Centenas de mulheres foram adicionadas às fileiras que saem de Auschwitz.

Cibi sente vontade de se deitar e morrer bem ali no chão, apesar do conselho dado às irmãs. Elas são meros pontos naquela vasta paisagem de mulheres marchando em direção a mais um destino desconhecido infernal. *Deus está nos observando?*, ela se pergunta. *Claro que não*. Cibi olha para os guardas que acompanham as mulheres, gritando "*Schnell!*" e atacando com as coronhas de seus rifles e seus punhos gélidos.

— Lembrem-se da promessa! — incita Magda, despertando Cibi de seu desespero. Sua irmã não teve que aguentar as surras, a fome, a degradação que ela e Livi sofreram. Magda ainda está esperançosa, então Cibi inala uma corrente de ar gelado e solta uma névoa de respiração.

— Nós ficaremos juntas não importa o que aconteça — responde ela.

— Somos mais fortes quando estamos juntas — acrescenta Livi. As bochechas da jovem estão encovadas, mas rosadas. Cibi fica feliz, ela parece *viva*.

Elas seguem em frente. Não há pausas. Não há comida nem água, mas quando os oficiais se afastam para bater em alguma pobre garota que não tem força para continuar, elas pegam punhados de neve para derreter na língua.

— Lembram como costumávamos fazer neve de chocolate? — pergunta Magda após um longo período de silêncio.

Para Cibi, a imagem da mãe mexendo uma panela fumegante no fogão, em meio à convivência familiar, parece a cena de uma história lida há muito tempo. Mas ela se arrasta para dentro da conversa, pelo bem das irmãs.

— Ficava quente demais e íamos lá para fora... — começa Cibi — ... e adicionávamos neve no chocolate!

Livi está olhando para o céu. Flocos de gelo pousam em seu rosto. A mão se fecha em torno da pequena faca, no fundo de seu bolso.

— Você costumava chamar isso de chocolate congelado — Magda diz.

— Se ao menos tivéssemos uma pequena quantidade de cacau e açúcar, poderíamos fazer um pouco agora.

— Mas o açúcar não se dissolve sem água fervente — observa Livi com sabedoria. — Precisamos de mais do que água quente, açúcar e chocolate. — Ela desvia o rosto do céu e encara as botas. — Precisamos da mamãe.

Cibi puxa Livi para perto. É por isso que precisa continuar. Ela não pode deixá-las desistir agora.

— Ela está conosco, Livi — diz Cibi. — E o vovô. Estão caminhando conosco agora. Só não conseguimos vê-los.

— Posso senti-los — Magda sussurra. — Mamãe está ao seu lado, Livi, e o vovô está ao lado de Cibi.

— Bem, não consigo senti-los. — A voz de Livi falha. — E não sou um bebê para ser alimentada com contos de fadas.

— Ajudaria se eu lhe contasse uma história? — pergunta Magda. — Não é um conto de fadas — acrescenta ela apressadamente.

Livi ainda está olhando para baixo.

— É uma história feliz? — pergunta ela, baixinho.

— Sim. É sobre a última vez que o vovô e eu fomos à floresta para pegar gravetos.

— Conte-nos a história, Magda, por favor — pede Cibi, desesperada. Qualquer coisa para manter a mente delas longe desta tortura sem fim pela neve.

— Era um dia glorioso de verão — começa Magda. — Tudo estava vivo na floresta, até mesmo as samambaias acenaram para nós quando entramos. Vovô estava puxando aquele carrinho engraçado dele, sabe? O calor... É difícil imaginar agora... Mas parecia um cobertor em volta dos meus ombros.

Magda faz uma pausa, perdida nas próprias lembranças.

— Continue — insiste Livi.

— Bem, estávamos bem longe, as abelhas e os insetos zumbiam enlouquecidos, quando me deparei com uma clareira ensolarada. — Magda vira-se para as irmãs, uma pergunta em seus olhos. — Vocês se lembram do grande carvalho, não é?

Cibi e Livi confirmam com um aceno de cabeça. As meninas ainda caminham, tomando cuidado com onde pisam, atentas às pedras sob a neve que podem derrubá-las a qualquer momento. Os dedos dos pés estão dormentes, cada parte delas parece morta, mas a história do sol de Magda está começando a lhes descongelar o coração, pelo menos.

— Notei um lampejo de cor, bem perto do tronco do carvalho, então corri até ele.

— O que era? — pergunta Livi, totalmente absorta. — E não se atreva a dizer um elfo ou uma fada.

— Não seja boba, Livi! Esta é uma história verídica. — Magda quer falar tudo agora. Quer que suas irmãs sintam o calor na pele, que fiquem deslumbradas com o brilho ofuscante do sol quando ela olhou para o dossel de folhas. Quer que sintam as orelhas se mexendo com o zumbido dos insetos. — Era a palma-de-santa-rita mais magnífica que já vi. Apenas uma. Aquelas lindas flores cor-de-rosa não pareciam reais. Vovô e eu ficamos olhando para elas por um bom tempo, e então ele me perguntou se eu sabia o significado da palavra "gladíolo".

— Você sabe? — pergunta Livi franzindo a testa, como se ela mesma tentasse se lembrar do significado.

— Sei. E vocês?

— Sei sim — responde Cibi.

— Eu não — diz Livi. — Magda, por favor, continue com a história. O que você disse?

Cibi fica maravilhada com a irmã mais nova. Elas certamente estão indo para a morte, mas Livi está perdida na história de Magda, envolvida no dia de verão, no aparecimento de uma flor mágica.

— O gladíolo simboliza força, Livi — Cibi diz a ela.

— E alguma de vocês sabe a que família de plantas pertence o gladíolo? — Magda pergunta. Ela está batendo os pés enquanto caminha, tentando fazer com que um pouco de sangue flua para os dedos.

— Não me diga! Não me diga, eu sei. Só me dê um minuto — pede Livi. Cibi e Magda dão a ela alguns segundos.

— Íris! Pertence à família das íris — Livi deixa escapar, com orgulho.

— Muito bem, Livi. E, agora, uma pergunta mais difícil. Você sabe o que a íris simboliza? — pergunta Cibi.

Livi pensa por um momento e balança a cabeça devagar.

— Acho que nunca soube — diz ela, baixinho.

— Esperança, irmãzinha — inicia Magda —, significa esperança. Ver aquela palma-de-santa-rita antes de sermos levados me deu força e esperança. E é por isso que estou contando a vocês essa história agora. Nós, meninas Meller, devemos permanecer fortes e levar esperança em nossos corações.

Depois de um longo silêncio, Livi disse:

— Agora consigo sentir mamãe e vovô conosco.

* * *

As meninas seguem marchando ao cair da noite. O som do bombardeio ainda trepida ao longe, mas os ruídos estão se afastando, sem dúvida. Alguém sussurra que os russos estão vencendo, repelindo os alemães, e que elas estão marchando para longe dos combatentes russos. As irmãs lutam para livrar os pés da neve a cada passo. A espessa camada já passou dos joelhos, mas elas continuam porque a única alternativa é uma bala.

Elas caminham pela noite, pela madrugada e dia adentro. A neve diminuiu e o sol brilha para as milhares de caminhantes. Cibi, Livi e Magda pulam os cadáveres emaciados de quem não deu mais um passo. Elas observam quando outras garotas param para tirar os sapatos dos mortos.

— Como conseguem fazer isso? — suspira Magda.

— Já vimos coisas piores — diz Cibi. — E, se precisássemos de roupas extras, eu faria o mesmo.

Enquanto o sol brilha e a estrada à frente parece longa e branca, Cibi começa a se perguntar qual das irmãs tombará primeiro. Ela espera que seja ela mesma. Está lutando para respirar agora; é preciso esforço para encher os pulmões e até mesmo expulsar o ar.

— Alto! — Os guardas da SS ficam animados de repente, gritando para as garotas pararem de andar. As irmãs congelam no lugar. As três têm o mesmo pensamento: vão morrer agora, ali na paisagem polonesa anônima. Seus corpos serão enterrados pela neve caindo, apenas para serem descobertos, perfeitamente conservados, na primavera.

Mas as armas deles estão no coldre. Em vez disso, os oficiais conduzem as centenas de mulheres para fora da estrada em direção a um grande celeiro no qual entram devagar. Dezenas delas caem de uma vez na palha que cobre o chão.

— Meus pés estão mortos — geme Livi, estendendo a mão para os sapatos.

— Não os tire — Cibi avisa. — Seus pés incharão e você nunca mais vai colocá-los. — Cibi junta punhados de palha e os coloca em volta dos pés da irmã. — Isso vai aquecê-los. — Ela faz o mesmo por Magda e depois por si mesma.

As irmãs se agacham sem tirar os casacos, e estendem os cobertores que estavam usando sobre os ombros. Apesar da fome e do frio intenso, dormem profundamente.

* * *

Os oficiais lhes dizem que é hora de ir, e as irmãs ficam de pé em um salto. Magda exorta aquelas ao redor a se levantarem, a não desistirem agora. Algumas mulheres não acordam, e seus sapatos, casacos e cardigãs são removidos com cuidado e gratidão por quem precisa deles. As que se recusam a partir, implorando aos oficiais um pouco mais de tempo no abrigo do celeiro, são executadas na hora.

Elas estão na estrada novamente. O sol está brilhando, mas seu calor é uma ilusão; em minutos, as meninas se veem geladas até os ossos. A neve está compactada e as mulheres escorregam pelo solo.

— Uma cidade! — Livi suspira. À frente, o contorno de edifícios escuros contra o céu azul. Elas avançam devagar, mas o fato de terem um destino leva as mulheres adiante.

— Meu Deus... — diz Cibi quando entram na cidade. Ela aponta para a estação de trem no topo da rua principal. — Isso não é bom.

O "trem" é uma linha de vagões de carvão ao ar livre.

— Pelo menos podemos parar de andar um pouco — encoraja Magda.

— *Schnell, Schnell!* — os oficiais ordenam, e as mulheres sobem nos compartimentos imundos. Pó de carvão preto gruda nas roupas úmidas, entram no nariz, nos olhos e na boca. As mulheres tossem e cospem quando se erguem, mais uma vez, apertadas, incapazes de se mover um centímetro.

Conforme o trem se afasta, começa a nevar.

Os vagões fazem barulho ao longo dos trilhos. Ninguém falou uma palavra sequer por horas. Ainda está muito frio, mas o fato de estarem tão próximas traz um pouco de proteção.

— Você consegue ouvir os combates? — pergunta Cibi. E então os vagões sacodem quando o chão explode, espalhando estilhaços sobre elas. Não dá para evitar, não há espaço para se abaixar. As mulheres desviam, tropeçam, escorregam no chão molhado.

Uma mulher e depois outra e outra desmaiam. *Já estão mortas*, pensa Cibi, e logo seus traços ficam rígidos, olhos vidrados, boca aberta. Cibi afasta-se desses cadáveres e ouve uma conversa entre algumas das mulheres. Deveriam jogar os corpos para fora? Teriam mais espaço se o fizessem. Mas ninguém se move.

Nas primeiras horas da manhã seguinte, os vagões de carvão chegam a outro campo. Cibi ouve o nome "Ravensbrück" pronunciado pelos guardas da SS.

Quando as irmãs passam pelos portões, Cibi nota uma menina muito jovem sentada no chão gelado, chorando. Cibi cutuca as irmãs e se ajoelha ao lado da garota, cujos dentes batem. Ela está doente. Não tem mais que dez ou onze anos.

— Você se perdeu de alguém? Sua mãe?

A garota faz que não com a cabeça, e Cibi pega sua mão.

— Gostaria de vir conosco? — Os olhos lacrimejantes da garota encontram os de Cibi. Ela acena com a cabeça.

Cibi a ajuda a se levantar.

— Estas são minhas irmãs, Magda e Livi. Poderia nos falar seu nome?

— Eva — vem um sussurro.

— Eva, você pode ficar conosco até encontrarmos alguém que você conheça — diz Cibi.

— Não conheço mais ninguém — responde Eva em sua voz baixa. — Estão todos mortos. Fiquei apenas eu.

Livi passa o braço em volta de Eva, abraçando-a enquanto caminham.

Não há ninguém para lhes dizer aonde ir ou o que fazer. Centenas de mulheres circulam pelo campo em busca de abrigo – é o máximo que elas podem esperar naquele momento. Seus guardas da SS as abandonaram.

Eva e as irmãs são finalmente aceitas em um bloco. Os beliches estão todos cheios, elas terão que se contentar com o chão, mas Cibi simplesmente agradece que não estejam mais do lado de fora. Há água morna fluindo das torneiras dos banheiros, e Cibi ensopa o lenço para limpar o pó de carvão de seu rosto e do das irmãs.

— Força e esperança — murmura Magda, enquanto Cibi limpa.

— Não preciso de força e esperança — diz Livi. — Preciso de comida.

As irmãs não comem há dois dias, e fica claro que não há comida suficiente nesse campo para alimentar suas internas e as recém-chegadas.

— Estão procurando voluntárias para ir para outro campo — Eva diz a elas. — Podemos conseguir comida lá.

As quatro meninas, descansadas e lavadas, dirigem-se ao bloco administrativo e, uma hora depois, estão a caminho de Retzow, um subcampo de Ravensbrück, na carroceria de um caminhão.

— Mantenham-se fortes, irmãs — murmura Cibi. Mas seus pensamentos estão dispersos. Por que está pedindo às meninas que permaneçam fortes quando ela mesma se sente tão fraca, totalmente sem energia e esperança? Elas morrerão neste caminhão, ou no próximo campo, ou em outra marcha da morte. O rosto do pai brilha diante de seus olhos. *Agora estou alucinando*, ela pensa.

"Vocês são mais fortes juntas." Ela ouve as palavras dele tão claramente como se o pai estivesse sentado ao lado dela. Os olhos de Cibi se abrem de uma vez. Ela estava sonhando, mas não importa. Ele estava certo, *está* certo. Ela não pode ceder ao medo. Suas irmãs perceberão e desistirão também.

Depois de passar pelos portões de Retzow, as mulheres fazem fila para o registro. Quando chega a vez de Cibi, ela avisa ao oficial que é de Nova York, nos Estados Unidos. Ela pisca para Livi e Magda.

— Foi só uma piada — ela conta às irmãs depois.

— Como isso é engraçado? — pergunta Magda.

A verdade é que Cibi não sabe por que fez isso, mas talvez seja porque não há guerra acontecendo *nos* Estados Unidos agora, e é exatamente onde ela gostaria de estar – tão longe da Europa quanto pode imaginar.

As irmãs acabam de saber que estão na Alemanha.

* * *

As irmãs e Eva entram em seu novo bloco com um rubor nas bochechas. Elas acabaram de comer e agora têm camas para dormir. Magda reivindica um beliche de cima e está ajudando Eva a subir quando sua nova *kapo* entra no quarto. Todas as conversas param imediatamente.

— Preciso de garotas para trabalhar no campo de aviação — diz ela, olhando ao redor do recinto. A mulher baixa e rotunda com cabelo preto espetado fala devagar em alemão, para que todas a entendam.

— É um local bombardeado. Nossos inimigos querem nos destruir, mas não vão vencer. Se vocês ajudarem a limpar os destroços da pista e a tapar as crateras, receberão comida extra.

Cibi troca um olhar com Magda – *se tem comida extra, é porque é muito perigoso*, afirmam seus olhos. Mas elas não precisam pensar duas vezes. E decidem levar Eva. Embora a menina seja muito pequena para esse trabalho, ainda está melhor na companhia delas.

No dia seguinte, as irmãs estão no campo de aviação, junto com dezenas de outras voluntárias, carregando estilhaços e bombas não detonadas em carrinhos de mão e levando-os embora. Um dia depois, elas encheram as crateras limpas com cascalho.

Lenta e metodicamente, as mulheres limpam pequenas áreas e apreciam o pão, o leite, as batatas e até o pudim que lhes são oferecidos nos intervalos. As irmãs comem devagar, devorando cada pedacinho, só voltando ao trabalho quando têm energia e entusiasmo.

Uma tarde, Cibi se assusta com o som de uma aeronave se aproximando. Sirenes de ataque aéreo gritam pelo campo de aviação, e as irmãs observam os guardas da SS fugirem para os abrigos.

— Corram! — grita uma voz.

— Para as cozinhas! — grita outra voz. E então Cibi, Livi, Magda e Eva, e todas as outras trabalhadoras, desabalam até o barraco de ferro corrugado que funciona como cozinha.

Lá fora, bombas estão explodindo ao se chocar contra o campo de aviação.

— Melhor ser morta pelos Aliados do que pelos porcos alemães — anuncia a cozinheira. — E, se tivermos de morrer aqui, pelo menos nosso estômago estará cheio. Vamos. Comam! — ela comanda.

As irmãs enfiam comida na boca e nos bolsos.

Quando tudo parece calmo, as mulheres voltam para a pista de pouso e descobrem que seu cuidadoso trabalho foi desfeito por novas explosões.

O trabalho do dia seguinte é árduo, mas, de alguma forma, elas entram no ritmo do serviço.

— É uma tarefa fácil para nós — brinca Cibi para Magda. — Tivemos que limpar um local de demolição inteiro quando chegamos a Auschwitz.

— Os tijolos tinham que ser colocados "na posição certa" — diz Livi, depositando delicadamente um pedaço de estilhaço no carrinho de mão. — Se os tijolos lascassem ou rachassem, você estaria rachada também.

O trabalho que agora executam é simples, mas ingrato: para cada cratera enchida, outra bomba a dizima. Até que, um dia, Cibi anuncia a Magda e Livi que não voltarão ao campo de aviação. Não adianta, é muito perigoso e ninguém parece estar monitorando-as em Retzow. Cibi espera a bronca de sua *kapo*, mas isso não acontece e as irmãs se confinam no campo, acompanhadas sempre pela pequena Eva.

A primavera chega e um estranho mal-estar se instala no campo. Os guardas estão distraídos. As presas são alimentadas e contadas, mas poucas fazem algum trabalho. Todos estão esperando que algo aconteça.

* * *

— Cibi Meller, apresente-se.

Uma guarda está parada na porta do bloco, lendo seu nome em uma folha de papel.

Está chovendo e as irmãs estão deitadas em seu beliche, ouvindo Eva contar a história de sua mãe – uma mulher gentil que amava a menina, mas que foi levada uma manhã, com uma dúzia de outras mulheres, para nunca mais voltar.

Cibi aperta a mão da garota e desce do beliche, Magda e Livi atrás dela.

— Sou Cibi Meller — anuncia ela.

— Venha comigo. É o seu dia de sorte.

— Por quê? — Cibi pergunta, seguindo a guarda até o campo.

— Você está sendo enviada para a Suécia. — Ela olha para Magda e Livi. — Não todas vocês. Apenas Cibi Meller — irrompe a mulher bruscamente.

— Vamos aonde nossa irmã for! — Magda insiste.

— Irmã? Mas seus nomes não estão na lista.

— Que lista?

— A Cruz Vermelha está levando todas as prisioneiras norte-americanas para a Suécia e depois de volta aos Estados Unidos — informa a guarda.

Magda e Livi trocam olhares e caem na gargalhada, mas Cibi não está rindo. A piada saiu pela culatra, e agora os alemães vão separá-las.

— Sinto muito — diz Cibi em voz baixa. — Foi uma piada estúpida. Sou da Eslováquia, não de Nova York.

— Você acha que eu me importo com suas piadas? Seu nome está na lista e você vem comigo.

Antes de segui-la, Cibi se volta para as irmãs.

— Voltem para o bloco. Vou resolver isso. Não se preocupem. Por favor, não se preocupem.

Magda e Livi ficam olhando para ela, a própria risada soando amarga em seus ouvidos.

E, de fato, Cibi acaba retornando e sobe no beliche onde suas irmãs a esperam.

— Tive de trabalhar muito para persuadir o escrivão — explica ela. — Ele teve pena de mim no final, eu acho.

Magda, porém, observa que Cibi não parece aliviada. Sua testa está franzida, como se estivesse tentando resolver um problema.

— O que mais? — ela pergunta.

Cibi segura a mão das irmãs.

— Ele me disse que estão esvaziando o campo — diz Cibi, lentamente. — Podemos ser levadas para outra marcha.

* * *

Poucos dias depois, as internas de Retzow são alinhadas e conduzidas para fora do campo. Mais uma vez, os SS monitoram as caminhantes, mas, desta vez, as que caem não são atingidas ou baleadas, são apenas ignoradas. A estrada em que estão andando foi bombardeada, e as meninas têm que pisar com cuidado para evitar torcer o tornozelo em uma cratera. Elas passam por veículos alemães bombardeados, membros de soldados mortos espalhados pelo solo. As florestas e campos da zona rural alemã estão exuberantes com plantas e flores enquanto o calor do sol do meio-dia pesa sobre a terra – assim como a neve havia feito meses antes. Elas caminham devagar, Cibi e Livi segurando cada uma das mãos de Eva.

— Vocês notaram que os guardas estão desaparecendo? — questiona Magda. — Acabei de ver um deles entrar naquele trecho de floresta e ele nem olhou para trás.

Cibi e Livi olham em volta. Cibi sai da fila e olha para trás, para as centenas de mulheres atrás delas. Ela solta um longo suspiro lento.

— Você tem razão. Para onde foram todos eles?

— Estão nos abandonando — diz uma prisioneira. E então outras ecoam a mesma fala.

Logo Cibi e suas irmãs estão cercadas por um grupo de mulheres.

— É hora de partir — diz uma delas.

— Podemos arriscar — acrescenta outra.

— Prefiro levar um tiro nas costas a passar mais um dia, outra hora, presa pelos nazistas — afirma uma terceira.

— Vamos! — exclama Cibi. — Vamos para o outro lado da estrada.

Ela fica com o coração na boca quando encontra os olhos das irmãs, mas Magda e Livi acenam com a cabeça. Também estão esperançosas, sentindo uma força repentina em seus membros. Elas não podem enfrentar outra marcha, outro campo, outra ordem cruel de um homem sem coração.

Magda se pergunta por um momento se devem deixar Eva, mas, ao olhar para ela, segurando a mão de Livi, Magda se convence de que a menina deve ficar com elas por enquanto.

Um grupo de dez mulheres começa a se afastar da linha e entrar no campo à beira da estrada. Mas elas não vão muito longe até ouvir passos apressados em sua direção.

— Alto! Parem ou eu atiro — ouve-se o latido de um oficial da SS.

Cibi se vira lentamente para encarar o jovem soldado. Ele para de correr e ergue o rifle. Cibi se coloca na linha de fogo, protegendo as mulheres atrás dela.

— Você é tão jovem — ela diz. Se vai perder a vida agora, Cibi não quer fazer isso de joelhos, implorando. Ela quer olhar seu assassino nos olhos. — Você poderia simplesmente se virar e ir embora. — Cibi dá mais um passo.

— Se você der mais um passo, vou atirar — enuncia ele.

Cibi dá mais um passo.

— Não vai, não — sussurra ela. — Atire em mim e o resto de nós vai voar para cima de você como abelhas furiosas. Em quantas de nós você pode atirar antes de arrancarmos seus olhos? Estou demonstrando um pouco de misericórdia, então fuja. — O coração dela está palpitando, talvez ele até possa ouvir. Ninguém fica mais surpresa do que Cibi quando o soldado dá as costas para as mulheres e foge.

Quando ela se vira, algumas das mulheres cobrem os olhos, e o rosto de Livi está enterrado no ombro de Magda, Eva pressionada contra sua barriga.

— Bem, isso foi fácil — diz Cibi, deixando escapar um suspiro. Suas irmãs correm para seus braços, ambas chorando. — Ei, ei — ela continua, afastando-as. — Vamos, está tudo bem. Vamos continuar andando. É hora de voltar para casa.

24

Alemanha
Maio de 1945

No sol do fim de tarde, as mulheres observam a longa coluna de prisioneiras se afastando. Ninguém mais se junta a elas, e o grupo se volta para o campo onde a grama alta se move com a brisa da tarde. *É um dia perfeito de verão*, pensa Cibi, *apesar do som distante de bombardeios*. As mulheres trocam nomes e campos: duas são de Auschwitz, Eliana e Aria são eslovacas como elas; das quatro meninas polonesas, três são de Ravensbrück e uma de Retzow – Marta e Amelia são primas que se encontraram na marcha. Todas são adolescentes.

Nos limites dessa vasta paisagem verde, Cibi avista uma torre ao longe. Uma aldeia, talvez? *Mas aldeias significam gente*, pensa Cibi, *povo alemão*.

— Eles vão nos entregar — diz Livi. — No momento em que nos virem, vão buscar a SS.

— Mas precisamos comer. Se eu não conseguir algo logo, posso voltar, me juntar à marcha e esperar por uma bala na cabeça — diz Eliana da Eslováquia.

— Vamos votar — propõe Cibi. Ela sabe que não podem continuar por muito mais tempo. Mas não pode tomar essa decisão por todas; seu confronto com o guarda a abalou, apesar de sua bravata.

— Levante a mão quem quer ir à aldeia comer.

Oito mãos se levantam. Está decidido.

Atravessando os campos, o grupo chega a uma estrada que as levará diretamente à aldeia. Elas aceleram o passo e depois diminuem. Caminhando na direção delas estão dois oficiais da SS, rifles pendurados casualmente sobre os ombros. Cibi fica tensa; sua inteligência salvará sua vida novamente ou ela fará com que todas morram desta vez? Cibi corre para a frente do grupo e lidera o caminho, com a cabeça erguida. Conforme os homens se aproximam, ela desvia o olhar. O grupo todo fica olhando para o chão, mas elas continuam se movendo, continuam andando. E então os homens se emparelham com as jovens e seguem em frente também, dando-lhes apenas uma olhada enquanto caminham.

Ninguém diz uma palavra.

* * *

A aldeia parece deserta. As ruas estão vazias, todas as lojas e casas, fechadas com tábuas. Elas seguem por uma longa rua em direção a um grande edifício com as portas abertas.

— Talvez seja um armazém — observa Aria, a outra eslovaca. Elas falam em alemão entre si, cada qual sabendo apenas o suficiente para ser compreendida pelas outras.

Entrando no espaço cavernoso na ponta dos pés, as meninas estão com medo, olhando para a esquerda e para a direita, por baixo das mesas e para as vigas acima, mas também não há ninguém lá. Então elas se espalham, entram em salas pelo corredor principal, deparam com equipamentos de limpeza, sacos de cimento, máquinas anônimas.

— Comida! — grita Magda. Ela encontrou a cozinha e está abrindo armários, puxando gavetas. Ela acha pedaços duros de pão, algumas sobras ressecadas de queijo, tomates empapados e latas de sardinha. Livi abre as latas com a faca e elas comem sem falar.

Em minutos, as meninas devoraram tudo.

— Vou ver se consigo descobrir o que está acontecendo — diz Cibi. — Precisamos de ajuda se vamos voltar para casa. Todas fiquem aqui até eu voltar.

Cibi lavou o rosto e as mãos, tirou a poeira das roupas, mas sabe que não há como esconder sua identidade. Ela é uma prisioneira judia, uma prisioneira judia fugitiva. Ela parece um esqueleto e vai ter que ter muito cuidado.

— Vou com você — afirma Magda, pegando-a pelo braço. Elas insistem que Livi fique para trás com Eva e as outras mulheres, e pela primeira vez Livi não discute.

As irmãs cruzam a rua em direção a um pátio de paralelepípedos cercado por uma fileira de pequenas casas. Elas espiam dentro das janelas, mas, novamente, não há ninguém por perto. Um grande estábulo fica ao lado da casa situada no final da fileira, e Cibi acena para Magda seguir adiante.

Pilhas de feno cobrem as baias de ordenha, mas não há vacas nem leite. Quando elas se voltam para retornar ao armazém, ouvem um gemido baixo vindo da baia na outra extremidade do galpão.

— Vamos, Cibi!

Magda tem medo de perder a liberdade provisória e a irmã já arriscou muito por ela. Mas Cibi não se move.

— Vou dar uma olhada. Vá, fique perto da porta e prepare-se para correr.

Cibi anda na ponta dos pés até a baia. Debaixo de um monte de feno, projeta-se um pé descalço. Ela afasta a palha para revelar uma perna, depois um torso – um homem. Ele está vestido com os trapos de um prisioneiro judeu. Cibi fica de joelhos e examina seu corpo em busca de ferimentos, mas não encontra nenhum.

Os olhos dele se abrem.

— Qual é o seu nome? — ela pergunta com gentileza. Ele começa a falar, mas suas palavras não fazem sentido para Cibi.

— Magda, vá buscar as outras — chama ela por cima do ombro.

Logo todo o grupo está ao redor do homem doente. Eliana abre caminho com uma caneca de madeira contendo água fria, e a leva aos lábios secos dele. Depois de alguns goles, ele fecha os olhos e adormece.

Pelo resto da noite, as meninas se revezam para se sentar ao lado da cama dele na palha e conversar, tranquilizá-lo de que o pior de seu pesadelo acabou, que a ajuda está chegando e ele, assim como elas, voltará para casa, para a sua família. Uma por uma as garotas adormecem, e, quando o amanhecer chega, inundando o estábulo de luz, elas acordam e descobrem que o homem está morto.

— Precisamos enterrá-lo — diz Magda. — Não estamos mais nos campos. Ele merece essa dignidade final.

Livi e Eva encontram pás e, no pátio, com as quatro garotas polonesas, elas começam a cavar fundo no gramado ao lado da clareira de paralelepípedos. Magda e Cibi revistam a única casa cuja porta não está trancada em busca de comida, mas não há nada lá também.

— O que vai fazer com isso? — pergunta Cibi. Magda está segurando uma garrafa, uma caneta e um pedaço de papel.

— Você verá — ela diz, e as meninas voltam para o pátio. Quando estão fechando a porta atrás delas, a porta da frente da casa ao lado se abre.

Magda e Cibi recuam e se afastam. Mas é apenas uma velha senhora.

— O que estão fazendo? Quem são vocês? — ela pergunta.

Cibi pigarreia.

— Não é óbvio? Escapamos dos campos e vamos para casa, mas antes precisamos enterrar uma pessoa.

A velha olha para o pátio onde seis meninas estão cavando um buraco na terra. Ela suspira e balança a cabeça.

— Há um cemitério logo adiante, deveriam enterrá-lo lá.

— A senhora tem razão — aponta Magda. — Claro. Devíamos ter procurado o cemitério.

— Se fosse vocês, esperaria até depois do anoitecer. Alguém pode vê-las. Vocês ainda têm inimigos nesta aldeia. Fiquem no estábulo por enquanto; trarei o pouco de comida que tenho para vocês.

Quando a mulher volta para dentro, Cibi explica o novo plano para o grupo. A velha senhora, fiel à sua palavra, retorna ao anoitecer com nacos de pão preto e sopa de batata numa pequena terrina. Quase uma refeição completa para uma pessoa, as dez garotas tomam o caldo direto da panela e passam adiante, tomam e passam adiante, até que tudo acabe.

E então esperam o anoitecer, amontoadas no escuro, na palha, sua respiração lenta sendo o único som naquela aldeia estranha e deserta, que pode ou não abrigar seus inimigos.

Mais tarde, elas levam suas pás para o cemitério e cavam outra cova. Quatro garotas arrastam o homem morto para seu local de descanso final e o colocam no buraco. Magda rabisca o número inscrito na camisa dele no pedaço de papel, enfia-o na garrafa e a tampa com uma rolha. Ela joga a garrafa no buraco, e então todas as dez garotas lançam terra sobre o corpo.

A lua está cheia, iluminando os rostos solenes. Cibi, Livi e Magda estão juntas, os braços em volta uma da outra.

— Alguém deveria rezar o *Kadish* — diz Aria.

As meninas baixam a cabeça e Magda começa a recitar as palavras que conhece dos serviços fúnebres na sinagoga. Essa é a primeira vez que ela as pronuncia em voz alta – não foram feitas para lábios femininos, mas Magda as tinha memorizado do mesmo jeito. Logo todas as meninas estão recitando a antiga oração aramaica.

— Se encontrarem o número dele — diz Magda antes de partirem —, poderão rastrear sua família.

— Vamos dormir aqui mais uma noite — anuncia Cibi, de volta ao estábulo. — Partimos ao amanhecer.

* * *

Por dois dias, as irmãs, Eva e as seis mulheres vagam pelo interior da Alemanha. Elas encontram frutas silvestres para comer, raízes de ervas daninhas, empanturram-se de inesperadas frutas caídas dos pomares e bebem água fria de riachos borbulhantes. Mas estão cansadas de caminhar, cansadas dessa perambulação sem rumo, apesar de sua liberdade.

— Não consigo dar mais um passo — Livi lamenta, parando.

— Vamos, Livi, um passo depois do outro, você consegue, precisa fazer isso — encoraja Magda.

— Preciso descansar. Por favor, Cibi, podemos descansar um pouco? — Livi implora.

As primas polonesas parecem fantasmas, todo mundo parou de andar.

Cibi avista um pequeno lago na beira do campo que estão atravessando, cercado por árvores altas.

— Vamos nos sentar um pouco perto da água — ela sugere.

Elas caminham lentamente pela grama e caem no chão, encontrando manchas de sombra na terra para se deitar e adormecer.

Quando Livi acorda é para ver centenas de borboletas voando pelo ar. Uma delas ousa pousar em seu nariz; ela fica vesga tentando se concentrar na beleza delicada daquele inseto.

— Olhe para Livi — ela ouve Aria dizer. — Não se mexa.

As meninas assistem às borboletas pousarem no rosto de Livi, em seus cabelos, em seus braços.

— É a coisa mais linda que já vi — diz Magda, reprimindo os soluços.

E então é hora de ir. Elas deixam as borboletas à vontade e se dirigem para a estrada.

* * *

As horas na estrada, as noites dormidas nos campos ou estábulos, onde quer que pudessem encontrar abrigo, dão a Cibi e Livi muito tempo para pensar, e elas odeiam isso. Nenhuma das irmãs pode banir as lembranças da vida em Auschwitz e Birkenau, e elas percebem agora que esses episódios de brutalidade ficarão alojados em sua mente para sempre.

À noite, Livi acorda gritando; Cibi, sem fôlego e suando. Magda se tortura com a pergunta: *Será que mamãe ainda estaria viva se tivéssemos ficado juntos?* Talvez eles todos devessem ter se escondido na floresta, dia após dia, fora das garras dos Hlinka. Ela não diz nada disso às irmãs – sente uma culpa avassaladora pelo que elas tiveram que suportar em sua ausência.

Eva é um conforto para todas, ouvindo avidamente as histórias de infância delas quando tanto lhe havia sido tirado nos campos.

— Não consigo encontrar nenhuma lembrança feliz — grita Livi certa manhã, sem dormir e abalada.

— Então deixe-me ajudá-la — Magda diz. — Você se lembra da boneca que papai nos deu?

Livi acena com a cabeça.

— Cibi?

— Lembro. Foi a coisa mais linda que já tivemos — respondeu Cibi.

As mulheres estão caminhando mais uma vez por outro campo. O sol está a pino. Não há sinal de vida senão a delas.

— E você se lembra de como, depois que ele morreu, sempre que segurávamos a boneca, mamãe nos contava histórias sobre ele?

— Não me lembro dele — responde Livi.

— Tudo bem, gatinha, é para isso que servem as irmãs mais velhas — diz Cibi.

— Gatinha? — reflete Livi. — Faz um tempo que não ouço isso.

Cibi percebe que não chamava Livi de "gatinha" havia muito tempo e se pergunta se isso é um bom sinal. Um sinal de que estão voltando a ser as garotas de antes.

— Bem, você é uma gatinha para mim. Uma coisa pequenina de que preciso cuidar. Você era um bebê tão pequeno também… Acho que é daí que vem o apelido.

— Lembro-me dela chorando muito quando era bebê — acrescenta Magda.

— Eu não! — Mas Livi está sorrindo. — Conte-nos mais algumas lembranças, Magda. Umas de quando estávamos todos juntos.

As meninas caminham e conversam e, aos poucos, Cibi e Livi sentem a mente se agarrando a tempos mais felizes, e resistindo.

* * *

— Olhem, vacas! Muitas vacas — grita Livi. É fim de tarde. O céu está inundado de faixas rosa. A cor voltou às bochechas das mulheres. Elas olham para as formas em preto e branco a distância, às margens de alguma floresta.

— Pode haver uma casa de fazenda por perto — diz Aria.

— Ou podemos simplesmente matar uma vaca e cozinhá-la no fogo — acrescenta Eliana. Todas começam a rir, maravilhadas com a imagem de dez mulheres frágeis perseguindo uma vaca pelo campo, sem nada para matá-la a não ser as mãos.

O grupo aproxima-se do bosque, do caminho largo que passa por entre as árvores. As meninas deixam o céu aberto e seguem para a sombra fresca de carvalhos, abetos e pinheiros.

A trilha desvia para a direita, e elas seguem adiante até chegar a um pátio pavimentado nos arredores da floresta e deparar com uma grande casa que assoma em seu centro. Um caminho contorna o pátio, juntando-se a uma estrada além da floresta.

— É um castelo!
— É a maior casa que já vi!

Livi bate nas pesadas portas de madeira. Mas ninguém responde.

— Acho que não tem ninguém em casa. Algumas de vocês deem a volta por trás e vejam o que encontram.

Magda, Livi, Marta e Amelia correm para os fundos da casa. Elas voltam um minuto depois.

— A casa está aberta nos fundos — Magda diz a elas. — Mas tem outro homem morto no quintal.

O grupo agora se reúne em torno desse novo cadáver.

— Ele deve ter morado aqui. Olhem para as roupas dele, são tão chiques — diz Livi.

— Podemos procurar comida primeiro? — Eva choraminga, queixosa. — Estou morrendo de fome.

— Não — diz Cibi com firmeza. — Não somos animais para encher a barriga ao lado de cadáveres. Precisamos enterrá-lo agora.

As meninas procuram pás, qualquer coisa que as ajude a cavar um buraco o mais rápido possível. Cibi aponta para o gramado imaculadamente bem cuidado além, no qual uma pequena figueira floresce com novos frutos.

— Esse é o lugar perfeito para ele — ela diz.

As meninas revezam-se para cavar. Magda encontra um carrinho de mão e, junto com Livi e duas outras meninas, carregam o corpo nele. Mas Livi não puxa o carrinho; a lembrança de levar Mala ao crematório ainda está dolorosamente fresca em sua mente.

Magda, mais uma vez, abre a boca para rezar o *Kadish*.

— Mas e se ele não for judeu? — pergunta Marta.

— Acho que não importa mais qual seja a sua religião, não quando se está morto — ela responde. — Estas são palavras de conforto, quer você acredite em um Deus ou não.

Com cabeças inclinadas, o *Kadish* é rezado sobre o túmulo de um homem desconhecido, por todas, exceto Cibi.

* * *

O grupo se reúne na porta dos fundos da casa. Cibi as mantém ali por um momento, enquanto toma sua decisão.

— Pode haver cem pessoas escondidas aí. — Marta não consegue se livrar do medo, e ela e Amelia ficam abraçadas, visivelmente tremendo.

— Duzentas — diz Amelia. Ela encontrou a prima na marcha e não vai perdê-la agora.

— Precisamos de comida — afirma Livi.

— Vamos entrar e dar uma olhada — decide Cibi. — Mas tenho quase certeza de que, se houvesse duzentas pessoas aí dentro, já teriam nos ouvido. — Ela consegue sentir o isolamento do lugar, o abandono.

Cibi vai à frente no caminho para uma cozinha do tamanho de sua casa em Vranov. Ela estava certa, as pessoas saíram com pressa: ainda há pratos na pia, o pão recentemente estragado na mesa comprida no centro da sala. As meninas realizam sua rotina de abrir armários, vasculhar gavetas. Magda encontra um pequeno esconderijo de frutas e vegetais em conserva, algumas latas de peixe e carne processada. E então Marta e Amelia encontram o prêmio: uma grande despensa, com potes e potes de comida nas prateleiras. Elas choram de alívio.

As meninas reúnem-se na porta da cozinha que as levará para o restante da casa.

— Ficaremos juntas — diz Cibi.

Elas caminham, boquiabertas, pelos quartos luxuosos. Salas de estar e bibliotecas, gabinetes e vestíbulos. Livi abre uma porta para encontrar um elevador, mas ninguém está preparada para experimentá-lo. Em vez disso, elas sobem a escada a pé. *São quartos demais*, pensa Cibi. *Quantas pessoas moram nesta casa?* As camas estão cobertas com sedas opulentas, enquanto grossos tapetes de lã cobrem as tábuas de parquete polido. Torneiras douradas adornam os banheiros elegantes, e as garotas deixam pegadas enlameadas por todo o piso de mármore claro. Elas entram em *closets*, as paredes revestidas de prateleiras que abrigam suéteres macios e camisas. Vestidos cintilantes balançam em cabides com borlas. Nas cômodas, as meninas encontram roupas de baixo, que elas modelam contra o próprio corpo, rindo, antes de recolocá-las cuidadosamente no lugar.

E, então, encontram o espelho. Paradas em frente à moldura ornamentada acima da lareira no quarto principal, as dez garotas param para absorver o que aconteceu com elas. Livi e Cibi mal se reconhecem. As primas polonesas começam a chorar e Eva enterra o rosto nos braços de Magda.

— Vamos embora daqui — sussurra Cibi, e em silêncio as meninas descem as escadas.

Elas se dirigem à sala de jantar, parando para passar as mãos pela superfície da longa mesa em torno da qual estão cuidadosamente dispostas vinte cadeiras estofadas. Os aparadores, cujas gavetas contêm finos talheres de prata, revelam uma coleção impossível de copos. Na outra extremidade da sala, as portas de vidro se abrem para um pequeno pátio com um lindo gramado que se estende até os jardins protocolares.

— Faz tanto tempo que não me sento à mesa em uma sala — reflete Eliana, baixinho. Nove cabeças concordam com um aceno. Ninguém se move para puxar uma cadeira.

— Não quero me sentar aqui — Cibi diz. — Parece tudo errado. Mas não acho que os donos desta casa maravilhosa se importariam se pegássemos emprestadas a mesa e as cadeiras.

— Onde estarão os proprietários? — pergunta Magda.

— Foram embora — responde Cibi. — Por mais linda que esta casa seja, há muita poeira. — Agora as meninas espiam os aparadores, a superfície da mesa, o piso de parquete. Cibi tem razão, quem morou aqui já está longe há algum tempo.

Cibi vai até as janelas francesas.

— Vamos levar tudo para fora.

As garotas puxam as cadeiras, posicionam-se em cada extremidade da mesa, levantam-na e a movem pelas portas até a grama. Elas voltam para pegar as cadeiras e depois a comida. Livi e as duas eslovacas desaparecem na horta além do gramado e voltam com cenouras e alfaces. Livi limpa a lâmina de sua pequena faca antes de colocá-la no bolso.

No momento em que colocam seus produtos na mesa, uma figura contorna a esquina da casa e se posiciona diante delas no gramado. Ele está vestido com calças de algodão áspero, uma camisa grossa.

— Quem são vocês? — ele vocifera.

De pronto, o grupo se reúne em torno de Cibi, instantaneamente em guarda.

Livi fecha a mão em torno da faca; ele não é tão grande, e elas estão em dez.

Cibi mais uma vez dá um passo à frente, pigarreando.

— Éramos prisioneiras de Auschwitz — diz ela com firmeza. — E agora escapamos.

O homem fica um longo período em silêncio. Ele olha para as meninas, que de repente ficam constrangidas com os trapos pendurados em seus corpos emaciados.

A voz dele falha quando pronuncia as palavras:

— Ajudem-me a recolher minhas vacas, e seria uma honra lhes dar um pouco de leite quente e queijo fresco.

— Sabe onde estão os donos? — Cibi aponta para a casa grande.

— Não sei — diz ele.

Cinco das meninas acompanham o fazendeiro e as outras voltam para a horta. Em uma hora elas estão colocando a mesa com leite, queijo e pão do fazendeiro, tomates e vegetais frescos da horta, picles e latas de peixe da despensa. Eliana descobriu a adega e abriu duas garrafas de um bom vinho tinto que aguardam para ser servidas em taças de cristal. Velas adornam o comprimento da mesa e os talheres de prata brilham em sua luz bruxuleante.

Quando o sol se põe, as meninas se sentam.

— Sobrevivemos aos campos — diz Cibi. — Sobrevivemos às marchas. Ainda não chegamos em casa, mas hoje, esta noite, acho que é hora de celebrar nossa liberdade. Nossa marcha pela liberdade! — Ela levanta o copo.

— À nossa marcha pela liberdade! — as meninas ecoam. Elas tilintam as taças e, sorrindo, começam a pegar a comida. Comem devagar, saboreando cada garfada.

A lua está cheia, lançando um holofote sobre suas irmãs, e Cibi está finalmente confiante de que, o que quer que esteja pela frente, elas enfrentarão juntas.

25

Alemanha
Maio de 1945

Todo o grupo é unânime no desejo de descansar e recuperar as forças antes de decidir o que fazer a seguir. Naquela primeira noite, as irmãs concordam que não podem dormir em nenhum dos quartos, e, para sua surpresa, as outras mulheres sentem o mesmo. Elas juntam cobertores, travesseiros e mantas e se instalam na sala de jantar.

Magda, com a ajuda de Livi, faz uma lista de trabalhos para as meninas. Algumas delas ajudam o fazendeiro com suas vacas, outras recebem tarefas domésticas. Durante duas semanas, o grupo trabalha, se alimenta bem e devagar, e cada uma das mulheres sente suas forças voltando. Seus cabelos ficam grossos e brilhantes, e as bochechas pálidas se enchem de cor. Os sonhos das irmãs são perturbadores como sempre, e pelo menos três das mulheres acordam gritando todas as noites, mas é para isso que serve esse momento de trégua: algum tempo para curar mais do que o corpo.

* * *

Cibi sai de casa, preparando-se para ir à fazenda, pois é sua vez de ajudar o fazendeiro a recolher as vacas. Todo o ar de seus pulmões escapa em um longo suspiro quando ela vê os caminhões abertos estacionados no pátio.

Soldados.

Ela dá um passo para trás, uma das mãos na porta, a outra na garganta. O medo é repentino e doloroso. Ela se sente tonta e tropeça em Magda, que está atrás dela.

— Tudo bem, Cibi — sussurra Magda. — São russos. Olhe os uniformes deles.

Os homens estão realmente vestindo uniformes russos. Cibi esforça-se para lembrar seu dialeto russino.

O oficial responsável identifica-se e pergunta:

— Você é a dona desta casa?

Cibi quer rir, mas ela apenas acena para seus trapos, para as figuras igualmente esfarrapadas que agora se aglomeram ao seu redor.

— Não, senhor. Somos prisioneiras fugitivas de Auschwitz. — Ela puxa a manga e estende o braço para mostrar a ele os números tatuados.

O oficial balança a cabeça lentamente e fala em voz baixa com os outros oficiais em seu caminhão.

— Como escaparam? — pergunta ele.

— A marcha, nós fugimos da marcha.

— Sabem por que estavam marchando? Para onde estavam indo?

Cibi não sabia. Fazia pouco ou nenhum sentido: a violência, a tortura, as máquinas de matar. Ela aprendera a nunca questionar ordens. Ela faz que não com a cabeça.

— Eles as usariam para barganhar a liberdade deles — diz o homem. E acrescenta: — E por outros motivos além deste: continuar trabalhando para eles, mas também para impedir que vocês contassem suas histórias aos Aliados. Graças a Deus vocês escaparam.

As meninas se movem desajeitadamente, arrastando os pés, nenhuma delas quer imaginar mais campos, mais trabalho, mais brutalidade.

Cibi ergue o queixo e se endireita.

— Isso já ficou para trás — ela diz. — Queremos olhar para a frente.

O oficial russo sorri e acena com a cabeça.

— Concordo. Vai me mostrar a casa? — pergunta ele.

Cibi acena com a cabeça e dá um passo para o lado a fim de deixá-lo entrar na sala de estar, onde a roupa de cama amassada das meninas cobre o chão. Depois de um passeio pela casa, o oficial volta para a sala.

— Vocês são todas judias? — pergunta ele. As meninas ficam inquietas e resmungam, relutantes em responder: como o fato de ser judia alguma vez as ajudou?

— Somos todas judias — diz Cibi com firmeza, com um movimento desafiador de seu queixo.

— Prometo que não sofrerão nenhum mal — afirma o oficial. — Não de minha parte ou da de meus homens. Vocês têm minha palavra. Também sou judeu.

Cibi informa a rotina delas ao oficial: limpeza e coleta de verduras e recolhimento das vacas em troca de leite, pão e queijo.

— Preciso falar com esse fazendeiro — diz ele a Cibi. — Nós, russos, precisamos de carne!

Cibi testemunha a transformação de uma das dependências externas em matadouro de porcos e introduz uma nova tarefa em sua lista. Elas agora ajudarão a preparar comida para os soldados.

— Sei que é carne de porco — declara Cibi ao grupo. — Mas não precisamos comer.

— Eu comeria — diz Livi, rindo. — Se não houvesse mais nada, mas essa carne fede.

Todo esse trabalho deixou marcas nas roupas delas, e agora o aroma pungente de gordura de porco está incrustado em seus farrapos.

— Ajude-me a transformar isto em vestidos? — Cibi encurrala Magda ao ver a irmã a caminho da fazenda. Ela está segurando cortinas velhas que encontrou em um armário e descobriu uma máquina de costura antiga.

Agora, todas as noites, Cibi e Magda cortam panos na medida das meninas, e logo elas têm vestidos funcionais de algodão azul e vermelho. Eva dança com as roupas novas, encantada. Livi pensa que ela está voltando a ser a garotinha que era antes dos campos, apesar da expressão preocupada em seus olhos.

* * *

Mais algumas semanas se passam na feliz companhia dos soldados, depois das quais Cibi decide que é hora de partir. Elas estão mais fortes agora e têm roupas novas e alimentos. Elas colocam pão, queijo e salame nos bolsos espaçosos de seus vestidos novos e se dirigem à casa do fazendeiro para se despedir.

— Os Aliados tomaram Brandemburgo — ele as informa, rabiscando as instruções em um pedaço de papel que entrega a Cibi. — É para lá que devem ir.

O sol está brilhando sobre as meninas enquanto elas se afastam da casa, acenando um adeus caloroso aos soldados russos.

À medida que a tarde fica mais quente e depois mais fria, Cibi busca um lugar para dormir. Elas encontram um celeiro. Na noite seguinte, dormem em um estábulo. Cibi agradece aos habitantes locais que doam alimentos durante sua marcha.

Ao se aproximarem de Brandemburgo, juntam-se ao grupo centenas de outros que estavam indo na mesma direção, rumo a um lugar seguro.

— Somos todas sobreviventes — diz Cibi às irmãs. — Todas nós passamos fome, fomos espancadas e torturadas, mas, olhem para nós, ainda estamos nos movendo, ainda estamos vivas.

A cidade de Brandemburgo fora reduzida a escombros, e as garotas perambulam pela destruição enquanto se dirigem à enorme base do exército criada para ajudar e repatriar os despossuídos. É aqui que as irmãs se despedem das seis meninas que se juntaram a elas em sua marcha pela liberdade. As garotas polonesas ficarão unidas enquanto tentam encontrar o caminho de volta para Cracóvia, e Eliana e Aria agora são grandes amigas, então ninguém está sozinha. Eva, é claro, ficará com as irmãs. Não é uma despedida chorosa no final. Juntas, essas meninas recuperaram sua humanidade, e isso só pode ser celebrado.

* * *

Cibi ergue os olhos para o soldado loiro falando com ela em inglês, um idioma que a jovem não conhece, mas entende que ele está ali para ajudá-la. Em torno dela, as meninas alquebradas caem de joelhos, beijando as mãos dos soldados americanos.

— De onde vocês são? — outro soldado pergunta a ela em alemão, e Cibi conta afobadamente os detalhes da identidade delas e sua fuga dos campos.

— Mas vocês não são *de* Auschwitz — diz ele. — Não é sua casa. Onde vocês viviam antes?

— Eslováquia — sussurra Magda, porque Cibi perdeu a voz.

— Hungria — anuncia outra voz.

— Polônia.

— Iugoslávia.

As irmãs encontram-se em uma fila de garotas, alinhando-se para informar seus dados aos funcionários de camisa branca sentados a mesas no meio do caos da base.

— Estamos seguras? A guerra acabou? — pergunta Cibi.

O funcionário ergue os olhos com um sorriso caloroso no rosto.

— Vocês estão seguras e, sim, a guerra acabou. Os nazistas foram derrotados.

— Tem certeza? — pergunta Magda.

— Tenho. — O sorriso do soldado fica mais largo quando ele diz: — Hitler está morto.

— Morto? — sussurra Livi. — Morto *de verdade*?

As meninas olham para o soldado, desesperadas para acreditar nele. O homem ainda está sorrindo.

— O que faremos agora? — pergunta Cibi, por fim. — Para onde vamos?

— Vamos alimentá-las — diz um funcionário a Cibi. — E dar a você e a suas irmãs um lugar para dormir.

Elas são designadas a um lugar para dormir no interior de um prédio de concreto.

Livi começa a tremer ao entrar na sala forrada de beliches.

— Livi, está tudo bem, meu amor, estamos livres agora. Este é apenas um quarto — acalma Cibi.

— E são apenas camas — acrescenta Magda.

* * *

Entre as refeições, elas caminham pela base, procurando rostos familiares de Auschwitz, mas não encontram nenhum. Cibi está inquieta, ansiosa para estar em movimento novamente. Pela primeira vez em muitas semanas, ela não está no controle de sua rotina diária.

— Não vamos ficar aqui por muito mais tempo — Magda diz, enquanto patrulham as fileiras de tendas, ainda na esperança de avistar um rosto amigo. — Amanhã vamos descobrir quando iremos para casa.

Na manhã seguinte, uma oficial russa aparece no bloco. Ela se senta a uma mesa na frente da sala e acena para as meninas, a fim de interrogá-las.

Cibi está cansada de responder a essas perguntas. Ela não consegue deixar de temer que uma de suas respostas possa provocar algum tipo de punição. Ela relata os detalhes novamente: somos da Eslováquia, escapamos de Auschwitz. *Minha família está morta.*

* * *

— Três semanas! — explode Livi. — Temos que ficar aqui, neste campo, por mais três semanas?

Apesar de seu temperamento, Livi parece bem. Suas bochechas estão gorduchas e as calças cáqui e a camisa branca que elas receberam ao chegar combinam com ela, mas seus olhos ainda brilham com o mesmo fogo desafiador. Um oficial acaba de informar que em três semanas elas serão levadas de ônibus para Praga.

— O tempo vai voar — diz Cibi, tentando parecer esperançosa. — Isso é sempre assim.

— Mas já aguentamos demais, Cibi!

— Todas nós já aguentamos demais — declara Magda, com uma rispidez na voz que não consegue esconder. — De que adianta ficar choramingando? Quando o fato de reclamar nos levou a algum lugar?

— Nossa casa estará lá quando voltarmos, seja em três semanas, seja em um mês ou em um ano — acrescenta Cibi.

— Mas mamãe não estará lá. — O ar de desafio desaparece do tom de Livi. Ela se dirige ao beliche, sobe e puxa um cobertor sobre a cabeça. Magda dá um passo em sua direção, mas Cibi a segura pela manga.

— Deixe-a, Magda. Ela precisa sentir essa dor. Não podemos fingir que mamãe estará lá.

* * *

As semanas voam – Cibi estava certa –, e agora as meninas embarcarão em um ônibus dentro de três dias. Seus nomes são mais uma vez verificados em uma lista. Quando o soldado confirma suas identidades, ele olha para Eva, cujo nome não está em sua lista.

— E quem é você? — pergunta ele.

— O nome dela é Eva, e ela está com a gente — Livi se antecipa.

— De onde você é, Eva?

— Ela é da Iugoslávia, mas está conosco — Livi diz, com firmeza.

— Sinto muito, Eva, você tem que vir comigo. Vai voltar para Belgrado.

— Mas ela não pode — aponta Magda. — A família dela está morta.

— Você não sabe. Pode haver alguém em Belgrado que a aceite. Talvez um primo, uma tia. Nossas instruções são claras: apenas cidadãos da Tchecoslováquia devem retornar a Praga.

— Quando ela vai embora? — Cibi pergunta.

— Vocês precisam se despedir agora. Vou levá-la para o bloco de Belgrado. — Ele acena com a cabeça para cima e para baixo, sinalizando para apressarem a despedida.

Eva começa a chorar e Livi abraça a garotinha. Cibi e Magda se unem ao abraço, e as meninas ficam juntas por muito tempo.

— Sinto muito, meninas, mas preciso levar Eva agora. Por favor, soltem-na.

Lentamente, as irmãs soltam a criança do abraço. A soldado pega Eva pela mão e se afasta. Eva não resiste, mas se vira, esticando o braço como se quisesse segurar a mão delas.

— Quantas pessoas mais eles podem separar de nós? — Livi soluça.

— Eles nunca *nos* separarão uma da outra novamente — Magda diz, fervorosa.

Em silêncio, as meninas voltam ao seu bloco e esperam os últimos três dias se passarem.

* * *

É uma manhã quente de fim de verão quando as irmãs entram em um dos cinco ônibus que seguem para a Tchecoslováquia. Livi olha pela janela sem falar, perdida em seus pensamentos sobre a casa e o que as espera. Quando a ausência da mãe se torna terrível demais para ser contemplada, sua mente se volta para Auschwitz, para Birkenau. *É isso?*, pensa ela. Elas passaram por todo aquele horror e agora estão sendo simplesmente mandadas para casa em um ônibus, como se nada tivesse acontecido? A raiva atinge seu corpo. Quem vai pedir *desculpas*? Quem vai expiar o sofrimento delas, as mortes sem sentido?

Mas seis horas é muito tempo para manter o ódio vivo no coração, e na terceira volta Livi se junta às irmãs e ao resto do ônibus em uma interpretação a plenos pulmões do hino nacional da Tchecoslováquia, e em um recital de orações. Livi nota que Cibi canta as canções, mas fecha a boca para a oração.

As irmãs olham para a paisagem rural enquanto passam por ela. A conversa ao redor silencia quando se movem pelas ruínas de Berlim e Dresden. Elas observam homens, mulheres e crianças vasculhando os escombros. Todos erguem os olhos quando os ônibus passam, estendendo as mãos para pedir comida. *Essas são as pessoas que nos escravizaram, mataram-nos de fome, torturaram e assassinaram*, pensa Cibi com amargura. *E agora se atrevem a implorar por nossa compaixão.*

O clima no ônibus fica mais alerta quando cruzam a ponte Carlos em Praga. Alguns dos passageiros se sentem *em casa*.

A ponte está repleta de gente; são centenas de pessoas agitando as mãos, bandeiras e flores, *dando-lhes as boas-vindas*. Enquanto se dirigem para a ponte, Cibi pensa na hipocrisia desses cidadãos. Eles não haviam pensado duas vezes antes de virar as costas aos judeus de sua cidade, entregando-os voluntariamente a Hitler.

Ela se vira para Magda, seus olhos brilhando.

— Nunca pensei que veria isso — ela respira. — Eles nos abandonaram e agora estão nos recebendo em casa?

O comboio de cinco ônibus tem que parar depois de cruzar a ponte, pois a multidão é intransponível. Então, as portas se abrem e as hordas exuberantes embarcam nos ônibus. As irmãs recebem bolo, chocolate, água, frutas; um homem coloca dinheiro nas mãos de Magda. Livi começa a chorar, vencida pela genuína demonstração de afeto, pelos aplausos e aclamações que as engolfam.

Um senhor idoso pega a mão de Cibi e a leva aos lábios. Momentos atrás ela estava com raiva, furiosa por aquelas boas-vindas serem nada menos que hipocrisia – um ato que não exibia alegria por seu retorno, mas culpa por eles não terem feito nada para salvá-las. Ela não tem tanta certeza agora, enquanto luta para entender o que está acontecendo ao redor.

O motorista do ônibus reassume o volante, buzinando repetidamente para abrir caminho por entre as massas reunidas do lado de fora. Logo o comboio chega à praça Venceslau, onde o prefeito espera para recepcionar os cidadãos tchecoslovacos que retornam. As irmãs descem do ônibus de mãos dadas, com medo de se separar entre a multidão barulhenta.

— *Prominte*! *Prominte*! — gritam eles. — Nós lamentamos!

O prefeito junta-se ao cântico antes de pedir silêncio. Declara que está muito feliz por eles terem voltado para casa, que a partir de agora serão cuidados. Que o que aconteceu com eles nunca mais se repetirá.

Carregadas de flores, chocolate e bolo, as irmãs se juntam aos outros passageiros e voltam a embarcar no ônibus. Exaustas, animadas, elas são levadas para um quartel do exército próximo, onde passarão a noite em beliches que não precisam compartilhar. Elas dormem bem.

* * *

A viagem de volta para casa só começa realmente quando elas pegam o trem para Bratislava no dia seguinte.

Pisando na plataforma, cada uma das garotas é tomada por memórias ferozes e dolorosas. Nos trilhos está um trem de aparência normal; pelo menos, não transporta carvão ou cheira a vagões de gado.

Mas é um símbolo de seu cativeiro da mesma forma.

— Cibi — diz Livi, seu rosto transtornado. — Acho que não posso...

Cibi já está chorando, e Magda está tremendo.

— Podemos — soluça Cibi. — Chegamos longe demais, gatinha. E este é o caminho para casa. Lembra?

As irmãs se apoiam enquanto cruzam a plataforma; seguram-se com força enquanto sobem os degraus; sussurram palavras de força e coragem enquanto caminham pelo corredor e encontram um assento.

As três sentam-se em um assento feito para dois. Elas não podem ficar separadas, não agora.

Elas haviam recebido roupas novas no quartel do exército, bem como um pouco de dinheiro, e Cibi observa como as três não parecem muito diferentes de todos os outros a bordo, exceto pelos olhos fundos, bochechas encovadas e compleição magra que as identificam como vítimas de uma guerra terrível.

O cobrador de passagens baixa a cabeça ao se aproximar. Ele não aceita o dinheiro delas.

— *Prominte* — ele sussurra e se afasta.

* * *

A chegada a Bratislava é bem diferente das boas-vindas em Praga. Outros sobreviventes que retornam fogem da estação de trem, ainda com medo de inimigos à espreita. Cibi pergunta no guichê de passagens quando sairá o próximo trem para Vranov Nad Topl'ou.

— Só daqui a dois dias — é dito a ela com um sorriso de escárnio.

— Podemos ficar aqui na estação até lá? — Cibi pergunta. O funcionário dá de ombros e se afasta.

Nos dias que seguem, as irmãs dormem nos bancos, usam os banheiros e esperam pacientemente a chegada do trem.

Outros trens chegam à estação vindos de todos os cantos da Europa, devolvendo os sobreviventes eslovacos às suas casas.

Livi fica paralisada com a aparência desses sobreviventes.

— Nós nos parecemos com eles? — ela indaga às irmãs, repetidamente. Cibi e Magda perguntam-se a mesma coisa. Eram jovens felizes e saudáveis que foram devastados por torturas desumanas e degradação. Como isso aconteceu? Quem deixou acontecer? Tudo o que os tornava humanos fora destruído. Eles eram agora figuras esqueléticas, curvadas pelo peso de sua experiência.

Quando chega a hora de pagar as passagens, Cibi se aproxima do guichê meio que esperando que seu dinheiro seja recusado. Mas o homem estende a mão, com um brilho de aço nos olhos, e o pega.

Elas estão finalmente a caminho de casa.

* * *

As irmãs pisam na plataforma onde tudo começou. O sol está brilhando, pelo menos. Cibi segura a mão de Livi e Magda desliza o braço pelo de Cibi. Elas começam a caminhar, cada qual se esforçando para não pensar no que as espera no final dessa derradeira etapa de sua jornada.

Elas caminham lentamente, aproveitando para mergulhar nas ruas familiares. Na esquina da estrada, elas encaram a igreja católica cujos sinos cantaram para elas por toda a vida. Espiam pelos portões de ferro a casa do padre ao lado, e se maravilham com a tília em plena floração. Nenhum vizinho sai de casa para cumprimentá-las, mas Cibi percebe que as cortinas se abriram com sua aproximação e se fecharam rapidamente quando passaram.

Elas ficam do lado de fora de casa procurando por sinais de vida.

— Não temos a chave — diz Livi. — Arrombamos?

— Acho que batemos na porta — declara Magda. — Mamãe tinha quase certeza de que alguém se mudaria para cá.

— Para a nossa casa? — Livi está indignada. — Quem?

— Quem chegou primeiro — responde Magda.

Cibi toma a iniciativa, caminha até a porta da frente e bate com força. Elas podem ouvir movimentos lá dentro, passos, e então a porta é aberta por um homem em uma camiseta regata manchada e cuecas cinza.

— O que vocês querem? — pergunta ele, rispidamente.

— Queremos nossa casa de volta — diz Cibi, sem rodeios.

— E quem diabos são vocês? Esta é minha casa. Agora, saiam daqui antes que eu jogue vocês na rua.

— Esta é a nossa casa! — grita Livi, dando um passo na direção dele. — É você que não pertence a este lugar.

— Judias desgraçadas — ele amaldiçoa. O homem não se move e as irmãs o encaram até que Magda cutuca Livi para o lado.

— Estou entrando — ela diz. — Tem algo meu aí e vou pegar.

O homem empurra Magda para longe e tenta fechar a porta. Mas a visão dessa figura feia tentando fechar a porta na cara delas aciona um interruptor na cabeça de Cibi. Ela o chuta com força em uma perna e depois na outra.

Livi manobra atrás dele e o empurra para fora do caminho. Magda contorna o homem e corre para a sala, onde depara com uma mulher e dois filhos pequenos. Eles a encaram e ela os encara. Ninguém diz uma palavra. As crianças agarram-se às saias da mãe. Magda pode ouvir Cibi e Livi gritando com o homem lá fora.

Ela pega uma cadeira da cozinha, leva-a para o corredor e a coloca sob o alçapão. Magda passa pela porta em segundos, contorcendo-se até o final da cavidade. Ela agarra a fronha, sentindo as bordas dos castiçais e a superfície lisa e plana das fotos lá dentro.

Os itens estão seguros. Suas lembranças estão seguras.

A mulher puxa a cadeira para longe e Magda cai no chão ao sair do alçapão. Mas a garota fica de pé em segundos, correndo para a porta da frente no momento em que o homem desleixado está voltando para dentro. Ela passa por ele e se vê na rua novamente, agitando a fronha no ar de modo triunfal.

— Peguei! Peguei! — ela grita, e as três correm pela estrada. Elas não param de correr até que estejam a duas ruas de distância. Só então Magda percebe que está mancando. Ela torcera o tornozelo na queda.

— Você está bem? — pergunta Cibi.

— Sim, acabei machucando o tornozelo quando caí lá de cima — diz Magda.

— Você caiu... O quê? — indaga Livi.

— Esquece. — Magda sorri. — Tenho o que queria.

— Mas o que vamos fazer agora? — Livi persiste. — Alguém está em nossa casa.

— Bem, não podemos ficar aqui. Acho que devemos voltar para Bratislava. Pelo menos, estaremos entre todos os outros sobreviventes — sugere Magda.

— Bem, o que quer que você tenha nessa fronha, Magda, é melhor que seja um milagre, porque é disso que precisamos agora. — Cibi está sorrindo, tentando infundir nas irmãs a coragem que ela ainda não sentiu.

PARTE III
A Terra Prometida

26

Bratislava
Julho de 1945

Novamente, as três garotas se espremem em uma poltrona para duas no trem com destino a Bratislava. Não reparam na paisagem do interior à medida que a deixam para trás. Não há mais nada ali para elas.

Em vez disso, elas examinam as fotos na fronha.

— Gostaria que soubéssemos o que aconteceu com o tio Ivan e nossos primos — diz Livi, olhando para uma foto do tio e da mãe quando adolescentes.

Magda suspira e toca o ombro da irmã.

— Vamos descobrir mais cedo ou mais tarde. Eles podem até estar em Bratislava — afirma ela.

Magda observa as irmãs enquanto elas se acostumam novamente com as fotos de família. Ficou separada delas por mais de dois anos, e as garotas que encontrou em Auschwitz em nada se pareciam com as que conhecera em Vranov. Magda se sente culpada – ela não consegue evitar. Enquanto as irmãs sofriam, ela dormia em sua cama, comia os alimentos que deveriam estar compartilhando, desfrutava da companhia da mãe, de quem sentiam tanta falta. Como ela vai encontrar o caminho de volta para elas, separadas como estão por suas experiências? Ela estende a mão para acariciar o cabelo de Livi, agora espesso e forte com os matizes avermelhados que ela e Cibi invejam. Ela afasta uma mecha do rosto de Livi, colocando-a atrás da orelha.

— Bratislava é enorme, Magda! — Livi joga uma foto na pilha. — Como os encontraríamos? Então, o que nós faremos? Andaremos pelas ruas na esperança de topar com eles como se fossem nossos vizinhos?

— Se você tem uma ideia melhor, diga, por favor — dispara Magda de volta. Ela também se sente exausta.

Mas Livi está furiosa. Não com Magda, mas com aqueles que decidiram colocá-las em outro trem e abandoná-las à própria sorte como uma espécie de recompensa. Alguém está morando em sua casa. A casa de sua mãe.

Magda reúne as fotos e as coloca de volta na fronha, que aperta contra o peito.

* * *

Horas depois, as irmãs estão atravessando a rua principal de Bratislava. Várias lojas estão abertas, e há um ar comercial bem próprio de cidade movimentada. É fim de tarde e seus pés doem de tanto bater na calçada, na esperança de localizar pelo menos um amigo de Auschwitz ou Vranov.

Os olhos de Livi fixam-se nos dois jovens muito magros que se aproximam.

— Eles parecem judeus — diz Livi, acenando para os homens.

— *Eles parecem judeus* — imita Magda, com um sorriso. — De que adianta?

— Bem, eles *parecem*! — Livi faz beicinho. — Não estamos procurando judeus?

— Chega! — bronqueia Cibi, e suas irmãs ficam em silêncio. Ela se aproxima dos rapazes.

— Gostaria de saber se vocês poderiam nos ajudar — diz a jovem.

Os homens se entreolham e depois se voltam para Cibi.

— Ficaremos felizes, se pudermos — diz um deles.

— Acabamos de chegar a Bratislava — começa Cibi.

— Qual campo? — o outro pergunta.

— Auschwitz-Birkenau.

Os homens trocam outro olhar.

— Sou Frodo, e este é meu amigo Imrich. Também estávamos em Auschwitz. Onde vocês moram?

— Vranov. Mas alguém tomou a nossa casa. — Cibi tem vontade de chorar, bem ali na rua. É difícil demais. Cada palavra que sai de sua boca pinta um quadro de desespero sem fim, mas Frodo está sorrindo, acenando com a cabeça.

— Não se preocupe — diz ele. — Podemos ajudar. Tem espaço num apartamento do nosso bloco onde podem ficar por um tempo. As meninas que moram lá também são sobreviventes.

Cibi nota o rosto desconfiado das irmãs e toma a decisão por elas:

— Obrigada! Temos algum dinheiro.

— Fiquem com o seu dinheiro — enuncia Imrich.

Cibi acena com a cabeça e estende a mão.

— Sou Cibi, e estas são Magda e Livi. Somos irmãs.

Enquanto caminham, Cibi e Livi contam aos rapazes sobre seu tempo em Auschwitz, sobre a marcha da morte e sua fuga, o horror de sua provação saindo facilmente da boca enquanto os rapazes meneiam a cabeça e ouvem. Cibi sente-se melhor depois e decide que vai falar com quem estiver pronto para ouvir, mas Magda acrescenta muito pouco nessa troca. Saber mais sobre os horrores que as irmãs suportaram em sua ausência só aumenta sua culpa.

Elas percorrem um conjunto de casas bombardeadas até chegar ao bloco de apartamentos de Frodo e Imrich.

— Quem é o dono do prédio e como vocês podem ficar aqui? — pergunta Cibi, quando começam a subir os lances de escada.

— Não faço ideia, estamos invadindo. Mas há água corrente. Porém não há eletricidade, então temos jantares um pouquinho românticos à luz de velas. — Frodo ri.

— Somos sobreviventes aqui — diz Imrich. — Alguns de nós já encontraram trabalho. Compartilhamos o que conseguimos. É um pouco como uma comuna.

No segundo andar, Imrich as leva ao Apartamento 8. Ele bate e uma voz feminina grita:

— Entre.

A porta se abre para uma pequena sala. Duas meninas aparentando ter a idade de Cibi, que estavam recostadas em um colchão no meio da sala, põem-se de pé. Elas abraçam os homens e Cibi sente, instintivamente, que podem confiar nesses jovens.

— Estas são Klara e Branka — disse Imrich a Cibi. — As meninas precisam de um lar — diz ele às amigas.

— Claro — responde Klara, a mais alta das duas mulheres. — Há espaço de sobra para vocês, um cômodo inteiro, na verdade, que vocês podem dividir. — Ela se vira para Branka. — Só precisamos de mais roupas de cama, não é?

— Klara e eu dormimos aqui. — Branka aponta para o colchão. — E Kamila e Erena dividem o outro quarto. Somos uma família acolhedora.

Os olhos de Cibi enchem-se de lágrimas. Ela toca a mão das irmãs.

— Como podemos agradecer? — pergunta ela.

— Não seja boba! — Klara ri, abraçando Cibi. — Você só se esqueceu de como é ter amigos. Nós todos nos esquecemos.

Magda e Livi assistem em silêncio enquanto Cibi chora nos braços de Klara. Sua corajosa irmã mais velha destruída por esse simples gesto de gentileza.

Frodo e Imrich pedem licença e vão embora, e as irmãs são conduzidas para seu novo quarto.

— É perfeito, não é, Cibi? — pergunta Magda.

Cibi está esfregando os olhos, mas sorrindo e concordando com a cabeça.

— Ajudem-nos com o jantar — pede Klara, e, assim que as meninas abrem uma janela para arejar o ambiente, juntam-se aos novos senhorios na minúscula cozinha.

Cibi e Livi encontram os talheres e um estranho sortimento de pratos, e põem a mesa. O sol está se pondo; a sala escurece.

— Tenho algumas velas em uma gaveta, vou buscá-las — diz Branka. — Magda, você pode encontrar algo para colocá-las? Não queremos que elas caiam e queimem o que sobrou do prédio.

Enquanto Branka puxa duas velas de uma gaveta, Magda arqueja.

— Tenho a coisa certa — ela diz, saltando da mesa. Momentos depois, retorna segurando os castiçais de prata, agora liberados da fronha. — Isto serve? — ela pergunta.

— São perfeitos! Onde os conseguiu? — pergunta Branka, encantada.

— São tudo o que nos resta de nossa mãe — diz Magda, em um sussurro.

— Ela adoraria pensar neles sendo usados em nossa primeira refeição com novos amigos — fala Cibi, sua voz se reduzindo a um sussurro também.

— Vou acender as velas — diz Livi, pegando os castiçais de Magda. — Cibi tem razão. Esta noite comeremos à luz dos olhos vigilantes da mamãe.

* * *

Mais tarde, naquela noite, depois de uma refeição preparada com as duas outras residentes do apartamento, Kamila e Erena, as mulheres se retiram para o grande apartamento no último andar, que tem acesso ao telhado. Sobreviventes de outros apartamentos se reúnem ali para compartilhar suas histórias de vida nos campos, e da vida após eles.

As irmãs aprendem que os homens e as mulheres saem todos os dias em busca de trabalho. Alguns têm sorte, e aqueles que não têm assumem a tarefa de tornar as condições de vida mais confortáveis para todos, vasculhando os outros apartamentos em busca de comida, móveis e produtos de higiene pessoal.

— Amanhã vocês devem visitar os escritórios da Cruz Vermelha — Branka diz às irmãs. — Eles vão registrar seu retorno e ajudá-las a encontrar familiares e amigos.

— Alguém vai nos ajudar? *Ajudar* de verdade a encontrar o nosso tio? — A voz de Livi é estridente, e o telhado fica em silêncio.

Branka pega a mão dela.

— Espero que sim, pequena Livi — ela diz suavemente. — Realmente espero.

A noite chega ao fim e as pessoas começam a se levantar e ir para a cama. Cibi está ciente de que vários rapazes e moças se demoram para terminar suas conversas, as cabeças inclinadas enquanto falam. *Afinal, a vida normal pode ser possível*, pondera Cibi. Ela se lembra de Yosi, o menino atrevido do *Hachshara*, que gostava tanto de jogar pão na cabeça dela. Talvez, um dia, ela também encontre alguém para amar.

* * *

A vida das irmãs segue um ritmo agradável, cada qual feliz por se perder em uma rotina nova e independente. Cibi é a que tem mais sorte, encontrando curtos períodos de trabalho em um escritório onde usa suas habilidades de datilografia. Livi e Magda também trabalham no escritório, preenchendo papelada e ajudando a fazer a contabilidade de pequenos negócios ou a limpar. Quando não estão trabalhando, arrumam o apartamento.

Cibi e Livi haviam passado bastante tempo observando os russos construírem Birkenau, então não é surpresa que tenham se mostrado destemidas em misturar cimento e consertar tijolos quebrados nas paredes de seu apartamento, a fim de garantir alguma proteção durante os meses de inverno.

— Vocês, garotas, sabem muito bem como funciona a construção — Frodo diz, olhando com admiração enquanto Cibi e Livi batem os tijolos com argamassa.

Com o passar das semanas, as irmãs sentem que estão acordando de um pesadelo. Todas as noites, antes de ir para a cama, as meninas olham as fotos com o coração dolorido enquanto revivem sua infância feliz, antes que tudo desse tão errado. Mas não é mais insuportável enfrentar essas lembranças. Livi chora até dormir todas as noites, a dor de perder sua casa em Vranov ainda muito fresca em sua mente. Seus sonhos são confusos: o bandido em sua casa as empurra para a rua, nos braços de um oficial da SS que as manda subir em um vagão de gado carregado de vacas de verdade. Mas a cada manhã ela acorda e decide que a vida deve continuar, e, aos poucos, começa a se sentir mais forte.

Cibi visita a Cruz Vermelha pelo menos uma vez por semana, examinando as listas em busca dos nomes do tio e da tia, mas até agora não teve sorte.

Uma tarde, após dois meses de residência em Bratislava, ela volta para casa e encontra um homem à espreita do lado de fora de seu apartamento. *Amigo ou inimigo?*, ela se pergunta instintivamente. Mas Cibi lembra a si mesma de que está segura ali, que a um único grito de socorro pessoas de todos os apartamentos correriam em seu auxílio.

— Posso ajudá-lo?

O homem se vira devagar. Ele está segurando o chapéu nas mãos, girando-o continuamente com os dedos finos.

— Estou procurando por... — ele começa.

Cibi ofega e estende a mão para se apoiar na parede.

— Tio Ivan? — ela sussurra.

— Cibi! — ele chora. Em segundos, estão se abraçando, um soluçando no ombro do outro.

Cibi o reconhece pelo brilho dos olhos, o formato de seu nariz – mas tudo o mais sobre o tio está diferente. Sua postura antes orgulhosa está curvada, seu cabelo preto agora está branco e desgrenhado. Linhas marcam suas feições, mas seu sorriso é tão amplo e caloroso como sempre foi.

— E Magda? Livi? — ele pergunta, hesitante.

— Estão bem. Estamos todas bem. E a tia Helena? As crianças? — É a vez de Cibi parecer hesitante. Ivan olha para seu chapéu deformado.

— As crianças passaram por muita coisa, vai levar algum tempo para se adaptarem.

— Tia Helena?

Ivan abaixa a cabeça enquanto as lágrimas começam a escorrer por seu rosto.

— Nós a perdemos, Cibi. Ela se foi — ele fala com a voz rouca. — Caiu na marcha da morte…

Ele não precisa dizer mais nada, e Cibi não o pressiona. Mais uma vez estão chorando nos braços um do outro.

— Quero ver Magda e Livi — diz Ivan, finalmente.

Cibi acena com a cabeça, pega a mão dele e o leva para o apartamento.

* * *

No dia seguinte, a família se reúne no prédio do tio, a poucos minutos do das meninas. As irmãs ouvem o relato dos primos sobre o momento em que a mãe deles caiu e foi baleada por um oficial da SS. É doloroso ouvir, mas Cibi sabe agora que falar sobre isso os ajudará, por mais angustiantes que sejam as lembranças.

— Há um apartamento vazio aqui em cima — Ivan diz às irmãs. — Ficaria muito feliz se vocês, meninas, se mudassem para cá. Poderíamos ser uma família de novo.

As irmãs nem precisam conversar sobre isso. Naquela mesma tarde, elas se despedem de Branka e de todos os seus amigos com a promessa de manter contato, e transferem seus parcos bens para o bloco de Ivan.

Elas comemoram a primeira noite de seu reencontro com o tio puxando cadeiras e caixotes para se sentar ao redor de uma mesinha e comer. Quando a mesa está posta, e a comida, fumegando em tigelas que não combinam, Magda pega sua bolsa e tira os castiçais repletos das velas compridas que Branka lhe deu.

Livi acende um fósforo e a sala brilha na luz amarela bruxuleante.

— Estes são?... — Ivan tenta falar, mas não consegue prosseguir porque começa a chorar.

As crianças rodeiam o pai dando tapinhas em suas costas, enxugando-lhe as lágrimas.

— Está tudo bem, papai — dizem sem parar.

Lentamente, Ivan se senta, os braços em volta dos filhos

— Onde?... Como você os conseguiu? — ele pergunta.

— Eu os escondi no sótão de nossa casa, tio — declara Magda. — Antes de sairmos. E então voltei para pegá-los.

— E temos fotos — diz Cibi. — Magda também as escondeu.

Enquanto os outros comem, Ivan não ingere um único bocado sequer; está perdido nas lembranças despertadas pelas fotografias em preto e branco. Gradualmente, o clima solene muda para algo mais leve quando as crianças se deixam fascinar por essas imagens do pai quando jovem.

— Papai, você já foi um garoto um dia!

— Tia Chaya é tão bonita.

À luz de velas, todos começam a relembrar episódios da vida dos irmãos, de seus cônjuges e do avô.

Ivan raspa a cera derretida da superfície prateada dos castiçais.

— Sinto que Chaya está conosco — diz ele. — Olhando para essas fotos sob esta luz especial, nós nos lembramos do passado sem tristeza. E, se podemos fazer isso, também podemos olhar para a frente sem medo.

* * *

Cibi encara a mudança para o bloco de seu tio como um novo capítulo na vida. Enquanto o trabalho ainda é irregular e mal pago, e o sentimento antijudaico diário e não tão sutil – aparentemente arraigado na sociedade de Bratislava – torna-se cada vez mais irritante, as irmãs são gratas por estar em família mais uma vez. Lentamente, começam a construir uma vida juntos na cidade.

Tampouco Cibi se enganara em suas reflexões sobre o romance naquele dia no telhado. Mischka, um amigo do antigo apartamento, faz questão de manter contato, e Cibi fica ansiosa por suas visitas, apesar de Magda e Livi não perderem a oportunidade de caçoar da irmã mais velha.

— Ah, Mischka, eu te amo! — brinca Livi, em voz alta e estridente.

— Você é tão bonito, Mischka. Tão forte! — Magda geme. — Cibi, case-se com ele depressa ou uma de nós o fará.

— Eca — riu Livi. — Seria como casar com seu irmão!

Mas a provocação cessa quando, uma noite, Cibi dá a notícia.

Tio Ivan, seus primos e irmãs estão reunidos no apartamento do tio jogando um jogo de charadas. Cibi se levanta e se senta, se levanta e começa a andar.

— O que há de errado com você? — pergunta Livi. — Está estragando o jogo.

— Tenho uma coisa para lhes contar — Cibi começa, sentando-se mais uma vez.

— Bem, diga, então — Magda interfere, quando Cibi não diz nada.

— Tudo bem, tudo bem. Deem-me um segundo. — Cibi está corada, feliz, sorrindo de um jeito estúpido. — Mischka me pediu em casamento!

As irmãs olham para Cibi em silêncio, esperando por mais. Ivan deixa sua cadeira para se sentar ao lado da sobrinha.

— E? — ele pergunta.

— Eu disse *sim*.

A sala entra em erupção. Livi e Magda começam a chorar. Ivan está segurando Cibi com força, dizendo a ela que Chaya ficaria muito orgulhosa, que Mischka é exatamente quem ela teria escolhido para a filha mais velha. Quando o barulho diminui, Ivan ainda está segurando as mãos de Cibi.

— Também tenho um anúncio — diz ele, corando.

— Tio! — grita Livi. — Você também vai se casar?

— Vou! O nome dela é Irinka. Também é uma sobrevivente.

* * *

Algumas semanas depois, em abril de 1946, Cibi se casa com Mischka. Ela nem se importou com o fato de que era aniversário de Hitler. Cibi estava feliz, na verdade. Gostaria que todo judeu pudesse encontrar algo para comemorar nesse dia, para mostrar a esse homem e seu exército de assassinos que a esperança floresce nos lugares mais sombrios. O casal muda-se para outro apartamento no bloco de seu tio, prontos para começar a vida juntos.

Não muito depois do casamento, Cibi e suas irmãs tomam café com bolo em sua cafeteria favorita, uma rotina que não cessou apesar de sua condição de recém-casada. O gemido de fome que definiu grande parte da experiência delas nos campos agora faz parte de seu DNA – elas nunca se esquecerão do desespero para colocar algo, qualquer coisa, no estômago. Agora, saboreiam cada garfada, mas, mais do que isso, apreciam a liberdade de se movimentar pela cidade como quiserem, não mais sob o olhar vigilante e penetrante de uma *kapo* ou, pior, de um oficial da SS.

— Outro dia — Livi conta às irmãs, mordendo uma massa folhada e gemendo de prazer —, fiquei na frente da butique de Madame Cleo. Sabem qual é? — As meninas acenam com a cabeça. — Só porque eu *podia*. Ninguém me diria para limpar os banheiros, cavar buracos ou separar a correspondência dos mortos; eu simplesmente estava *livre* para ficar lá e sonhar com os vestidos.

— Sei o que você quer dizer — declara Magda, prestes a contar suas próprias histórias da maravilha incrédula de comandar o próprio corpo, mas ela não faz isso, porque percebe que Cibi ficou com o rosto muito vermelho.

— Você está bem? — pergunta ela a Cibi. — Você ficou toda…

— Vou ter um bebê! — Cibi solta.

As irmãs baixam ruidosamente suas xícaras de café sobre a mesa e explodem em uivos de empolgação.

— Se a vovó estivesse aqui, faria o parto do bebê — diz Livi finalmente, voltando-se para o seu doce.

— Ela colocava brincos de rubi nas orelhas das meninas — continua Magda, engolindo o café agora frio.

— Ela ainda faria isso se fosse um menino? — pergunta Livi.

As garotas caem na gargalhada.

* * *

Todos os dias, e nos sete meses seguintes, Magda e Livi visitam Cibi, sentem o bebê chutar e se maravilham com o crescimento da barriga da irmã. Elas questionam sua parteira, deixando claro que estarão presentes no parto. Mischka, no entanto, não estará, e isso já não é esperado dele.

Certo dia, Magda e Livi aparecem inesperadamente no apartamento de Cibi, exigindo que ela as acompanhe em uma missão secreta.

— Não quero ir a lugar nenhum. Olhem para mim, estou uma elefanta — lamenta ela.

— Até as elefantas vão às compras. — Livi ri. — Vamos, Jumbo. Levante-se.

— Aonde estamos indo? Vocês não fariam isso comigo se soubessem o que é ter uma bola de futebol gigante na barriga.

— Nós não sabemos, você tem razão. E isso porque você, como a mais velha, assumiu a responsabilidade de fazer tudo primeiro — diz Magda.

— Mas eu pareço tão gorda e inchada.

— Você já pareceu pior, acredite em mim — declara Livi, sorrindo.

— Isso não é justo. Sua aparência era tão ruim quanto a minha — Cibi replica.

— Eu nunca fiquei tão mal como vocês duas, não é? — Magda reflete, repentinamente séria.

— Mas você ficaria se permanecesse lá tanto tempo como nós — diz Livi, e imediatamente quer engolir as palavras. — Sinto muito, Magda, saiu errado. Sou uma idiota. — Livi abaixa a cabeça.

— Sei que sim. Tudo bem. Ajude-me a tirar a elefanta do sofá, colocar sapatos nela e sair por aquela porta.

Cibi permite que as irmãs a arrastem para fora do apartamento até a movimentada rua principal. Livi se demora em cada loja de roupas por onde passam, e toda vez Magda diz a ela para se apressar.

— Este passeio é para Cibi — diz ela, impaciente. — Não para você. Vamos, estamos quase lá.

Magda e Livi param em frente a uma grande loja com vitrines cheias de carrinhos de bebê, berços e minúsculos manequins com roupas infantis coloridas.

— Chegamos! — Magda anuncia, finalmente.

— Não posso pagar nada que tenha aí — diz Cibi, desanimada.

— Mas nós podemos, Cibi. — Livi a pega pelo braço para conduzi-la até a loja, mas Cibi resiste.

— Está tudo bem — Livi a acalma. — Economizamos um pouco do nosso salário nos últimos meses e agora temos o suficiente para comprar um carrinho de bebê para a bola de futebol.

— Tudo o que você precisa fazer é escolher qual deseja — diz Magda.

— Não íamos ter um carrinho de bebê; não podemos comprar um.

— Você terá um carrinho de bebê, Cibi Meller! — insiste Livi. — Mamãe gostaria que você tivesse um, e nós queremos que você tenha.

— Você pode, por favor, entrar e escolher um? — Magda pega o braço de Cibi e, por fim, a irmã se deixa arrastar para dentro da loja.

Uma hora depois, Cibi está empurrando um carrinho de bebê novinho para casa. As irmãs estão caladas, cientes daqueles que não podem estar ali enquanto elas se preparam para receber uma nova geração de Meller, mas é Cibi quem parece mais triste.

— Você está bem? — pergunta Livi, pegando sua mão. — É o carrinho?

Cibi parece voltar de muito longe, e responde:

— Não, Livi. Claro que não, adorei o carrinho. É tudo o que eu poderia ter desejado.

— É a mamãe, então? Está pensando nela?

— Estou sempre pensando nela. Mas também não é isso. — Cibi empurra o carrinho para o lado da calçada e as irmãs a seguem.

— Então, o que é? — pergunta Magda, intrigada.

— É Mischka — diz Cibi. Ela encontra os olhos de suas irmãs e desvia o olhar. — Este não é o primeiro filho dele — ela termina.

Livi e Magda olham para Cibi, esperando por mais.

— Não entendo — diz Magda, por fim. — Ele tem outro filho?

Cibi assente com a cabeça.

— Mischka já foi casado e já foi pai.

A verdade por trás das palavras de Cibi atinge Magda e Livi ao mesmo tempo. Cada uma delas coloca um braço em volta dos ombros da irmã e a puxa para perto. *Pobre Mischka*, pensa Magda. *Assim como nós, perdeu muito.*

— Obrigada por nos contar — sussurra Magda, com a voz embargada e o coração partido pelo cunhado que elas passaram a amar.

— Ele está feliz por vocês terem um filho? — Livi pergunta, hesitante.

— Ah, Livi, sim, ele está. Muito feliz. Ele o chama de sua segunda chance.

— Então, será um bebê muito especial — diz Magda. — Ele falou muito sobre a primeira família que teve?

— Antes de nos casarmos, ele me contou tudo. E não falamos sobre isso desde então.

— Era um filho ou uma filha?

— Uma filha. O nome dela era Judith. — Cibi hesita e pigarreia. — Ela tinha três anos quando foi levada com a mãe.

Livi bate o pé, afasta-se, olha para o céu. As irmãs estão fungando, enxugando os olhos, cada qual se lembrando das imagens aterrorizantes de crianças muito pequenas sendo jogadas dos vagões de gado nos braços de suas mães e seus pais. Eram muito novas para saber o que lhes aconteceria, mas velhas o suficiente para perceber que haviam chegado ao inferno.

Cibi nota a chama nos olhos de Livi, o alargamento de suas narinas.

— Está tudo bem, Livi, de verdade, ele ficará bem. Mischka vai segurar este bebezinho nos braços e vai se lembrar de Judith e da primeira vez que ele a segurou. E amará e protegerá seu segundo filho com a própria vida. Sei que vai.

— Esse menininho preencherá o vazio no coração de Mischka, Cibi — diz Magda. — Exatamente como você fez.

— Ah, Magda, quando você se tornou tão sábia, e como sabe que terei um menino? — Cibi está sorrindo agora, feliz por ter compartilhado a história do marido com as irmãs.

— Sempre fui sábia, vocês duas simplesmente nunca perceberam isso. E acredito que você dará a Mischka seu primeiro filho.

* * *

Naquela noite, Magda desliza para a cama de Livi, que está soluçando em seu travesseiro.

— Quer que eu te dê um abraço? — ela pergunta a Livi. — Sei que você pensou em mamãe o dia todo.

— Sim, e em Mischka também. Na garotinha dele.

— Eu sei — diz Magda. — Eu também. Mas você chora todas as noites, Livi... Você está sonhando com a mamãe?

— Não, gostaria de estar — responde Livi, enxugando o nariz na manga da camisola.

— Com o que você sonha, então?

— Penso em mamãe e em nossa casinha antes de adormecer, e então, pelo resto da noite, estou de volta a Birkenau.

Magda envolve a irmã nos braços. O que pode dizer sobre isso? Ela puxa Livi para perto e canta uma canção de ninar até que ela adormeça.

* * *

Quando Cibi entra em trabalho de parto, suas irmãs ficam ao seu lado, revezando-se para segurar-lhe as mãos, banhá-la com flanelas molhadas e encorajá-la com conselhos que nenhuma das duas está qualificada a dar. Um dia e uma noite inteira se passam assim e o bebê não nasce. Quando o sol começa a se pôr no segundo dia, todas estão exaustas e abatidas. E então, de repente, Cibi quebra a monotonia com um grito agudo.

— Está chegando! — Cibi grita. — Agora!

Suas irmãs ficam atentas. Livi limpa o rosto de Cibi do suor e das lágrimas; Magda, ao pé da cama com a parteira, grita:

— Empurre! Mais uma vez, Cibi. Empurre!

O som de um recém-nascido preenche a sala. Magda e Livi prontamente começam a chorar.

— Mamãe deveria estar aqui — soluça Livi.

— Posso senti-la aqui — diz Cibi, cansada, tocando o peito. — Posso, de verdade. Mas eu posso *ver* minhas irmãs.

— Você não quer saber o sexo do bebê? — pergunta Magda, aninhando um pacotinho de cobertores em seus braços.

Cibi olha fixamente para o bebê e acena que sim com a cabeça.

— Um menino — diz Magda.

— Eu ganhei um menino? — indaga Cibi baixinho, pegando o embrulhinho. Ela olha para o rosto enrugado do recém-nascido. — Magda, Livi, ganhamos um menino.

— Você quer que eu peça para o pai entrar e ver o filho? — pergunta a parteira.

— Daqui a pouco — diz Cibi, olhando nos olhos azuis da criança. — Só nos dê alguns minutos. Ele vai entender.

Livi estende a mão, acariciando suavemente o rosto do sobrinho. Cibi põe o pacotinho que se contorce nos braços da irmã, e Livi olha para o rostinho inchado e vermelho quando começa a cantar.

Meu pequeno anjo	*Hajej můj andílku*
Deite-se, meu anjinho, deite-se e durma,	*Hajej můj andílku hajej a spi,*
Mamãe está embalando seu bebê.	*matička kolíbá děťátko svý.*
Deite-se, durma bem, pequenino,	*Hajej dadej, nynej, malej,*
Mamãe está embalando seu bebê.	*Matička kolíbá děťátko svý.*
Deite-se, meu anjinho, deite-se e durma,	*Hajej můj andílku hajej a spi,*
Mamãe está embalando seu bebê.	*matička kolíbá děťátko svý.*
Deite-se, durma bem, pequenino,	*Hajej dadej, nynej, malej,*
Mamãe está embalando seu bebê.	*Matička kolíbá děťátko svý.*

Quando Mischka entra na sala, as lágrimas escorrendo livremente pelo rosto, Livi pega o braço de Magda e as irmãs deixam marido e mulher sozinhos para dar as boas-vindas a essa criança preciosa em sua família.

* * *

Com o passar dos meses, Magda e Livi observam Karol crescer de recém-nascido para um bebê robusto, mas Livi também observa a irmã mais velha se tornar parte de uma nova família. Seu tio agora tem Irinka, que é adorada pelos filhos dele. O que Livi tem? Ela começa a se sentir inquieta, mas Magda não tem vontade de reestruturar a vida de novo.

É um ato de racismo cotidiano, um dos muitos que vieram a definir os limites da existência delas em Bratislava, que faz Livi se decidir.

— Chocolate! Você acredita nisso? — Livi acaba de invadir o apartamento, a raiva pintando suas feições. — Acabei de ser ofendida por ter a ousadia de comprar um pouco de chocolate.

— Do que você está falando, Livi? — pergunta Magda.

— Dois imbecis antissemitas entraram na loja quando eu estava entregando meu dinheiro, e você sabe o que disseram? — Livi está andando de um lado para o outro.

— Não tenho ideia, Livi. O que disseram?

— Um deles olhou para mim com aquele narigão, e era um narigão mesmo, e disse em voz alta e estúpida, para que todos na loja pudessem ouvir: — "Judia maldita. Quem pensam que são para comer um bom chocolate?".

— O que você fez? — Magda está calma, não quer inflamar ainda mais a irmã.

— Larguei o chocolate e saí. — Livi se volta para a irmã. — Não quero mais viver assim. Quero estar em um lugar onde não seja ofendida porque sou judia, um lugar onde possa comprar chocolate e não me sentir ameaçada.

— O que está dizendo? — pergunta Magda, a preocupação invadindo sua voz.

— Algo precisa mudar, e não acho que vai mudar na Eslováquia.

Nas semanas seguintes, Livi fala com outros sobreviventes sobre deixar a Eslováquia. Agora sob o regime comunista, eles recebem poucas notícias sobre a situação na Palestina e os esforços para criar um Estado de Israel.

Quando Livi compartilha suas frustrações com amigos, alguns dos meninos dizem a ela o que pensam e comunicam que estão partindo para Israel em breve, após concluir o treinamento com o *Hachshara*. Ela imagina viver uma vida na qual seu trabalho árduo seja bem recompensado; na qual não seja sempre a última escolhida para o emprego de escritório porque é judia; na qual possa acreditar que aqueles ao seu redor almejam as mesmas coisas que ela. No final, ela fica surpresa ao perceber como foi fácil se decidir.

— Quero me juntar a eles — diz Livi a suas irmãs certa noite. Ela e Magda estão no apartamento de Mischka e Cibi. Livi está balançando Karol no joelho. — Quero me juntar ao *Hachshara* e depois partir para Israel. Quero que todos nós partamos para Israel.

— Isso é loucura — explode Magda. — Em primeiro lugar, ninguém tem permissão para deixar este país. Agora somos todos comunistas, caso você não saiba. Além disso, você não ouviu sobre o que os britânicos estão fazendo aos judeus que tentam chegar a Israel? Estão obrigando-os a dar meia-volta e devolvendo-os de imediato aos campos de refugiados. — As três irmãs estremecem com a palavra "campo". — Eles até entraram nos barcos com destino a Israel.

Isso é verdade. A Grã-Bretanha, temendo a perda de sua posição como potência dominante no Oriente Médio, não tem nenhum desejo de ajudar na criação de uma nação judaica, o que poderia provocar os palestinos e, assim, colocar em risco a base de poder britânica naquela região.

— Já fiz minha pesquisa, Magda, obrigada — diz Livi, inexpressiva. — Foi por isso que me inscrevi. Não acham que vale a pena lutar pela nossa liberdade? Não saímos de uma prisão apenas para cair em outra.

Magda está em silêncio.

— Vocês não se cansaram da Eslováquia? — Livi pergunta às irmãs. — Quando foi a última vez que você conseguiu um emprego que durou mais de uma semana, Magda? E você, Cibi, quer criar seu filho em um país que ainda parece odiar os judeus?

Magda abre a boca, mas Cibi põe a mão no braço da irmã. Magda se vira para ela. Cibi está sorrindo.

— Ela não está errada, Magda, e eu estava no *Hachshara*, lembra? Eles cuidarão dela.

— Não temos permissão para deixar este país! — Magda repete. — Ninguém tem. O que farão com ela se a capturarem? — ela estremece.

— Ninguém vai me capturar — diz Livi. — E não terei permissão para sair antes de estar pronta.

— Livi é uma mulher agora, Magda. Está com vinte e um anos. Vamos apenas ouvi-la.

Magda vira-se contra Cibi.

— Por que você está tão ansiosa para se livrar de nossa irmã? Achei que tivéssemos um pacto. Achei que deveríamos ficar juntas, cuidar uma da outra. Prometemos ao nosso pai, nós...

— Magda, me escute — Cibi exige. — Você deve ir com Livi. Faça o treinamento e vá para Israel. — A voz de Cibi é calma, tranquilizadora, como se a escolha de Livi fosse a mais óbvia. — E, depois, Mischka, Karol e eu seguiremos vocês.

Magda fica boquiaberta.

— Não vamos entrar no *Hachshara* por causa do bebê, mas daremos um jeito.

— Está vendo, Magda? — Livi está de pé, socando o ar. — Cibi também vai, está decidido.

— Nada está decidido, irmãzinha. — Magda está quieta, imaginando a vida em Bratislava sozinha. É uma imagem impossível. — Preciso pensar.

— Mas você está aberta à ideia? — questiona Livi, esperançosa. Magda não diz sim nem não, mas apenas acena com a cabeça.

— Deus cuidará de vocês — afirma Mischka. Ele ficou em silêncio durante esse diálogo, mas agora se aproxima para ficar ao lado de Cibi. — É a coisa certa para nós, para toda a família.

Livi sorri e diz "Viu?" para Magda, que a ignora porque está ocupada, pensando.

27

Bratislava
Outubro de 1948

Magda e Livi observam Cibi e Mischka, a irmã mais velha com o bebê Karol nos braços, voltarem para o carro e irem embora. Minutos antes, Magda entregara a Cibi com relutância a fronha com os castiçais e as fotos, e extraíra a promessa de que ela logo as seguiria até Israel e lhe devolveria os objetos.

Agora, duas irmãs esperam a chegada dos outros jovens judeus na beira da estrada. Homens e mulheres judeus que, como elas, decidiram aderir ao *Hachshara*. Eles farão parte de um quadro disposto a arriscar tudo para construir uma nova vida em Israel.

Foi difícil dizer adeus a Cibi, claro que foi. Magda vê a irmã mais velha como uma extensão do próprio corpo; para Livi, ela é mãe e salvadora. Mas também houve um ar de celebração na despedida. É outubro de 1948, mês do vigésimo sexto aniversário de Cibi. Os votos foram renovados: elas são uma unidade invencível e, embora duas das três irmãs possam em breve estar a três mil quilômetros de distância, essa lonjura nem sequer arranhará a solidez de sua promessa. Mas é hora de seguirem em frente de novo, de fazerem novas vidas para si mesmas, e, felizmente, Magda acabou concordando que estava pronta.

— Força e esperança — disse ela a Cibi na noite anterior à partida. — Isso deve bastar para construir um novo mundo, não é? Mas precisamos de sua ajuda para fazer isso, então não perca tempo.

Os homens e mulheres chegam às centenas e começam a embarcar nos caminhões que estacionam à beira da estrada. Livi não tem certeza se está animada ou apavorada quando começam a se afastar. E se isso for um erro terrível e ela estiver arrastando Magda de volta ao perigo? As lonas são puxadas para evitar os olhares curiosos dos cidadãos de Bratislava enquanto o grupo sai da cidade, e Livi se pergunta se algum dia poderão caminhar livre e abertamente para onde quiserem.

Eles quicam ao longo da estrada de cascalho, batendo em pequenas pedras, desviando de crateras enquanto a mente de Magda volta para seu tempo no cativeiro, quando um caminhão semelhante a deixou em uma prisão. Ela se pergunta o que aconteceu com o sr. Klein. Mas a emoção no veículo é contagiante e logo Magda se vê relaxando na companhia de rapazes e moças alegres e esperançosos.

O inverno se aproxima e faz frio, mas as irmãs estão aconchegadas em lenços grossos, chapéus, casacos quentes e calçados resistentes. Elas estão fortes e saudáveis novamente, e agora, três horas e cento e cinquenta quilômetros depois, o caminhão para em um terreno de lama e vegetação florestal. Esta será a casa delas pelos próximos três meses.

— Respire fundo, Magda! Como é maravilhoso! Isso me lembra a floresta em Vranov — grita Livi.

Magda tem que concordar: o cheiro e o gosto do ar da floresta são incomparáveis. Ela pensa em sua casa, no avô.

Elas são informadas de que cruzaram para o lado tcheco da Tchecoslováquia; elas estão nas florestas do Carste da Morávia, perto de Blansko. Mas essa informação não significa nada para Livi e Magda: seus pés estão frios e elas estão desesperadas para entrar.

As acomodações consistem em pequenas cabanas – garotas de um lado, rapazes do outro – dispostas em torno de um grande edifício central, onde os jovens serão reunidos para as refeições e as aulas, a fim de prepará-los para o que está por vir.

Depois de desfazer as malas, Magda e Livi seguem com todos os outros para o corredor principal.

Eles são informados de que seu treinamento será intenso e exigirá coragem, de que eles logo embarcarão em uma jornada por uma paisagem europeia hostil, por países agora sob domínio comunista, fechados para o mundo exterior.

— Vocês aprenderão a viajar com pouca bagagem, mover-se sem ser vistos e lutar quando for preciso — diz o instrutor. — Não somos comunistas, somos judeus, e pagamos caro pela liberdade de escolher onde queremos morar e viver nossa vida.

Ao mesmo tempo que se sentem amedrontadas com a ideia de "treinamento", Magda e Livi estão ansiosas para começar a jornada, desesperadas para acreditar que as memórias que as perseguem desaparecerão magicamente assim que colocarem os pés em Israel.

Naquela primeira noite, elas adormecem cheias de um senso de propósito, de esperança de que irão adquirir as ferramentas para esculpir um futuro para elas e, com o tempo, para Cibi, Mischka e o bebê Karol. Elas triunfaram quando o mundo estava contra elas e chegaram até ali. Magda está convicta de que a esperança que as manteve vivas nos campos impulsionará a ambição que têm de finalmente determinar o próprio destino.

Os jovens treinam nas florestas da Morávia, e o que falta a muitos em preparação física, eles compensam com entusiasmo. Magda e Livi veem-se em cavernas e desfiladeiros, em florestas densas e neve profunda, desafiando os elementos, pois têm a tarefa de sobreviver à noite na selva com poucas provisões.

A resistência das meninas aumenta e elas descobrem que o apetite pelo desafio é enorme, e logo estão fazendo os exercícios com facilidade.

— Enfrentamos coisas muito piores em Auschwitz — é o refrão alegre e constante de Livi.

Mas é quando recebem revólveres que as irmãs encaram seu primeiro obstáculo real. Nenhuma das duas quer aprender a disparar uma arma. E elas não estão sozinhas.

— Os comunistas não nos deixarão sair da Europa — diz seu instrutor. — E os britânicos não querem que viajemos para Israel. Ainda estamos sendo arrebanhados, na terra ou no mar. Quem aqui quer ser mandado para um campo de detenção e ter sua liberdade arrancada? Já não sofremos o suficiente?

A mensagem dele é clara: se querem passar para o próximo nível de treinamento, eles terão que aprender a usar uma arma.

Na manhã seguinte, as irmãs aceitam as armas que lhes são oferecidas no estande de tiro e, para espanto de Magda, Livi se prova uma atiradora habilidosa.

— Como? — pergunta Magda, olhando para as latas espalhadas no chão.

— É só imaginar que elas são nazistas — diz Livi alegremente. — É de fato muito fácil. — Para Livi, cada lata é o rosto de Isaac, com seu cabelo preto seboso e dentes amarelos. Toda vez ela atinge seu alvo.

Magda levanta a arma para as latas alinhadas em um toco de árvore a distância e, embora sua mira não seja tão precisa quanto a de Livi, ela acerta mais latas do que erra.

— Você tem razão. — Magda se vira para a irmã, sorrindo. — Eles estão todos mortos!

A inquietação de Livi diminui à medida que os dias se transformam em semanas, e ela floresce na companhia dos outros homens e mulheres do acampamento. Há horários para danças, esportes, jogos e refeições. Pela primeira vez na vida, Livi se sente independente de verdade, entre esses amigos que compartilham o mesmo objetivo.

Ela fica surpresa ao saber que alguns do grupo são cristãos; eles se juntaram ao *Hachshara* para mostrar solidariedade e apoio ao sonho judaico de estabelecer um lar na Terra Prometida.

O romance também desabrocha na floresta, e Livi fica lisonjeada quando Zdenko começa a convidá-la para dançar.

* * *

A data de partida está cada vez mais próxima. Em breve, eles começarão sua jornada para a Romênia e de lá para o porto de Constança. Parte da viagem envolverá atravessar a Ucrânia ou a Hungria, países que se fecharam e patrulhavam fortemente as fronteiras.

Magda e Livi ouvem atentamente enquanto lhes são explicados os perigos de tal expedição. Livi se pergunta se todos sentem o mesmo que ela, que essa parte da jornada é quase uma extensão de seu cativeiro e, simultaneamente, o último obstáculo em sua busca por liberdade. Elas abandonaram a marcha da morte, e isso exigiu muito mais coragem. Livi se sente pronta para ir embora novamente, mas não pode fingir que não está com medo.

Viajar em pequenos grupos oferecerá alguma proteção, mas eles terão que ser muito cuidadosos. Se conseguirem chegar ao porto de Constança, na Romênia, encontrarão um navio pronto para levá-los a Haifa. A embarcação vai partir com ou sem eles.

No dia da partida, o grupo de Magda e Livi, composto por cerca de cem novatos, viaja de caminhão de volta a Bratislava. Com dinheiro no bolso, eles pegarão o trem onde puderem, caso contrário, pedirão carona ou caminharão. Cada um deles possui uma arma e um estoque de balas. Livi e Magda colocaram as balas em suas bolsas; as armas, elas enfiam nos bolsos dos casacos.

— Você está chateada porque Zdenko não está em nosso grupo? — Magda pergunta.

— Um pouco, mas nada de mais.

— Você gosta dele, Livi?

— Claro que gosto dele.

— Sem sentimentos *românticos*?

— Sem. Ele é um amigo, só isso.

— A amizade é uma boa base para outra coisa — provoca Magda.

— Bem, Magda, quando você tiver encontrado alguém especial, poderá me dizer como é, aí saberei o que procurar. Até então, irmã, cuide da sua vida.

— Você está com medo, Livi? — pergunta Magda, repentinamente solene.

Livi olha para a irmã mais velha e vê o próprio medo refletido nos olhos de Magda.

— Não pode ser pior do que uma marcha da morte, pode? Ou uma seleção? — ela responde.

— Acho que é uma maneira de ver as coisas — diz Magda.

— É a única maneira.

* * *

Os novatos pegam trens para várias cidades diferentes, de onde se posicionarão para cruzar a fronteira rumo à Romênia. Vranov foi uma das opções, que Magda e Livi rejeitaram; em vez disso, elas decidem viajar para Košice e fazer o seu caminho através da Hungria. De lá, elas esperam que os moradores as encaminhem para Constança.

Elas receberam mapas e um guia: Vlad. Com três outros meninos, as irmãs ouvem Vlad dizer que terão de percorrer outros quinhentos quilômetros quando estiverem na Romênia.

— Acha que teremos tempo para visitar o túmulo de papai em Košice? — Livi sussurra.

— Acho que não. Precisamos seguir em frente! Voltaremos um dia — declara Magda.

Livi se inclina para trás, fecha os olhos e deixa o movimento do trem embalá-la para dormir.

* * *

Chegando a Košice, o grupo de seis está ciente de que seus amigos também estão desembarcando do trem, mas eles se ignoram, como foram instruídos a fazer. O grupo agora está por conta própria.

— Faltam apenas treze dias e vocês estarão no barco — Vlad diz a eles, enquanto caminham pelas ruas da cidade de Košice. — Vamos encontrar um lugar quente para passar a noite.

— Um hotel? — pergunta Livi, esperançosa.

— Um celeiro — responde ele.

— Nada de cobertores macios e colchões de penas para você, Livi — provoca um dos meninos. — Você ficará bem ou devemos atirar em alguns patos, arrancar-lhes as penas e colocá-las em seu travesseiro?

— Isso seria adorável, obrigada — Livi dispara de volta.

Está escurecendo quando alcançam os limites da cidade. Eles estão em uma estrada deserta, bosques à esquerda e à direita, mas nenhum sinal de qualquer celeiro. Os meninos querem acampar na floresta, Vlad também, mas Livi quer se proteger.

Todas as seis cabeças se viram ao som de um cavalo chegando. A mão de Vlad vai para dentro de sua jaqueta. Livi fica tensa: é aqui que tudo se desfaz, onde serão novamente levados como prisioneiros, punidos por querer mais do que uma vida vivida nas sombras. Magda respira fundo, tentando controlar o tremor nas mãos. Ela nunca vai atirar em ninguém, e sabe disso agora: como poderia, se desmorona ao primeiro sinal de perigo?

— Para onde vocês vão? — pergunta um fazendeiro, cuja carroça está sendo puxada por uma bela égua preta.

Vlad retira a mão e acena. Livi e Magda expiram.

— Para Trebišov — responde ele.

— Vocês são judeus?

— Somos.

Livi olha para Vlad, mas os olhos dele estão fixos no fazendeiro. Se ele não está preocupado, ela também não ficará.

— Pulem na parte de trás e eu os levarei o mais longe que puder.

Eles sobem a bordo. A carroça cheira a esterco de animal, mas eles ficam confortáveis o suficiente na palha.

— Desculpem — pede o fazendeiro. — Eu levava porcos na carroceria.

Eles trotam em silêncio por cerca de uma hora. Vlad se mantém aprumado durante toda a jornada. *Ele poderia muito bem estar em um trem ou em um carro*, pensa Livi, ajustando a própria postura. O fazendeiro finalmente para em uma bifurcação na estrada.

— Trebišov fica a cerca de dez quilômetros daqui. Vocês podem seguir em frente agora ou podem dormir no meu celeiro esta noite. Vocês decidem.

— Está ficando tarde — afirma Livi, esperançosa.

— Obrigado — diz Vlad ao fazendeiro. — Ficaríamos muito gratos. Prometo que iremos embora antes de o senhor acordar pela manhã.

— Duvido disso. — O fazendeiro sorri. — Você já administrou uma fazenda? — Ele pisca.

Com um movimento rápido das rédeas, o cavalo continua descendo por uma trilha estreita até uma pequena casa de fazenda, ao lado da qual se ergue um grande celeiro.

— Sintam-se em casa lá dentro — ele pede. — Ainda há alguns porcos lá, mas não devem incomodar vocês. E minha esposa vai lhes trazer alguma comida daqui a pouco. — Ele oferece um aceno e sai a passos largos em direção à casa da fazenda.

— Obrigado — eles respondem em coro.

Enquanto estão fazendo camas com as abundantes pilhas de palha, a esposa do fazendeiro entra no celeiro.

— Alguém pode me ajudar? — pergunta ela.

Vlad e Magda a ajudam com as canecas de chá e um enorme prato de batatas fumegantes e porco assado. Existem seis garfos.

— Isso é muito, muito generoso de sua parte — diz Vlad.

— Deixem os pratos na porta quando terminarem, eu vou recolhê-los mais tarde. — A esposa do fazendeiro para na porta antes de ir embora. — Nós ajudamos outros grupos, assim como vocês, e faremos o que pudermos por aqueles que vierem depois. — Com isso, ela se vai.

Ainda desacostumada à gentileza aleatória dos outros, Livi sente um nó na garganta.

— Livi, não fique tão surpresa — Vlad diz a ela. — Nem todo mundo odeia judeus! — Os meninos e Magda começaram a rir. — Vamos comer.

Eles se reúnem em torno do prato de comida.

— Talvez ela não saiba que judeus não comem porco — aponta um dos meninos.

— Ele nos avisou que tinha porcos — suspira Magda. — Mas, Livi, você se lembra da casa com os russos?

Livi assente com a cabeça e diz:

— Quando não temos outro alimento, comemos porco.

Os meninos ainda estão rindo quando todos pegam seus garfos e começam a comer.

* * *

Na manhã seguinte, o fazendeiro os acorda com chá e pão fresco. Ele se oferece para levá-los a Trebišov.

— Dia dois de quatorze — Vlad anuncia.

Em Trebišov, eles compram comida e se dirigem para a fronteira. Eles estão na Hungria. Naquela noite, o grupo dorme na floresta. Livi preferia dormir ao ar livre agora, o mais longe possível das pessoas. Embora tenha as habilidades para sobreviver na natureza, a coragem para qualquer confronto com um inimigo lhe faltará, Livi tem certeza. Ela gostaria que Cibi estivesse com eles – a promessa de que sempre estariam juntas pesa em sua mente. Elas estão desafiando o destino ao deixá-la para trás?

Nos dez dias seguintes, eles pedem carona, caminham e viajam de trem até chegar a Constança, dois dias antes do planejado. Encontraram pouca resistência, e Livi e Magda estão extremamente gratas. Eles tiveram sorte, reconhecem isso e rezam para que essa "sorte" resista à viagem.

No porto, o navio já está atracado, aguardando sua carga de migrantes animados. A evidência de uma guerra recentemente travada os rodeia: muitos prédios são montes de entulho ainda esperando para serem removidos, mas, na cidade, os prédios antigos ainda estão altos e orgulhosos, intocados pelo caos que se abateu sobre o porto.

Um dia depois, os cem novatos do acampamento florestal do Carste da Morávia, os primeiros a chegar, juntam-se a centenas de outros acampamentos de toda a Europa.

Magda e Livi sentem um arrepio de alegria enquanto circulam pelo porto, tomadas de expectativa e entusiasmo pela jornada que têm pela frente.

— Todos a bordo e sejam rápidos! — Vlad está reunindo os rapazes e moças, incitando-os em direção ao navio.

Magda pega a mão de Livi ao pé da prancha.

— É isso, irmãzinha — ela diz. Seus olhos estão brilhando. Livi sabe que as lágrimas de Magda são por sua mãe, pelo avô, mas também por elas próprias. As duas não estão apenas prestes a embarcar em uma viagem através do oceano, mas também estão passando de uma vida para outra.

— Estou pronta — declara Livi. — Vamos subir juntas.

Livi pensa nas três irmãs na plataforma da estação ferroviária de Bratislava, a caminho de Vranov. Elas ficaram com tanto medo que se agarraram uma à outra o caminho todo. Ela não se sente assim agora, não está com medo, e está feliz por Magda estar ao seu lado, mas então Livi sente um formigamento familiar em sua espinha, uma nota de pavor. Mais uma vez, gostaria que Cibi estivesse com elas, a constante protetora que a manteve viva em Auschwitz por pura vontade e determinação. *Agora não é assim*, ela diz a si mesma, mas como abraçar o futuro com o coração aberto quando o mesmo coração foi partido repetidamente, e seus cacos transformados em pó? *Talvez seja disso que se trata*, pensa Livi, enquanto o navio se afasta, recompondo os corações. Cibi está a salvo com Mischka e Karol, e logo eles honrarão a promessa e as seguirão até a Terra Prometida.

Centenas de rapazes e moças enfileiram-se no convés, pendurados nas laterais para ver as ondas irem embora. Livi põe a mão no bolso e apalpa o revólver. Seus dedos passam pela arma para encontrar a pequena faca, seu talismã. É parte de sua luta para sobreviver tanto quanto a presença espiritual de sua mãe.

— Magda — ela diz baixinho. — Vou jogar meu revólver no mar. — Aquela arma não combina com a faca. Embora ambas pudessem matar, só a faca sempre veio em seu auxílio.

— Quê? Não seja tão estúpida, Livi. Alguém verá.

— Eles não estão olhando para mim.

— Você não pode ter certeza disso. Por favor, deixe como está.

E, antes que Livi possa tirar a arma do bolso para lançá-la nas ondas, algumas das garotas com quem haviam treinado se juntam a elas.

— Você ouviu? — questiona alguém, sem fôlego.

Magda, instantaneamente alerta, olha para a vasta extensão de mar vazio, o porto a distância ficando cada vez menor, e então para o céu claro. Nenhum comunista ou navio britânico à vista. Até agora, estão seguros.

— Não há beliches suficientes lá embaixo para todos os passageiros, então eles estão procurando meninas para dormir no convés com os meninos. — Magda pode dizer, pelo brilho nos olhos delas, pelo tom rosado em suas bochechas, que elas estão animadas, emocionadas com sua ousadia. — Nós vamos dizer sim. Querem se juntar a nós?

Magda se permite sentir a mesma emoção.

— Com certeza — ela afirma. — Por que não? Livi?

— Me inscrevi para a aventura — diz Livi, tirando a mão do bolso. — Claro que vou dormir no convés.

— Estaremos em Israel em menos de uma semana — aponta Magda, olhando para o mar sem fim diante delas. — Acho que cinco noites sob as estrelas é uma ótima maneira de nos prepararmos.

— Vamos logo, vamos encontrar o local perfeito — insiste Livi.

— Bem, será onde os meninos estiverem, certo? — indaga a garota sem fôlego.

— Estava pensando o mais longe possível do motor, se quisermos dormir um pouco — diz Magda sensatamente.

— Quem quer dormir? — pergunta a garota. — Acho que nunca mais vou dormir.

Livi pega a mão de Magda enquanto as garotas seguem para seus novos dormitórios.

— Por favor, diga que você está animada, Magda — diz Livi.

— Eu estou, realmente estou. Mas também estou com medo, Livi. Espero de verdade que possamos fazer isso sem problemas. Mas, bom — Magda dá um tapinha no bolso —, temos estas *armas*.

As meninas se abaixam para passar por baixo de uma corda e Magda as segue, sem saber que Livi está para trás. Quando percebe que a irmã não está mais ao seu lado, ela se vira e vê Livi enfrentando um homem de cabelos pretos sebosos. Ele é mais velho que as irmãs e há algo de errado com a expressão em seu rosto. Ele está zombando, não sorrindo. Livi e o homem não se mexem. Eles parecem estátuas.

— Livi! — grita Magda. — Vamos. O que está esperando? — Magda começa a avançar, esquivando-se sob a corda até ficar ao lado da irmã.

— Ora, ora — diz o homem para Livi. — O que nós temos aqui?

— Fique longe de mim. — Livi está com a voz trêmula.

— Livi? O que está acontecendo? Quem é esse homem?

Magda pega o braço da irmã para afastá-la, mas Livi não se move.

— Indo para a Terra Prometida, não é? — sibila ele. Magda estremece ao ver a boca dele se abrir em um olhar malicioso, revelando dentes amarelos lascados. Ele dá um passo em direção às irmãs.

A mão de Magda vai para o bolso.

O homem percebe o movimento e dá um passo para trás.

— Nunca pensei que você fosse sobreviver — diz Isaac.

— Pensei a mesma coisa — rebate Livi, um pouco encorajada pela presença de Magda. — Você deveria ter levado um tiro junto com os nazistas pelo que fez.

Magda, com a mão ainda no bolso, se posiciona na frente de Livi, bloqueando sua visão do homem.

— Livi? Quem é ele? — ela pergunta por cima do ombro da irmã.

Mas Livi passa por ela e cospe na cara do homem.

— Você vai causar problemas para mim? — ele pergunta, limpando a bochecha com a manga.

— Posso causar. E o que você fará a respeito sem nenhum de seus amigos nazistas para salvá-lo?

— Tenho direito a um recomeço. Assim como você.

— Não tenho *nada* em comum com você.

Livi agarra a mão de Magda e a arrasta para longe.

— É um grande navio — ele grita, enquanto elas se afastam. — Quem perceberia se um ratinho caísse no mar?

Magda se vira, puxando a coronha da arma do bolso.

— E quem se importaria se um grande idiota como você levasse uma bala na nuca? — rosna ela.

As irmãs vão embora.

Quando estão a uma distância segura, Magda avança sobre a irmã.

— Livi, me diga quem ele é. O que foi aquilo?

Magda está assustada com a expressão nos olhos da irmã.

— Não é nada, Magda. É alguém do passado — diz Livi, tentando sorrir, mas falhando.

— Mas *quem* é ele?

— Você pode adivinhar, não é? Um *kapo* imundo dos campos. Um judeu, acredite você, mas não quero falar sobre isso. Quero esquecer que ele existiu. — Livi sai para se juntar às meninas no convés, deixando Magda atrás dela.

Livi sente-se tonta quando as cenas da crueldade de Isaac voltam à sua cabeça. Mais uma vez, ela está parada nos portões de Birkenau, observando um oficial da SS entregar seu bastão para o *kapo*, que começa a espancar as prisioneiras que voltam ao campo.

"Vou me lembrar de você, garota. Isaac nunca esquece um rosto", ele disse a ela, e Livi agora sabe que nunca esquecerá o dele. Mas o que realmente a apavora, o que confunde totalmente Livi, é o fato de que ele poderia tê-la matado naquele momento, enquanto ela estava imobilizada demais para se mover ou pedir ajuda. Esta é a realidade dela agora? Ela deve carregar esse medo paralisante em sua nova vida? Ela pode não ser mais uma prisioneira, mas será que algum dia será verdadeiramente livre?

As irmãs passam por um bando de garotas que riem e apontam para um grupo de garotos que estão lhes chamando a atenção. Vendo isso, Livi se sente como se tivesse saído do acampamento e voltado para a luz do dia. *Essa* é uma vida normal, ela se lembra. As pessoas flertam, fuxicam e fazem o que querem sem ser atormentadas pelas sombras escuras de Auschwitz a cada minuto. Não basta que ela sonhe com Birkenau todas as noites? *Durante o dia*, ela promete a si mesma, *vou olhar para a luz.*

— Olhe para aqueles meninos — murmura Magda. — Pavões.

Livi olha para os meninos. Estão elegantemente vestidos, trajando-se melhor do que a maioria em suas roupas velhas de refugiados. Os garotos estão olhando para as meninas, sorrindo e acenando, exceto um homem, que está afastado, encostado nas grades que revestem o convés. Ele está olhando diretamente para Livi. Ela desvia o olhar, subitamente inibida, e, quando ela olha para trás, ele ainda está observando.

— Quem são? — Magda pergunta a uma das garotas risonhas.

— Os garotos voadores — ela diz a Magda.

— O quê?

— Pilotos, técnicos. Dão excelentes maridos. — A menina ainda está rindo de seu último comentário quando as irmãs se afastam.

* * *

Nos dias que seguem, Livi se obriga a se juntar à alegria dos outros, mas Magda percebe seu crescente desconforto.

— Só estou me sentindo enjoada — ela diz. Ou: — Magda, você está me sufocando. Não sou mais a "gatinha".

Livi começa a ficar sozinha à noite, na proa do navio, olhando para o horizonte em busca dos primeiros sinais de Israel. Ela não viu Isaac de novo e espera nunca mais vê-lo. Mas, se isso acontecer, ela jura que chamará os outros. Ela vai dizer a todos o que aquele homem fez e eles o jogarão no mar. Estranhamente, o pensamento do corpo dele desaparecendo sob as ondas não a faz se sentir melhor.

Eles passam pelo estreito de Dardanelos e entram no Egeu. Os sentidos de Livi são oprimidos pela cor do mar, e novamente oprimidos quando atingem o Mediterrâneo, contornando a costa da Turquia. *Próxima parada, Haifa*, ela pensa, *e tudo ficará para trás: Auschwitz, Isaac, a marcha da morte, tudo isso.*

No quarto dia, enquanto o sol se põe no horizonte, Magda se junta a Livi na proa.

— Posso ver por que você gosta de se sentar aqui — pondera ela. — É tão pacífico. Talvez amanhã você seja a primeira a avistar a terra.

— Me sinto segura aqui, como se nada pudesse me machucar — Livi diz.
— Isso parece estranho?
— Um pouco. Mas você está segura agora. Nós duas estamos. Quem quer que seja aquele homem, Livi, você tem que tirá-lo da cabeça. Assim que desembarcarmos, você nunca mais o verá. Agora, vamos comer antes que acabe tudo. — Magda se levanta e estende a mão para a irmã, que a pega.

Quando elas se voltam para a sala de jantar, ouvem os rapazes antes de vê-los: os "Garotos-Pavões", como Magda passou a chamá-los. Eles falam alto entre si, mas é para agradar às meninas que se reuniram para assistir a essa exibição.

— Esse grupo de novo, não — diz Magda, alto o suficiente para ser ouvida pelos meninos e pelas meninas. A risada de Livi morre em sua garganta quando ela o vê novamente: o solitário "rapaz voador", parado de lado, olhando para ela. Corando, ela agarra o braço de Magda, e elas correm para jantar.

*　*　*

No final da tarde do dia seguinte, o porto de Haifa surge à vista. O navio é instantaneamente preenchido com gritos de empolgação e alegria. Pés batem no convés em um entusiasmo inquieto para pisar em terra firme.

E, então, o mundo se enverga. Os gritos de Livi rasgam o ar quando uma arma dispara. Ela fica imediatamente de quatro, agachando-se no chão enquanto a cacofonia alegre continua ao seu redor. Passa as mãos pelo corpo. Ela foi baleada? Ele a acertou?

— Livi! Livi! O que foi? — Magda está ajoelhada ao lado dela. — É apenas um idiota disparando sua arma para o alto a fim de comemorar. Vamos.

Enquanto Livi sai aos tropeços, o capitão pisa no convés, e instantaneamente os aplausos cessam. O rosto do homem está vermelho e há fúria em seus olhos quando ele leva um megafone à boca.

— Quem acabou de atirar no meu navio? — ruge ele.

Ninguém fala, embora as mãos de todos os homens e mulheres deslizem para os bolsos, tateando as próprias armas.

— Não vou perguntar de novo — berra o capitão. — Vou dar meia-volta com esta droga de navio e levar todos de volta se você não der um passo à frente agora.

Uma mão hesitante se levanta na multidão.

— Me desculpe, capitão. — O culpado, um jovem, continua: — Simplesmente me empolguei. Não farei isso de novo, juro.

— Venha aqui — ordena o capitão, estendendo a mão. — A arma, por favor.

O homem dá um passo à frente e coloca a arma na mão do capitão. O capitão embolsa o revólver e dá um tapa forte na cabeça do homem, que aceita a punição sem dizer uma palavra.

A multidão é mais moderada depois disso, e Magda e Livi se dirigem para a proa do navio, de onde o porto de Haifa cresce constantemente.

Estão em casa.

28

Haifa, Israel
Fevereiro de 1949

O sol está brilhando quando a prancha de desembarque é baixada, trazendo gritos de empolgação e orações sussurradas de agradecimento. Está frio, mas não gelado. O porto de Haifa se enche com os recém-chegados e com os espectadores do cais.

Magda vê a multidão que se aglomera com um senso de admiração. Tantos judeus e ninguém está prestes a prendê-los e colocá-los em um trem por causa de suas crenças. Eles finalmente poderão proclamar seus nomes e abrir os braços sem medo de represálias ou insultos dos antissemitas.

— Magda — sussurra Livi. — Você está pronta?

Livi está segurando o braço da irmã; se ela o soltar, pode flutuar para longe, para o céu. Mas, então, o peso em seu bolso a traz de volta à terra.

— Você acha que seremos revistadas antes de saírem do barco?

— Não faço ideia — diz Magda. — Mas, se formos, todos iremos ao mar e teremos que nadar até o porto.

Livi começa a rir e dizer a Magda que seria uma pena quando as palavras secam em sua garganta.

— Garota esperta. Ficou de boca fechada — zomba Isaac, de pé diante delas.

Livi sente logo o terror familiar, a pressão em sua bexiga, o medo, a exaustão e a miséria do campo. Sua mão está no bolso, mas, em vez da arma, seus dedos se fecham em torno da pequena faca. Ela a retira lentamente e a segura ao seu lado.

Isaac não se move. Seus olhos se voltam para a faca, para os outros passageiros que lotam o convés.

— Se eu gritar agora — Livi diz a ele em voz baixa —, em quem você acha que meus irmãos e irmãs vão acreditar? Em você ou em mim?

— Não seja idiota — ele sibila.

— Vamos tentar? — questiona Magda, erguendo o queixo.

Os olhos de Isaac ficam arregalados e apavorados de repente. Ele ergue as mãos e se afasta.

— Aonde você vai? — interrompe Livi, levantando a voz. Mas o *kapo* já deu meia-volta e está correndo para a prancha.

— Sabe, Livi — diz Magda —, quase desejo que você tivesse feito isso.

— O quê? Apunhalá-lo ou pedir ajuda?

— As duas coisas.

Agora Magda coloca as mãos nos ombros da irmã.

— Esta é a última vez que veremos aquele homem, Livi. Não o trouxemos para Israel conosco. Dê uma última olhada enquanto ele foge e então o esqueceremos.

Livi está respirando com dificuldade, as lembranças estão ameaçando ressurgir. Mas ela balança a cabeça, desejando que Isaac fosse a única coisa que ela tivesse que deixar ir.

Do alto da prancha, elas olham para o cais, querendo fixar essa imagem na mente para sempre. Antes que consigam dar um passo, um jovem passa por elas. Livi fica tensa, mas é apenas um menino com pressa para desembarcar.

— Desculpe — murmura ele.

Livi fica surpresa ao ver que é o "pavão" solitário.

— Está tudo bem — diz ela, sorrindo. O menino pisca para ela e é engolido pela multidão de homens e mulheres saindo do navio para o cais.

— Preparada? — Magda pergunta.

Com uma mala cada, de braços dados, Magda e Livi descem a rampa no mesmo compasso, parando na parte de baixo.

— Agora! — ordena Livi.

Quando as irmãs pisam em terra firme pela primeira vez em uma semana, com os olhos marejados de lágrimas, seus rostos não estão voltados para o sol, mas para o solo sob seus pés.

* * *

Parados no meio da multidão no cais estão dois homens vestidos com uniformes de estilo militar, suas boinas com a insígnia de asas em torno de uma

Estrela de Davi. Eles acenam para os Garotos-Pavões, que os seguem até um caminhão adornado com a mesma insígnia.

— Devem ser da força aérea — diz Magda.

— Israel já tem uma força aérea? — pergunta Livi.

Mas elas não têm mais tempo para refletir sobre isso ou os Garotos-Pavões, já que os novos israelenses são chamados a fazer fila para registro e alocação de uma nova casa.

* * *

Magda e Livi estão a bordo de um caminhão aberto com outros homens e mulheres, guiado pelas ruas de Haifa. As pessoas nas calçadas acenam e aplaudem sua chegada, e todos no caminhão acenam e aplaudem de volta. Nos arredores da cidade, as irmãs se maravilham com os imensos laranjais, o ar está pesado com seu aroma penetrante e doce.

Eles já estão um pouco distantes de Haifa quando o caminhão sai da estrada e entra em uma pista acidentada, na qual trepidam por uma boa meia hora.

Param em um pequeno complexo de cabanas e celeiros, uma clareira dentro de um abundante laranjal. Um homem surge de uma das cabanas e observa os homens e mulheres saírem do veículo.

— *Shalom aleichem!* — Ele está sorrindo, abrindo os braços para dar as boas-vindas aos viajantes.

— *Aleichem shalom* — eles respondem.

— Bem-vindos a Israel. Bem-vindos a Hadera. Bem-vindos ao seu kibutz. Obrigado por realizarem essa perigosa jornada para estar aqui, para fazer parte dos fundadores de seu novo lar. — Os homens e mulheres reúnem-se em torno dele.

Magda segura a mão de Livi e a garota a afasta.

— Muito apertado — diz Livi, e Magda toma o braço dela.

— Meu nome é Menachem, sou o supervisor e seu amigo — continua o homem. — Como vocês podem ver, estamos em um laranjal. No momento, não há laranjas para colher, mas há muito trabalho a fazer enquanto nos preparamos para a temporada de colheita. Quero que gastem seu tempo aqui para se conhecerem. Vocês são o futuro desta terra. Respeitem-na, e ela cuidará de vocês. — Ele apontou para as cabanas. — É aqui que vão morar. — Menachem dá a eles um sorriso irônico: — Meninos de um lado, meninas do outro. Mas vocês devem se encontrar no meio... Bem, que assim seja. Ali ficam as cozinhas e a área de jantar onde alguns vão trabalhar, porque não vou cozinhar nem limpar para vocês. Agora, vão e encontrem um lugar para chamar de casa. Vejo-os no jantar.

— Quando saberemos que é hora do jantar? — uma voz se manifesta.

— Ah, alguém que pensa no estômago. Bom, você só pode trabalhar e se divertir se estiver bem alimentado. Respondendo à sua pergunta, há um grande sino de vaca do lado de fora da cozinha, que todos vocês ouvirão na hora de comer. Agora, vão.

— Ele tem o nome do papai — diz Magda.

— É um bom sinal, não é? — Livi está olhando para o supervisor. As meninas e os meninos estão indo para as cabanas, mas as irmãs não se movem.

Menachem também não se moveu.

— *Shalom*, senhoritas, está tudo bem?

— Tudo está maravilhoso, é s-só... que... — Livi gagueja.

— Prossiga!

— O senhor tem o nome de nosso pai — ela diz, timidamente.

— É uma honra ter o mesmo nome de seu pai. E quais são seus nomes?

— Sou Livi, e esta é minha irmã, Magda.

Menachem olha para os braços das meninas.

— Posso ver? — pergunta.

Magda estende o braço e ambos inspecionam a tatuagem.

— Livi, Magda, vocês duas estão seguras aqui e estou honrado em conhecê-las. Se houver alguma coisa de que vocês precisem, por favor, venham me encontrar. Prometem que virão?

— Sim — responde Magda.

Enquanto as irmãs se afastam, Livi ainda está séria.

— Você está bem, gatinha? — Magda pergunta a ela. — Foi perturbador?

— Gostaria que pudéssemos removê-las, Magda — diz Livi. — Gostaria de poder cortar meu braço.

Magda coloca um braço em volta dos ombros de Livi.

— E dar nossos membros aos nazistas também? Eles tiraram o suficiente.

— Você está feliz, Magda? De estarmos aqui?

— Só quero me sentir segura de novo, Livi, e não foi exatamente isso que Menachem prometeu?

* * *

— Magda, acorde. Acorde!

Uma das quatro colegas de quarto está de pé ao lado da cama de Magda. Ainda está escuro lá fora, mas a lua projeta uma luz branca e pálida sobre as figuras adormecidas sob seus cobertores. O acampamento está silencioso.

— O que é isso? — Magda pergunta desorientada, sonolenta.

— É sua irmã. Ela está chorando e gritando… Acho que precisa de você.

Agora Magda ouve murmúrios e soluços vindo da cama da irmã. Ela se levanta rapidamente, cruzando o quarto.

— Cibi? Cibi, onde você está? — Livi repete sem parar enquanto se contorce e se vira sob as cobertas.

— Livi, está tudo bem, estou aqui. — Magda se senta na cama de Livi e a segura pelos ombros. — Você está bem, Livi.

— Preciso de Cibi. Preciso de Cibi — geme Livi.

— É Cibi, Livi. Bem aqui.

As outras meninas no quarto estão todas acordadas agora, sentadas nas camas, observando o diálogo entre as irmãs.

Magda envolve Livi nos braços.

Livi parece ouvir as palavras de Magda, então seu corpo relaxa e ela volta a dormir, e Magda se deita na cama com ela.

Na manhã seguinte, Livi fica perplexa ao encontrar a irmã dormindo ao seu lado. Ela a sacode para acordar.

— Por que está na minha cama?

Magda, mais uma vez, acorda desorientada. Por um momento, ela também não tem ideia de por que está ali, e então se lembra.

— Você teve um pesadelo, só isso — diz ela a Livi. — E achei que um abraço ajudaria.

Livi sai da cama e vai para o banheiro na cabana ao lado da delas.

— Eu tinha uma irmã que costumava gritar e falar durante o sono. — A colega de quarto que acordou Magda está se movendo pela sala, pegando as roupas que deixou cair na noite anterior. — Minha mãe disse que era melhor nunca contarmos a ela sobre isso.

— Talvez você tenha razão — suspira Magda.

— Quem é Cibi?

— É nossa irmã mais velha. Ela e sua família estarão aqui em breve.

— E Livi é próxima a ela?

— Muito. Estiveram juntas em Auschwitz por quase três anos.

— E você? Vi o número em seu braço.

— Fui depois, muito depois. Não passei por metade do que elas passaram.

A garota deixa as roupas sujas na cama e atravessa o quarto para dar um abraço em Magda.

— Livi vai ficar bem, somos todas uma família agora.

— E você? Tem alguém aqui?

— Não. — A garota franze a testa e se vira para olhar o glorioso sol pelas janelas. — Estão todos mortos, e não sei como ou mesmo por que sobrevivi, mas sobrevivi. — A fisionomia carregada desaparece tão rapidamente quanto surgiu, e agora ela está sorrindo. — Devemos àqueles que morreram viver nossa melhor vida, tornarmo-nos nosso melhor, e aqui nós podemos.

Livi irrompe na cabana com os braços em volta dos ombros de duas meninas.

— Magda! Olha quem eu encontrei! — ela grita.

Magda olha para as meninas, que se agarram a Livi como se nunca fossem deixá-la ir.

— Quem você encontrou, Livi?

— São Shari e Neli! Também são irmãs. Estivemos juntas em Auschwitz, trabalharam no *Kanada*.

Shari e Neli estendem as mãos para Magda.

— Ouvimos falar muito de você — inicia Shari. — Livi e Cibi falavam sobre sua família o tempo todo. Estou tão feliz que encontraram você.

— E Cibi chegará logo — Magda diz a elas. — A qualquer momento.

As quatro meninas dirigem-se à cozinha para o primeiro desjejum no primeiro dia em seu novo lar.

***

Magda e Livi adaptam-se à rotina da vida em um kibutz e começam a aprender hebraico, a língua de seu novo país. Elas assistem a palestras ministradas por autoridades de Tel Aviv e Jerusalém, onde ficam sabendo dos planos de transformar Israel em um lar para judeus de todo o mundo. Eles vão encher o país de empresas e bebês, vão se lembrar dos mortos e celebrarão os vivos. Nunca esquecerão, mas também devem viver sua melhor vida. Muito disso parece inspirador para as irmãs, mas, com frequência, no final de uma dessas conversas, Livi se sente muito pequena, muito pequena para ser encarregada da tarefa monumental de criar uma pátria em nome de todos aqueles que foram assassinados. Mas Magda está mais esperançosa.

— Você está sentindo falta de Cibi — ela a tranquiliza. — Ela está vindo, Livi, e, quando ela chegar, podemos parar de nos preocupar.

A tarefa a que se dedicam com mais afinco é seu ritual noturno de domingo, quando se sentam para escrever para Cibi. As cartas de Livi imploram que ela venha logo, que há tanto para ela amar, mas que deve se apressar, enquanto as de Magda são mais práticas, contendo listas de coisas que seriam úteis neste novo clima.

Cibi responde dizendo que ela, Mischka e Karol chegarão em maio.

* * *

Com a chegada de Cibi no horizonte, o humor de Livi fica melhor. Ela começa a sentir o passado recuando, só um pouco, a cada dia que passa nos laranjais, entre as árvores, vendo os frutos crescerem, seus tons passando do verde ao amarelo pálido, ao laranja brilhante. A primeira fruta que ela colhe faz seu rosto enrugar quando prova o suco amargo, mas ela bebe assim mesmo.

— Muito cedo — Menachem diz a ela, com um sorriso. — Mais um mês, jovem Livi.

Por fim, os grandes caminhões chegam. É hora de colher as laranjas. Todos aprendem a fixar os cestos de vime ao corpo e marcham para os campos, alinham-se diante das fileiras de árvores e começam a colher a fruta. Não era para ser uma corrida, mas Livi não se contém: ela é a primeira no kibutz a carregar uma cesta transbordando para o galpão de triagem.

Durante a temporada de colheita, as irmãs caem na cama logo após o jantar; os dias longos privaram-nas de qualquer desejo de socialização, e é o mesmo para todos. Mas, quatro semanas depois, quando a última laranja é arrancada da última árvore, eles têm uma semana de folga. Podem ir para Haifa ou ficar e descansar na fazenda.

As irmãs ficam onde estão, gozando o silêncio dos pomares vazios, silêncio que logo é quebrado por gritos de delirante excitação quando chega a carta de Cibi, informando-as da data de sua partida.

— Estaremos juntas novamente, Magda — diz Livi, agitando a carta no ar. — As irmãs Meller em um só lugar, como deveriam estar. Ela disse que estão vindo da Itália... Você não quis ir para a Itália um dia?

— Quis? — Magda não consegue se lembrar de querer nada além da segurança de suas irmãs durante anos.

— Você já quis, mas não importa. Espero que Cibi não decida ficar lá.

— Gostaria que soubéssemos mais sobre a viagem deles.

— Você sabe que não podem colocar muito em suas cartas. — Livi arregala os olhos comicamente. — Há olhos por toda parte! — ela solta.

Magda ri e imita sua expressão.

— Espiões por toda parte! — Mas então ela parece murchar, a piada acabou. — Mesmo aqui, você acha? Eles podem realmente chegar aqui? Não há nem sequer crianças no kibutz.

— Podemos nos preocupar com isso mais tarde? — Livi dobra a carta e a coloca no bolso. — Não estrague ainda!

* * *

— O que você pôs nas malas, Cibi? — Mischka suspira, olhando para as três malas abertas em sua cama, cheias de roupas, livros, brinquedos e, saindo da manga de um casaco de inverno, os preciosos castiçais de Chaya.

— O que você quer que eu deixe para trás? Os brinquedos de Kari? Suas roupas? — diz Cibi, fazendo beicinho.

— Podemos comprar mais brinquedos para Kari em Israel. Posso *fazer* mais brinquedos, mas vamos pelo menos deixar para trás essa enorme caminhonete amarela?

— Podemos levar o trem dele, pelo menos? Você o construiu, e ele ficaria com o coração partido se deixássemos aqui.

— O trem pode ir, mas o caminhão, não. E apenas dois livros; os outros podemos dar aos filhos do seu tio.

Com relutância, Cibi retira o caminhão amarelo de madeira e vários livros de uma das malas.

— Vou levar apenas um par de sapatos a mais — diz Cibi, examinando os dois pares que embalou, decidindo qual descartar. — E comida? Para a viagem? — Ela não pretende enfiar latas de sardinha entre os brinquedos do filho, mas a tentação é forte.

— De novo, não exagere. Não estamos abandonando a civilização, você sabe. Podemos comprar o que precisamos à medida que avançarmos — afirma Mischka.

— Tio Ivan estará aqui de manhã para nos ajudar, então ele pode levar tudo o que não quisermos.

— Irinka estará com ele?

— Não, ele vem sozinho. Ele disse que seria bem mais útil se estivesse sozinho. E, de qualquer forma, o bebê deles ainda é muito pequeno. — Cibi parece melancólica por um momento. — Espero que ele se junte a nós muito em breve, e então a família toda estará reunida.

Só que a família toda nunca mais estará reunida novamente, pensa Cibi. Ao fazer as malas, ela voltou a um tempo passado, que preferia esquecer, quando ela e a mãe juntaram cuidadosamente roupas para duas pequenas malas que ela e Livi nunca mais veriam depois de entrar em Auschwitz.

— O que você quer fazer hoje? Devíamos dos despedir; nosso último dia no país em que nascemos — diz Mischka.

Cibi afasta os livros descartados, senta-se na cama e suspira profundamente.

— Você acha que nunca retornaremos?

— Não sei. Talvez para uma visita. — Mischka se senta ao lado da esposa e a abraça.

Ela se inclina para ele.

— Quando Kari acordar, vamos colocá-lo no carrinho e dar um passeio. Acho que é assim que gostaria de me despedir, com um último passeio pela cidade.

Lentamente, a pequena família caminha pelas ruas de Bratislava. Cibi vê a loja de chocolates onde Livi havia sido humilhada por ter a ousadia de comprar uma guloseima. *Esse incidente foi a gota d'água*, pensa Cibi. *A gota d'água para todos nós*. Ela está pronta para dizer adeus.

— Vamos para casa, sim? — ela diz a Mischka, que vira o carrinho de bebê.

* * *

Tio Ivan luta com o carrinho, muito ciente do motorista do ônibus bufando e suspirando enquanto espera para carregá-lo na parte de trás do veículo com o restante da bagagem. Mischka, com Kari em seus braços, tenta abafar o riso enquanto ele e Cibi assistem a Ivan se atrapalhando e xingando.

— Dê uma mãozinha para ele, Cibi, por favor. Tire-o desse tormento — pede Mischka, finalmente.

Ivan ergue as mãos em sinal de rendição e Cibi pega o carrinho e o entrega ao motorista do ônibus em uma única manobra rápida.

Ivan aperta a mão de Mischka, dá um tapinha na cabeça de Kari e abre os braços para a sobrinha.

— Irinka, as crianças e eu estaremos com vocês antes que percebam — diz ele.

— Não descansaremos até estarmos juntos de novo — sussurra Cibi. — E seguros.

— Este ônibus está partindo com ou sem vocês — resmunga o motorista do ônibus.

Cibi, Mischka e mesmo Kari acenam para Ivan até ele sumir de vista.

No colo de Cibi, Kari está grudado na janela, paralisado pelos prédios, pelos carros e pelas pessoas lá fora. *Diga adeus, bebezinho*, pensa Cibi. *Estamos partindo em uma aventura*. Uma grande aventura, inclusive: eles têm fronteiras a cruzar, documentos a serem examinados e perguntas a serem respondidas antes de chegar à Itália e atravessá-la, onde um navio os espera em Gênova para a travessia até Haifa. As perguntas a serem respondidas é que atormentam Cibi: ela está farta de oficiais do exército em uniformes imaculados que se interpõem entre ela e sua liberdade.

— Quanto tempo até chegarmos à fronteira? — Cibi pergunta em voz baixa. Eles são os únicos com tanta bagagem; é óbvio para todos no ônibus que estão tentando deixar o país. Com uma inclinação desafiadora da cabeça, Cibi encontra os olhares de alguns dos outros passageiros a bordo que murmuraram "judeus" quando ela e Mischka entraram no ônibus.

— Qual fronteira? — Mischka pergunta.

— Áustria, nosso primeiro teste.

— Não muito, meia hora. Depende de quantas paradas fizermos. Estaremos bem porque temos todos os documentos necessários. Pode parar de se preocupar?

Cibi aperta as alças de sua bolsa, seu futuro nela contido: documentos do governo concedendo-lhes permissão para migrar para Israel. "Até nunca mais", disse o funcionário da prefeitura ao entregá-los. Mas Cibi não se importou: ela sentia o mesmo por ele.

Duas paradas depois, o ônibus chega a uma fila de carros e caminhões na fronteira entre a Tchecoslováquia e a Áustria. A pulsação de Cibi acelera quando ela vê os soldados armados andando de um lado para o outro pelas fileiras de veículos. Seus uniformes marrons, embora simples e sem adornos com medalhas, causam arrepios em sua espinha. Instintivamente, ela agarra Kari contra o peito. Ele solta um grito, e Cibi o libera.

Além da barreira, ela vê soldados austríacos vagando ao longo das filas de veículos que esperam para entrar na Tchecoslováquia.

A cancela sobe e desce, sobe e desce, e muito lentamente os veículos começam a avançar. Cibi observa enquanto a maioria dos carros passa pela fronteira, mas nota, com uma sensação crescente de pavor, que alguns estão sendo mandados de volta.

Finalmente, as portas do ônibus se abrem e dois soldados entram a bordo, um indo para a parte de trás do ônibus e o outro começando pela frente. Sabendo o que esperar, todos os passageiros estão com seus documentos em mãos e os entregam aos oficiais quando solicitados.

Cibi passa seus papéis para Mischka, que os estende ao soldado que se aproxima. Kari grita de felicidade enquanto estão sendo examinados. O soldado abre um sorriso para o bebê antes de dizer para Mischka:

— *Judeus?*

— Sim. Estamos nos mudando para Israel — explica Mischka.

— Por quê? Não querem morar no país em que nasceram? — O homem tem um olhar firme, e Cibi deseja tirá-lo do rosto dele. *Você ficaria aqui depois de tudo pelo que passamos?*, ela quer gritar.

— A única família que nos resta está em Israel, e queremos estar com eles — responde Mischka com um olhar igualmente firme.

— Boa sorte. — O soldado devolve os documentos, e assim eles passaram no primeiro teste.

Cibi fecha os olhos e expira, sem saber que estava prendendo a respiração. Mischka recosta-se em seu assento e abre para Cibi um pequeno sorriso triunfante.

Do outro lado da fronteira, os soldados austríacos insistem em verificar a papelada que garante o trânsito da família de Gênova a Haifa, e depois os avisam para passar rapidamente pela Áustria: eles não têm visto que lhes permita ficar no país um único dia.

Cibi se esforça para apresentar as passagens de trem de Viena a Spielfeld, marcadas para mais tarde naquele mesmo dia.

— E a partir daí?

Cibi entrega mais passagens de trem: de Spielfeld, passando pela Iugoslávia, a Trieste, na Itália; porém, com o coração apertado, ela observa que essa viagem só acontecerá amanhã.

— Onde planejam passar a noite? — pergunta o soldado.

— Dormiremos na estação para que possamos pegar o primeiro trem que sai da Áustria amanhã de manhã — diz Mischka.

— Bem, é melhor não o perderem.

* * *

Uma hora depois, o ônibus para na estação ferroviária Hauptzollamt, perto do centro da cidade. Cibi e Mischka recolhem a bagagem e colocam Kari no carrinho. Eles têm um pouco de tempo antes da partida do trem, e Cibi insiste que Mischka encontre um lugar para guardar as malas enquanto dão uma volta.

— É um mercado! — engasga Cibi. Eles estão parados em frente a um vasto prédio cheio de bancas e mais bancas de comidas tentadoras. Cibi nunca viu tanta variedade: queijos, pães, carnes e aves. Ela quer comprar tudo e começa a devorar as amostras oferecidas por todos os comerciantes, enquanto eles andam de um lado para o outro entre as fileiras de mesas abarrotadas. No final, Cibi compra uma seleção de suas coisas favoritas, o suficiente para durar alguns dias até chegarem ao porto italiano de onde partirão da Europa, talvez para sempre.

De volta à estação ferroviária, Cibi acomoda Kari em seu carrinho para dormir e se estica no banco, com a cabeça no colo de Mischka, a fim de cochilar antes do próximo trecho de sua jornada. Mischka zela por eles.

Na manhã seguinte, o trem chega no horário e o segundo teste se aproxima: Cibi, Mischka e Kari aguardam na plataforma a vinda de funcionários que deem andamento à entrada deles na Iugoslávia.

Cibi sente a tensão inundar seu corpo, mas respira longa e calmamente.

— Ficaremos bem, Cibi. — Mischka tenta tranquilizá-la. — Veja, eles mal estão olhando os documentos.

Mischka tem razão: os funcionários checam apenas superficialmente os documentos dos passageiros que estão embarcando.

Finalmente, é a vez deles, e Cibi entrega documentos e passagens de trem a um oficial uniformizado.

— O que é isto? — diz o oficial, acenando com os documentos para eles depois de tentar ler um idioma que ele obviamente não domina. Enquanto Cibi não conhece a língua falada na Iugoslávia, Mischka sabe o suficiente para reconhecer que há um problema.

— O senhor fala alemão? — pergunta Mischka.

— *Ja*.

Mischka diz a ele de onde vieram e para onde estão indo, enquanto Kari começa a se agitar, insistindo para sair de seu carrinho.

— O pequenino tem pressa de ir embora — diz o guarda, dando tapinhas na cabeça do bebê.

— Sim, todos temos — esclarece Cibi.

— Então, é melhor embarcarem. O trem está saindo.

— Graças a Deus por Kari existir — diz Cibi, desabando em sua cadeira.

— Ninguém gosta de bebê chorando.

Quatro horas depois, eles chegam a uma pequena estação nos arredores de Trieste. Dois soldados com boinas e uniformes azul-claros das Nações Unidas sobem no trem e começam a verificar os documentos dos passageiros. Mais uma vez, Cibi tem a certeza de que os documentos são devolvidos aos outros viajantes sem questionar – até que os seus próprios sejam inspecionados.

Os homens passam os documentos para lá e para cá entre eles.

— Fala alemão? — Mischka pergunta, pela segunda vez naquele dia.

— *Ja*, mas você não é alemão.

Enquanto Mischka traça seu itinerário de viagem, Cibi pode dizer que as respostas do marido não são as que eles querem ouvir. Os homens afastam-se para falar em voz baixa.

— Vocês não podem seguir para Trieste — dizem. — Devem pegar sua bagagem e vir conosco agora.

Mas Cibi não se move.

— Temos permissão para migrar — ela insiste, apontando para os documentos. De repente, ela fica muito exaltada. — É legal e vamos partir.

— Senhorita, por favor, acalme-se. Todos os migrantes para Israel estão retidos enquanto avaliamos a legitimidade do território de Trieste. Atualmente, é uma área em litígio. — O soldado sorri, mas Cibi não se tranquiliza. — A Organização das Nações Unidas não é sua inimiga, mas precisamos de mais autorizações antes de prosseguirem.

Cibi está desconfortavelmente ciente da impaciência dos outros passageiros enquanto ela e Mischka descarregam suas bagagens, e isso apenas intensifica sua ira: o que é um pequeno atraso para essas pessoas quando o futuro de sua família está em jogo?

Depois de uma curta viagem no jipe branco dos soldados, eles chegam a Trieste, parando em frente à sede das Nações Unidas, e são conduzidos a um grande e arejado escritório enquanto seus documentos são levados para inspeção.

— Podemos oferecer-lhes um pouco de comida ou café? Leite para o pequenino?

Mas Cibi dispensa a hospitalidade. Está pensando apenas em suas irmãs agora, que esperam por ela, e essas pessoas estão em seu caminho.

— Não temos passagens de Trieste para Gênova, Mischka — sussurra Cibi quando estão sozinhos no quarto. — Devíamos ter tentado comprá-las.

O casal havia presumido que seria fácil comprar passagens de ônibus ou trem para o último trecho de sua jornada terrestre, mas esse descuido agora é sua ruína.

Um oficial volta para a sala.

— Como imaginaram que fariam a travessia da Iugoslávia para a Itália sem visto ou salvo-conduto? — o homem lhes pergunta, mas eles não têm resposta.

Fomos idiotas, pensa Cibi. *E o tempo todo pensamos que éramos muito espertos.*

Eles foram escoltados até a sala de jantar, mas Cibi não consegue comer nem beber nada. Seu estômago está dando nós. Magda e Livi estão esperando por eles; seus pensamentos estão em uma espiral, ela sabe, mas há pouco que possa fazer a respeito.

— Cibi, a última coisa de que precisamos agora é que você desmorone — insiste Mischka, entregando-lhe uma xícara de café. Ela a pega e toma rápido, escaldando a língua.

Um dos boinas azuis está se aproximando da mesa, e Cibi se endireita, desesperada para ouvir a notícia de que podem prosseguir com sua jornada.

— Não consigo encontrar um oficial superior italiano para consultar — diz ele. — As autoridades terão de permitir sua entrada.

— E se não permitirem? — pergunta Cibi, sentindo os últimos gramas de sua energia se esvaindo.

O boina azul desvia o olhar.

— Então, terão que ir para casa.

— Casa? — explode Cibi. Ela tira o casaco e o cardigã e puxa a manga do suéter, colocando o braço tatuado sob o nariz dele. — Isto foi o que aconteceu comigo em casa! — ela lhe diz.

O oficial abaixa a cabeça enquanto examina o braço dela.

— Lamento muito — aponta ele.

Mischka puxa a manga de Cibi para baixo e passa o braço em volta dos ombros da esposa, puxando-a para perto.

— Já passamos por muita coisa — diz ele ao oficial. — Por favor, nos ajude.

— Senhora, senhor, não resolveremos isso hoje. — O oficial recuperou a compostura, mas agora se dirige a eles com mais gentileza. — Esta noite serão nossos convidados.

Mas não é possível dormir. O quarto deles, no andar superior da sede, é abafado, e Kari não fica feliz, apesar do rebuliço que é feito com ele na sala de jantar durante a refeição.

— Só precisamos passar a noite — Mischka diz a Cibi, mas ela não consegue nem piscar. Tudo está em jogo, nas mãos de oficiais anônimos que não têm ideia do que eles aguentaram para chegar até ali.

— Preciso estar com minhas irmãs e usarei Auschwitz, Birkenau e a morte de minha mãe para chegar a Israel — finaliza Cibi.

* * *

Na manhã seguinte, de volta à sala de jantar para o café da manhã, o oficial superior se faz presente e agora está sentado à mesa.

— Aqui estão suas passagens — diz ele, entregando a Cibi um envelope com bilhetes para a viagem de ônibus de quatorze horas de Trieste a Gênova, onde terão de esperar até que o navio esteja pronto para partir. Por conta disso, há também um voucher para duas noites de estadia. — O hotel fica muito perto do porto. Este pequeno deve estar ansioso para ir para casa — diz ele, oferecendo um sorriso caloroso a Kari.

Os olhos de Cibi se enchem de lágrimas de gratidão, e Mischka pega a mão dela. *A bondade alheia*, ela pensa. Quando esqueceu que tais gestos ainda eram possíveis? Ela olha ao redor da sala, captando os sorrisos e acenos de boa sorte vindos de todos os presentes.

— Estamos todos ansiosos para ir para casa — diz Mischka.

E logo eles estão acelerando pelo interior da Itália, as primeiras flores do verão dando-lhes boas-vindas à medida que se deslocam rapidamente. Eles passam por pequenas cidades e aldeias, passam também por Veneza e Verona, e seguem para a costa.

Por fim, Cibi avista o azul deslumbrante do Mediterrâneo e os navios que atracam no porto. *Qual é o nosso?*, imagina ela. O *Independência*? Um bom nome para um navio, porque é assim que ela se sente neste momento: independente e livre para seguir rumo à Terra Prometida.

* * *

No dia da partida, centenas de outros passageiros surgem dos limites da cidade para se juntar a eles. Cibi e Mischka dão-se as mãos enquanto sobem a prancha de embarque em direção ao futuro, Kari nos braços de Cibi.

No convés do *Independência*, o casal vê as ondas rolarem. Cibi está tão calma quanto as águas que os carregam. O braço de Mischka está em volta de sua cintura, enquanto Kari se senta nos ombros dele.

— Estou indo, queridas irmãs, estou indo — sussurra Cibi ao sol poente.

* * *

Depois da folga da semana, o trabalho das irmãs no laranjal fica mais fácil. Elas garantem que as árvores estejam saudáveis, prontas para outra safra abundante no ano seguinte. Com o verão cada vez mais próximo, o clima está mais quente, e as irmãs se deleitam com o calor. Deitadas de costas, dia após dia, elas contemplam a beleza do Monte Carmelo, cujas encostas caracterizam-se por um oásis de vegetação exuberante. Livi se pergunta se algum dia caminharão por sua crista de calcário. Talvez... Quem sabe?

Certo dia, elas estão deitadas na sombra quando Menachem aparece ao seu lado com notícias, um largo sorriso no rosto.

— Acabamos de saber que o próximo navio chegará aqui em dois dias. Esse é o navio da sua irmã, não é? — As garotas se sentam. — O *Independência*?

Livi agora está de pé.

— Isso mesmo.

— Que dia é hoje? Perdi a noção do tempo! — Magda ainda está tonta com o calor, mas agora também se levanta.

— Quinze de maio. O navio atraca no dia dezessete.

— Então, precisamos ir para Haifa! Precisamos estar presentes quando chegarem! — Livi ofega.

— Calma, Livi. Ele disse dois dias. Haifa fica a uma hora de distância.

— Mas como chegaremos lá?

— Vocês estarão lá para receber o navio, eu organizarei isso — garante Menachem. — Mas vocês devem saber que todos os migrantes agora são levados para um acampamento em Sha'ar Ha'aliya. Não é longe daqui, não se preocupem. Eles farão exames de saúde e registro. É apenas uma precaução, e me disseram que a maioria das pessoas só fica lá por dois ou três dias.

As irmãs ficam instantaneamente desanimadas. Queriam pegar Cibi no porto e trazê-la para os laranjais. Livi sonha em levar Karol para cima e para baixo entre as fileiras de árvores no início da noite, sob um céu vermelho brilhante... Agora ela precisará esperar ainda mais.

* * *

A doca parece diferente, Magda observa. Barricadas foram erguidas para separar os recém-chegados dos locais. Magda e Livi posicionam-se ao lado de uma barreira perto do ponto onde a prancha descerá. Enquanto observam o *Independência* navegando até o porto, Livi e Magda examinam o rosto de todos os que estão no convés.

A atracação é dolorosamente lenta, mas, por fim, os novos migrantes destinados a Israel estão afluindo para o cais.

— Eles não serão os primeiros, Livi — avisa Magda, enquanto Livi tenta escalar a barricada. Ela a puxa de volta para baixo. — Tenha um pouco de paciência ou você vai nos causar problemas. Eles estão com um bebê, lembre-se. Não arriscarão que ele se machuque na multidão.

Os ônibus estão alinhados nas docas para levar os novos migrantes para Sha'ar Ha'aliya. Homens, mulheres e crianças sobem a bordo, ansiosos e entusiasmados para começar essa primeira etapa de sua nova vida na Terra Prometida.

— Estão demorando demais — Livi geme.

— Não, não estão — diz Magda, com a voz embargada. — Eles estão ali!

Cibi as avistou ao descer a rampa; agora, ela entrega Karol a Mischka e dispara no meio da multidão em direção às irmãs. Cibi cai nos braços delas, indiferente ao fino arame da barreira que as separa.

Nenhuma das mulheres fala por um longo tempo. Mischka observa em silêncio, sobrecarregado demais pela visão do reencontro de sua esposa com as irmãs para dizer uma palavra. No final, é o choro de Karol que as afasta. Livi enxuga as lágrimas de Mischka, enquanto Magda acaricia o rosto do sobrinho bebê.

— Graças a Deus vocês estão aqui — declara Magda.

— Ele não teve nada a ver com isso, Magda — responde Cibi.

Magda e Mischka trocam um olhar, e Mischka sorri. Nada mudou no que diz respeito a Cibi e Deus.

— Precisamos fazer exames médicos — diz Cibi, suspirando.

— Mas não vai demorar muito tempo, Cibi. Só um ou dois dias, e estaremos lá quando vocês saírem.

— Mexam-se, vamos. Vocês não podem ficar aqui — diz uma voz, mas é a voz gentil de um oficial que acabou de assistir àquele terno encontro.

— Os castiçais... Você está com os castiçais e as fotos? — Magda grita enquanto Cibi é levada embora.

— Sim, Magda, estou com os castiçais e as fotos, estão em minha mala. Prometo que os darei a você assim que puder.

— Nos veremos em dois dias — Livi diz à irmã.

— Melhor contar três — replica o oficial.

— Dois — insiste Livi, afirmando isso com um sorriso.

— Dois, então.

Magda e Livi ficam olhando até o ônibus que transporta a irmã sumir de vista.

* * *

Depois do jantar, Magda e Livi encontram Menachem e pedem que ele dê um passeio com elas lá fora. Meninos e meninas vagam pelas árvores de mãos dadas. A conversa animada do refeitório atinge todos os cantos do kibutz, é assim quase todas as noites, e as irmãs vão sentir falta.

— Estamos pensando em ir embora — diz Livi a ele. Ela quer ficar triste com isso, mas não consegue. Mais do que tudo, ela precisa estar com suas *duas* irmãs.

— Aqui é lindo, e, se não fosse por Cibi, nós ficaríamos. — Magda pega uma folha do chão. Ela a quebra no meio e leva o aroma cítrico ao nariz. A noite está quente, quase quente demais, mas ainda assim mais agradável do que dentro de casa. — Este é um lugar maravilhoso, mas não é para famílias.

— Entendo — diz Menachem. — Ficarei triste em ver vocês partirem. Já sabem para onde vão?

— Na verdade, não — responde Magda. — Esperávamos que o senhor pudesse nos ajudar com isso também.

Menachem ri e pensa por um momento.

— Há um lugar, a cerca de cem quilômetros daqui, chamado Kfar Ahim. Muitos migrantes estão optando por se estabelecer ali e começar a cultivar. Vocês poderiam fazer parte de algo especial.

* * *

Dois dias depois, Magda e Livi estão do lado de fora da instalação de quarentena com o carro e o motorista que Menachem providenciou. O homônimo de seu pai arranjou tudo para elas.

As irmãs conversam sem parar no caminho para Kfar Ahim, mas Karol não para de chorar, incapaz de se acostumar com o calor. Mischka é o único que fica quieto, absorvendo o barulho e a paisagem com um grande sorriso no rosto.

O governo garantiu alojamento a todos os novos migrantes, e agora a família está diante de uma fileira de habitações pré-fabricadas idênticas, cada qual com dois pequenos quartos, uma cozinha e um banheiro. Dentro da moradia que lhes foi designada, Cibi e Mischka levam suas malas para um quarto, e Magda e Livi levam as delas para o outro. Em vez de meio mundo, a única coisa que separa as irmãs agora é uma parede fina.

Estão juntas novamente.

Kfar Ahim, com uma população de duzentas pessoas, é uma cidade agrícola emergente; sua terra fértil é perfeita para o cultivo e processamento de laranjas. As irmãs logo estão de volta ao território familiar, trabalhando entre os laranjais. Mischka também encontra trabalho, e logo ele, Cibi e Karol se mudam para uma pequena casa de um quarto, a apenas algumas ruas de distância das irmãs, com terra suficiente para começar uma fazenda própria.

As irmãs observam o crescimento da cidade e, à medida que os migrantes continuam chegando, a necessidade de acomodação aumenta. Quando Livi ouve que a autoridade local está pedindo voluntários para ajudar a construir novas casas, ela e Magda imediatamente se apresentam.

— Também vou ajudar — diz Cibi, ao ouvir a notícia. — Quero retribuir a Israel o acolhimento recebido.

— Mas você tem Karol — Livi a lembra.

— Vou encontrar alguém para cuidar dele.

Durante três dias por semana, Cibi se junta às irmãs no canteiro de obras. Elas descobrem, com alegria, que não são as únicas mulheres. Vestidas com calças e camisas, as irmãs começam a trabalhar. Mais de uma vez, Livi e Cibi trocam um olhar, e até uma lágrima, ao relembrar seus "empregos" em Auschwitz e Birkenau. Os tijolos, a argamassa, os escombros – é complicado, mas, com o tempo, e na companhia de tantos rostos e histórias novas, as arestas afiadas de suas lembranças brutais suavizam um pouco.

Longas filas de mulheres se formam para passar os tijolos até o canteiro de obras. O primeiro tijolo é apanhado pela primeira mulher da fila e passado para a seguinte, que o recebe com as palavras:

— *Köszönöm*, Hungria.

— *Dyakuyu*, Ucrânia — fala a próxima.

E assim por diante, cada mulher dizendo "obrigada" em sua língua materna e depois o seu país de origem.

— *Blagodaryat ti*, Bulgária.

— *Danke je*, Holanda.

— *Hvala ti*, Bósnia.

— *Ďakujem*, Eslováquia — diz Cibi.

— *Efcharisto*, Grécia.

— *Děkuki*, território tcheco.

— *Spasibo*, Rússia.

Quando fazem uma pausa, as mulheres se reúnem para admirar o trabalho dos pedreiros à medida que são erguidos os primeiros alicerces. Cibi conta a história de outro canteiro de obras, dessa vez na Polônia, onde ela e Livi ajudaram a construir Birkenau.

Sentada em um caixote vazio, Livi treme enquanto Cibi fala, sentindo um arrepio repentino, apesar da temperatura elevada. Ela olha no rosto das mulheres enquanto elas ouvem sua irmã, com os olhos baixos. Ela muda seu foco para as belas colinas além, a terra que se tornará seu lar. Há tanto espaço, tanta cor, tanta esperança e promessa; então, por que sente as paredes de um edifício de concreto se fechando sobre ela?

— Você está bem, Livi? — Magda se juntou à irmã no caixote.

— Estou bem, eu acho — sussurra Livi. — É que às vezes é como se eu ainda estivesse lá, sabe?

Magda assente com a cabeça.

— Eu sei. Nós mudamos de continente, colocamos mares entre o antes e o agora, e ainda assim… — Sua voz vagueia, mas Livi entende. Elas ainda estão sob o mesmo céu, e suas memórias estão entremeadas em sua carne. Será preciso mais do que a terra de um novo chão sob as unhas para se sentirem seguras novamente.

* * *

Conforme o calor do verão se intensifica, também aumentam os sentimentos de Magda por um jovem que trabalha em um local próximo.

Certa noite, caminhando para casa, Magda está estranhamente quieta.

— Tem algo errado, Magda? — indaga Cibi.

— Não.

— Você está calada há alguns dias. Está doente? — Cibi insiste.

— Se quer saber, estou conversando com um menino — Magda diz, vermelha e brilhante.

Cibi e Livi param de andar.

— Desde quando? — Livi exige saber.

— Há um tempinho.

— E? Você está apaixonada? — Livi se sente tanto chocada como encantada.

— Sabe, acho que estou — responde Magda, radiante. — O nome dele é Yitzchak, assim como o do vovô.

— Quando podemos conhecê-lo? — pergunta Livi, animada.

— Cibi, você até conhece a irmã dele, ela mora do outro lado da rua — provoca Magda.

— Isso é engraçado! — Cibi começa a rir. — Yeti me disse que tinha um irmão bonito que queria apresentar às minhas irmãs, mas agora não precisamos armar para você porque já fez tudo sozinha. — Cibi está emocionada: sua responsável irmã do meio está apaixonada!

— Então, quando podemos conhecê-lo? — repete Livi.

— Vão com calma, não nos conhecemos há tanto tempo — diz Magda, sem pressa de ceder à intriga delas.

— Tudo bem, iremos com calma, mas você não está rejuvenescendo, Magda. — Os olhos de Cibi brilham maliciosamente.

— Vamos dar um passeio mais tarde. Ele diz que precisa conversar comigo.

— *Ele* não está indo com calma, está? Vai pedir você em casamento, tenho certeza disso! — Livi está fora de si.

Da janela da sala, Cibi e Livi observam a irmã caminhar em direção a um homem alto de cabelos escuros e ondulados. Ele tem um cobertor verde debaixo do braço e está sorrindo.

* * *

Aquele sorriso afirma às irmãs tudo o que elas precisam saber: é o olhar de um homem apaixonado. Livi e Cibi suspiram em uníssono enquanto o casal caminha de mãos dadas.

* * *

Yitzchak leva Magda a um pequeno parque não muito longe da casa de Cibi. Estão embaixo de uma laranjeira, os frutos maduros ameaçando cair a qualquer segundo. O pôr do sol imita os tons profundos das laranjas pairando sobre a cabeça deles. Yitzchak chuta as frutas no chão, criando um espaço para se sentarem antes de sacudir o cobertor e colocá-lo na grama. Magda se senta e pega uma laranja caída. Deslizando uma unha sobre a casca rugosa, ela leva a fruta ao nariz, seu aroma penetrante e doce transportando-a imediatamente ao kibutz.

— Você disse que queria falar comigo — comenta Magda. Ela se sente repentinamente tímida com esse homem e mal consegue olhá-lo de frente.

— Sim, Magda — diz ele. — Há algo que preciso lhe contar antes de fazer uma pergunta. — Yitzchak pega a laranja dela e Magda o olha nos olhos. — Minha irmã me contou tudo sobre você, Cibi e Livi, e sobre seu tempo em Auschwitz.

— Elas ficaram nos campos bem mais tempo do que eu — declara Magda. — Estive lá por menos de um ano.

— E todas vocês sobreviveram à marcha da morte — continua ele, e Magda concorda. Yitzchak é quem desvia o olhar agora. — Lamento muito que você e suas irmãs tenham estado naquele lugar maligno.

— Bem, nós estamos aqui agora, e aquele lugar maligno ficou para trás.

Yitzchak enrola a manga da camisa para revelar uma tatuagem de números. Magda fica boquiaberta.

— Você estava lá também? Em Auschwitz?

— Estava lá, com meu irmão, Myer.

— E você também sobreviveu — diz Magda com um sorriso.

Mas Yitzchak não está sorrindo; parece preocupado. Ela espera que ele diga alguma coisa, mas o rapaz fica em silêncio, olhando para os números em seu braço.

— O que aconteceu, Yitzchak? Aconteceu mais alguma coisa?

— É difícil explicar. Ouvi sua história de Yeti; foi horrível, a pior história que já ouvi. Mal consigo entender como vocês continuam tão sãs, considerando o que tiveram de suportar.

— Nós tínhamos umas às outras — diz Magda, simplesmente.

— Não foi assim para mim. — Yitzchak desvia o olhar para as bordas distantes do parque.

— Você não estava em um acampamento de férias, estava em Auschwitz — exclama Magda. — Ninguém teve uma vida fácil. Não deve comparar nossas experiências. Por favor, Yitzchak, isso vai deixá-lo louco.

— Como posso não comparar, Magda? Meu irmão e eu sobrevivemos porque éramos cozinheiros. Preparávamos refeições para os SS, e o que eles não comiam, nós comíamos. Não me lembro de ter sentido fome.

— Você se sente culpado? Por não ter sofrido tanto quanto minhas irmãs?

— Sim — diz Yitzchak, com fervor. — Muito mesmo.

Magda pega a mão dele. Ela entende esse sentimento.

— Sei como se sente. Eu morei em casa com minha mãe e meu avô por dois anos enquanto minhas irmãs sofriam. Você pode imaginar como reagi quando as vi novamente? Eu estava saudável e elas pareciam estar morrendo.

— Mas ainda assim…

— Mas nada! Minhas irmãs não deixam eu me sentir culpada. Não há nada que eu possa fazer para mudar o que aconteceu e a maneira como aconteceu. Estou aprendendo a conviver com isso, mas é nisso que realmente acredito. Você e eu sobrevivemos, e isso é tudo que importa. Todos nós. Como conseguimos não significa absolutamente nada. Estamos aqui agora, em nossa Terra Prometida.

— Você está dizendo que suas irmãs me perdoariam?

— Pelo quê? Por ter ficado de barriga cheia? Acha que não teríamos trocado de lugar com você em um piscar de olhos, Yitzchak? Não há honra em sofrer, é o que estou tentando lhe dizer. — Os olhos de Magda piscam enquanto fala, e ela sabe que suas palavras são tanto para ela quanto para aquele homem alto e gentil. — Obrigada por me contar sua história, mas não faz diferença em como me sinto em relação a você.

Yitzchak aperta a mão de Magda.

— Tem mais — ele diz.

— Continue — Magda diz, cautelosa.

— Eu era casado antes da guerra — ele lhe diz, olhando para a laranjeira.

— Muitas pessoas se casaram antes da guerra. Mischka também.

— O marido de Cibi? Eu não sabia. Não só fui casado, Magda, mas também tive duas filhas.

A voz dele falha e seu rosto desmorona.

— Ah, não, sinto muito — sussurra Magda.

— Eu as perdi em Auschwitz.

Magda aproxima-se de Yitzchak e gentilmente enxuga as lágrimas de seu rosto. Os olhos dele encontram os dela, e há dor neles, mas há outra coisa também – algo que ela reconhece: esperança. Não são necessárias mais palavras, pois Magda entende as maneiras como eles podem compartilhar sua dor e tristeza.

Yitzchak inclina-se no espaço entre eles para prender as mechas rebeldes do cabelo de Magda atrás das orelhas, um sorriso se formando lentamente em sua boca. *Bem aqui, bem agora*, pensa Magda, *é onde nos encontramos*.

— Eu disse que havia algo que precisava lhe contar e uma pergunta que queria lhe fazer.

— Então, faça — sorri Magda.

— Magda Meller, você quer se casar comigo?

Magda olha por cima do ombro dele enquanto os últimos raios de sol desaparecem. A lua cheia já está no céu, brilhando sua luz pálida sobre eles.

29

Kfar Ahim
1950

Magda e Yitzchak casam-se no jardim da frente da casa de Cibi, entre flores e os amigos que fizeram desde que chegaram a Israel. Quando o copo embrulhado em um pano de linho fino se rompe sob os pés do casal, a multidão explode em gritos de *Mazel tov!*

Nas primeiras horas da manhã seguinte, Magda acena para as irmãs e se despede com seu novo marido. Cibi e Livi ficam no jardim até que todos tenham saído.

— Ela parecia tão feliz, não é? — diz Livi.

— Ela está feliz. Está apaixonada. — Cibi dobra guardanapos distraidamente.

— Acha que vou encontrar alguém? — pergunta Livi, ansiosa.

Cibi larga os guardanapos e segura as duas mãos da irmã.

— Claro que vai, gatinha. Talvez você já o tenha conhecido, nunca se sabe.

— Não estou com pressa, Cibi.

Cibi levanta os olhos para o céu do amanhecer.

— Quem tem pressa hoje em dia? A vida traz o que traz. Você se lembra do que vovô costumava dizer sobre o "tempo"?

Agora Livi brinca com os guardanapos. Seus olhos estreitam-se enquanto ela pensa em sua infância em Vranov.

— Algo sobre a vida ser longa se você saborear cada momento?

— Exatamente. Que não devemos olhar para cada dia como uma série de tarefas a cumprir, mas ver todo ciclo de vinte e quatro horas como um presente de Deus e valorizar cada momento.

— Você ainda não faz orações? — Livi pergunta, dobrando guardanapos. Ela odeia colocar Cibi na berlinda, mas às vezes acontece.

Cibi balança a cabeça.

— Está tudo bem. Você vai voltar a orar.

— Não tenho certeza se vou, Livi. Deus costumava morar aqui. — Cibi toca o peito. — Mas agora minhas irmãs ocupam esse espaço.

— Se o seu coração está cheio, então talvez seja a mesma coisa.

— Sempre tive minhas irmãs, Livi. Nunca houve um momento sequer em que uma ou outra de vocês não estivesse lá para mim, mas precisávamos de *Deus* naqueles campos, e onde ele estava? — pergunta Cibi, com firmeza.

Livi não tem resposta. O coração da irmã estava partido, assim como o dela e o de Magda. Como Cibi, ela não tem ideia de quando, como ou se esses corações vão cicatrizar.

Cibi levanta-se e pega a mão de Livi.

— O sol está nascendo, e temos todo o tempo do mundo para discutir sua vida amorosa e minha fé, ou a falta dela. Agora precisamos dormir um pouco antes que Karol acorde.

* * *

Uma semana depois, Magda, Yitzchak e Livi voltam à casa de Cibi para jantar. Cibi acha que Magda está pálida. Enquanto as lembranças da festa de casamento são relembradas e saboreadas, Magda permanece em um silêncio sinistro. *Talvez minha irmã tenha um anúncio*, Cibi se pergunta maliciosamente, mas, quando Cibi tenta chamar sua atenção, Magda desvia o olhar.

— Tenho boas notícias — inicia Cibi, imaginando se é isso que Magda precisa para se animar. — Tio Ivan me escreveu. Ele, Irinka e as crianças receberam permissão para vir a Israel. Não é maravilhoso?

— É maravilhoso! — diz Livi, batendo palmas. — Seremos uma família de novo, todos nós juntos.

— Você acha maravilhoso, Magda? — pergunta Cibi com cautela, quando a irmã deixa de mostrar o mesmo entusiasmo de Livi.

— Claro que acho! — aponta Magda. — Irinka está grávida, não está?

— Sim, eles querem que o novo bebê nasça em Israel. Não é romântico?

Magda concorda com a cabeça.

— Magda, vamos! — pede Cibi, enquanto os maridos levam os pratos para a cozinha. — Diga o que está acontecendo. Você mal disse uma palavra a noite toda.

— Não se esqueça de que ela é uma recém-casada, Cibi — diz Livi, descaradamente. — Talvez só esteja feliz demais para falar. — Livi pisca para Magda.

Magda ergue os olhos, e Livi e Cibi se sobressaltam: a irmã parece assustada.

— Agora você está me preocupando. Por favor — pede Cibi.

— Yitzchak — chama Magda. — Você pode vir aqui?

As irmãs ainda estão sentadas, lado a lado na mesa, quando Yitzchak e Mischka voltam para a sala.

— Você está certa, Cibi. — Magda engole em seco. — Tenho uma coisa para lhes contar, e vocês não vão gostar.

— O que é? — pergunta Livi, com a mão na garganta. — E por que eu não sei? Moro com você, pelo amor de Deus.

— Queríamos contar para vocês duas ao mesmo tempo. Como todos sabem, adoro morar aqui. — Ela olha para o marido. — Afinal, foi onde conheci Yitzchak. Mas... — Magda respira fundo. — Nós queremos nos mudar.

Cibi parece confusa; Livi, alarmada.

— O que está dizendo? Quer deixar Israel? — sussurra Cibi.

— Claro que não! — exclama Magda. — Como poderia pensar nisso, de todas as coisas? Queremos nos mudar para Rehovot. É uma cidade maior e está crescendo. É melhor para nós, para o nosso futuro.

Cibi se volta contra Yitzchak.

— Isso é coisa sua? — ela exige saber.

— Claro que não! — defende-se Yitzchak, mostrando a ela a palma das mãos. — Não é o que está pensando. Não se trata de abandonar a família.

— Cibi, por favor, não seja tola. Olhe para mim — diz Magda. — Esta é uma cidade agrícola, e eu não sou fazendeira. Nenhuma de nós é. Quero fazer algo diferente com a minha vida, só isso.

Cibi não sabia o que responder. Ela encara as próprias mãos, ásperas, um pouco calejadas, mas não se importa. Ela descobriu que ama a terra.

— Vamos apenas ouvi-los — diz Livi, deixando escapar um longo suspiro. Ela acena para Magda continuar.

— Não foi uma decisão fácil, mas quando alguma de nossas decisões foi fácil? De qualquer forma, há mais oportunidades de trabalho lá e queremos começar uma família. — A voz vacilante de Magda parece chegar até Cibi de muito longe.

— E você acha que está tudo bem, não é? — Cibi declara finalmente, voltando-se para Livi.

— Eu não sabia, Cibi, então, por favor, não pense que tenho parte nisso. Mas agora são um casal, e os casais precisam tomar suas decisões, não é?

Cibi fica magoada.

— Achei que você ficaria do meu lado.

— Não se trata de lado. Quero que Magda seja feliz, e, se isso significa que ela tem que ir embora, então acho que ela deve fazer isso — diz Livi.

— E nossa promessa ao papai? — persiste Cibi. — De que ficaríamos sempre juntas? Não significa nada para nenhuma de vocês?

Magda pega a mão de Cibi, mas Cibi a solta.

— Cibi! — diz Magda, com firmeza. — Se eu pensasse por um momento que minha mudança significaria o fim de nossa promessa, eu não faria isso. Como você pode não saber disso? Como pode não saber que eu faria qualquer coisa por você e por Livi?

— Mesmo? — fala Cibi com rispidez. — Por que não me diz o que mais eu devo saber?

— Você deveria saber que te amo. Que estar a alguns quilômetros de distância não tem nada a ver com nossa promessa ao papai e à mamãe.

Os olhos de Magda flamejam enquanto ela fala, mas os de Cibi se suavizam. Ela deixa Magda segurar sua mão.

— Você tem razão. Claro que você tem razão — diz Cibi. — E vocês dois são bastante inúteis na fazenda, de qualquer maneira.

Magda a puxa para um abraço.

— Se for preciso, pode escarafunchar a terra, vou te amar do mesmo jeito — diz Magda. — Estarei a meia hora de distância, e já não nos separamos antes? Não encontramos sempre nosso caminho de volta uma para a outra?

— Deixe-os ir, Cibi — diz Mischka à esposa. — Vamos todos dar a eles uma chance de ganhar a vida em Rehovot. Se não funcionar, estaremos sempre aqui para ajudá-los.

Cibi suspira.

— Quando vocês vão? — Ela pega a garrafa de vinho tinto e enche o copo.

— Yitzchak tem amigos na cidade. Ficaremos com eles até encontrar um lugar.

— Minhas irmãs... — Yitzchak diz agora. — Sempre cuidarei de Magda, mas adoraríamos sua bênção.

— Não gosto disso, não posso fingir o contrário, mas Livi tem razão, mesmo que isso signifique irem embora. Então, é claro que vocês têm minha bênção. — Cibi leva o copo aos lábios.

As irmãs compartilham um abraço que envolve muito mais do que conforto físico. É um vínculo que atravessa o tempo e o espaço, que impede sua dor e embota seu sofrimento. Cada uma delas entende implicitamente que a mera distância não quebrará seu vínculo.

Cibi pensa no espaço de seu coração onde Deus morava e se pergunta, por um segundo, se a paz que sente nos braços das irmãs é um sinal de que talvez Ele nunca tenha realmente partido.

Quando se separam, Livi se volta para Magda e depois para Cibi.

— Cibi, você sabe que eu te amo.

— Livi! — alerta Cibi.

— Deixe-me ir com eles.

* * *

Três semanas depois, Magda, Yitzchak e Livi viajam para Rehovot.

Yitzchak encontra um emprego em um açougue e sonha abrir uma loja própria um dia. Magda e Livi voltam ao trabalho casual de que gostavam em Bratislava, administrando as contas de pequenos escritórios e até mesmo algum trabalho voluntário, ajudando novos migrantes a se estabelecerem em Israel.

A Agência Judaica abriu um escritório em Rehovot para ajudar com oportunidades de trabalho e acomodação. Magda e Livi cadastram-se nessa organização.

Um mês depois, Yitzchak pede a um amigo para levá-los de carro a Kfar Ahim, e as irmãs se reencontram.

— Estamos expandindo! — Cibi conta a Yitzchak e Magda. — Temos terra suficiente para galinhas e vacas.

— Galinhas e vacas! — maravilha-se Magda. — Bem, também tenho novidades.

— Ah, querida — diz Cibi, franzindo a testa. Ela imagina que Magda está prestes a anunciar uma mudança para Tel Aviv.

— De novo, não — Livi faz beicinho. — Como eu não sei?

— É bom. Não fique tão preocupada, Cibi — diz Yitzchak. — Você ficará feliz em ouvir isso.

— Recebi uma oferta de emprego. — Magda fica vermelha, transbordando de entusiasmo por compartilhar seu triunfo com as irmãs. — Vou trabalhar na casa do presidente Weizmann.

— Está de brincadeira? — diz Livi.

— Não — diz Magda com um sorriso.

— O presidente? O presidente de Israel? Conte-nos tudo agora mesmo! — Cibi fica aliviada ao saber que suas irmãs estão se arranjando.

— A Agência Judaica me informou que havia uma vaga para empregada doméstica na casa do presidente e perguntou se eu estaria interessada.

— E o que você respondeu? — pergunta Livi.

— Obviamente, disse que sim. Conheci a sra. Weizmann e ela me deu o emprego. Começo na próxima semana.

— Você conheceu a sra. Weizmann? — Cibi está tão animada quanto Magda agora. — Como ela é?

— Ela tem os olhos mais gentis possíveis e falou comigo como uma amiga. Ela também me perguntou de você.

— De mim? — disse Cibi.

— De vocês duas… Ela queria saber sobre minha família. Mostrei meu braço… e ela quis saber se vocês também tinham números.

— E o que você disse?

— Disse que não. Disse a ela que os nazistas só abençoavam as pessoas especiais com um número.

— Magda!

— Estou brincando. Ela me perguntou sobre Auschwitz e ouviu por muito tempo enquanto eu contava nossa história. Provavelmente falei demais, mas ela me deixou falar.

— Isso pede um brinde! — Mischka diz.

Erguendo os copos de chá gelado, eles entoam:

— À Magda, ao presidente e à sra. Weizmann.

* * *

Magda sabe que fez bem em se mudar para Rehovot quando começa em seu novo emprego. Enquanto caminha para a residência dos Weizmann, seu coração se expande para enfrentar o dia. Na bela casa do presidente, onde os funcionários são gentis e seu trabalho é bastante fácil, ela sente, talvez pela primeira vez, que está dando uma contribuição valiosa para esta nova pátria. Magda se conhece bem o suficiente para reconhecer que seus demônios estão apenas à espreita no momento, mas ela dará um respiro onde conseguir. Perdendo-se em suas tarefas, ela esquece, às vezes por horas inteiras, que por dois anos completos ficou alheia ao sofrimento de suas irmãs.

Livi encontrou trabalho para colher frutas em uma fazenda local, e logo ficou encarregada de registrar e supervisionar os colhedores de frutas também. Ela se orgulha do fato de que suas laranjas estão agora entre as milhares que são exportadas para o resto do mundo. Mas há pouca continuidade no trabalho ocasional; assim que ela faz amigos, eles se mudam para outra comunidade ou outra parte do país, cada um na esperança de encontrar um lugar que possa finalmente chamar de lar.

Livi trabalha com os recém-chegados, mas também com palestinos que voltam regularmente para colher os frutos. Ela gosta da maneira como sua língua se enrola em torno das palavras árabes que ela tem tanto interesse em conhecer. *Sabah alkhyr kayf halik alyawm* foi a primeira frase que Livi aprendeu, ensinada por uma garota tímida, Amara. Ela a usava para cumprimentar seus amigos árabes todos os dias: *Bom dia, como vocês estão hoje?*

Lina'a bikhayr kayf halik, vem a resposta. *Estou bem, como você está?* A que Livi responderia: *Ana bikhayr shukraan lak. Estou bem, obrigada.*

Certa manhã, Amara chega com uma pequena sacola de tâmaras.

— Elas parecem feias — diz ela a Livi em hebraico simples —, mas quando explodem entre os dentes... Ah, céus!

Livi pega a fruta e morde, seus dentes batendo com força em um caroço. Ela faz uma careta.

— Ah, desculpe! — Amara fala. — Tem um caroço.

— Agora eu já sei — sorri Livi, mastigando a fruta pegajosa. — É *deliciosa* — exclama ela. — Ainda melhor que laranjas.

* * *

As conversas com os recém-chegados sempre começam com as mesmas perguntas: "De onde você é?" e "Quem você conhece em Israel?". Livi é proficiente em vários idiomas, seu tempo em Auschwitz lhe ensinou que as línguas podem ser um meio de sobrevivência. E agora ela usa seu novo hebraico, além de alemão e russo, para dar as boas-vindas aos colhedores de frutas na fazenda.

É durante uma dessas conversas que ela faz amizade com uma garota da sua idade. Logo estão indo juntas para o bosque, colhendo laranjas lado a lado em um silêncio amigável.

— Você tem namorado, Livi? — pergunta Rachel um dia. *Xereta*, pensa Livi. Mas toda conversa entre as jovens da fazenda é sobre quem está namorando quem.

Livi joga laranjas na cesta enorme. Quando está cheia, elas levam a cesta para os galpões de triagem.

— Não — diz Livi. — Trabalho aqui o dia todo e depois vou para casa dormir, e não estou gostando de nenhum desses meninos. — Livi acena com a mão para os colhedores.

— Conheço alguém de quem você pode gostar. Meu primo. E ele não é um apanhador de frutas.

Apesar dos protestos de Livi, e com o firme incentivo de Magda, Ziggy Ravek é convidado para almoçar no sábado seguinte.

Livi passa o resto da semana tentando se concentrar no trabalho e fracassando. Não consegue decidir se está ansiosa para conhecer esse estranho ou apavorada. *Provavelmente, é um pouco das duas coisas*, conclui ela.

Mas sábado chega de qualquer maneira, apesar de suas dúvidas, e Livi está se preparando.

— Você está bonita. — Magda avalia a irmã com um olhar crítico. — Mas seu cabelo precisa de um penteado.

Magda senta Livi na penteadeira de seu quarto e prende os cachos da irmã; aplica um pouco de blush nas bochechas de Livi e passa um batom claro nos lábios dela.

— Muito melhor — diz Magda, recuando para apreciar seu trabalho. Mas Livi não tem tanta certeza.

— Pareço uma boneca pintada — reclama ela, assim que a campainha toca. — Estou nervosa, Magda — declara Livi, agarrando o ombro da irmã quando ela se vira para sair da sala.

— Nervosa para encontrar um *garoto*? — brinca Magda. — Depois de tudo que passamos?

Livi não consegue evitar o riso.

— Por que você está comparando conhecer um menino a passar fome em Birkenau?

— Eu não estava. Você fez isso sozinha, irmãzinha.

Livi segue a irmã mais velha até a sala de estar, onde um homem alto com cabelos negros e grossos está estendendo a mão para ela.

— Já nos encontramos antes? — pergunta Ziggy.

— Acho que não — responde Livi, gostando do caloroso aperto de mão.

— Você me parece familiar.

— Tenho um daqueles rostos comuns — diz Livi. — Me pareço com todo mundo.

Ziggy começa a rir.

— Você tem senso de humor — diz ele. — Gosto disso.

Mais tarde, enquanto almoçam, Livi percebe o aceno de aprovação de Magda quando Ziggy diz que é técnico de aeronaves e trabalha para a companhia aérea israelense El Al. Ela gostaria que sua irmã não estivesse sempre certa, mas o nervosismo de Livi se dissipou no momento em que apertou a mão de Ziggy.

Depois do almoço, Ziggy pergunta a Livi se pode vê-la novamente.

— Pode — diz ela timidamente.

— Um filme, talvez? — Ziggy sugere.

— Depende — responde Livi.

— Do quê?

— De quem vai pagar — diz Livi, com um sorriso malicioso.

— Livi, você não pode dizer isso! — Magda ofega.

Ziggy ri.

— Sim, ela pode, e eu gostaria de levar você para ver um filme, por minha conta.

— Então, muito obrigada, eu também gostaria.

* * *

Livi encontra Ziggy duas vezes por semana, desfrutando de sua companhia agradável e da inteligência feroz do rapaz. Tem algo familiar em Ziggy, mas ela não consegue definir. Talvez sejam almas gêmeas, ela pondera.

— Obrigado por compartilhar sua história comigo — ele diz a ela após o quarto encontro. Estão em um banco de praça perto do parquinho infantil. É um local incomum para contar uma história horrível de tortura e morte, enquanto os gritos de alegria das crianças preenchem o ar. E Livi relutou, a princípio, em falar com Ziggy sobre a vida das irmãs nos campos; ela ainda não o conhece o suficiente, e as lembranças são dolorosas. Mais tarde, porém, ela se sente melhor. *Ele sabe tudo sobre mim agora, tal como deveria ser entre duas almas gêmeas*, ela diz a si mesma.

— Você vai contar sobre o que aconteceu com você? — pergunta Livi.

— Talvez um dia — diz Ziggy, suspirando. — Mas hoje o sol está brilhando. Você não acha que uma história de campo de concentração já basta por enquanto?

Livi ri, maravilhada por estar rindo de tudo. Ele a ouviu e até a abraçou quando ela chorou. É uma surpresa para ela que alguém, além de suas irmãs, a faça se sentir tão segura.

Segura, essa palavra de novo. Como um prurido que nenhum coçar parece aliviar por muito tempo.

* * *

— Estou grávida! — anuncia Magda para Livi, que está na soleira da porta com a chave pendurada. Livi tem sujeira sob as unhas e está bronzeada de seus longos dias de sol. Sente-se exausta e feliz, ansiosa para contar a Magda sobre seu recente encontro com Ziggy, mas o rapaz é imediatamente esquecido quando ela ouve a notícia.

— Outro bebê Meller! — grita Livi. — Vou ser titia *novamente*.

— Você vai. E graças a Deus estará por perto para me ajudar.

Livi finalmente tem permissão para entrar em casa, e agora as garotas bebem suco de laranja em copos grandes enquanto Magda conta a Livi como se sente.

— Estou sempre com fome, principalmente de azeitonas. E há muitas azeitonas na casa dos Weizmann.

A mente de Livi instantaneamente volta para a primeira vez que provou azeitonas, quando acreditava que eram ameixas – apenas para cravar os dentes na polpa dura e amarga. Toda comida era preciosa no campo, então talvez elas devessem simplesmente engoli-las, mas o deleite da garota grega quando ela lhe deu as azeitonas tinha sido um ponto brilhante em seus dias.

— Quanto tempo vai continuar trabalhando? — pergunta Livi. *Quais podem ser os efeitos residuais da quase inanição no corpo de Magda?*, imagina. *Mas Cibi teve uma boa gravidez, não teve?*

— Ah, que bom que você mencionou isso. Tenho boas notícias, irmãzinha. — Magda aponta para as mãos de Livi. — Talvez você possa dizer adeus a toda essa terra embaixo de suas unhas. — Ela está radiante.

— Minhas unhas? — Livi olha para as próprias mãos, confusa.

— Esqueça as unhas. A sra. Weizmann gostaria de conhecê-la e, se gostar de você — e como não gostaria? —, você poderia ficar com meu emprego quando eu tiver que sair.

— Seu emprego?

— Estou grávida, Livi, acorda! Você tem interesse?

Livi dá um gole no suco. Um trabalho na casa do presidente? Ela nem consegue começar a imaginar isso. Os laranjais são tudo o que ela conhece atualmente. A cidade está crescendo, mas não rápido o suficiente para Livi encontrar um emprego permanente de escritório. Isso poderia ser perfeito.

— Claro que tenho — diz ela.

— Ótimo. Porque arranjei uma entrevista para você. Só daqui a alguns meses, mas a sra. Weizmann disse que, se você for a metade do que eu sou, será boa o suficiente para ela.

— Metade do que você é? Que atrevimento!

— Tudo bem, talvez ela não tenha dito isso.

— Então, quando você para? — Os olhos de Livi estão brilhando. Ela já está imaginando um encontro com o presidente.

— Olha quem está sendo atrevida agora!?

Naquela noite, na cama, Livi pensa em trabalhar em um lugar onde não seja um rosto sem nome entre tantos, fazendo as mesmas tarefas que todo mundo. Ela sente um arrepio de esperança por um futuro diferente. Talvez esta noite ela não chore até dormir como tem feito todas as noites desde que as irmãs foram expulsas de sua casa em Vranov. Ela nunca quis chorar, mas quando seus olhos se fecham, o rosto da mãe aparece. A mãe adorava aquela casa, e havia trabalhado muito para torná-la um belo lar. E agora um bruto e sua família comiam em suas louças, sentavam-se em suas cadeiras, deitavam-se em suas camas. Quando sua cabeça encosta no travesseiro, Livi é sempre transportada de volta àquele dia: mais uma vez, está chutando aquele bruta-montes na perna, empurrando-o para longe de Magda.

Ela respira fundo e sente a garganta contrair. Apesar de todo o otimismo de Livi por um novo emprego, aquela noite não é diferente, mas, ao adormecer, sussurra uma promessa à mãe, entre soluços.

Vou deixá-la orgulhosa de mim, mamãe.

* * *

Três meses depois, no dia da entrevista, vestida, penteada e impecável, Livi dirige-se à casa do presidente com Magda logo atrás, implorando para que ela diminua o passo em nome de uma gestante.

Agora que finalmente está dentro da casa, sua excitação se reduz a um nó de pavor. Nervosa e com a boca seca, Livi entra na sala onde a sra. Weizmann está sentada em um pequeno sofá branco, com a mão estendida. Livi a cumprimenta.

— Sente-se, minha querida. — A sra. Weizmann aponta para uma cadeira. — Acho mais fácil falar alemão, você se importa? Ou hebraico, se for mais fluente que sua irmã, claro. Mas meu eslovaco, infelizmente, não existe.

— Alemão está bem — responde Livi.

— Fale-me sobre você.

— Não há muito o que contar — diz Livi, pensando que não há tempo suficiente no mundo para falar sobre ela, sobre tudo o que viveu.

— Ah, duvido que não haja, Livi. Magda já me falou bastante, mas gostaria de ouvir de você.

Uma hora depois, Livi para de falar. Ela contou à sra. Weizmann a história resumida de sua vida, e foi-lhe oferecido o emprego de imediato.

Pelo resto da semana, Livi fica extasiada. Ela conheceu um homem que a faz rir e agora trabalha na casa do presidente de Israel. Suas irmãs estão casadas e felizes, uma com um filho e a outra, grávida.

Mas estou verdadeiramente feliz?, ela se pergunta.

É em momentos como esse, quando Livi está prestes a passar por uma grande mudança, que algo começa a pulsar, surgindo com um formigamento em sua espinha. Ela sentiu isso pouco antes de pisar com Magda na prancha de desembarque em Haifa, e novamente quando ela, Magda e Yitzchak foram de carro a Rehovot para construir uma vida diferente, e mais uma vez em seu primeiro dia na casa dos Weizmann. Em geral, Livi encara essa sensação de modo restrito: sente-se animada apenas por estar em uma aventura; por que não sentiria uma pontada de ansiedade? Mas, em outros momentos, como esta noite, a sensação que lhe sobe pela coluna a leva de volta a Birkenau, ao hospital onde foi tratada de tifo.

Há uma lembrança específica de sua época em Birkenau que a faz sentir que não merece sua boa sorte.

Ela e Matilda ficaram em leitos idênticos, ambas com febre, ambas sofrendo, mas uma estranha reviravolta do destino fez que Livi tivesse sobrevivido àquela noite e Matilda, não.

Enquanto Livi estava sendo "salva" – forçada a se deitar no chão de uma latrina, sua camisola encharcada de excrementos –, Matilda havia sido levada de sua cama direto para a câmara de gás. Foram negados à menina uma nova vida em Israel, um emprego na casa dos Weizmann, o amor de duas irmãs. É uma loucura, ela sabe disso, mas é como ela se sente naquele momento – como se estivesse na pele de uma garota morta.

Livi não entende por que essa memória, em particular, lhe vem em momentos como esse: ela não se culpa pela morte de Matilda, mas suspeita que sempre se perguntará: ela não poderia estar ali, vibrando de excitação com uma nova aventura, se tivesse vivido?

Cibi e Magda oferecem palavras de conforto, compartilham suas histórias de certos eventos que predominam sobre todos os outros, mas nenhuma delas consegue explicar por que Livi revive a morte dessa garota continuamente. Talvez seja porque essa história simples passou a simbolizar o microcosmo de todo o seu tempo em Birkenau, uma noite em que ela viveu e outra garota morreu.

Uma noite em que Mala, com algumas palavras ditas a um ouvido sabiamente escolhido, salvou sua vida.

Há uma simetria terrível nessas lembranças, pensa Livi, vendo-se novamente levando o corpo da tradutora morta para o crematório.

30

Rehovot
1951

O calor do sol do meio-dia é implacável, e Livi e Ziggy fogem para um café por alguns minutos. Livi está nervosa e com medo: nervosa por ter que abordar um assunto que lançará Ziggy de cabeça em um passado que ele prefere esquecer – isso é óbvio para ela agora, já que estão juntos há dois meses e Ziggy ainda não se abriu sobre sua vida como prisioneiro –; e com medo porque, se ele não consegue compartilhar essa parte de si mesmo, provavelmente eles não têm um futuro juntos.

— Você parece tão preocupada, Livi — Ziggy diz a ela enquanto eles se sentam. — Você mal disse uma palavra até aqui.

— Não estou preocupada — começa Livi rapidamente. E então acrescenta: — Talvez um pouco.

— Você vai me contar? — Quando Ziggy concentra toda a sua atenção em Livi, como está fazendo agora, ela fica nervosa, incapaz de falar.

— Vamos pedir alguma bebida? — Livi pega o menu.

— E então, você vai me contar?

Parte de Livi gostaria de não ter decidido confrontar Ziggy naquele dia. Ou em qualquer dia.

Eles tomam seu café gelado e compartilham um doce em silêncio. *Ziggy é um homem paciente*, pensa Livi. *Ele provavelmente ficaria sentado aqui por uma hora esperando que eu dissesse algo.*

— Ziggy, você me contou muito sobre sua vida desde que chegou a Israel — diz Livi, por fim. — Mas não sei o que aconteceu com você.

— É nisso que está pensando? — pergunta ele, pousando seu copo na mesa. Ziggy de repente parece muito cansado, e Livi quer voltar atrás em suas palavras. — Já lhe disse. Está tudo no passado, Livi. O que isso importa?

— Isso importa para *mim*. Você sabe tudo sobre mim. Não quer me contar um pouco sobre sua família e, pelo menos, onde você nasceu? — persiste ela. Livi acredita firmemente que sua história é uma parte do que a torna *Livi*, por mais doloroso que seja lembrar o passado.

Ziggy suspira, deslizando as mãos pelo rosto, passando os dedos pelos cabelos grossos.

— Venho de uma cidade chamada Český Těšín, na Morávia — começa ele. — Bem, era Morávia quando eu morava lá. Agora faz parte da Tchecoslováquia.

— E sua família ainda está viva? — Agora que Ziggy começou, Livi está impaciente para ouvir tudo de uma vez.

— Tudo bem, Livi, vou chegar lá. Eu era um de quatro meninos, o irmão mais novo. Meu pai era alfaiate na cidade e minha mãe... — Ziggy para de falar, abaixa a cabeça e se emociona.

Ela sente a dor dele, é claro que sente; é a agonia dela também, e a agonia de cada sobrevivente. Mas Livi também percebe que tem que deixá-lo contar a ela em seu próprio tempo.

— Minha mãe... Ah, Livi, ela fazia os melhores bolos da cidade; todos os dias voltávamos da escola para uma casa que cheirava a céu. Pão, bolos, biscoitos... — Ziggy divaga, sem fungar mais, mas sorrindo com a lembrança. — Quando as coisas começaram a ficar ruins para nós e não tínhamos permissão para ir à escola ou trabalhar, meu irmão mais velho foi lutar com os russos e foi morto. Meu pai estava preocupado por eu ser muito jovem, então mandou minha mãe e a mim para a casa de um tio em Cracóvia. Ficamos meses lá e, finalmente, mamãe quis voltar para casa, para meu pai, meus irmãos e, claro, para a cozinha dela. — Ziggy suspira novamente. Ele empurra o prato e sinaliza para a garçonete pedindo mais café. — No caminho de volta, fomos parados pelos nazistas. — Ziggy agora está segurando a frente da camisa, torcendo o tecido, e um botão se abre.

Livi estende o braço e coloca uma mão tranquilizadora em cima das dele. Ziggy sorri e larga a camisa.

— Eles bateram nela, Livi. Na minha frente, eles bateram nela e não encostaram um dedo em mim.

Livi aperta a mão dele com força, esperando que o gesto o faça se sentir menos sozinho em suas lembranças.

— Quando eles finalmente nos deixaram ir, ajudei mamãe a voltar para a casa de nosso tio em Cracóvia. Talvez algumas semanas tenham se passado, não muitas, e ouvimos que eles começaram a reunir todos os judeus na área para deportação. Mamãe e eu nos escondemos em um armário, mas eles nos encontraram e então... fomos todos levados para a praça da cidade... e lá nos separaram. Foi a última vez que a vi.

Livi não diz uma palavra porque sabe que Ziggy está reunindo forças para lhe contar a pior parte de sua história, assim como ela vacilara ao contar a dela.

— Ela foi levada para Auschwitz e nunca mais saiu de lá.

— Ah, Ziggy, sinto muito, muito mesmo. — Lágrimas estão escorrendo pelo rosto de Livi.

— De qualquer forma, fui transferido para acampamentos em Freiburg e Waldenburg, onde me colocaram para trabalhar na fabricação de instrumentos ópticos para submarinos alemães, e depois para o campo de Gross-Rosen e, finalmente, Reichenbach.

— Você circulou bastante — diz Livi, com um pequeno sorriso.

— Essa é uma maneira de ver as coisas. Fui libertado em Reichenbach e levado de volta a Praga, mas acabei voltando para a Morávia. — Ziggy dá um gole no longo copo de café frio que a garçonete acaba de colocar em sua frente. — Casa, claro! — Ziggy bufa. — Havia alemães morando em nossa casa, então eu os chutei para fora e...

— Espere — Livi interrompe. — Você os expulsou?

— Claro. Eles tinham tirado nossa vida, Livi, não ficariam com minha casa também.

Os olhos de Ziggy brilham, e Livi não tem problemas em imaginar esse homem forte e bonito expulsando aqueles alemães de sua casa e rua abaixo.

— Continue — diz Livi, tomando um gole de café, desejando que Ziggy estivesse por perto para despachar aqueles intrusos em Vranov.

— Bem, eu voltei para casa e então, um dia, uma batida na porta, e é meu pai parado lá. Acredita nisso? Ele e meus dois irmãos foram levados para Łódź, na Polônia, e, quando os russos chegaram, eles fugiram e se juntaram à Legião Tcheca. Meus irmãos ainda estavam em Praga, mas finalmente nos reunimos.

— Ziggy, obrigada por me contar sua história.

Ziggy suspira, fecha os olhos e balança a cabeça devagar.

— Vivi um período relativamente tranquilo durante a guerra, Livi... Você não ouviu? Não sofri como você ou suas irmãs. Não tenho sequer um número no meu braço.

— Um número em seu...? Ziggy, do que você está falando? Isso não é uma competição. É uma história terrível, todas as nossas histórias são igualmente horríveis.

— Só estou dizendo que seu sofrimento foi pior, muito pior que o meu. Ainda posso ver em seus olhos, Livi... Sempre que você pensa que ninguém está olhando, você desaparece.

— E você também! — Livi retruca. — Todos nós fazemos isso. Agora, por favor, Ziggy, você ainda está com seu pai, seus irmãos. Eu tenho minhas irmãs. Vamos apenas aceitar nossa boa sorte e agradecer por ela. Acha que importa se você tomou mais sopa do que eu? Ou que você tinha dois cobertores em vez de um? Éramos prisioneiros, eles nos tiraram de nossa casa sem motivo e mataram nossa família.

Ziggy pousa sua xícara e pega a mão de Livi.

— Moro com meu pai em Rishon, Livi. Gostaria muito que você o conhecesse.

Livi fica surpresa. Ela está com Ziggy há meses, mas ele nunca havia mencionado o pai. Ao mesmo tempo, porém, ela sabe que não há nada de sinistro em Ziggy, que essa parte da vida dele está intimamente ligada à tragédia de seu passado; para falar sobre uma ele teria que falar sobre a outra, e, até aquele momento, ele simplesmente não estava pronto.

— Gostaria de conhecê-lo — diz Livi, tentando controlar a tensão em sua voz. Por ora, ela também está pronta para seguir em frente com suas histórias.

— Ótimo, porque ele está morrendo de vontade de dar um rosto à linda garota sobre a qual lhe falei. — Ziggy abre a boca para dizer mais, mas a fecha, olhando fixamente para Livi.

— Tenho algo no meu queixo? — pergunta ela.

— É apenas aquela sensação estranha de que já vi você em algum lugar antes, Livi. Está me deixando louco.

— Bem, acho que podemos ter estado no mesmo navio, e podemos apenas ter chamado a atenção um do outro em algum momento.

Livi está sorrindo, aliviada por Ziggy não estar remoendo o passado, por eles poderem seguir em frente dali em diante e... algo se agarra no fundo de sua mente, e agora ela está olhando para Ziggy com a mesma intensidade.

Um grupo de exibicionistas cercado por garotas apaixonadas.

— Você é um Garoto-Pavão! — sussurra ela, encantada.

— Sou o quê? — Ziggy parece chocado.

Livi se lembra do jovem, parado sozinho enquanto seus colegas "garotos voadores" se deleitavam com a atenção das garotas bonitas.

— Foi assim que Magda chamou você. Não apenas você, o grupo com o qual você estava no barco. Os pilotos, técnicos. Garotos voadores.

Ziggy fica quieto, e então seu rosto se abre em um sorriso enorme.

— Claro! Você é a garota que sempre me pareceu tão séria. Não deu uma segunda olhada em nenhum de nós.

— Isso não é verdade, Ziggy. Para você, ao menos, eu dei uma segunda olhada. — Livi está corando.

Essa coincidência emociona Livi. Ela não conheceu Ziggy por capricho de uma colhedora de frutas que conhecera em uma fazenda. Ziggy *era* sua alma gêmea, e talvez até mais do que isso: seu destino.

Eles bebem mais café e compartilham outro doce. No entanto, Livi fica inquieta: Ziggy mudou – agora ele conta histórias engraçadas de seus colegas de trabalho, fala sobre suas ambições na engenharia e medita sobre as melhores cafeterias para um café gelado, como se tivesse esquecido completamente que, momentos atrás, estava chorando por sua mãe morta.

* * *

A sra. Weizmann cumprimenta Livi com um grande sorriso.

— Meu marido voltou para casa ontem à noite e, como não teve a chance de conhecê-la, me perguntei se você gostaria de ir ao escritório dele e dizer olá.

— Dizer olá ao presidente Weizmann? — Livi pergunta, com um pequeno tremor na voz.

Mas a sra. Weizmann se adianta, bate na porta do presidente e a abre sem esperar convite.

— Chaim, esta é Livi, a nova empregada que está nos mantendo alertas para qualquer eventualidade.

— Olá, Livi. — O presidente se levanta de trás de sua mesa. Ele tem um cavanhaque e usa óculos redondos, parece um professor universitário. — Ouvi falar muito de você.

Os olhos dele são amigáveis, e Livi começa a gostar daquele homem. Ele estende a mão, e Livi a pega. Como é seu instinto, ela desliza o braço esquerdo para trás, um gesto que o presidente capta rapidamente. Ele pega o braço dela e, muito gentilmente, puxa sua manga. Com ternura, ele traça os dedos sobre os números tatuados.

— Há uma grande jornada nesses números, não é? — diz ele, suavemente.

Livi assente com a cabeça.

— Você vai me falar sobre isso?

* * *

— Quando ele segurou minha mão, agradeci a Deus por haver um homem como Chaim Weizmann, um homem que tem essa visão. Realmente senti, provavelmente pela primeira vez, que estava dando uma contribuição para a promessa de Israel. — Livi está jantando com Magda e Yitzchak, regalando-os com todas as nuances de seu encontro com o presidente. — Ele não disse uma palavra enquanto ouvia minha história. Nenhuma, apenas me deixou falar.

— Coitado — diz Magda, rindo. — É a segunda vez que ele ouve nossa história.

— A minha é diferente da sua — diz Livi, lamentando suas palavras no momento em que saem de sua boca. — Não foi isso que eu quis dizer, Magda. Desculpe. Me perdoe.

Magda sorri.

— Não se preocupe, Livi. Sei que não quis dizer isso.

Mas Magda sente mais uma vez a pontada dupla de culpa e desespero sempre que qualquer referência é feita ao fato de suas irmãs terem passado dois longos anos nos campos, enquanto ela estava em casa com a mãe, alheia ao sofrimento delas.

— Bem — ela diz agora. — Tudo o que sei é que ele conquistou o direito de ser chamado de Pai de Israel, e acho que a sra. Weizmann já deveria ser chamada de Mãe de Israel.

Quando Magda se retira para seu quarto a fim de se deitar depois do jantar, Livi a acompanha. Magda percebe que a irmã ainda está arrependida.

— Livi, está tudo bem. Nem por um segundo pensei que você estava tentando me machucar.

Os olhos de Livi estão cheios de lágrimas.

— Estou feliz por você não ter estado lá, Magda, estou mesmo. Sabe que foi isso que manteve a mim e a Cibi fortes, não sabe? Acreditar que você estava de volta a Vranov, cuidando da mamãe e do vovô.

Isso não faz Magda se sentir melhor.

— O que mais dói — diz ela, erguendo o corpo até se sentar — é lembrar os nossos últimos dias em Vranov. Noite após noite, nós nos sentávamos para jantar... nunca comíamos muito, mas certamente mais do que vocês. Nós nos sentávamos, rezávamos por vocês duas e comíamos. Eu via a comida com naturalidade; às vezes, via a mamãe e até o vovô com naturalidade. Eles estavam sempre me dizendo para eu me esconder, para não me envolver, para ser um fantasma. E eu costumava perder a paciência, gritando para eles me deixarem ir e encontrar vocês. — Magda enxuga uma lágrima.

— Sinto muito, Magda — fala Livi.

— Minha segurança significava tanto para eles quanto para vocês, mas eu não queria estar segura. Queria estar com você e Cibi. E, então, meu desejo foi atendido; um desejo que não era o de vocês ou da mamãe, mas era o meu. E, então, ninguém ficou feliz, muito menos eu. — Magda está chorando agora, lágrimas espessas caindo na curva de sua barriga.

Livi sobe na cama e as irmãs deitam-se nos braços uma da outra.

— Magda! Você acha que não sabíamos quanto deve ter sido doloroso para você se perguntar o que teria acontecido conosco? Deve ter deixado você louca. Se fosse eu, sei que teria feito algo estúpido.

— Como se entregar a Visik? — Magda sorri em meio às lágrimas.

— Esse cara, espero que esteja morto — diz Livi, amargamente. — Mas sim, eu não teria me importado com o que mamãe ou qualquer outra pessoa dissesse, e provavelmente teria me matado.

— Bem, acho que devo ficar feliz por ter sido a irmã que ficou para trás, então.

— Mas aí você chegou gorda e forte, Magda — provoca Livi, e então ela fica séria de novo. — E graças a Deus. De que outra forma teríamos sobrevivido às marchas se você não estivesse assim?

* * *

Magda e Livi recebem a notícia de que Cibi está grávida de novo, e Yitzchak pede a um amigo para levá-lo com as irmãs até a fazenda. *Em breve haverá três crianças Meller,* pensa Livi. *Esses novos bebês nascerão num contexto imbuído da ambição nacional de fazer deste país uma próspera e culta pátria judaica, na qual terão um papel importante.*

— Apresse-se e case-se, Livi — Cibi diz a ela. — Queremos encher nossa casa de bebês.

— Não vou me casar com alguém só para dar aos seus filhos outro primo — diz Livi, indignada.

— Não estou sugerindo que esse seja o único motivo, gatinha — diz Cibi. — Mas você ama Ziggy, não é?

— Não sei! — responde Livi, um tanto ríspida.

Cibi olha para Magda.

— Ela está bem?

— Estou bem aqui, Cibi, você mesma pode me perguntar.

— Ai, meu Deus, o que há de errado com você? — pergunta Magda. — É Ziggy? Tem alguma coisa errada?

De repente, Livi está chorando.

— Me desculpem — ela diz num soluço. — Não estou infeliz, apenas… apenas confusa. — Livi se senta no sofá, uma irmã de cada lado, ambas com uma mão em suas costas.

Cibi regressa ao território familiar agora: ela sabe como confortar Livi; não fez isso antes, e em lugares piores do que sua própria casa na Terra Prometida?

— Confusa? — questiona Magda. — Pode nos dizer o que aconteceu?

— Não aconteceu nada — responde Livi. — Mas é o Ziggy. Mais de uma vez, sempre que falamos sobre os campos, ele diz que não deveria sequer reclamar de sua sorte, tendo em vista que sofremos tanto.

— Não é uma competição — diz Cibi, franzindo a testa.

— Foi o que eu disse.

— Livi, me escute — pede Cibi, de repente séria. — Pelo que você nos contou sobre a história de Ziggy, é óbvio que ele estava sozinho; não tinha os irmãos por perto para ajudar a entender o que estava acontecendo.

— Isso mesmo — declara Magda. — Vocês tiveram uma à outra, e eu me juntei a vocês depois; de qualquer forma, passamos por isso juntas.

— Talvez ele se sinta culpado — diz Cibi.

— Culpado? — pergunta Livi.

— Bem, se Ziggy acha que a experiência dele não foi tão ruim quanto a nossa, talvez, em algum lugar, no fundo, ele acredite que deveria ter sido… Deus sabe que existem algumas histórias terríveis por aí. Ele provavelmente pensa que escapou de algo que não deveria.

* * *

Naquela noite, muito depois de suas irmãs partirem e enquanto Mischka está colocando Karol na cama, Cibi se deita e fecha os olhos. A conversa com suas irmãs sobre a possível culpa de Ziggy despertou nela uma lembrança poderosa, uma que Cibi gostaria que não fosse tão recorrente.

Por mais que tente apagar os rostos delas da memória, eles vêm espontaneamente até ela.

Quente em sua cama agora, Cibi se lembra daquela noite em Birkenau – a noite em que ela e Livi, tremendo em seu beliche, decidiram se matar antes que o frio as levasse; a noite em que foram salvas por uma garota que não conheciam e que elas nunca mais encontraram –, quando a garota retirara os cobertores de duas meninas que dormiam juntas em outro beliche para dá-los a elas.

Na manhã seguinte, as meninas estavam mortas, seus corpos enrolados um no outro em uma tentativa de extrair o calor que nunca veio.

Talvez as meninas já estivessem mortas quando seus cobertores foram arrancados, mas Cibi nunca saberá. Cibi não roubou aqueles cobertores, mas os aceitou.

Isso a torna cúmplice?

Cibi agora se vira, inquieta, na cama. Uma semana antes, na padaria da cidade, fazendo compras para preparar *chalá* e pãezinhos, ela avistara duas adolescentes na cozinha nos fundos da loja: as filhas do padeiro, ajudando a mãe depois da escola. Elas tinham acabado de tirar um tabuleiro com formas do forno, e ficaram maravilhadas com os filões dourados e os pãezinhos claros e fofos. Logo caíram em um abraço, e havia algo ali que de pronto mandou Cibi de volta àquela manhã fria. Braços enlaçados nas costas, queixos aninhados nos ombros, olhos bem abertos, elas adotavam a mesma postura das garotas mortas. Cibi estremeceu, virando-se sem comprar nada e correndo para casa. Naquela tarde, ela recuperou os castiçais de sua mãe, preencheu-os com velas novas e as acendeu em memória das meninas mortas, sabendo o tempo todo que o gesto era para amenizar sua culpa.

Quantas histórias como essas os sobreviventes têm de suportar?, imagina ela.

* * *

Magda teve uma boa gravidez. Contar com Cibi para conversar sobre suas várias pontadas e desejos ajudou, mas ela nunca sentiu tanto a falta da mãe como agora. Quando entra em trabalho de parto, ela fica grata pela presença de Livi, por segurar a mão dela, e por ela a encorajar quando chega a hora, mas é a mãe que ela quer, e a avó, que foi a parteira de tantos em Vranov.

Não há dúvida em sua mente quanto ao nome de sua pequena filha: o nome de sua mãe significa "vida", e é isso que a bebê Chaya significa para Magda agora. Uma nova vida, junto com esta chance em Israel – ela espera poder se desvencilhar, um pouco, dos fios de culpa que sente toda vez que Cibi e Livi discutem o tempo que passaram nos campos.

A culpa de Magda começou verdadeiramente em Bratislava, no apartamento em que moravam, com os amigos no telhado do prédio. Quando os sobreviventes começaram a contar suas histórias, a condição privilegiada de Magda foi alvo de atenção: ela não passara fome, não sofrera de tifo, nem mesmo raspara a cabeça. O número em seu braço havia sido dado a ela por um homem gentil a pedido de Cibi, não por ordem de um nazista. Chocada quando finalmente ficou cara a cara com as irmãs, mal as reconhecendo, seu primeiro sentimento foi de raiva da mãe: por que ela simplesmente não a deixou ir? Essa era a culpa que persistia: ela não tinha estado lá por Cibi e Livi.

— Estou feliz por você não ter estado lá — Livi disse a ela naquele telhado, como fez tantas vezes desde então. — Nunca teríamos sobrevivido às marchas da morte sem você.

— Não se lembra, Magda, das histórias que nos contou? — Cibi dissera, incrédula por Magda não conseguir enxergar. — Aquelas lembranças nos ajudaram a continuar colocando um pé na frente do outro. A neve de chocolate! — Cibi gritou, de repente, e o coração de Magda se partiu com essas palavras.

Ela olhou para as irmãs, ainda muito mais devastadas por suas experiências do que ela, e as tomou nos braços, muito grata por tentarem fazê-la se sentir melhor.

— E seu dia na floresta com o vovô — acrescentou Livi. — Magda, estou falando sério, não teríamos sobrevivido sem você. Graças a Deus você estava no hospital quando eles vieram nos buscar.

Deus, pensa Magda. *Onde estava Deus, no entanto?* Ao contrário de Cibi, Magda continua orando, mas sua fé está abalada, muito abalada. Foi só quando pisaram em Haifa que, pela primeira vez em anos, ela agradeceu. E agora, olhando para o rosto da bebê Chaya, Magda agradece mais uma vez e começa a se livrar de sua culpa.

* * *

Em pouco tempo, Chaya tem um novo primo, quando Cibi dá à luz Joseph, apenas três semanas depois.

Segurando o sobrinho nos braços, Livi percebe, muito rapidamente, que Karol está tudo, menos apaixonado por seu irmãozinho. Ele perde a paciência sempre que Cibi pega o bebê no colo, dá um chilique quando Cibi desaparece para colocar Joseph na cama e geralmente sofre com a perda da atenção que era, até então, seu domínio exclusivo.

A presença de Livi permite que Cibi fique mais tempo com Karol e, aos poucos, o menino, mais uma vez, vira o garotinho da mamãe, e passa a amar seu irmãozinho.

De volta a Rehovot, Livi está regalando Magda com histórias sobre a transformação de Karol de monstro temível em irmão mais velho dedicado quando sua irmã perfura essas lembranças felizes com uma dose de realidade indesejável.

— Você deve convidar Ziggy para celebrar o Hanukkah conosco — sugere Magda. — Faz um tempo que não o vemos.

Livi fica instantaneamente taciturna.

— Eu também não o vejo faz um tempo — ela diz, melancólica. — Talvez ele tenha encontrado outra pessoa.

— Pode me dizer o que aconteceu?

— Não aconteceu nada, é só que... Bem, é disso que falei. E Cibi estava certa, Ziggy se sente culpado. Sempre que falo sobre os campos, ele fica quieto, e então me sinto estranha, como se não devesse estar falando disso, mas vou enlouquecer se não puder falar, Magda! — suspira Livi. — Você não vê? Simplesmente não consigo fazer isso.

— Foi o mesmo com Yitzchak, você não se lembra? O homem perdeu a esposa e os filhos, mas ainda acha que não sofreu o suficiente. A culpa é uma emoção poderosa, Livi — Magda diz à irmã, sentindo a própria chama no peito. — Todos nós temos de lidar com ela, não temos?

Livi concorda com a cabeça.

— Mas nós *conversamos* sobre isso, conversamos sobre tudo. Ziggy, não.

— Então, você tem que decidir se vale a pena lutar por ele, Livi. É ele?

— Não sei. — Livi está andando pela pequena sala de estar, com as mãos nos quadris.

— Você se importa, Livi? — cutuca Magda.

— Claro que me importo, mas o que posso fazer?

— Você precisa dizer a ele como se sente. — Magda está entretida agora, vasculhando uma gaveta da escrivaninha, retirando uma folha de papel e uma caneta, colocando-as nas mãos de Livi. — Convide-o para o Hanukkah. Se ele vier, então não está tudo acabado, vocês têm mais a dizer um ao outro. Se não vier, bem, essa é a sua resposta.

Livi não tem vontade de fazer isso, mas percebe que precisa saber, de uma forma ou de outra, em que pé estão.

Sob o olhar atento de Magda, Livi rabisca uma breve nota.

— Leve agora, enquanto a tinta está úmida — pede Magda, pegando o casaco de Livi.

Durante todo o caminho até a casa de Ziggy, Livi pensa se deve apenas jogar o bilhete fora e ir para casa, mas então chega à porta e toca a campainha do apartamento dele. Quando não há resposta, ela tira o bilhete do bolso com a intenção de rasgá-lo em pedacinhos. Mas como enfrentaria Magda? Nunca havia mentido para a irmã, e Livi não é uma covarde. Ela desliza o bilhete por baixo da porta e espera que alguém o leve ao apartamento de Ziggy.

— Ele não estava lá — diz ela a Magda ao voltar para casa. — Então, ou ele vai aparecer ou não vai. Descobriremos em três dias, de qualquer maneira.

— Ele virá — aponta Magda. — O que quer que esteja acontecendo entre vocês, ainda não acabou. Lembre-se, sou sua irmã mais velha e estou sempre certa.

*　*　*

Livi encheu a casa dos Weizmann de flores. As belas flores transbordam de vasos altos, abundantes e irresistíveis. Desde a primeira vez que colocou um vaso de vidro com rosas no quarto dos Weizmann, ela recebeu a atribuição de arranjadora de flores para toda a casa. Até o presidente foi pego admirando os grandes arranjos no saguão ou na mesa antes de um jantar formal.

— Faça uma pausa — aconselha a cozinheira, enquanto Livi lava e seca vasos vazios na cozinha.

— Obrigada. As rosas estão tão maravilhosas agora; posso simplesmente ficar sentada no jardim por um tempo.

Encontrando um banco à sombra do pinheiro de Jerusalém, Livi vira o rosto para o sol e inala o perfume das flores. Ela fecha os olhos e pensa em Ziggy. Ele virá jantar mais tarde? E, se vier, o que ela dirá a ele? O que ele vai dizer a ela?

— Ah, vejo que mais alguém gosta de se sentar sob minha árvore magnífica.

Os olhos de Livi se abrem e ela pula de pé.

— Sr. Weizmann — ela diz, corando. — Não vi o senhor chegar.

— Sente-se, Livi. Sou apenas um velho saindo para passear. — Ele lhe dá um sorriso largo, e Livi se acomoda em seu assento. — Está tudo bem, minha querida? Você parece preocupada. — Ele aponta para o banco dela. — Você se importaria se eu me sentasse com você um pouco?

— Claro que não. Por favor.

— Então, podemos nos sentar e conversar ou ficar sentados e não dizer nada, apenas desfrutando o jardim. Sei que você ama isto tanto quanto eu, e vi você colher as flores para a casa. Você nunca colhe demais, é disso que eu gosto.

— É tão tranquilo aqui — diz Livi. — E vocês trabalharam tanto para deixá-lo bonito.

— Sim — concorda o presidente. — Posso lhe contar uma coisa? — Ele não espera a resposta de Livi. — Gosto muito mais de ficar aqui do que em qualquer outro cômodo da casa. Ah, não me interprete mal, eu amo a casa, mas... — ele acena com a mão pelos jardins — é aqui que me sinto em paz, e é onde posso me esconder de olhares curiosos. — O presidente ri, e Livi o imagina saindo furtivamente de casa e caminhando pelo gramado para desaparecer entre os arbustos.

— Isso não é totalmente verdade, é? — diz Livi com um sorriso.

— O que você está dizendo, jovem Livi?

— Já vi o senhor e o primeiro-ministro Ben-Gurion sentados aqui muitas vezes e por longos períodos. O senhor sempre deixa que ele o encontre.

O presidente Weizmann ri alto.

— Você está certíssima, Livi. Posso lhe dizer outra coisa? É o primeiro-ministro Ben-Gurion quem pede para vir aqui, então, há outro que também encontra paz no meu jardim.

— Devo voltar ao trabalho agora. Havia algo na minha cabeça, o senhor estava certo, mas depois de conversarmos... Não sei, mas me sinto muito melhor.

— Problemas com o namorado? — cutuca o presidente.

Livi ri.

— Sim! Como adivinhou?

— Como disse, sou um homem velho e não há muito que eu não saiba. Mas você deve dizer a esse seu jovem que ele tem sorte apenas por saber seu nome, quanto mais por tê-la em sua vida.

Livi abaixa a cabeça.

— Direi. Obrigada.

* * *

A refeição de Hanukkah sobre a mesa, Livi, Magda e Yitzchak trocam um olhar.

Livi balança a cabeça devagar.

— Está tudo bem — ela diz, subitamente desanimada. — Vamos comer. É Hanukkah, deveríamos estar comemorando.

Eles estão prestes a se sentar quando três batidas fortes na porta ecoam na casa.

— Eu atendo — diz Yitzchak. — Sentem-se. — Ele olha para a comida na mesa e suspira de ansiedade.

— Bem-vindo, Ziggy. — As irmãs ouvem a saudação de Yitzchak no corredor.

Magda sorri e leva um dedo aos lábios.

— Seja agradável — ela adverte Livi.

— Entre, entre. — Yitzchak conduz Ziggy para a sala.

Livi percebe que ele está bem-vestido. *Talvez a nova namorada tenha escolhido aquelas roupas para ele*, pensa ela.

Ziggy acena para Livi e entrega a Magda uma caixa simples, que ela abre para revelar moedas de chocolate embrulhadas em papel-alumínio dourado.

— E isto é para você, Livi — ele diz, segurando um rolo de pergaminho.

Livi desdobra a folha de papel e lê.

— *Baruch atah Adonai Eloheinu Melech ha-olam, ela-asah nisim la-avoteinu v-imoteinu ba-yamim ha-heim ba-zman ha-zeh.*

Bendito sejas Tu, Eterno, nosso Deus, Rei do Universo, que realizaste milagres aos nossos antepassados, naqueles dias, nesta época.

Livi sente um nó na garganta, e o cômodo fica quente demais, de repente. Ela murmura um "obrigada" para Ziggy, sem olhá-lo nos olhos, e sai da sala.

— Mas estamos prestes a comer — chama Yitzchak atrás da cunhada.

— Dê um minuto para ela — Magda diz a ele. — Por que não oferece uma bebida a Ziggy?

Magda encontra Livi em seu quarto, sentada na beira da cama, olhando para o pergaminho.

— Você está bem?

— Estou bem — inicia Livi, segurando o pergaminho. — Só que esta oração... Nenhum menino nunca me escreveu uma carta ou mesmo um bilhete antes, e quando um faz, é a bela bênção de Hanukkah. — Os olhos de Livi se enchem de lágrimas. — Estou confusa, Magda, e não queria chorar na frente dele.

— Ah, Livi — diz Magda, sentando-se ao lado da irmã, tomando-a nos braços. — Tem coisas piores...

— Não diga isso, Magda! — Livi dá risada. — *Sei* que há coisas piores do que chorar na frente de um garoto. Só queria que você não arrastasse Birkenau para tudo.

Magda ri.

— Olhe para nós — ela diz —, rindo de um campo de concentração. Vamos, Yitzchak está morrendo de fome. Você não percebeu?

Livi corre com Magda de volta para a sala de jantar.

No final da noite, à porta da pequena casa em Rehovot, Ziggy pergunta a Livi se ela vai passear com ele pela manhã.

— Para conversar? — pergunta Livi.

— Para conversar — ele confirma.

* * *

É um dia frio, mas, pelo menos, não está chovendo. Livi tira o casaco do cabide e sai.

Eles caminham em silêncio por um tempo, acenando para os vizinhos, dando bênçãos. Ziggy conduz Livi até a praça, onde se sentam mais uma vez ao lado do parquinho infantil.

Ela precisa confessar que está feliz por ver Ziggy novamente, e a oração que ele deu a ela é um sinal promissor.

— Ziggy, por favor, me diga o que está acontecendo com você. Quero ouvir tudo o que tem a me dizer. — Ela está prestes a falar que lidou com coisas muito piores, mas pensa duas vezes.

— Algo está acontecendo, Livi, você está certa. — Ziggy respira fundo. — Quero me casar com você. Quero que você seja minha esposa.

Livi fica sem palavras. *Casamento*. Ela não previu aquilo.

— Casar-se comigo? Como podemos nos casar, Ziggy, se você nunca me diz o que está pensando?

Livi sabe que parece zangada, e talvez esteja, mas, quando Ziggy abaixa a cabeça e encara as mãos, o coração dela derrete. A atitude do rapaz é enorme, avassaladora, e ela quer dizer sim.

— Ziggy, sinto muito — diz Livi. — Saiu errado.

— Não se desculpe, Livi! — A mão de Ziggy se levanta. — Por favor, nunca peça desculpas para mim. Você é… é um anjo. Não mereço nem me sentar no mesmo banco que você. — Ziggy pega a mão dela.

— Por favor, se você começar de novo, teremos que dizer adeus um ao outro agora. — Livi olha severamente para Ziggy. — Você se sente culpado, sei disso. Eu até entendo, mas sinto que estou sendo punida quando você se afasta.

Ziggy suspira profundamente.

— Livi, não sei se dois sobreviventes podem ser felizes juntos. — Ele olha para o céu. — Toda aquela dor… Às vezes, é demais. Mas ouvi você e… se você estiver disposta a me aceitar, então eu tentarei. Prometo.

Os olhos de Ziggy estão implorando para que ela diga "sim", e Livi consegue ver que ele está lutando, mas ela ainda se contém.

Apenas *tentar* vai ser suficiente?

Ziggy puxa a manga da jaqueta para revelar a pele nua.

— Como você pode ver, Livi, eu não tenho um número no meu braço. — Ziggy abaixa a cabeça.

— Como você sabe, Ziggy, eu não me *importo*. Não me importo se você mentiu, trapaceou e roubou para se manter vivo, ninguém pode nos julgar pelo que passamos. Só quero que estejamos próximos o suficiente para compartilhar nossas histórias, quando quisermos. E não sou santa *ou* um anjo; todos nós sobrevivemos fazendo tudo o que tínhamos que fazer.

Livi percebe que esse é o momento em que ela tem de dizer a ele o que quer; ou ele concorda ou ela nunca mais o verá novamente.

— Vou me casar com você com uma condição, Ziggy Ravek — Livi diz a ele. — Que falemos sobre o que nos aconteceu sempre que estivermos de bom humor, que contemos aos nossos filhos e netos, que nunca paremos de falar sobre o que aconteceu. Não podemos esconder isso ou fingir que está no passado e tentar esquecer. — Ela faz uma pausa. — Diga-me, você esqueceu alguma coisa dos campos?

Ziggy abaixa a cabeça.

— Lembro-me de cada segundo de cada dia — diz ele.

— São muitas lembranças, não são? A menos que queiramos passar o resto da vida tentando enterrar algo que quase nos destruiu, é melhor nos acostumarmos com o fato de que os campos fazem parte de nossa vida tanto quanto um pertence ao outro.

— Você disse que vai se casar comigo. — Ziggy está sorrindo, enfiando a mão no bolso para pegar uma pequena caixa. Ele a abre e tira um anel que coloca no dedo de Livi.

Ela levanta a mão para admirar a pequena pedra verde.

— É da mesma cor da floresta na primavera em Vranov — exclama ela.

31

Rehovot
1952

Livi caminha pelos jardins de rosas da casa Weizmann, os braços cheios de flores para fazer novos arranjos. Ela as coloca em um banco de jardim e continua seu caminho entre os arbustos, atenta aos pequeninos botões que devolverão uma abundante colheita de rosas no ano seguinte. Os jardineiros revolveram o solo naquela manhã, e a rica terra está escura e tão convidativa que Livi se curva para pegar um punhado dela, que deixa passar por entre os dedos.

— Esta é *minha* terra agora — ela sussurra em direção a terra. — Meu lar. Obrigada por nos receber.

Livi não ouve a chegada do presidente com o primeiro-ministro David Ben-Gurion. Quando ela se vira, os homens estão sentados no banco onde ela colocara as rosas, observando-a com atenção.

— Uhum — diz o presidente Weizmann.

Livi se assusta, a terra ainda caindo das mãos.

— Sinto muito, sinto muito, eu…

— Livi, pelo que está se desculpando? — pergunta o presidente, rindo. — Você tem razão, esta é sua terra. — Ele se vira para o primeiro-ministro. — David, talvez você concorde que é mais a terra de Livi do que nossa.

Ben-Gurion meneia a cabeça, com um sorriso triste.

— Você perdeu muito, Livi, sofreu mais do que qualquer um de nós pode imaginar. Se alguém conquistou o direito de estar aqui, são você e suas irmãs — continua o presidente.

Livi esfrega as mãos no avental, saindo da terra para o gramado bem cuidado. Rapidamente, ela caminha até o banco e recolhe as flores.

— O presidente está certo e você sabe disso, Livi. Esta é a sua casa agora, e é uma honra ver você reivindicá-la. — Ben-Gurion se levanta e faz uma breve reverência para Livi.

— Obrigada, senhor primeiro-ministro. Vou deixar os senhores, pois tenho certeza de que têm assuntos importantes para discutir. — Livi está corando, ansiosa para seguir seu caminho.

— Temos, David? Você tem algo importante para discutirmos? — pergunta o presidente Weizmann, brincando.

— Ah, tenho certeza de que podemos pensar em algo — responde Ben-Gurion, enquanto Livi sai às pressas.

* * *

Livi não se anima para ir ao trabalho faz um tempo: o presidente está muito doente, e os piores temores de Livi se concretizam quando, em novembro, ela chega à cozinha para saber que ele morreu durante a noite.

Pelo resto do dia, Livi observa centenas de homens, mulheres e crianças se reunirem do lado de fora dos portões para chorar pelo homem que dedicou a vida para lhes dar a Terra Prometida.

Livi pensa em promessas enquanto suas próprias lágrimas caem. Votos e pactos, laços e promessas, tudo isso significa a mesma coisa: uma declaração para realizar um sonho. Israel já lhe deu mais do que ela ousou esperar. As irmãs cuidaram dela, como prometeram a seu pai, e ela sabe que cuidou das irmãs. Seus dedos fecham-se em torno da pequena faca que está sempre com ela, na bolsa ou no bolso. Ela se lembra de como Cibi a usava para lhe dar fatias de cebola – uma coisa tão pequena, mas tão pactuada quanto os castiçais de mamãe. O inferno havia escapado das amarras que o prendiam e subira à terra na forma de Auschwitz e Birkenau e todos os outros campos, e mesmo assim ela havia encontrado a faca, e as irmãs encontraram Magda, e ela as manteve vivas em uma marcha para a morte. Mesmo no inferno, elas encontraram esperança suficiente para ajudá-las a cumprir uma promessa.

Enquanto Livi observa o caixão de Chaim Weizmann sendo carregado pela casa e para fora a fim de esperar que os milhares reunidos nos portões prestem suas homenagens, ela inclina a cabeça e sussurra uma oração de agradecimento pelo homem que deu às irmãs um lugar seguro para se curar e criar uma família própria. O caixão é colocado na pesada estrutura de um catafalco no jardim dos fundos, dentro de um dossel de grossas cortinas brancas, ao lado de seu amado roseiral. Do saguão da casa Weizmann, Livi observa enquanto a esposa dele, Vera, nos braços do primeiro-ministro Ben-Gurion, é escoltada para fora a fim de sentar-se com o marido uma última vez.

Livi ainda está no saguão com a outra equipe quando a primeira-dama retorna. Elas não trocaram uma palavra desde o momento em que o caixão foi levado para o jardim.

— Por que não vão prestar suas homenagens a Chaim agora, antes que o público entre? — sugere a sra. Weizmann. — Sei que todos vocês o adoravam, e espero que saibam que ele os adorava.

— Eu o adorava — diz Livi, fervorosamente. Ela percebe que deve ter coçado a tatuagem quando Vera pega sua mão e a pressiona contra o coração.

— Significou muito para ele ter você aqui, jovem Livi — ela diz. — Você não tem ideia.

Quando a sra. Weizmann se afasta, o primeiro-ministro dá um passo à frente.

— E isso significa muito para mim — diz David Ben-Gurion, com uma breve reverência a Livi. — Por favor, todos vocês, digam adeus ao seu presidente.

Os soldados ficam em posição de sentido em cada canto do catafalco sob o sol ofuscante. Os joelhos de Livi quase cedem quando ela se aproxima do caixão do presidente, mas por sorte o jardineiro está lá para segurá-la quando ela tropeça.

— Não sei o que dizer — Livi resmunga.

— Não precisa dizer nada, Livi — diz o jardineiro. — Tudo que você precisa fazer é ficar aqui e sentir o amor que Chaim Weizmann tinha por esta terra.

Livi tenta se lembrar das muitas conversas, do bate-papo informal, das piadas engraçadas que ela compartilhou com o grande homem. Em vez disso, porém, o que ela lembra é a última vez que viu a mãe e o avô em Vranov, no pequeno chalé em que moravam. Eles surgem com tanta clareza agora que ela pode muito bem ter apenas se despedido deles naquela manhã. Livi fecha os olhos, sente o amor intenso de Chaim Weizmann por Israel e seu povo e pede que sua mãe cuide de seu amigo no céu.

— Estamos prestes a abrir os portões da frente — um soldado informa à equipe. Livi olha para a multidão que espera para entrar e se despedir antes de voltar lentamente para o interior da casa, que nunca mais será a mesma.

* * *

Livi e Ziggy caem no sofá de Magda; eles estão exaustos depois de um fim de semana andando pelas ruas em busca de um lugar para morar. Durante meses, passaram todos os fins de semana procurando um apartamento. O problema é dinheiro: Ziggy, um técnico especializado da El Al, uma companhia aérea em crescimento, mas ainda pequena, não ganha muito bem, e as horas de Livi foram reduzidas na casa de Weizmann desde a morte do presidente.

— Não podemos pagar por nenhum imóvel — aponta Livi a Magda, exasperada. — E não me entenda mal, não é porque são caros.

— E há tantas pessoas em Israel agora… É como se todo mundo quisesse morar em Rehovot — reclama Ziggy.

— Vocês têm tempo, vão encontrar alguma coisa — conforta Magda.

— Quero encontrar o lugar perfeito para sua irmã — Ziggy diz a ela.

Livi inclina-se, virando o rosto para receber os beijos dele.

— Não me importa onde vamos viver, contanto que estejamos juntos — diz ela.

— Você pode engolir essas palavras se não encontrarmos algo em breve.

— Independentemente de onde seja — inicia Livi, sabiamente —, você pode apostar a vida que todos nós já vivemos em lugares piores.

Magda e Livi riem, mas Ziggy permanece sério.

— Você é a única pessoa que conheço, Livi Meller, que brinca sobre viver em um campo de concentração.

— Ela não está brincando, Ziggy — diz Magda, e ele abre um pequeno sorriso.

— De qualquer forma, como último recurso, tenho um amigo, Saadiya Masoud, que tem uma pequena fazenda com algumas cabanas em sua propriedade, fora da cidade. — Ziggy suspira. — Poderia perguntar a ele se tem alguma vazia onde possamos morar.

— Uma cabana vazia teria sido a realização de um sonho em Birkenau — diz Livi, com um brilho nos olhos.

* * *

Uma semana antes do casamento, Livi e Ziggy são conduzidos à única construção vazia na fazenda de Saadiya.

— Eu costumava manter minhas cabras aqui nas noites frias — diz ele, com um sorriso.

Livi não se importa que o homem seja árabe. Ela veio para Israel com esperança em seu coração, e esse homem lhes deu um lar. Para Livi, é um amigo.

Agora ela olha para dentro. O casebre não tem janelas e ainda há um buraco na parede para as cabras entrarem e saírem.

— Podemos limpar, e tenho um pequeno fogão a gás para vocês. Tem uma torneira para água nas proximidades, e vocês podem usar o banheiro da nossa casa. Depende de vocês, mas é seu, se quiserem.

— O que acha? — pergunta Ziggy. Ele torce o nariz. Livi pode ouvir a hesitação em sua voz. *Este lugar é pior do que ele imaginava.*

Livi suspira, mas ela também está sorrindo.

— Como disse, morei em lugares menos agradáveis. Podemos limpá-lo, e há muito espaço dentro para uma cama. Podemos comer fora quando fizer tempo bom.

— Tem certeza? — Ziggy fica surpreso.

— Não vou morar aqui sozinha, sabe — diz ela. — Se eu sofrer, você sofre. Então, nós dois teremos que tirar o melhor proveito disso por um tempo.

* * *

Na manhã do casamento de Livi e Ziggy, a casa está um caos. Cibi e Mischka chegam cedo com Karol e Joseph a reboque. Com a prima Chaya, as crianças correm descontroladas, arrastando as mães atrás delas para alimentá-las, colocar emplastros nos joelhos machucados, trocar os bebês e depois trocá-los de novo. Durante todo o caos, Livi permanece calma, curtindo o barulho e a agitação que as crianças pequenas trazem para qualquer ocasião.

Cibi está mais uma vez tentando saber de Livi por que o casamento está sendo realizado no telhado de um prédio de apartamentos.

— Porque, e como já lhe disse, o tio de Ziggy tem um apartamento naquele quarteirão com acesso ao telhado. — Ela pega o braço da irmã. — Sei que está preocupada com as crianças pularem da beirada. — O olhar de horror de Cibi faz Livi rir. — Vamos, Cibi, você não se lembra daquelas noites em Bratislava com nossos amigos, conversando a noite toda ao ar livre? — Livi parece melancólica. — Foi quando me senti adulta pela primeira vez. E o que poderia ser mais adulto do que casar?

Depois de trocar a roupa da bebê Chaya pela terceira vez, Livi está finalmente feliz. Sua sobrinha está adorável.

— Agora é hora de colocar seu vestido de noiva — Magda diz à irmã mais nova.

— Se você está dizendo — responde Livi, com um sorriso.

Finalmente prontas, Livi e suas irmãs, estimuladas pelos bons votos de seus vizinhos, caminham os três quarteirões da casa de Magda até o terraço do casamento. E a coluna de Livi começa a formigar. *Agora não*, ela pensa. Mas ela não resiste à lembrança e deixa sua mente vagar de volta ao hospital, para Matilda. A menina está com ela no dia do casamento, e Livi percebe que Matilda estará com ela quando tiver seus filhos, seus netos, quando for velha. Que ela é parte de sua história tanto quanto este dia feliz. Livi levanta o queixo e começa a subir as escadas até o telhado.

A varanda é perfeita. As irmãs suspiram em uníssono ao ver as guirlandas, os arranjos florais no meio de toalhas de mesa coloridas e o dossel acima de suas cabeças, envolto em um tecido pesado com grinaldas de ramos de oliveira. O rico aroma da comida quente permeia o ar, picante e doce.

Mischka e Yitzchak cuidam das crianças, e Cibi e Magda escoltam Livi pelo corredor até Ziggy, que aguarda a noiva com um sorriso enorme. Ela corre para o lado dele, não querendo atrasar mais o momento de sua união.

* * *

O terceiro copo é quebrado, e a terceira irmã está casada. Gritos de "*Mazel tov*" e aplausos enchem o ar. A festa começa com um banquete e termina com dança.

Livi nunca esteve tão feliz, mas, na verdade, claro que já esteve. Ela se lembra das irmãs se desviando da marcha da morte, cansadas, quase mortas, certamente muito acabadas para sentir qualquer coisa, mas isso teve que contar como um momento decisivo, o início de sua jornada de volta à vida.

A sra. Weizmann, agora viúva, chama Livi e Ziggy de lado antes de partir.

— Quero desejar a vocês uma vida longa e feliz juntos. Se tiverem um casamento com metade do amor que tive no meu, serão bem-sucedidos — ela diz a eles.

Livi abraça a sra. Weizmann e, por um segundo, deixa-se acreditar que ela é sua mãe, ali no telhado, testemunhando seu casamento, compartilhando o amor e os bons votos de seus amigos, celebrando a felicidade de sua filha mais nova.

Quando as duas se separam, a sra. Weizmann enxuga uma lágrima da bochecha de Livi.

— Lamento que sua mãe não esteja aqui — diz ela à jovem, como se acabasse de ler a mente de Livi. — Mas você tem irmãs maravilhosas, e agora um marido maravilhoso.

* * *

Após a última dança, Livi se afasta de Ziggy para encontrar as irmãs. Elas dão-se os braços e sussurram uma oração por sua mãe, seu pai e seu avô, e, ao fazerem isso, renovam sua promessa.

— Você pode sentir a presença deles, Livi? — sussurra Cibi. — Porque eu posso. Posso ver mamãe em seu melhor vestido e o vovô em seu terno. Ele está segurando um monte de gladíolos e... — A voz dela falha.

— E mamãe está sorrindo, Livi — diz Magda, apertando o ombro de Cibi. — É aquele sorriso que ela costumava nos dar antes de se despedir.

— Normalmente, é apenas a ausência deles que sinto — diz Livi, com os olhos brilhando. — Mas, esta noite, esse espaço está preenchido com a minha felicidade. Acho que é isso que você quer dizer com a presença deles, Cibi?

Cibi concorda com a cabeça e olha para a irmã mais nova.

— Tinha quatro anos quando você nasceu, Livi, e me lembro disso com clareza.

— Também me lembro — diz Magda. — Mesmo tendo apenas dois anos.

— Você não! — diz Cibi. — Como seria possível?

— Bem, eu lembro. Nosso pai nos levou para ver a bebê nova. — Magda olha para Livi. — Você era tão pequenininha, como uma gatinha recém-nascida.

— Não comece tudo de novo, é o dia do meu casamento — diz Livi, rindo.

— Bem, papai me deixou pegar você no colo — continua Cibi. — Tive de me sentar em sua poltrona, e ele colocou você com cuidado em meus braços. — Ao redor delas, o casamento está terminando: os convidados estão se despedindo e pratos sujos estão sendo empilhados. — Ele me disse que ter uma nova irmã é um pouco como guardar um segredo especial.

— Não me lembro disso — aponta Magda.

— Viu? — diz Cibi. — Você era muito nova. Enfim, os segredos especiais, você tem que guardá-los para sempre, foi o que ele me disse. Eles têm que viver dentro de você. — Cibi toca o coração. — Não há nada que alguém possa fazer para que você desista de seu segredo. E é por isso que Magda e eu devemos mantê-la em segurança.

— Vocês me mantiveram em segurança — diz Livi, pegando a mão das irmãs. — Mas não devem desistir agora, tudo bem?

— Talvez só um pouco — brinca Magda. — Quer dizer, Ziggy pode ter algo a dizer sobre isso.

— Nem brinque — repreende Cibi, séria. — Os maridos não têm a menor chance conosco por perto.

* * *

Quando adormece naquela noite, Cibi se lembra do dia do nascimento de Livi com ainda mais detalhes. O cobertor de Livi era macio e amarelo. A mãe, exausta, ofereceu-lhe apenas um sorriso fraco quando ela teve permissão para vê-la. Cibi ficou preocupada com a possibilidade de a mãe morrer, até que o pai a lembrou de que mamãe havia dado à luz um bebê inteiro e que ela podia ficar cansada. Cibi sentou-se na cama da mãe, segurando a mão dela, e a mãe lhe disse para dar graças a Deus pela "gatinha" em suas orações naquela noite. E a menina fez isso.

No momento em que está adormecendo, ela se lembra de mais um detalhe: enquanto orava, seu pai havia entrado no quarto que ela dividia com Magda e lhe dissera que era hora de dormir, que "Deus estaria por perto amanhã também, para ouvir seus agradecimentos". *Deus estaria por perto amanhã também.*

Os olhos de Cibi abrem-se. Ela pega a mão de Mischka. Deus está aqui hoje.

* * *

Na manhã seguinte, Livi e Ziggy são acordados pelo canto do galo, anunciando em voz alta o amanhecer de um novo dia.

— Não posso acreditar que vivemos em um galpão de cabras — declara Livi, olhando ao redor da sala sem janelas.

— Prometi a você que não será para sempre. Você merece um palácio digno de uma rainha, e é para isso que estou trabalhando — Ziggy diz, puxando-a para perto. — Ele beija cada uma das bochechas dela e depois a boca.

— Só gostaria de algumas janelas — comenta Livi, antes de beijá-lo de volta.

Depois de vestidos, eles abrem a porta da frente para encontrar duas grandes caixas de laranjas no chão. Uma terceira caixa está coberta por um pano de linho branco, que Livi remove para revelar uma travessa de comida e uma pequena nota: "Seu café da manhã de núpcias! Bênçãos em seu casamento, de Saadiya, Leah e família", está escrito.

O casal leva o desjejum até um par de tocos de árvore na clareira ao redor de sua cabana e come em um silêncio alegre, saboreando cada garfada de pão quente, queijo, café quente e fatias de laranja.

— Então, esta é a vida de casada — diz Livi, limpando a boca. — Acho que gosto.

— Gosto disto também. E, no espírito de compartilhar nossas histórias — diz Ziggy, servindo-se de mais café —, tem uma coisa que preciso saber.

— Pergunte-me qualquer coisa — diz Livi. Ziggy pousa sua xícara e segura as mãos dela, e, por um momento, Livi se sente nervosa pela repentina expressão focada do marido quando encontra seus olhos. — O que é?

— Livi, estou do seu lado agora. Acho difícil falar sobre isso, e você não; então, por favor, seja sincera comigo. Ontem à noite você chorou até dormir. Não quero pensar que é porque… bem… por causa de qualquer coisa que eu tenha feito… que nós fizemos. Eu só… — Ziggy está corando.

— Ziggy, não! — Livi está alarmada com a ideia de que ele possa se culpar por sua aflição noturna. Ela segura o rosto dele nas mãos. — Não quero chorar todas as noites, mas as lágrimas são pela minha mãe, pela casa dela em Vranov. Não consigo superar aquele dia em que aquele porco nos expulsou de casa.

Ziggy parece confuso, mas também um pouco aliviado.

— Você está chateada por causa de uma casa?

— Sei que parece loucura, depois de tudo. Mas, quando fecho os olhos à noite, vejo mamãe preparando as refeições na cozinha, fazendo as camas, sentada na cadeira.

— Livi, está tudo bem. Eu só precisava entender.

Livi quer que esse casamento seja perfeito. *Ziggy estava certo em se preocupar? É estúpido pensar que dois sobreviventes podem ser felizes juntos?* Ela afasta esse pensamento. Eles *estão* construindo uma vida para si. Não acabaram de se casar?

— Espero não chorar para sempre — diz Livi, em voz baixa. — Desculpe-me, Ziggy.

— Já disse uma vez para nunca se desculpar comigo, Livi. Chore quanto quiser, mas um dia espero fazer você feliz o suficiente para esquecer a casa em Vranov, ou pelo menos para que a lembrança seja menos dolorosa. — Ele se levanta e estende a mão para Livi. — Agora, vamos ver suas irmãs antes que Cibi volte para casa — diz ele.

Livi fica imediatamente animada.

— Você realmente quer ir?

— Quero.

* * *

Chegando em casa após seu primeiro dia de volta ao trabalho, Livi fica encantada ao encontrar o marido sentado do lado de fora da cabana com uma refeição na mesa frágil doada a eles por Saadiya.

— Tenho novidades — ele anuncia, enquanto Livi se senta. — Meu chefe me chamou hoje para dizer que consegui o emprego para o qual me candidatei na El Al e fui promovido.

— Promovido? — pergunta Livi, espetando uma vagem. — A quê?

— Você está olhando para o gerente técnico de uma nova frota de aeronaves Constellation.

Livi engole.

— Ziggy, isso... isso é incrível.

— E mais dinheiro, Livi. Em breve poderei lhe dar janelas.

Um mês depois, Magda e Yitzchak ajudam Livi e Ziggy a se mudar para seu novo apartamento a apenas alguns quarteirões do deles. É a casa com a qual Livi nunca se permitiu sonhar.

— Vi um lindo sofá à venda em uma loja em Tel Aviv — Ziggy diz a ela. Livi está empurrando uma mola rebelde de volta para o sofá surrado que um vizinho lhes deu.

— Precisamos de um sofá novo? — Livi está sorrindo. Ela não se preocupa com a mobília; fica encantada com tudo, seja ou não de segunda mão – e a maior parte é.

— Você nunca reclama, Livi. Temos tão pouco, mas você nunca reclama.

— Tenho tudo o que importa — Livi diz a ele.

— É isso que amo em você.

— É só isso que você ama em mim?

— Eu amo tudo em você.

32

Rehovot
1954

Dois anos depois, no dia em que o primeiro filho de Livi nasce, ela e Ziggy juram contar suas histórias ao bebê Oded e, mais importante, como sobreviveram para compartilhar essa parte de si com ele.

— É tão triste — Livi reflete. — Mas, para nos conhecer, ele deve saber o que aconteceu conosco.

— Livi — Ziggy diz —, nosso filho nasceu ontem, e noite passada foi a primeira vez que você não chorou até dormir. Sabe por quê?

Livi está quieta, pensativa. Ela amamenta Oded em seu seio, embora não tenha certeza de que o leite já tenha chegado.

— Sim, Ziggy. Acho que é porque agora sou mãe. Sempre vou sentir falta da minha mãe, mas ontem à noite eu a senti começando uma nova jornada, que ela estava me guiando para me tornar a mãe que ela era. Nossa casa se foi, mas minha mãe, não. Ela é maior do que a casa em Vranov. Este bebê é maior.

* * *

Quando Oded faz um mês, as irmãs se encontram no apartamento de Livi. Os maridos estão trabalhando, e as crianças mostram-se bem felizes, correndo pelo apartamento enquanto brincam de esconde-esconde.

Magda está grávida de seu segundo filho.

— Espero que seja uma menina — ela diz. — Gosto da ideia de duas meninas.

— Eu entendo — Cibi ri. — Meus meninos estão me deixando louca. — Karol e Joseph estão gritando com Chaya para que a prima saia de seu esconderijo.

— Você está quieta, Livi. Continua exausta? — pergunta Magda à irmã.

— Estou bem, apenas pensando em alguém.

— Do campo? — questiona Cibi.

— Sim, do campo. A garota com quem eu estava no hospital.

— Matilda. — Magda e Cibi falam juntas. Elas sabem os detalhes da provação de sua irmã.

Magda estremece.

— Acho que nós três temos uma lembrança que se destaca de todas as outras.

— Bem, vocês duas conhecem a minha. — Cibi suspira.

— As meninas do cobertor — dizem Livi e Magda.

Cibi acena com a cabeça, também estremecendo.

— Não sei a sua, Magda — aponta Livi. — Sabemos, Cibi?

— Bem, tenho algumas concorrentes para o primeiro lugar — Magda sorri com tristeza. — Mas há uma lembrança para a qual volto mais do que outras. Lembram-se daquele dia em que Volkenrath me levou para Auschwitz?

— Quando ela não lhe disse para onde você estava indo? — pergunta Cibi.

Magda concorda com a cabeça.

— Ela não disse uma palavra durante toda a viagem, mas foi antes de me mandar entrar no carro. Eu estava na sala de triagem, abrindo com tristeza aqueles pacotes para os mortos, quando ela entrou e chamou meu nome — Magda engole. — Bem, eu fiz uma amiga lá, uma garota da minha idade; ela era tcheca e tinha uma irmã em Auschwitz. Ela me pediu para passar uma mensagem para a irmã, dizendo que ela estava bem e tentando encontrar uma maneira de voltar ela mesma para Auschwitz.

— Você fez isso? — questiona Livi, imaginando por que ela nunca ouviu essa história.

— Descobri que a irmã dela estava morta. Eu poderia ter mandado um recado para essa amiga, por meio de um dos prisioneiros que ainda estavam indo para Birkenau trabalhar, mas não o fiz.

Magda abaixa a cabeça.

— Você vai nos dizer por quê? — pergunta Livi.

— Acho que sei por quê — diz Cibi.

— Eu me imaginei no lugar daquela garota, recebendo a notícia de que você ou Livi estavam mortas. — Magda respira fundo. — Eu não aguentava pensar nisso, então simplesmente me esqueci dela.

— Só que você não se esqueceu — diz Cibi.

— Naquele lugar desumano ainda conseguimos nos sentir culpadas. — Livi balança a cabeça, admirada. — Acreditam nisso?

As crianças estão todas chorando agora, até Oded acordou de seus sonhos e está reclamando por alimento. Livi o coloca em seu seio enquanto Magda e Cibi preparam um pouco de comida na pequena cozinha de Livi.

— Coma — diz Magda, passando para Livi um prato cheio de *latkas*. — São boas para o seu leite.

Livi coloca uma na boca e mastiga. As crianças estão pulando na cama de Livi, e ninguém lhes diz para parar.

— Acho que gostaria de viver neste momento para sempre — diz Livi, dando uma pequena mordida em outra *latka*. — Estou com minhas irmãs e nossos filhos e…

— E nós temos *latkas* e, se não me engano, um pouco do excelente vinho do Ziggy para depois — diz Cibi. — Sabe, um dia seremos avós, talvez até bisavós.

— Você não viverá tanto, Cibi. Como a mais velha, vai muito antes dos bisnetos — diz Livi, rindo.

— Posso estar por aqui, nunca se sabe. Bem, só fico imaginando se ainda sentiremos o mesmo uma pela outra.

— Claro que sentiremos — declara Livi. Oded adormeceu novamente e ela o leva para o berço em seu quarto. Os primos estão dormindo em sua cama, exaustos de seus pulos.

— Vamos tomar uma taça do excelente vinho de Ziggy, sim? Só uma taça pequena?

Magda balança a cabeça e aponta para a barriga.

— Eu aceito um pouco de suco de laranja.

As irmãs erguem as taças e, juntas, dizem:

— À mamãe.

Magda pensa na última vez que viu a mãe, naquela sala de aula. A mãe e o avô insistiam em acompanhá-la para onde quer que os Hlinka a estivessem levando, mas Magda os assegurou de que voltaria logo, embora soubesse que provavelmente era mentira.

Magda observa as irmãs enquanto elas tomam seu vinho e mastigam *latkas*. Ela percebe que estava adiando a dor da mãe, nada muito além disso.

Um pequeno ato de gentileza, e é isso que une essas irmãs agora: pequenos atos de gentileza, de consideração. Elas não precisam mais renovar seus votos de cuidar umas das outras, pois sua promessa faz parte delas tanto quanto seus filhos. Mas, mesmo assim, ela ergue o copo mais uma vez.

— A nossa promessa.

As irmãs tilintam e as crianças, todas de uma vez, acordam.

* * *

Quatro anos após o nascimento de seu filho, Livi e Ziggy são abençoados com uma menina. Eles a chamam de Dorit. Odie aprecia seu papel de irmão mais velho, protetor da irmã e, em sua mente, de sua Ema.

EPÍLOGO

Rehovot
Dezembro de 2013

— Estão aqui! Oded, pegue o elevador e traga a sua tia! Mal posso esperar para ver Cibi — grita Livi.

Livi está pendurada na varanda de seu apartamento no primeiro andar, olhando para a rua Moshe Smilansky. A rua em que ela mora há vinte e cinco anos.

Sua filha, Dorit, e a esposa de Oded, Pam, juntam-se a ela na varanda para acenar para as pessoas abaixo. Três gerações de descendentes da família Meller sobem a rua, em uma cacofonia de abraços, risos e gritos de crianças. Cada adulto carrega uma grande cesta ou uma bandeja com comida.

— *Shalom, shalom!* — eles gritam para as mulheres lá em cima.

— Odie está descendo pelo elevador — berra Dorit.

Por fim, Livi vê as irmãs. Magda está segurando uma bengala em uma mão; na outra, a mão de sua filha mais velha, Chaya. Cibi está atrás dela, na cadeira de rodas que ela usa cada vez mais desde o dia em que caiu e quebrou o quadril. O filho dela, Yossi, empurra a mãe pela calçada. Magda e Cibi erguem os olhos e espionam Livi. Magda agita sua bengala, Cibi sopra um beijo.

— Vão e ajudem-nas com a comida — Livi incentiva a filha e a nora.

Livi sabe que terá menos de dois minutos antes que sua casa se encha com as pessoas que ela mais ama neste mundo: sua família. Ela passa um desses minutos olhando para o prédio do outro lado da rua, para o telhado onde, setenta anos atrás, ela estava com as irmãs, amigos e um rabino, e se casou com o homem que ama.

Ziggy está no quarto, preparando-se para o ataque que é parte integrante do casamento com uma irmã Meller.

— Ema, Ema! — os gritos de seus netos chamam a atenção de Livi para o presente e para longe das lembranças do dia de seu casamento.

Ela permanece na varanda enquanto as extensas famílias das irmãs entram para receber seus beijos e abraços especiais.

— E quanto a mim? — grita Ziggy ao entrar na sala de estar. — Não ganho um abraço?

Os mais jovens correm para ele, e ele se recosta na parede para dar as boas-vindas ao ataque.

Livi ouve o barulho da porta do elevador se abrindo. Quem será a primeira? Cibi, exercendo seus direitos de irmã mais velha, ou Magda, que teria pleiteado o direito de se sentar porque, ao contrário de Cibi, que já está em uma cadeira de rodas, sua necessidade é maior?

Cibi é levada por Yossi.

— Achei que você deixaria Magda subir primeiro — diz Livi, enquanto se inclina para dar beijos no rosto da irmã.

— Ela é mais jovem do que eu. Pode se dar ao luxo de esperar — diz Cibi, com um movimento do pulso.

— Entrem. Entrem! Você quer ficar nessa coisa ou se sentar em uma cadeira adequada? — pergunta Livi.

— Estou bem onde estou. E, assim, quando eu me encher de você, posso dar o fora daqui.

— Se eu não a amasse tanto, empurraria você escada abaixo por isso.

— Continue assim e eu mesma me empurro escada abaixo.

As duas ouvem a porta do elevador abrir mais uma vez.

— Aí está ela! Por quanto tempo vai continuar nos lembrando de que é a mais velha? — diz Magda, juntando-se a Livi e Cibi.

— Todos os dias de nossas vidas — responde Livi.

— Todos os dias da vida dela, e então será a minha vez. — Magda beija Livi.

— Quê? Sua irmã mais velha não ganha um beijo? — diz Cibi, indignada.

— Dei um beijo em você na rua, ou já esqueceu? — retruca Magda. — Livi, onde está a cadeira de Ziggy? Preciso me sentar, e a dele é a mais confortável que você tem.

— Ouvi alguém dizer meu nome? — pergunta Ziggy, enquanto abraça as cunhadas.

— Magda quer se sentar em sua cadeira — diz Cibi. — Diga que ela não pode.

— *Você* quer a minha cadeira, Cibi? — quer saber Ziggy.

— Não, estou feliz na minha cadeira, uma em que posso fugir.

— Vamos, Magda, venha se sentar — diz Ziggy, pegando-a pelo braço e acompanhando-a até a sala.

— Preciso voltar ao carro para pegar algumas bebidas. A senhora está bem agora, mamãe? — Yossi pergunta a Cibi.

— Eu cuido dela, Yossi. Sempre cuidei — diz Livi, pegando os puxadores da cadeira de rodas de Cibi e empurrando-a para a sala de estar, esquivando-se das crianças e das mesinhas de centro pelo caminho.

— Coloque-me em qualquer canto — diz Cibi.

— Não, não. Esta é uma festa e você vai se divertir. Venha e diga olá para Odie e Pam. Eles chegaram do Canadá faz apenas dois dias.

— Tia Cibi, como vai a senhora? — Oded ajoelha-se para abraçar e beijar a tia.

— Você parece mais velho — Cibi diz a ele.

— Eu *estou* mais velho, tia. A senhora é que não me vê sempre. Gostaria que pudéssemos voar para cá mais vezes.

— Só pare de envelhecer. Você está fazendo eu me sentir muito velha. Agora, onde está sua esposa?

— Estou aqui, tia Cibi. — Uma Pam radiante se ajoelha ao lado do marido e segura as duas mãos de Cibi.

— Ela não parece mais velha — Cibi diz a Odie. — Está ainda mais bonita.

— Tia — diz Pam —, Odie e eu temos algo muito especial para lhe mostrar, para mostrar a todos vocês, mais tarde.

— Não podem me mostrar agora?

— Não, a senhora vai ter que ser paciente, mas posso pegar algo para a senhora comer — oferece Pam.

— Uma taça de vinho tinto seria bom.

Livi olha ao redor de sua casa. Cada centímetro da grande mesa de jantar está coberto com pratos de comida. Os copos estão sendo enchidos, mãozinhas enfiam-se em tigelas de frutas, batatas fritas e bolinhos e arrebatam a comida.

A bisneta de Cibi está chorando.

— A senhora vai ficar com ela? — pergunta a neta, empurrando um bebê aos gritos nos braços de Cibi.

O bebê estende a mão gorda para pegar a taça de vinho da bisavó.

— Você é muito jovem para isso, mas, daqui a alguns anos, venha me visitar — Cibi diz à menininha de um ano.

— Você não vai estar por aqui quando ela tiver idade suficiente para beber. — Livi ri.

Livi abre caminho pela família, esquivando-se enquanto Yossi joga a neta de oito anos para o ar. Os jovens adultos, a terceira geração da família, escaparam para a varanda.

— Importam-se se uma velha se juntar a vocês? — Livi pergunta ao neto, indo lá para fora.

— Ema, vou envelhecer antes da senhora — diz ele, pegando a pequena avó nos braços e erguendo-a do chão.

— Vocês viram toda a comida ali? — Livi questiona.

— Não surpreende — declara a neta. — A senhora sabe que vamos comer tudo, não é?

— Ei, espero que não comamos tudo para que eu possa levar um pouco para casa. Conto com essas reuniões de família para me alimentar por uma semana — insiste o primo.

— Vou deixá-los sozinhos para falarem sobre seja lá o que os jovens falam hoje em dia — diz Livi, enquanto se vira a fim de voltar para dentro.

— Falamos sobre o que a senhora e suas irmãs falavam na nossa idade.

— Isso é o que me preocupa, e é por isso que estou indo embora.

Ziggy a agarra quando ela volta para dentro, colocando um braço amoroso em volta de sua cintura.

— Venha comer alguma coisa. Deus sabe que há comida suficiente — diz ele.

— Muito barulho, Ziggy. Não sei se amo ou odeio isso — fala Livi, inclinando-se para ele.

— Você ama isso, sempre amou e sempre vai amar.

— Vou colocar um pouco de comida em um prato e falar com Magda. Todos estão de pé, e ela é a única sentada — aponta Livi.

— Cibi está sentada.

— Cibi está em uma cadeira de rodas.

Livi arrasta uma cadeira para perto de Magda. Sem cerimônia, Magda começa a pegar do prato da irmã.

— Cibi não parece bem — diz ela.

— Se ao menos ela saísse da cadeira de rodas e usasse as pernas, melhoraria muito mais rápido — responde Livi.

— Ema, tia Amara e tio Udom estão aqui! — Dorit grita do outro lado do apartamento.

Livi olha em volta para ver a filha abraçar Amara, sua amiga dos laranjais, a garota tímida que a apresentou às tâmaras. Seu marido, Udom, está segurando um enorme prato de falafels e uma pequena cesta de vime com tâmaras.

— Pegue o prato, Dorit — grita Livi de volta, levantando-se da cadeira e caminhando pela sala. — Agora a família inteira está aqui. — Livi sorri enquanto abraça a velha amiga.

— Acho que Odie quer sua atenção — diz Amara.

Odie está batendo uma faca contra o copo, pedindo silêncio. A conversa na sala fica mais alta à medida que cada pessoa diz à outra para ficar quieta.

Os jovens adultos entram na sala, e as crianças mais novas imediatamente aproveitam a oportunidade para reivindicar a varanda para si.

— Ema, tia Magda, por favor, venham sentar-se ao lado de tia Cibi? — pede Odie.

As três irmãs sentam-se lado a lado na frente da sala.

Odie pega a mão de Pam.

— Pam e eu estamos muito felizes por estar aqui com todos vocês e agradecemos muito por terem vindo. Quero aproveitar este momento para lhes mostrar algo muito especial.

— O que é? — Cibi pergunta, em um sussurro alto para Livi.

— Vamos todos esperar para ver — Livi diz a ela.

— Pam e eu trabalhamos em uma escultura de vidro há muito tempo. Atualmente, a peça está em exibição em uma exposição chamada "WAR: Light Within/After the Darkness", em uma galeria em Toronto. Nós a chamamos de *O Milagre das Três Irmãs*.

— Vocês a trouxeram? — Magda pergunta.

— Não, tia, é muito grande para trazer até Israel e, de qualquer forma, ainda está na exposição. Mas temos uma foto dela aqui, no catálogo da galeria.

Odie entrega o catálogo para Livi. Cibi e Magda se inclinam para olhar a foto.

Elas ficam boquiabertas ao ver gravados na base da imponente estrutura de vidro os números 4559.

— Esse é o seu número — diz Cibi.

Livi não consegue falar. Ziggy avança e coloca as duas mãos nos ombros dela. Cibi toma um gole de vinho, sua respiração lenta e pesada. Magda enxuga os olhos e se vira para as filhas, que estão se inclinando para um abraço.

Pam está tentando falar, mas suas lágrimas estão dificultando que as palavras saiam.

— Vocês... vocês gostam? — ela consegue, finalmente.

Livi entrega o catálogo para Magda e abraça o filho e a nora. Odie chora no ombro dela.

— Não sabia como honrar vocês três e o que fizeram para sobreviver e nos dar a vida — ele soluça.

— Você me honra sendo meu filho — Livi diz a ele, fazendo Pam chorar mais uma vez. Karol está de joelhos, abraçando a mãe. Mais à frente, ele se levanta e pega o copo, tilintando com o anel em seu dedo. Mais uma vez, há silêncio na sala.

— Como o filho mais velho das irmãs, gostaria de dizer algumas palavras — anuncia ele.

— Tal mãe, tal filho — diz Magda.

Um momento de silêncio atordoado é seguido por uma risada rouca.

— Tudo bem, tudo bem, então aprendi com os melhores... Obrigado, mãe — Karol fala para Cibi. — Não, sério, só por um momento, antes de voltarmos para a nossa folia...

— E mais bebida — acrescenta Cibi.

— E mais bebida — Kari concorda, e continua: — Sempre soubemos que temos uma família muito especial e todos que se juntaram a nós continuam a torná-la especial. Odie e Pam, sentimos sua falta desde que foram para o Canadá e não os vemos o suficiente, e agora vocês nos apresentam essa incrível homenagem às irmãs. Queremos agradecer o que vocês criaram em memória delas. — Erguendo a taça, ele grita: — Às Três Irmãs.

Um coro de "Às Três Irmãs" ressoa.

— Meu copo está vazio — diz Cibi.

— Alguém, por favor, dê outra taça de vinho para minha mãe — grita Yossi.

Na correria para encher os copos, servir-se de mais comida e retomar as conversas, Livi, sentada no meio, estende um braço ao redor de cada uma de suas irmãs.

— Onde está Ziggy? Deveria estar conosco — diz Magda.

— Estou bem aqui, Magda — Ziggy declara logo atrás, inclinando-se entre ela e Livi. — Se eu tivesse um copo na mão, eu o levantaria e diria: "A Mischka e a Yitzchak" — diz ele.

— A Mischka e Yitzchak — confirmam as irmãs, olhando ao redor da sala. Os seis deram vida a cada uma das pessoas presentes naquele momento.

Cibi começa a falar algo e para.

— O que foi, Cibi? — pergunta Ziggy.

Cibi fecha os olhos. Mil lembranças correm por sua mente.

— Cumprimos nossa promessa, não foi? Ao nosso pai, à mamãe e ao vovô. Livi pega a mão da irmã.

— Você se lembra da cebola, Cibi? — ela diz. Cibi assente. — Até hoje, sempre que corto uma cebola, penso em como você salvou minha vida.

— O beliche — sussurra Magda. — Lembram-se do beliche que dividimos? Todas as noites, por mais terrível que tenha sido aquele tempo, eu sabia que, se pudesse ficar perto de vocês duas no escuro, nunca estaria sozinha.

— Nós salvamos a vida uma da outra — inicia Cibi. Ela levanta a manga do braço esquerdo e suas irmãs fazem o mesmo. A pele delas está enrugada agora, mas os números estão tão claros quanto no dia em que foram marcados em seus braços. — Quando colocaram estes números em nossa pele, selaram nossa promessa. De alguma forma, nos deram a força para lutar por nossa vida.

As irmãs ficam em silêncio enquanto a festa gira em torno de seus corpos curvados. Os mortos nunca estão longe de seus pensamentos, e agora cada um deles representa as inúmeras salas vazias ao redor do mundo que deveriam estar cheias de risos, com maridos, filhos e filhas, com netos, sobrinhas, sobrinhos e primos.

— Podemos não ser nada espetaculares agora — diz Livi, sorrindo. — Mas, lá atrás, éramos as garotas Meller.

NOTA DA AUTORA

Menachem Emil (Mendel) Meller, o pai das irmãs, morreu em 27 de outubro de 1929. Ele está enterrado no cemitério judeu em Košice, Eslováquia.

Civia "Cibi" Meller nasceu em 13 de outubro de 1922, em Vranov nad Topl'ou, Eslováquia. Faleceu em 25 de novembro de 2015, em Rehovot, Israel.

Magda Meller nasceu em 1º de janeiro de 1924, em Vranov nad Topl'ou, Eslováquia. Mora em Holon, Israel.

(Ester) Gizella "Livia/Livi" Meller nasceu em 16 de novembro de 1925, em Vranov nad Topl'ou, Eslováquia. Mora em Rehovot, Israel.

Uma quarta filha, Emilia, nasceu três meses após a morte de seu pai, Menachem Meller, e morreu de tuberculose antes de seu terceiro aniversário.

Os avós paternos das irmãs, Anyka e Emile Meller, viveram e morreram em Vranov nad Topl'ou, Eslováquia.

A avó materna das irmãs, Rosalie Strauss, faleceu em 1934 em Vranov nad Topl'ou, Eslováquia. Ela era parteira e deu à luz todas as meninas Meller.

O avô materno das irmãs, Yitzchak Strauss, foi assassinado em Auschwitz-Birkenau em 24 de outubro de 1944.

A mãe das irmãs, Chaya Sara (nome de solteira Strauss) Meller, foi assassinada em Auschwitz-Birkenau em 24 de outubro de 1944.

O marido de Cibi, Mischka – Mordechai Maximilian Lang –, nasceu em 2 de abril de 1908. Faleceu em 30 de março de 2000 em Kfar Ahim, Israel.

O marido de Magda, Yitzko – Yitzchak Guttman –, nasceu em 1º de novembro de 1911. Morreu em 5 de maio de 1982 em Holon, Israel.

O marido de Livi, Shmuel – Viteslav Zigfried Shmuel Ravek, conhecido na família como Ziggy – nasceu em 8 de abril de 1925, na Morávia. Morreu em 14 de dezembro de 2015 em Rehovot, Israel.

Cibi casou-se com Mischka em Bratislava, Eslováquia, em 20 de abril de 1947. Seu filho Karol (Kari) nasceu em 16 de março de 1948, em Bratislava. Seu segundo filho, Joseph (Yossi), nasceu em 12 de agosto de 1951, em Israel.

Magda casou-se com Yitzko em 1950 em Israel. A filha deles, Chaya, nasceu em 28 de maio de 1951, em Israel. Uma segunda filha, Judith (Ditti), nasceu em 22 de setembro de 1955, em Israel.

Livi casou-se com Ziggy em 2 de maio de 1953 em Israel. Seu filho, Oded (Odie), nasceu em 1º de agosto de 1955, em Israel. Sua filha, Dorit, nasceu em 12 de julho de 1959, em Israel.

O tio das irmãs, Ivan (Strauss), a esposa dele, Helena, e os filhos Lily, Gita e David chegaram a Auschwitz-Birkenau em 25 de outubro de 1944. Não houve seleção para as câmaras de gás naquele dia, ou em qualquer dia subsequente. A guerra estava quase acabando. Tendo de enfrentar uma marcha da morte, Helena, fraca e doente, caiu e morreu. Ivan e seus filhos voltaram para Bratislava, onde se encontraram com as irmãs. Lá, ele conheceu sua segunda esposa, Irinka, e se mudou para Israel em 1949. Eles tiveram mais três filhos.

O dr. Kisely foi o médico cristão que salvou Magda da deportação ao interná-la no hospital. Magda lembra-se claramente do nome dele.

Antes de as irmãs serem levadas para Auschwitz, Cibi tinha o desejo de viajar para a Palestina, para fazer parte da criação de uma pátria judaica. Um rico judeu local que se convertera ao cristianismo adquiriu uma propriedade a trinta quilômetros de Vranov. Lá ele proporcionou treinamento *Hachshara* para rapazes e moças, ensinando-os sobre agricultura, preparação de alimentos em larga escala e outras habilidades de sobrevivência que seriam essenciais em uma nova terra, com um clima e um terreno muito diferentes dos da Eslováquia.

Visik tinha a mesma idade que Cibi. Ele fora seu amigo por muitos anos e fazia parte de um grupo social de mulheres e homens jovens e idealistas, predominantemente judeus, que se encontravam regularmente – muitas vezes na casa dos Meller – para sonhar, tramar e planejar uma vida melhor. Ele se juntou à Guarda de Hlinka e tentou intimidar e assediar Cibi enquanto caminhavam da sinagoga para a estação ferroviária em Vranov na ocasião em que ela e a irmã foram deportadas para Auschwitz.

Cibi e Livi estão listadas no transporte que partiu de Poprad, Eslováquia, com destino à "Polônia" em 3 de abril de 1942.

A sra. Marilka Trac vivia em frente à casa dos Meller e escondeu Magda várias vezes em seu teto durante os meses de inverno de 1942 e 1943.

A prisão de Ilava, na Eslováquia, para onde Magda foi levada após ser capturada, foi a mesma prisão em que o tatuador de Auschwitz, Lale Sokolov, foi preso em 1948.

O campo familiar Theresienstadt foi esvaziado, e todos os ocupantes assassinados nas câmaras de gás, em 8 e 9 de março de 1944.

Maria Mandel (10 de janeiro de 1912 – 24 de janeiro de 1948, também conhecida como Maria Mandl) foi julgada, condenada e executada por crimes de guerra. (https://en.wikipedia.org/wiki/Maria_Mandl)

Elisabeth Volkenrath (5 de setembro de 1919 – 13 de dezembro de 1945) foi julgada, condenada e executada por crimes de guerra. (https://en.wikipedia.org/wiki/Elisabeth_Volkenrath)

Heinz Volkenrath (28 de dezembro de 1920 – 13 de dezembro de 1945) foi julgado, condenado e executado por crimes de guerra no mesmo dia que sua esposa.

Mala Zimetbaum (número de prisioneira 19880) (26 de janeiro de 1918 – 15 de setembro de 1944) foi a primeira mulher a escapar de Auschwitz-Birkenau. Ela se apaixonou por um prisioneiro polonês, Edward (Edek) Galinski. Eles fugiram juntos em 24 de junho de 1944. Galinski se entregou aos SS quando viu Mala ser presa. Interrogados e torturados, eles deveriam ser executados ao mesmo tempo nos campos masculino e feminino, respectivamente. Galinski tentou pular na forca antes que o veredicto fosse lido, gritando as palavras "Viva a Polônia!". Os prisioneiros, obrigados a assistir, tiraram os bonés em sinal de respeito a Galinski, provocando a fúria dos guardas. Os relatos da morte de Mala variam nos registros oficiais. Livi confirma o relato de que ela sangrou até a morte no carrinho enquanto era levada para o crematório. Um musical (*Mala, the Music of the Wind*) e um filme (*A última etapa*, de 1948) foram feitos sobre Mala. (https://en.wikipedia.org/wiki/Mala_Zimetbaum)

Durante a Segunda Guerra Mundial, Banská Bystrica se tornou o centro da oposição antinazista na Eslováquia, quando a Revolta Nacional Eslovaca – um dos maiores eventos de resistência antinazista na Europa – foi lançada na cidade em 29 de agosto de 1944. Os insurgentes foram derrotados em 27 de outubro de 1944.

Vinte e quatro de outubro de 1944 foi o último dia em que as câmaras de gás e os crematórios estiveram em operação em Auschwitz-Birkenau. Livi viu sua mãe e seu avô na linha de trem dentro de Birkenau. Sem saber o que fazer, ela correu para encontrar Cibi e contar para ela. A cena descrita é como aconteceu: Cibi confrontando Kramer e, em seguida, trocando algumas palavras com a mãe e o avô enquanto eles caminhavam para a câmara de gás.

Eva, a jovem iugoslava de quem as irmãs cuidaram durante as marchas da morte e no final da guerra, disse a elas que seu pai havia sido o médico pessoal do presidente Tito. Essa posição não salvou a esposa e a filha judias de serem levadas para Auschwitz. Eva estava com a mãe quando ela morreu em uma marcha da morte. Não se sabe o que aconteceu com Eva após o retorno à Iugoslávia.

Os castiçais e as fotos que Magda escondeu no teto de sua casa em Vranov nad Topl'ou permanecem em sua posse.

A escultura de vidro *As Três Irmãs*, apresentada no epílogo, foi criada por Pam e Oded Ravek. É uma homenagem e um memorial. É um tributo em memória dos seis milhões de judeus assassinados pelos nazistas (expressos por rosas fragmentadas espalhadas com espinhos na base) e em memória de um milhão e quinhentas mil crianças menores de treze anos (doze rosas nascentes na segunda camada sem espinhos). Os números gravados intencionalmente em três lados opostos são os números reais que foram marcados no braço das três irmãs. O lado sem número sugere que um número pode ser preenchido pelo espectador em sua mente, além de homenagear aqueles que morreram no Holocausto sem ser marcados.

Magda trabalhou para o presidente e a primeira-dama Weizmann de 1950 até o nascimento de Chaya, em maio de 1951.

Livi trabalhou para o presidente e a primeira-dama Weizmann de março de 1951 a junho de 1955.

O presidente Chaim Weizmann e a primeira-dama Vera Weizmann estão enterrados no terreno de sua casa em Rehovot, agora um jardim público. Livi os visita, levando seus filhos e netos, proporcionando-lhes um passeio especial que transcende o tempo e dá vida aos jardins e às figuras históricas.

POSFÁCIO DE LIVIA RAVEK

Quando Heather entrou na minha casa, eu imediatamente gostei dela. Fui atraída por seu lindo sorriso, alegria e adorável sotaque. Para mim, era um milagre que Heather tivesse vindo me ver. Fiquei surpresa em saber que ela mudaria sua agenda lotada de turnês e viria a Israel para se encontrar comigo, vinda da África do Sul, antes de retornar para sua casa e família na Austrália.

Temos algo em comum. Heather escreveu seu primeiro romance, *O tatuador de Auschwitz,* sobre Lale e Gita, e eu os conheci muito jovem – "antes" – em nossa terra natal, na Eslováquia. Heather tem Lale e Gita no coração, e um grande amor e empatia pelas pessoas.

O resto é história. Era inacreditável que Heather fosse escrever sobre a vida de minhas irmãs e a minha. Ela tem o dom de ouvir e compreender em silêncio. *Três irmãs* levou dois anos para ser concluído. Aprendi a conhecer Heather, considero-a uma irmã e parte da minha família, e a amo profundamente. Estou muito orgulhosa e honrada em conhecê-la.

Minha família e eu estamos ansiosas para ver Heather em Israel novamente em breve.

POSFÁCIO DE ODED RAVEK

Às vezes, as estrelas se alinham e, por uma chance em um zilhão, você descobre que os sonhos, de vez em quando, se tornam realidade.

Desde que me lembro, ansiava que a história de vida de minha mãe, Livia, e de suas duas irmãs mais velhas, Cibi *z"l* e Magda, fosse contada. Na primavera de 2019, eu e minha esposa, Pam, preparávamo-nos para embarcar em uma viagem para visitar nossos filhos adultos e família em Israel, e para celebrar o casamento de nossa sobrinha. Enquanto fazia algumas compras de última hora, o romance *O tatuador de Auschwitz* chamou minha atenção, e nós o compramos para ler em nossa viagem. Mal sabia eu que, ao adquirir *O tatuador de Auschwitz*, lançaria a base para a realização do meu sonho de longa data.

Reunimo-nos alegremente com nossos filhos e minha mãe, minha Ema, em Israel. Ao mesmo tempo, Heather Morris se preparava para a turnê sul-africana de divulgação de seu romance poderoso – e best-seller – sobre Lale Sokolov, *O tatuador de Auschwitz*. Dando o livro para a Ema ler, ela ficou encantada ao perceber que conhecia Lale e, mesmo antes de lê-lo, sabia que a amada esposa dele era Gita, sua ex-colega de escola.

Um e-mail de Pam para Heather pôs tudo em movimento. Heather mudou os planos de voltar da África do Sul para a Austrália e chegou a Israel alguns dias depois de nossa celebração familiar, para se encontrar com a Ema e nossa família. Nas mãos hábeis de Heather, uma história convincente e inspiradora da vida das três irmãs começou a se formar. Meu desejo antigo estava começando a se tornar realidade.

A história de minha mãe, Cibi e Magda é uma prova do poder do amor e da devoção. Contra todas as probabilidades, as três irmãs sobreviveram ao genocídio mais hediondo e sistemático que o mundo já conheceu. E, ainda assim, elas viveram e trabalharam em um novo país, no país onde eu nasci, aprendendo um novo idioma e cultura. Elas viveram uma vida cheia de risos, realização e alegria, sempre rodeadas de amor, com cada geração sucessiva de filhos, filhas, netos e bisnetos crescendo e prosperando em liberdade.

Este livro reúne todas as histórias que ouvi desde jovem. Heather captura a vida bela e pacífica que Ema e sua família desfrutaram em Vranov, e o desamparo, o caos e as tragédias horríveis que essas irmãs fortes e incríveis suportaram e testemunharam.

Quando criança, eu via a tristeza nos olhos de minha Ema. Sentia sua mágoa, mas não entendia. Eu economizava o dinheirinho que recebia no aniversário e em feriados e comprava presentes para ela, para que pudesse ver seu lindo sorriso iluminar seus olhos. Minha irmã, Dorit, e eu tivemos a melhor infância de todas, cheia de amor e risos, segurança e liberdade. Fomos abençoados por meu pai, meu Aba, e minha Ema terem sido abertos conosco, e não mantido segredo sobre sua vida antes de os conhecermos.

Com o passar dos anos, comecei a entender que haviam sobrevivido ao inimaginável.

Está gravado em minha mente um momento crucial, quando estive com Ema ao pé da cerca no campo de extermínio de Auschwitz-Birkenau. Ela descreveu a depravação que acontecia naquele lugar e falou sobre a vida do outro lado daquela cerca elétrica. Ela me disse: "São o mesmo céu azul e o mesmo sol que cobrem o campo de extermínio e os campos e florestas além, do outro lado da cerca". Ela podia ver famílias juntas, crianças brincando e pessoas trabalhando nas plantações. Ignoravam totalmente o que acontecia no campo da morte; continuavam a viver e a cuidar de suas tarefas como se fosse um dia normal, como se aqueles do outro lado da cerca fossem invisíveis. Ali, onde a Ema esteve, de um lado da cerca, havia fedor de morte, assassinato e miséria, mas, do outro lado, existia vida e liberdade. E tudo sob o mesmo céu azul. Como era possível?

Mais tarde, em um hotel-butique recém-inaugurado em uma vila de esqui não muito longe de Auschwitz-Birkenau, Pam e eu voltamos para o carro. Contamos a Ema e Aba, a Dorit e nossa sobrinha, Ruth, o que acabáramos de saber. Aquela mansão adaptada tinha uma história infame. Fora um retiro para oficiais da SS que trabalhavam nos campos de morte e extermínio. "Vamos procurar outra acomodação?".

A resposta de Ema, como sempre, foi perspicaz e sucinta: "Estamos aqui. Eles não estão".

POSFÁCIO DE AYALA RAVEK

Eu me lembro.

Lembro-me, quando criança, de correr os dedos em seus braços, sobre os números desbotados.

Lembro-me de chegar em casa uma tarde para ver minha Safta falando com uma estranha, com lágrimas na voz, imortalizando sua história diante de uma câmera, e de estar assustada e curiosa, não sabendo o que fazer ou dizer.

Lembro-me da pequena faca que ela sempre carregava na bolsa, ao lado das balas que dividia comigo nas viagens de carro; a faca que ela ocasionalmente tirava e aninhava na mão, passando o polegar sobre o cabo gasto.

Lembro-me da primeira vez que ela me disse onde havia encontrado a faca – no campo –, após eu perguntar de onde o objeto tinha vindo, e eu disse: "Legal". Estávamos no meio de um shopping, sentadas em um banco. Eu era criança, mas, ainda assim, lembro-me do sentimento de arrependimento instantâneo, por saber que havia dito a coisa errada e não entender bem a razão, mas percebi a tristeza nos olhos dela.

Lembro-me, anos depois, de que a faca se perdeu em um táxi e que, naquela noite, chorei comigo mesma, sentindo uma perda que não sabia explicar.

Lembro-me de dormir no quarto dos meus avós e de ficar sentada ao sol tomando sorvete, depois de ter caminhado perto da água sob o sol de verão.

Lembro-me das risadas ao redor da mesa enquanto as barrigas doíam e as lágrimas rolavam pelo rosto, nossa risada tão forte que não conseguíamos recuperar o fôlego; quando a dor que sempre esteve lá embaixo, sob a superfície, encontrava sua libertação.

Mas o que mais me lembro é dos abraços quando Safta sussurrava: "Você é minha vitória. Minha família é minha vitória".

POSFÁCIO DE YOSSI LAHAV (LANG)

Gostaria de agradecer a Heather Morris, que mergulhou de cabeça neste projeto e trouxe à luz a notável história das três irmãs. O caminho que trilharam ficará para sempre documentado neste livro.

Além disso, um grande agradecimento ao meu primo, Oded Ravek, e à sua esposa, Pam, que iniciaram a parceria com Heather Morris.

Nasci e fui criado em Kfar Ahim, uma comunidade de sobreviventes do Holocausto.

Na época do meu nascimento, minha mãe sofria de tuberculose e não podia cuidar de meu irmão mais velho e de um novo bebê – fomos enviados para um orfanato. Passei os primeiros dois anos de minha vida em Jerusalém, enquanto meu irmão estava em Tiv'on.

Enquanto eu crescia, meus pais, Cibi e Mischka, estavam ocupados construindo uma nova vida em um novo país, após sobreviverem à Segunda Guerra Mundial. Eles nunca foram francos sobre o que aconteceu com eles "antes", e nós, crianças, nunca perguntamos ou nos preocupamos com a tatuagem no braço da minha mãe. Talvez porque meus pais nunca estivessem particularmente interessados em compartilhar, ou porque ninguém mais próximo a mim jamais compartilhou voluntariamente seu passado, eu não sentia que algo estava errado.

Só quando conheci minha futura esposa, Ronit (Sophie), e descobri que ela conhecera seus bisavós, fiquei impressionado com quanto eu havia perdido – eu havia perdido uma geração que nunca conheci ou mesmo imaginei que poderia estar presente em minha vida.

Foi só quando minhas filhas, Noa e Anat, cresceram o suficiente para começar a fazer perguntas que fui confrontado com a extensão do que havia acontecido com minha mãe. Essa foi a primeira vez que percebi seu heroísmo: a maneira como minha mãe e suas duas irmãs sobreviveram àqueles tempos horríveis.

A história dessas três irmãs, Cibi, Magda e Livia, é um conto incrível de inteligência e coragem. Sua sobrevivência inacreditável, sua chegada e seu assentamento em Israel e sua próspera "tribo" são evidências de sua vitória.

O documento na página seguinte é um extrato do diário de Magda.

Magda encontrou um caderno e uma caneta em Retzow (parte do Campo de Concentração de Ravensbrück), depois que as irmãs foram transferidas de Auschwitz-Birkenau para lá, e o manteve com ela nas marchas da morte e depois que se libertaram. Aqui, Magda reflete sobre a notícia de que a guerra acabara. As irmãs estavam, então, em um pequeno vilarejo no sul da Alemanha, Mirow, que havia sido abandonado por seus residentes. Os soldados russos que passaram pela aldeia disseram que a guerra havia acabado.

8 de maio de 1945

Fizemos as malas e estamos de partida mais uma vez. Passamos por nosso campo, em Retzow. É estranho não estar atrás daquela cerca e ser empurrada de um lado para o outro. Não há ninguém para gritar conosco se decidirmos fugir.

Mirow

Mirow é uma cidade muito pequena. Costumávamos vir aqui buscar leite e carne para o campo (quando estávamos em Retzow). Não a reconhecemos agora. Casas foram bombardeadas, celeiros e lojas ainda estão queimando. É uma visão horrível, até o gado foi queimado; o cheiro é terrível! O sol está alto e forte. Continuamos caminhando. Logo estamos em outro pequeno vilarejo, onde podemos nos lavar e recuperar nossas forças para a próxima parte da jornada. Encontramos um quarto bom e limpo onde podemos ficar. O nome desta pequena aldeia é Zirtow. Foi abandonada – não há mais civis aqui. Estamos quase sozinhas. Há soldados russos por aí, mas eles são muito gentis e não nos incomodam. Esta é uma agradável surpresa.

Meia-noite, 8 de maio de 1945 – O fim da guerra

Não podemos imaginar o que as outras pessoas estão fazendo fora desta aldeia. Isso não é uma coisa fácil de escrever: é o fim da guerra. Este não é apenas o fim da guerra, é o fim das lágrimas, o fim da morte, o fim do som dos tiros, o fim dos ataques aéreos e, finalmente, a capitulação da Alemanha.

É o fim deste sólido e sádico Império Alemão. O Império que acreditava que nunca poderia ser derrotado, por ninguém. O fim de um Império que escravizou milhares de pessoas boas e honestas e muitas nações.

O Grande Terceiro Reich está agora em ruínas, e seus poderosos líderes, os Bandidos da Europa, serão punidos.

2. máj 1945

A my sa zas balíme a ideme ďalej. Prechádzame okolo lágru. Je to akýsi zvláštny pocit, aký sme ešte dosiaľ nemaly. Dnes mačkovým máš postelí za dráty! Koľkou biedy tu zpustené – nikto tam nie je, lebo by na nás strielal, keď sme skoraj vyšli.

Kirov.

Skoro nepoznávame Kirov, je to malé mestečko, chodily sme tam častú pre mlieko omešo pre láger. Tu je však mesto Kirov, len zbombardované domy, horiace stodoly, vypálené obchody – kolie do neho tričace, zjmiace hosky – je to strašný pohľad, na dvoroch zhorený dobytok – jak strašne to smrdí! Ideme ďalej, veľmi pomaly nám to ide, lebo je už poludnie a tuná má dosť silne začína zohrievať. – Konečne zas dedinka, kde sa dobre umyjeme, najeme, vyspíme a zajtra ráno zas s novou silou sa dáme do cesty. Našly sme si tichú ističku, veľmi dobre si tu odpočnieme. Libor je veľmi malinká dedinka,

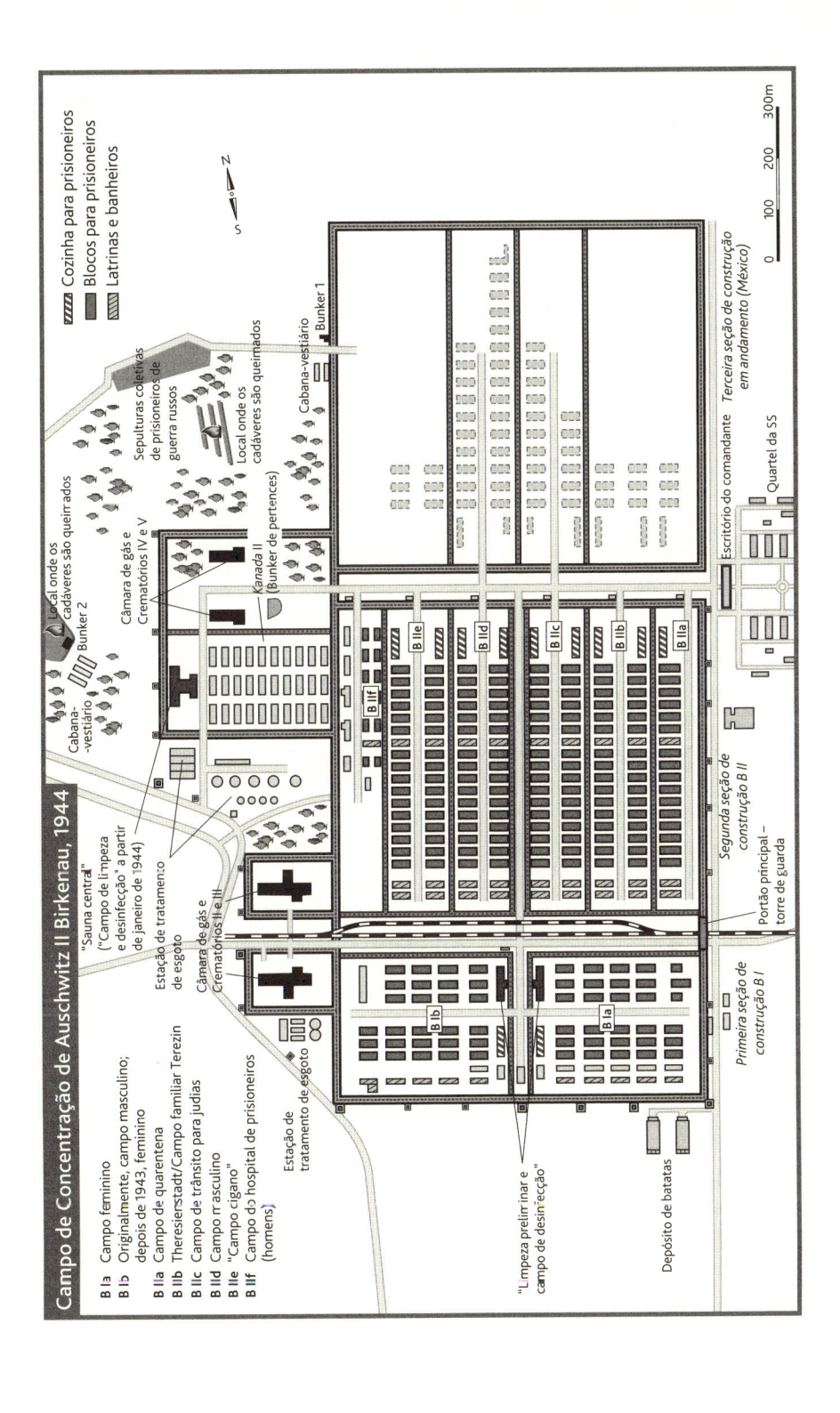

Campo de Concentração de Auschwitz II Birkenau, 1944

- **B Ia** Campo feminino
- **B Ib** Originalmente, campo masculino; depois de 1943, feminino
- **B IIa** Campo de quarentena
- **B IIb** Theresierstadt/Campo familiar Terezin
- **B IIc** Campo de trânsito para judias
- **B IId** Campo masculino
- **B IIe** "Campo cigano"
- **B IIf** Campo do hospital de prisioneiros (homens)

Legenda:
- Cozinha para prisioneiros
- Blocos para prisioneiros
- Latrinas e banheiros

0 100 200 300m

Rótulos no mapa:
- Local onde os cadáveres são queimados
- Bunker 2
- Sepulturas coletivas de prisioneiros de guerra russos
- Local onde os cadáveres são queimados
- Cabana-vestiário
- Bunker 1
- Câmara de gás e Crematórios IV e V
- Kanada II (Bunker de pertences)
- Cabana-vestiário
- "Sauna central" ("Campo de limpeza e desinfecção" a partir de janeiro de 1944)
- Estação de tratamento de esgoto
- Câmara de gás e Crematórios II e III
- Estação de tratamento de esgoto
- "Limpeza preliminar e campo de desinfecção"
- Depósito de batatas
- Primeira seção de construção B I
- Portão principal – torre de guarda
- Segunda seção de construção B II
- Escritório do comandante
- Quartel da SS
- Terceira seção de construção em andamento (México)

```
                                    Birkenau    - 20 -
MAYER          Erna                 49 ys       Mikulov Prag
MAYER          Ernst
MAYER          Gustaf               2.5.10
MAYER Dr.      Paul                 58 ys       Mikulov-Prag
MAYER          Pavela
MEIJAR         E.
MEINBACH       B.
MEINBACH       E.
MENIST         Simon                1.16.14
MEISEL Dr.     Baruch      H.9.
MEISEL         Sara
MEYEROVICS     Ruzena               1918
MELEROVA       XXX         Bl.21.
MELLER         Alexander   7ª.                  Zilina
MELLEROVA      Cibia Villa Bl.21.               Poprad
MELLER         Livia                1925
MENDELSHON     Bertha
MENIST         Leopold              6.18.04
MENDLOVIC      Manes       H.4ª.    1916
MENZER         Lazar
MERKELSTEINOVA Piroska              1926        Poprad
MERKELSTEINOVA Ruzena      Bl.21.   1922           "
MESSINGER      Irene       H.8.     1911
MEYER          Lustig Margot        7.18.21
MEYER          Margot               1921
MEYER          Theodor              11.07.20
MIADOVNIK      Bernat               1919
MICHELS        Ina
MICHELS        Louis                6.06.17
MICHELS ?      Louis                6.06.19
MIKULINSKI     Lea
MILCH          Margarethe  Stabsgebeude 1911
MILCH          Margit
MILDER         Ruzena               1921
MILORAM        Samuel               10.28.12
MILIET         Bali        5ª.
MITTELMANN     Andrej      H.21.    1915
MITTELMAN      Emanuel     H.7.     1925
MITTELMANN Dr. Mayer       H.16.    1916
MITTELMANN     Hermann     H.7ª.    1907
MITTELMANN     Lad.        Bl.21
MITTELMANN     Lea         Bl.14.   1920
MOFFIE         David                2.11.15
MOK            Benjamin             7.01.11
MONAS                               9.09.17
MORDKOVIC      Haju        Bl.14.
MORDKOVIC      Helene      H.14     1925
MORGENSTERN-GRUENBERG Lucie         ,1.04.10
MOSER          Christina
MOSKOVIC       Jolana               1922
MOSKOVIC       Magda       H.15     1916
MOSKOVIC       Sara
MOSKOVIC       Serena      Stabsgebeude 1920
MOSKOVICOVA    Gizella              1924        Poprad
MORDKOVICOVA   Haja
MOSKOVICOVA    Lilli                            Poprad
MOSKOVITS      Eva                  12.14.22    Zilina
MUEHLRADOVA    Lisi        Stabsgebeude 1924
```

Várias listas de prisioneiros de Auschwitz-Birkenau
(coleção do pós-guerra), 1.1.2.1/517828_0_1, Arquivo Digital ITS do USHMM

Lista de Birkenau, em algum momento depois de junho de 1942, quando Cibi e Livia foram transferidas de Auschwitz para lá, mostrando as irmãs como prisioneiras alojadas no Bloco 21

```
                    Seznam č.    osob deportovaných do
                        Birkenau, b. Neu-Berun O/S

x  č.611   Adler Isak, Haus 18 a
x    612   A dlerová Pipi p.A.Hellinger Magda Bl.14
x    613   Amster Ruth p.A.Schwarz Piri,Block 14
     614   Baum Sura p.A.Weinfeld Ida, bl.27/4692
     615   Becherová Manci p.A.Weinfeldova Ida bl.27/4692
x    616   Beer Elza p.A.Trenkova Elze Bl.21/3807
x    617   Billig Růžena
     618   Brand Jakob
     619   Braun Bora p.A.Teichnerova Baba,St.
x    620   Braun Ladislav
     621   Braunova Lulu p.A.Teichnerova Baba St.
     622   Braun Manci p.A.Teichnerova Baba,St.
x    623   Citron Helene
x    624   Citron Hinda p.A.Weinfeldova Ida,bl.27.4692
     625   Cinnova Piri,Block 21
     626   Cuprova Hilda p.A.Schlesingerova Zela,4125/bl.21
x    627   Delikat Fiera
x    628   Deutsch Bozena p.A.Hollingerova Magda,Block 14
x    629   Einhorn Gisela p.A.Zoltanova Lenk,Block 25
x    630   Einhorn Magda,Block 21
x    631   Engelmannova Edit p.A.Weinfeld Ida bl.27/4692
     632   Farkasova Paula
     633   Farkasova Růžena p.A-Treuhaft Helene bl.27:13268
x    634   Feldmannova Erika p.A Gross Johna,Block 9
     635   Fischer Lily
x    636   Fischer Olga p.A.Gross Jola,Block 9
x    637   Friedova Magda p.A.Schwarz Piri,Block 14
     638   Friedbergova Lili p.A.Silbermann Margit 4093
x    639   Friedmannova Hedy p.A.Trenkova Elza bl.21/3807
x    640   Friedmannova Martha Block 1
x    641   Friedrichova Ida p.A-Weinfeld Ida bl.27/4692
x    642   Furhmannova Gita p.A.Meller Cibia,Block 21
     643   Gartnerova Malci p.A.Treuhaft Helene,bl.27/13268
     644   Gelbova Cili p.A.Rothova Grete St.
     645   Gelb Fritz Haus 12a
     646   Goldblum Sara,Block 11,
     647   Grünbergerova Kata p.A.Steinerova Anna, 4049/bl.21
x    648   Guzik-Weinstein Sara p.A-Schwarz Piri,Block 14
x    649   Hammerova Etel
     650   Hammerschlag Rudolf p.A.Hammerschlag Stella bl.20/4531
     651   Hammerschlag Stella,bl.20/4530
x    652   Hausner Lili p.A.Weinfeld Ida, bl.27/4692
x    653   Heitlinger Aranka Stbg
x    654   Hellerova Růžena
x    655   Hellingerova Magda Bl.14
     656   Hoenigova Jolanka p.A.Rothova Herta
     657   Kacerova Krete p.A.Szivessy Maria St.
x    658   Kaempfner Alice
     659   Katzova Ilonka
     660   Kellermannova Erika
x    661   Kleinova E
     662   Kleinova Růžena
     663   Kohnova Magda Block 9
x    664   Kornova Libuša
     665   Kornhauserova Mira p.A.Hammerschlag Stella bl.20/4530
     666   La ndauova Eta, 6037
     667   Laxova Erica
     668    Laxova Paula
     669   Lissauerova Elza p.A.Trenkova Elza,bl.21/3807
x    670   Lissauerova Luize o.A.Trenkova Elza bl.21/3807
x    671   Loewenbergova Eleonore
     672   Loewy Livia 4752,Block 3
x    673   Lustigova Aliska p.A.Sternova Ema,3993/bl.13.1919
     674   Lustigova Kata p.A.Sternova Ema,3993/bl.13.1919
     675   Lustigova Klara p.A Sternova Ema 3993/bl.13.1919
     676   Magyarova Baba p.A.Rothova Grete St.
x    677   Marykovits Helene p-A.Weissova Berta,Block 2
     678   Melerova p.A .Trenk Elza bl.21/3807
          Mellerova Cibia,Block 21
```

Reprodução autorizada pelo Arquivo Nacional da República Tcheca: (MF-L), Judeus, caixa 121

Lista de Birkenau, em algum momento depois de junho de 1942, quando Cibi e Livia foram transferidas de Auschwitz para lá. Na linha 642, os nomes de Cibi e Gita Furhmannova, futura esposa de Lale, o tatuador de Auschwitz, são mostrados lado a lado, alojadas no Bloco 21; uma coincidência notável

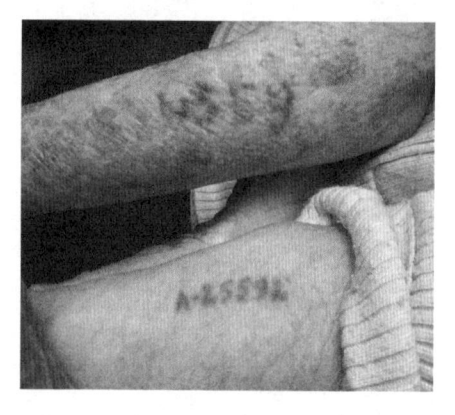

Números de Magda (embaixo) e Livia (em cima) – A-25592 e 4559

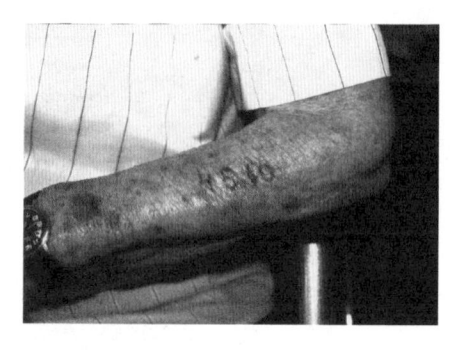

Número de Cibi – 4560

Livia, Cibi e Magda (da esquerda para a direita) quando crianças.
Vranov nad Topl'ou, Eslováquia, aprox. 1930

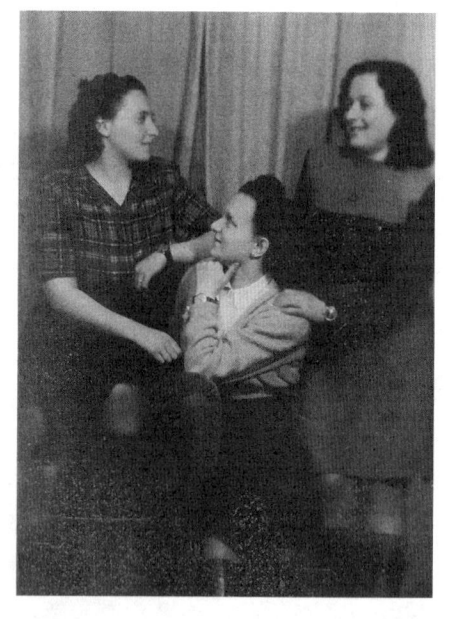

Livia, Cibi e Magda (da esquerda para a direita).
Bratislava, aprox. 1947

Os pais das meninas, Chaya Sara (nome de solteira Strauss) Meller e Menachem Emil (Mendel) Meller. Vranov nad Topl'ou, aprox. 1920-1922

Livia e Magda no dia do casamento de Magda, 1950

Cibi e Mischka no dia de seu casamento. Bratislava, 1947

Ziggy e Livia no dia de seu casamento, com Vera Weizmann, a primeira-dama de Israel, 1953

Cibi e Mischka com seus filhos Yossi (à esquerda) e Kari (à direita), aprox. 1957

Magda e Yitzko com suas filhas Judith (Ditti), nos braços de Magda, e Chaya. Israel, aprox. 1956

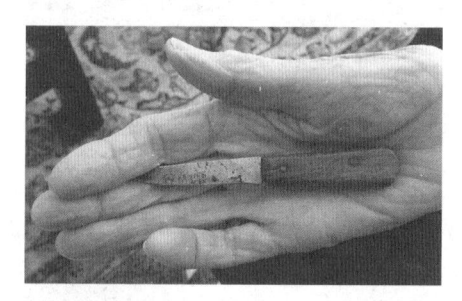

Livia segurando a faca

Livia e Ziggy com seus filhos Oded (à esquerda) e Dorit (à direita) em sua casa em Londres, Inglaterra, aprox. 1962

Magda, Livia e Cibi (da esquerda para a direita), a última vez que todas as famílias estiveram juntas no Purim, 2014, como reimaginado no epílogo escrito por Heather. As irmãs discutem sobre a escultura de arte em vidro AS TRÊS IRMÃS
Fotografia: cortesia de Pamela Ravek

Livia e Magda (da esquerda para a direita) segurando os castiçais no apartamento de Magda em Holon, Israel, 2020

A segunda visita de Heather a Israel, com Livia (à esquerda) e Magda (ao centro), janeiro de 2020

Expressa na arte de vidro luminosa, capturando a essência do vínculo inabalável das irmãs, devoção e amor de uma pela outra, a escultura AS TRÊS IRMÃS, criada pelos artistas Oded e Pamela Ravek, é dedicada à mãe de Oded, Livia, e às tias Cibi z"l e Magda

AGRADECIMENTOS

Livia e Magda, obrigada por me convidarem para entrar em suas casas, compartilharem suas refeições, mostrarem-me os castiçais e as fotos, confiarem em mim para contar sua história. Vocês têm meu eterno amor e devoção, meu respeito e admiração por sua coragem, resiliência, compromisso uma com a outra e com Cibi, e com suas famílias.

Kari e Yossi, meus sinceros agradecimentos pelo apoio e incentivo em contar a história de sua incrível e muito amada mãe – Cibi. A força dela continua a me dar força, e seu amor pela família vai inspirar outras pessoas a imitar seus valores de cuidar e amar incondicionalmente, não importam os riscos.

Chaya e Ditti, muito obrigada por seu apoio e incentivo ao resgatarem as lembranças de sua mãe, Magda, e compartilhá-las comigo. Sem isso, eu não poderia ter contado a história de *Três irmãs*. A coragem, o amor e a compaixão dela são um farol iluminando o caminho para outras pessoas que às vezes podem se sentir perdidas e sozinhas.

Odie e Dorit, nenhuma palavra pode expressar o amor e a gratidão que sinto por vocês por me convidarem para o seu mundo, para a casa e a vida de sua mãe, Livia. Vocês foram meus guias na coleta das memórias – dolorosas e alegres – de Livia, que deram vida a esta história, a este registro. As muitas horas que passei com vocês, pessoalmente ou por vídeo, foram alegres, tristes, hilárias.

Kari, Yossi, Chaya, Ditti, Odie e Dorit, desejo afirmar minha gratidão pela jornada, às vezes muito dolorosa, que todos vocês realizaram ao reviver o período maligno da história que suas incríveis mães suportaram e ao qual sobreviveram. Sou eternamente grata a vocês pela montanha-russa emocional que empreenderam para garantir que eu pudesse contar a história verídica de *Três irmãs*.

Pam, você começou esta aventura maravilhosa e transformadora para mim. Muito obrigada por escrever aquele primeiro e-mail que abri de madrugada, na África do Sul, contando-me sobre sua sogra, Livia, que tinha visto uma edição de *O tatuador de Auschwitz*, reconhecera sobre quem era a história e a conexão dela com Gita. Você colocou em movimento uma sequência de eventos que levou a esta publicação. Obrigada.

Para minha filha, Azure-Dea, que me enviou várias mensagens de texto enquanto eu estava na África do Sul, dizendo: "Mãe, você tem que ler este e-mail; mãe, abra este e-mail, você tem que ler agora". Ela imediatamente percebeu em um pequeno e-mail a história que precisava ser contada, e que eu deveria fazer tudo o que pudesse para contá-la. Obrigada, querida.

Minha dedicatória neste romance incluiu os netos de Cibi, Magda e Livia, a maioria dos quais tive o prazer de conhecer e por cujo apoio sou muito grata. Só posso imaginar quanto vocês devem estar orgulhosos de suas avós, cujas sobrevivência e bravura os colocaram nesta terra.

Kate Parkin, diretora-gerente de publicação para leitores adultos da Bonnier Books UK. Em *A viagem de Cilka*, chamei você de minha amiga. Agora, chamo-a de minha querida, querida amiga. Desde o instante em que lhe enviei o e-mail de Pam e disse que queria... Não, que eu *precisava* seguir essa história, você me apoiou e me incentivou a escrevê-la e a contar ao mundo sobre três irmãs incríveis. Não há nada impossível para você, e continuo honrada e abençoada por estar em sua vida.

Margaret Stead (Mav/Maverick), editora da Bonnier Books UK. Este romance é tanto seu quanto meu. Sua redação e sua edição admiráveis, a capacidade de ver as histórias por trás da história, de ver a profundidade e o significado por trás das experiências de Cibi, Magda e Livia, tornaram esta história brilhante, mesmo que eu mesma diga isso. O livro não existiria sem você. Você viajou comigo, foi amiga e companheira quando conhecemos a família e planejamos a melhor maneira de contar esta história. Sou uma pessoa e uma escritora melhor por ter você em minha vida. *Ko taku tino aroha me taku whakaute I nga wa katoa. Mauruuru.* (Meu mais profundo amor e respeito sempre. Obrigada.)

Benny Agius, gerente-geral da Echo Publishing Australia. O que posso dizer para expressar meu amor e agradecimento a você por ser meu amigo, meu empresário, meu motorista, meu orientador: tanta sabedoria. Você me faz rir, me faz chorar. Você é simplesmente o melhor. Mal posso esperar pela nossa próxima aventura.

Ruth Logan, diretora de direitos autorais da Bonnier Books UK: que garota! Sua franqueza e sua amizade passaram a significar tanto para mim quanto seu brilhantismo em levar minhas histórias para muitos, muitos territórios e traduções. Você não faz isso sozinha: Ilaria Tarasconi, Stella Giatrakou e Amy Smith – vocês estão aprendendo com a mestra. Obrigada por todos os seus esforços.

Claire Johnson-Creek, peço desculpas pelo atraso em lhe entregar um manuscrito que precisava de tantas correções. Sua habilidade é o que o leitor finalmente vê. Estou muito grata, obrigada.

Francesca Russell, diretora de publicidade da Zaffre, e Clare Kelly, gerente de publicidade da Zaffre – minhas companheiras, minhas Mary Poppinses. Amo o tempo que passo com vocês pessoalmente, por Zoom ou por e-mail. Seu talento em me colocar no palco e na página é muito apreciado. Vocês sabem que adoro atuar, e vocês possibilitam isso. Obrigada.

Blake Brooks, gerente de marca da Zaffre, você riu e chorou ao se envolver com esta história. Muito obrigada por contatar as famílias em Israel e no Canadá, fazendo os vídeos incríveis que temos agora. Seus esforços têm sido imensos, e agradeço sua paixão e compromisso. Obrigada.

Há uma equipe na Zaffre que contribuiu para que o livro *Três irmãs* estivesse agora em suas mãos. Seu brilho está nos departamentos de arte, marketing e vendas. Nick Stearn, Stephen Dumughn, Elise Burns e equipe e Paul Baxter. Adoro fazer parte de seus times.

Celli Lichman, você fez parte da narrativa ao longo do desenvolvimento desta história. Sem a sua tradução especializada dos depoimentos de Cibi, Ziggy e Livia, ela não teria sido contada. Muito obrigada por sua dedicação em traduzir honesta e apaixonadamente as palavras a que só tive acesso por meio de testemunhos gravados e por sua leitura sensível e perspicaz do manuscrito final.

Meu amor e sincero agradecimento a Lenka Pustay, de Krompachy, Eslováquia, sem a qual tantas informações valiosas e documentos identificando nomes, datas de nascimento etc. não teriam sido encontrados. Você é uma maravilha.

Sally Richardson, Jennifer Enderlin, da St. Martin's Press nos Estados Unidos, vocês abraçaram esta história ouvindo apenas um esboço mais vago. Vocês me receberam de braços abertos com *A viagem de Cilka* e agora, de novo, na celebração da trajetória de Cibi, Magda e Livia. Junto com Kate, Margaret e Benny, formamos um grupo de mulheres celebrando e homenageando mulheres fortes e corajosas. Sou muito grata pelo carinho de vocês, por manterem contato comigo e darem-me as boas-vindas quando as visito. Obrigada.

O restante da equipe da St. Martin's Press US, por favor, aceite meus sinceros agradecimentos – reconhecerei individualmente na edição norte-americana.

Falei de Benny, da Echo Publishing Australia, e do papel significativo que ela desempenha em minha vida editorial nesse país. No entanto, ela não trabalha sozinha. Embora tenha deixado a Echo, preciso reconhecer e agradecer a James Elms por sua experiência técnica, levando-me a voar ao redor do mundo, mas, principalmente, por sua dedicação e sua atitude maravilhosas ao me ajudar em todos os momentos do dia e da noite. Sinto sua falta, James. Agradeço imensamente a minha assessora de imprensa, Emily Banyard, com sua abordagem alegre e sempre sorridente. Tegan Morrison e Rosie Outred, gosto muito de ter vocês no meu time australiano.

Para a equipe da Allen and Unwin Australia, meus livros não seriam lidos se vocês não fizessem isso acontecer, distribuindo-os na Austrália e na Nova Zelândia. Meus sinceros agradecimentos a todos por serem essa engrenagem importante na roda do território chamado "minha casa".

Para a gerência e a equipe do Saffire Freycinet, na Tasmânia, obrigada por seus mimos, refeições e interesse na elaboração desta história, e por me oferecerem um oásis para eu me esconder e me concentrar para escrever quando me atraso. O isolamento durante uma pandemia não me proporcionou o ambiente para ser criativa; seu incrível refúgio do mundo, sim.

Peter Bartlett e Patrick Considine, muito grata por seus conselhos e apoio contínuos.

Kevin Mottau e Adriano Donato, um e um não dariam dois se não fosse por vocês. *Ta*.

Por último, as pessoas que, todos os dias, fazem do meu despertar um bom dia: minha família. Steve, Ahren e Bronwyn, Jared e Rebecca, Azure-Dea e Evan, meu amor e obrigada mais uma vez por me aturarem enquanto eu aparecia e desaparecia de suas vidas: estava lá um dia, e não no dia seguinte. E aos cinco pequeninos que continuam a me trazer tanta alegria e risos: Henry, Nathan, Jack, Rachel e Ashton – vocês iluminam a minha vida. Amo vocês além da medida.

A quem me lê,

Muito obrigada por escolher *Três irmãs*, uma história que me sinto honrada por ter tido a oportunidade de contar. Ao longo de minha carreira como escritora, tive a sorte de conhecer e conversar com algumas pessoas incríveis. É por causa de sua ajuda e apoio como leitor que pude compartilhar as histórias de Lale e Gita, de Cilka, e agora de Cibi, Magda e Livia.

A história dessas três irmãs incríveis chegou a mim graças a um conjunto de circunstâncias extraordinárias. Estava na África do Sul, em uma turnê de livro, quando minha filha me contatou para dizer que tinha recebido um e-mail de um homem que estava visitando a mãe, Livia, em Israel, e levara uma edição de *O tatuador de Auschwitz* para ela, já que a mãe e as irmãs dela são sobreviventes do Holocausto. "Essa deve ser a história de Lale e Gita", disse Livia ao ver o livro. "Eu estava em Birkenau com eles, e Gita e eu estudamos juntas." Esse homem, Oded Ravek, que agora considero um irmão, perguntou se eu iria a Israel para encontrar Livia e sua irmã, Magda. A irmã mais velha delas, Cibi, infelizmente não está mais viva.

O que eu poderia fazer? Peguei um avião direto para Tel Aviv, onde conheci Livia e Magda, e ouvi a incrível história que elas tinham para compartilhar e que vocês acabaram de ler. As irmãs eram de Vranov nad Topl'ou, Eslováquia. Com apenas quinze anos, Livia foi enviada para Auschwitz pelos nazistas. Cibi, com apenas dezenove anos, seguiu Livia, determinada a proteger a irmã ou morrer com ela. Magda, de dezessete anos, escapou da captura por um tempo, mas foi deportada para o campo de extermínio. Reunidas, as três irmãs fizeram uma promessa uma à outra: viver. Sua luta pela sobrevivência as levou do inferno de Auschwitz-Birkenau para uma marcha da morte pela Europa devastada pela guerra e, finalmente, para casa, na Eslováquia, sob domínio comunista naquela ocasião. Determinadas a recomeçar, elas embarcaram em uma viagem de renovação para Israel. Magda e Livia estão em Israel hoje, rodeadas de familiares e amigos. Livia, Magda e seus filhos e netos se tornaram uma família para mim. Fiquei realmente honrada quando me confiaram sua história e pediram que eu a reimaginasse em *Três irmãs*. É um prazer compartilhar *Três irmãs* com meus leitores. É uma história comovente, inspiradora e edificante que tenho a honra de contar ao mundo. Espero que tenha gostado.

Se quiser mais informações sobre em que estou trabalhando agora ou sobre meus livros, *Três irmãs*, *O tatuador de Auschwitz*, *A viagem de Cilka* e *Stories of hope*, acesse http://eepurl.com/dIuF-P, onde você pode ingressar no Clube dos Meus Leitores. Leva apenas alguns minutos para se inscrever, não há pegadinhas ou custos, e os novos membros receberão automaticamente uma mensagem exclusiva minha. Minha editora, Bonnier Books UK, manterá seus dados em sigilo, e eles nunca serão repassados a terceiros. Não vamos enviar um monte de e-mails para você, apenas entrar em contato de vez em quando com notícias sobre meus livros, e você pode cancelar a assinatura quando quiser. E se você pretende se envolver em uma conversa mais ampla sobre meus livros, por favor, faça uma avaliação de *Três irmãs* na Amazon, no GoodReads, em qualquer outra loja virtual, no seu blog e em suas contas de redes sociais, ou converse sobre isso com amigos, familiares ou grupos de leitores. Compartilhar suas ideias ajuda outros leitores, e sempre gosto de ouvir sobre o que as pessoas vivenciam com minha escrita.

Muito obrigada novamente por ler *Três irmãs*. Espero que, se ainda não o fez, queira ler a história de Lale e Gita, em *O tatuador de Auschwitz*; a história de Cilka, em *A viagem de Cilka*; e descobrir mais sobre a inspiração por trás dos livros por meio de uma série de contos de pessoas notáveis que conheci, as histórias incríveis que compartilharam comigo e as lições que trazem para todos nós, em *Stories of hope*.

Com meus melhores cumprimentos,

Heather ♡

LEIA TAMBÉM, DE HEATHER MORRIS

O best-seller que emocionou milhões de leitores

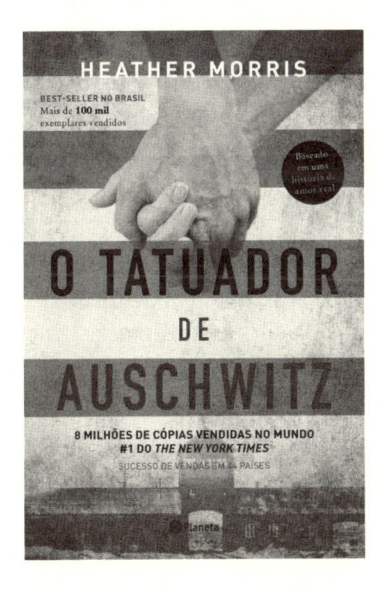

Neste romance histórico, um testemunho da coragem daqueles que ousaram enfrentar o sistema da Alemanha nazista, o leitor será conduzido pelos horrores vividos dentro dos campos de concentração na Segunda Guerra Mundial e verá que o amor não pode ser limitado por muros e cercas.

A viagem de Cilka é baseado na história real de Cilka Klein e na de tantas outras mulheres presas nos campos de concentração nazistas e, após o fim da Segunda Guerra Mundial, nos gulagui russos.

Nessa emocionante sequência do grande best-seller mundial *O tatuador de Auschwitz*, Heather Morris nos apresenta um testemunho não apenas do poder do amor e da esperança, mas também da força que há nas mulheres.

Acreditamos nos livros

Este livro foi composto em Garamond Pro e impresso pela Gráfica Santa Marta para a Editora Planeta do Brasil em fevereiro de 2022.